Arte de Furtar

Anônimo do século XVII

2ª Edição

Espelho de enganos,
teatro de verdades,
mostrador de horas minguadas,
gazua geral dos reinos
de Portugal oferecida a
El-Rei Nosso Senhor D. João IV
para que a emende.

Edição acompanhada de
estudo crítico de João Ribeiro.

No geral foi mantida a grafia vigente em Portugal.

Dados Internacionais de Catalogação na Publicação (CIP)
(Câmara Brasileira do Livro, SP, Brasil)

Arte de furtar: Anônimo do Século XVII / edição
acompanhada de estudo crítico de João Ribeiro.
— 2. ed. — São Paulo: Martin Claret, 2006. —
(Coleção a obra-prima de cada autor. Série ouro; 40)

ISBN 85-7232-685-5

1. Portugal - Política e governo - Humor, sátira,
etc. 2. Portugal - Uso e costumes - Século 17 - Humor, sátira, etc. I. Ribeiro, João Ubaldo. II. Série.

06-6817 CDD-869.7

Índices para catálogo sistemático:

1. Literatura portuguesa: Século 17   869.7

COLEÇÃO A OBRA-PRIMA DE CADA AUTOR

Arte de Furtar

Anônimo do século XVII

TEXTO INTEGRAL

MARTIN CLARET

CRÉDITOS

© *Copyright* desta edição: Editora Martin Claret, 2006

IDEALIZAÇÃO E COORDENAÇÃO
Martin Claret

ASSISTENTE EDITORIAL
Rosana Gilioli Citino

CAPA
Ilustração
Marcellin Talbot

MIOLO
Revisão
Heloísa Helena Beraldo
Raphael Vassão Nunes Rodrigues

Projeto Gráfico
José Duarte T. de Castro

Direção de Arte
José Duarte T. de Castro

Editoração Eletrônica
Editora Martin Claret

Papel
Off-Set, 70g/m²

Impressão e Acabamento
Imagem Digital

Editora Martin Claret Ltda. – Rua Alegrete, 62 – Bairro Sumaré
CEP: 01254-010 – São Paulo - SP
Tel.: (0xx11) 3672-8144 – Fax: (0xx11) 3673-7146
www.martinclaret.com.br / editorial@martinclaret.com.br

Agradecemos a todos os nossos amigos e colaboradores — pessoas físicas e jurídicas — que deram as condições para que fosse possível a publicação deste livro.

Impresso em 2012

PALAVRAS DO EDITOR

A história do livro e a coleção "A Obra-Prima de Cada Autor"

MARTIN CLARET

Que é o livro? Para fins estatísticos, na década de 1960, a UNESCO considerou o livro "uma publicação impressa, não periódica, que consta de no mínimo 48 páginas, sem contar as capas".

O livro é um produto industrial.

Mas também é mais do que um simples produto. O primeiro conceito que deveríamos reter é o de que o livro como objeto é o veículo, o suporte de uma informação. O livro é uma das mais revolucionárias invenções do homem.

A *Enciclopédia Abril* (1972), publicada pelo editor e empresário Victor Civita, no verbete "livro" traz concisas e importantes informações sobre a história do livro. A seguir, transcrevemos alguns tópicos desse estudo didático sobre o livro.

O livro na Antiguidade

Antes mesmo que o homem pensasse em utilizar determinados materiais para escrever (como, por exemplo, fibras vegetais e tecidos), as bibliotecas da Antiguidade estavam repletas de textos gravados em tabuinhas de barro cozido. Eram os primeiros "livros", depois progressivamente modificados até chegarem a ser feitos — em grandes tiragens — em papel impresso mecanicamente, proporcionando facilidade de leitura e transporte. Com eles, tornou-se possível, em todas as épocas, transmitir fatos, acontecimentos históricos, descobertas, tratados, códigos ou apenas entretenimento.

Como sua fabricação, a função do livro sofreu enormes modificações dentro das mais diversas sociedades, a ponto de constituir uma mercadoria especial, com técnica, intenção e utilização determinadas. No moderno movimento editorial das chamadas sociedades de consumo, o livro pode ser considerado uma mercadoria cultural, com maior ou menor significado no contexto socioeconômico em que é publicado. Enquanto mercadoria, pode ser comprado, vendido ou trocado. Isso não ocorre, porém, com sua função intrínseca, insubstituível: pode-se dizer que o livro é essencialmente um instrumento cultural de difusão de idéias, transmissão de conceitos, documentação (inclusive fotográfica e iconográfica), entretenimento ou ainda de condensação e acumulação do conhecimento. A palavra escrita venceu o tempo, e o livro conquistou o espaço. Teoricamente, toda a humanidade pode ser atingida por textos que difundem idéias que vão de Sócrates e Horácio a Sartre e McLuhan, de Adolf Hitler a Karl Marx.

Espelho da sociedade

A história do livro confunde-se, em muitos aspectos, com a história da humanidade. Sempre que escolhem frases e temas, e transmitem idéias e conceitos, os escritores estão elegendo o que consideram significativo no momento histórico e cultural que vivem. E, assim, fornecem dados para a análise de sua sociedade. O conteúdo de um livro — aceito, discutido ou refutado socialmente — integra a estrutura intelectual dos grupos sociais.

Nos primeiros tempos, o escritor geralmente vivia em contato direto com seu público, que era formado por uns poucos letrados, já cientes das opiniões, idéias, imaginação e teses do autor, pela própria convivência que tinha com ele. Muitas vezes, mesmo antes de ser redigido o texto, as idéias nele contidas já haviam sido intensamente discutidas pelo escritor e parte de seus leitores. Nessa época, como em várias outras, não se pensava na enorme porcentagem de analfabetos. Até o século XV, o livro servia exclusivamente a uma pequena minoria de sábios e estudiosos que constituíam os círculos intelectuais (confinados aos mosteiros durante o começo da Idade Média) e que tinham acesso às bibliotecas, cheias de manuscritos ricamente ilustrados.

Com o reflorescimento comercial europeu, nos fins do século XIV, burgueses e comerciantes passaram a integrar o mercado livreiro da época. A erudição laicizou-se e o número de escritores aumentou, surgindo também as primeiras obras escritas em línguas que não o latim e o grego (reservadas aos textos clássicos e aos assuntos considerados dignos de atenção). Nos séculos XVI e XVII, surgiram diversas literaturas nacionais, demonstrando, além do florescimento intelectual da época, que a população letrada dos países europeus estava mais capacitada a adquirir obras escritas.

Cultura e comércio

Com o desenvolvimento do sistema de impressão de Gutenberg, a Europa conseguiu dinamizar a fabricação de livros, imprimindo, em cinqüenta anos, cerca de 20 milhões de exemplares para uma população de quase 10 milhões de habitantes, cuja maioria era analfabeta. Para a época, isso significou enorme revolução, demonstrando que a imprensa só se tornou uma realidade diante da necessidade social de ler mais.

Impressos em papel, feitos em cadernos costurados e posteriormente encapados, os livros tornaram-se empreendimento cultural e comercial: os editores passaram logo a se preocupar com melhor apresentação e redução de preços. Tudo isso levou à comercialização do livro. E os livreiros baseavam-se no gosto do público para imprimir, principalmente obras religiosas, novelas, coleções de anedotas, manuais técnicos e receitas.

Mas a porcentagem de leitores não cresceu na mesma proporção que a expansão demográfica mundial. Somente com as modificações socioculturais e econômicas do século XIX — quando o livro começou a ser utilizado também como meio de divulgação dessas modificações e o conhecimento passou a significar uma conquista para o homem, que, segundo se acreditava, poderia ascender socialmente se lesse — houve um relativo aumento no número de leitores, sobretudo na França e na Inglaterra, onde alguns editores passaram a produzir obras completas de autores famosos, a preços baixos. O livro era então interpretado como símbolo de liberdade, conseguida por conquistas culturais. Entretanto, na maioria dos países, não houve nenhuma grande modificação nos índices porcentuais até o fim da Primeira Guerra Mundial (1914/18), quando surgiram as primeiras grandes tiragens de um só livro, principalmente romances, novelas e textos didáticos. O número elevado de cópias, além de baratear o preço da unidade, difundiu ainda mais a literatura. Mesmo assim, a maior parte da população de muitos países continuou distanciada, em parte porque o livro, em si, tinha sido durante muitos séculos considerado objeto raro, atingível somente por um pequeno número de eruditos. A grande massa da população mostrou maior receptividade aos jornais, periódicos e folhetins, mais dinâmicos e atualizados, e acessíveis ao poder aquisitivo da grande maioria. Mas isso não chegou a ameaçar o livro como símbolo cultural de difusão de idéias, como fariam, mais tarde, o rádio, o cinema e a televisão.

O advento das técnicas eletrônicas, o aperfeiçoamento dos métodos fotográficos e a pesquisa de materiais praticamente imperecíveis fazem alguns teóricos da comunicação de massa pensarem em um futuro sem os livros tradicionais (com seu formato quadrado ou retangular, composto de folhas de papel, unidas umas às outras por um dos lados). Seu conteúdo e suas mensagens (racionais ou emocionais) seriam transmitidos por outros meios, como por exemplo microfilmes e fitas gravadas.

A televisão transformaria o mundo todo em uma grande "aldeia" (como afirmou Marshall McLuhan), no momento em que todas as sociedades decretassem sua prioridade em relação aos textos escritos. Mas a palavra escrita dificilmente deixaria de ser considerada uma das mais importantes heranças culturais, entre todos os povos.

Através de toda a sua evolução, o livro sempre pôde ser visto como objeto cultural (manuseável, com forma entendida e interpretada em função de valores plásticos) e símbolo cultural (dotado de conteúdo, entendido e interpretado em função de valores semânticos). As duas maneiras podem fundir-se no pensamento coletivo, como um conjunto orgânico (onde texto e arte se completam, como, por exemplo, em um livro de arte) ou apenas como um conjunto textual (onde a mensagem escrita vem em primeiro lugar — em um livro de matemática, por exemplo).

A mensagem (racional, prática ou emocional) de um livro é sempre intelectual e pode ser revivida a cada momento. O conteúdo, estático em si, dinamiza-se em função da assimilação das palavras pelo leitor, que pode discuti-las, reafirmá-las, negá-las ou transformá-las. Por isso, o livro pode ser considerado instrumento cultural capaz de libertar informação, sons, imagens, sentimentos e idéias através do tempo e do espaço. A quantidade e a qualidade de idéias colocadas em um texto podem ser aceitas por uma sociedade, ou por ela negadas, quando entram em choque com conceitos ou normas culturalmente admitidos.

Nas sociedades modernas, em que a classe média tende a considerar o livro como sinal de *status* e cultura (erudição), os compradores utilizam-no como símbolo mesmo, desvirtuando suas funções ao transformá-lo em livro-objeto. Mas o livro é, antes de tudo, funcional — seu conteúdo é que lhe dá valor (como os livros de ciências, filosofia, religião, artes, história e geografia, que representam cerca de 75% dos títulos publicados anualmente em todo o mundo).

O mundo lê mais

No século XX, o consumo e a produção de livros aumentaram progressivamente. Lançado logo após a Segunda Guerra Mundial (1939/45), quando uma das características principais da edição de um livro eram as capas enteteladas ou cartonadas, o livro de bolso constituiu um grande êxito comercial. As obras — sobretudo *best sellers* publicados algum tempo antes em edições de luxo — passaram a ser impressas em rotativas, como as revistas, e distribuídas às bancas de jornal. Como as tiragens elevadas permitiam preços muito baixos, essas edições de bolso popularizaram-se e ganharam importância em todo o mundo.

Até 1950, existiam somente livros de bolso destinados a pessoas de baixo poder aquisitivo; a partir de 1955, desenvolveu-se a categoria do livro de bolso "de luxo". As características principais destes últimos eram a abundância de coleções — em 1964 havia mais de duzentas, nos Estados Unidos — e a variedade de títulos, endereçados a um público intelectualmente mais refinado. A essa diversificação das categorias adiciona-se a dos pontos-de-venda, que passaram a abranger, além das bancas de jornal, farmácias, lojas, livrarias, etc. Assim, nos Estados Unidos, o número de títulos publicados em edições de bolso chegou a 35 mil em 1969, representando quase 35% do total dos títulos editados.

Proposta da coleção
"A Obra-Prima de Cada Autor"

"Coleção" é uma palavra há muito tempo dicionarizada e define o conjunto ou reunião de objetos da mesma natureza ou que têm alguma relação entre si. Em um sentido editorial, significa o conjunto não-limitado de obras de autores diversos, publicado por uma mesma editora, sob um título geral indicativo de assunto ou área, para atendimento de segmentos definidos do mercado.

A coleção "A Obra-Prima de Cada Autor" corresponde plenamente à definição acima mencionada. Nosso principal objetivo é oferecer, em formato de bolso, a obra mais importante de cada autor, satisfazendo o leitor que procura qualidade.*

Desde os tempos mais remotos existiram coleções de livros. Em Nínive, em Pérgamo e na Anatólia existiam coleções de obras literárias de grande importância cultural. Mas nenhuma delas superou a célebre biblioteca de Alexandria, incendiada em 48 a.C. pelas legiões de Júlio César, quando estes arrasaram a cidade.

A coleção "A Obra-Prima de Cada Autor" é uma série de livros a ser composta por mais de 400 volumes, em formato de bolso, com preço altamente competitivo, e pode ser encontrada em centenas de pontos-de-venda. O critério de seleção dos títulos foi o já estabelecido pela tradição e pela crítica especializada. Em sua maioria, são obras de ficção e filosofia, embora possa haver textos sobre religião, poesia, política, psicologia e obras de auto-ajuda. Inauguram a coleção quatro textos clássicos: *Dom Casmurro*, de Machado de Assis; *O Príncipe*, de Maquiavel; *Mensagem*, de Fernando Pessoa e *O Lobo do Mar*, de Jack London.

Nossa proposta é fazer uma coleção quantitativamente aberta. A periodicidade é mensal. Editorialmente, sentimo-nos orgulhosos de poder oferecer a coleção "A Obra-Prima de Cada Autor" aos leitores brasileiros. Nós acreditamos na função do livro.

---

* Atendendo a sugestões de leitores, livreiros e professores, a partir de certo número da coleção começamos a publicar, de alguns autores, outras obras além da sua obra-prima.

INTRODUÇÃO

Estudo crítico acerca do livro
A Arte de Furtar e seu provável autor

JOÃO RIBEIRO

Sumário — Questões suscitadas logo que se divulgou A Arte de Furtar *pelos meados do século XVIII. Escritores aos quais foi atribuída a invenção do livro. A atribuição a Frei Diogo de Almeida é embuste irrisório. A atribuição a João Pinto Ribeiro. A atribuição a Duarte Ribeiro de Macedo. A atribuição ao Padre Vieira, sempre mantida pelos impressores, não argue muita solidez e é hoje insustentável. Exame minucioso desta questão; caracteres do estilo e linguagem. A atribuição a Thomé Pinheiro da Veiga é a única aceitável. As objeções de Camillo Castelo Branco não resistem à análise. Parece-nos ser Thomé P. da Veiga o autor mais provável da* Arte de furtar.

A Arte de furtar apareceu pela primeira vez como escrita pelo Padre Antônio Vieira, com as indicações de "impressa na Oficina Elzeviriana", em Amsterdã, com a data de 1652, em volumes *in* IV de XXIV — 512 p[1].

Não haverá mister muita argúcia para se descobrir que é esta edição mero embuste de livreiros. Não podia ser impressa em 1652, ainda em vida do Padre Vieira, quando nada consta a esse respeito na sua notória posição nesta época e, ainda por tempo adiante, na

---

[1] Esta, temo-la por segunda edição. Veja-se in fine a nota bibliográfica.

sociedade portuguesa. Nenhuma referência se encontra nos autores coevos; nenhum testemunho que confirme aquela suposta data de livro tão veemente contra os costumes do tempo; nenhuma conformidade e aplausos como nenhum protesto ou gemido contra a sátira mais cruel que jamais se escreveu contra os costumes políticos no desenho das figuras ridículas e brutescas, cheias de alusões pessoais e contra pessoas de graves responsabilidades. Esta falsificação é ponto já apurado por todos os bibliógrafos. A aquelas dúvidas, propriamente intrínsecas, acrescia outra, positiva: a de que a divulgação do livro efetivamente excitou protestos quando a houve, em 1744, e foi origem desde logo de uma literatura de apodos e de polêmica. Saiu logo a lume a *Carta Apologética*, de Francisco José Freire (Cândido Lusitano), o qual era o crítico de mais respeito do tempo e, defendendo a memória do Padre Vieira, desde logo assentou os argumentos de que do grande orador não podia ser o famoso livro. Travou-se uma controvérsia entre Cândido Lusitano e o escritor anônimo que, segundo nos informa Inocêncio, devia ser o Padre Francisco Xavier dos Serafins Pitarra que sustentava, em *Dissertação Apologética*, a autoria de Padre Vieira e fazia, ainda, inúteis diligências para invalidar os argumentos de Francisco José Freire. Este reforçou sua defesa de Vieira, em seu Vieira defendido, com outras razões e grande superioridade sobre o adversário[2] — medíocre talento, mau escritor e pior velhaco, ignorante e ousado.

Afinal, aquietaram-se os críticos; mas, apesar de parecer acabada a contenda e de se terem dissipado as dúvidas quanto à impossível autoria de Vieira, a este jesuíta se continuou a atribuir a paternidade da *Arte de Furtar*, já porque não havia a quem atribuí-la, já, preponderantemente, porque aos livreiros convinha especular no nome do extraordinário e famoso orador.

Entretanto, a feição e os caracteres materiais da edição suposta de Amsterdã indicavam que fora, ao contrário, feita em Lisboa, e até o próprio nome da oficina holandesa onde se dizia impressa figurava com absurdo erro: oficina *Elvizireana*, por *Elzeviriana*.

---

[2] Os documentos desta primeira fase são: a *Carta Apologética*, de Francisco José Freire (Cândido Lusitano) Regia of. Silviana, 1744; a *Dissertação Apologética* e *Dialogística* (em resposta a antecedente, pelo Padre Francisco Xavier dos Serafins Pitarra), na mesma of. 1747, de 26 p. (anônima); *Vieira Defendido*, diálogo apologético, na mesma of. e no mesmo ano de 1746, *in* IV de XXII - 67 p. Estes três opúsculos são hoje muito raros.

A Arte de Furtar foi reeditada (talvez no mesmo ano da primeira impressão ou divulgação) com as mesmas indicações de impressa na oficina Elzeviriana com a data (desta vez autêntica) de 1744[3].

Foram muitos os que, com o andar do tempo, se desvelaram com o problema ainda hoje não resolvido na história literária portuguesa. A Academia portuguesa — no seu dicionário e no catálogo dos clássicos, como que autorizou as dicções — incluiu *A Arte de Furtar*, a cujo respeito o acadêmico Pedro José da Fonseca, negando (como era a opinião melhor) a autoria do Padre Antonio Vieira, confessa, todavia, que o estilo do grande orador foi imitado com grande êxito na viveza, facilidade e correção da frase. Pode-se, pois, afirmar que o século XVIII se escoou sem que pessoa alguma ousasse reclamar contra o que se havia apurado na polêmica imediata à divulgação do livro.

Em época mais recente, recomeçaram as pesquisas. Em todo caso, era indispensável descobrir o autor que parecia, pelo contexto do livro, ter vivido no tempo de D. João IV; a obra era mesmo dedicada ao restaurador da monarquia e, ainda que só fora impressa pelos meados do século XVIII, lícito era supor que havia sido escrita um século antes.

Dos personagens daquela era tempestuosa aos quais se podia atribuir o livro, que também parecia ser obra de homem versado nas leis e nos negócios, três desde logo chamaram a atenção dos estudiosos e dos críticos: João Pinto Ribeiro, Duarte Ribeiro de Macedo e Thomé Pinheiro da Veiga[4].

Os dois primeiros escritores, pelas suas conhecidas qualidades de estilo, ficam, à primeira vista, excluídos desta discussão. Só quem

---

[3] Acreditamos ser esta, verdadeiramente, a primeira edição.

[4] E, ainda notada a opinião de Ferreira Gordo nas *Mem. de Lit. Port. da Acad.*, tomo III, como favorável a João Pinto Ribeiro, mas a insinuação não parece fundada em valiosos argumentos; ainda mais fraca e quase insensata é a de um Padre Ignácio José de Macedo, que diz: "*A Arte de Furtar* não me parece do seu punho (de Vieira), mas de seu contemporâneo, um certo Duarte Ribeiro, que o arremeda sofrivelmente". As Obras de D. Ribeiro de Macedo, em estilo sóbrio, desornado e extremamente simples, protestam contra esse suposto arremedo. A opinião de maior peso é a de Rivara, que atribui *A Arte de Furtar* a Thomé da Veiga, como o afirmou e escreveu no prólogo da edição das *Reflexões Sobre a Língua Portuguesa*, de F. José Freire.

não haja lido quer a um quer a outro pode atribuir-lhes a veemência, graça e chiste a mesmo certo donaire e galanteria que nunca possuíram. Nenhum dos dois é um grande escritor, qualidade que logo se impõe e não pode faltar ao autor do livro: nenhum deles, em grau assinalável, possuía o cabedal e as riquezas de linguagem, o meneio e o governo fácil do idioma, a destreza no escrever, a graça em recontar, como nô-lo mostra e patenteia o famoso livro, que tão mal a propósito lhes atribuem.

João Pinto Ribeiro era um erudito e um dialético e a linha mais amável da sua estética é o seu perfil de herói da restauração, que foi quase obra sua. Duarte Ribeiro de Macedo fez verso e prosa, mas não tinha outro estilo que os dos negócios, um pouco superior ao que, ainda hoje, entre nós, caracteriza os nossos chamados grandes homens políticos, incapazes de perceber o ritmo da poesia e da linguagem, a não ser o das suas profundas algaravias práticas.

Nem um nem outro — monótonos e indecisos ambos — descobre a variedade e realce de cores ou a volubilidade e inconstância de espíritos que há na *Arte de Furtar*.

* * *

Entre essas encontradas opiniões críticas — de algum modo razoáveis e que despertam exame e discussão, diremos adiante —, interpuseram-se outras que nos cabe apenas o dever de mencionar, mas que, destituídas de qualquer fundamento, nem sequer têm a favor o crédito dos autores, mais ou menos insignificantes, que as formularam.

Sirva de exemplo a que se encontra no mal feito *Sumário da Biblioteca Lusitana*, que não passa de risível fraude urdida com tanto aprumo quanto inconsciência e falta de probidade.

Eis como nô-lo refere Inocêncio:

"Lê-se ainda no Astro da Lusitânia (junho/1821), uma nota em que o seu redator, Joaquim Maria Alves Sinval, referindo-se à *Arte de Furtar*, diz com irônica seriedade: 'Apareceu há pouco o autógrafo desta obra na livraria da Exma. Condessa de Oeynhausen, por letra de Diogo de Almeida. Com isto findo (*sic*) a dúvida que é não ser obra do Padre Vieira, a quem se atribuía.'

O laconismo desta afirmativa, em vez de findar a dúvida, vinha enredar mais o negócio para aqueles que sinceramente pretendessem dar crédito ao maravilhoso achado.

Duas questões, que demandavam solução peremptória, se levantavam para logo, a saber:

1º) Quais os caracteres de autenticidade que autorizavam a qualificação de autógrafo dada ao manuscrito que dizia aparecido?

2º) Quem era este Diogo de Almeida, seu inculcado autor, personagem tão conhecido dos leitores, que julgava suficiente a simples indicação do seu nome, sem acompanhá-lo de qualquer circunstância explicativa do estado, profissão e do tempo em que vivera?

Recorrendo à *Bibl. Lusitana do abade Barbosa*, apenas aparece nela com semelhante nome um único escritor, Frei Diogo de Almeida, monge beneditino, porém revestido de circunstâncias tais que para logo excluem a possibilidade de que tivesse ele sido o autor da *Arte de furtar*.

Viera a morrer em Madri e fora, ao que se vê, partidário acérrimo de Filipe IV: como era logo possível haver por composição uma obra sua, em que tanto mal diz dos castelhanos e se tacha de usurpação o domínio dos reis católicos em Portugal?

Pois, apesar desta reflexão, que imediatamente devia preponderar nos ânimos dos críticos sisudos, persuadindo a falsidade da notícia do imaginário achado, não faltou gente de boa-fé que sem mais exame a teve por verdadeira: e um nosso, aliás, distinto filólogo, o Padre José Theotônio Canuto de Forjó correu a lançar no *Sumário da Biblioteca Lusitana*, no exemplar do seu uso, em frente do artigo *Frei Diogo de Almeida*, a seguinte cota marginal: "Apareceu, na livraria da condessa de Oyenhausen, o autógrafo da *Arte de Furtar* por letra deste Padre."

Como esse exemplar que vi há poucos anos existe e terá corrido por diversas mãos, cumpre não deixar sem corretivo este ponto, prevenindo erradas persuasões. Esta nota (extraída do *Astro da Lusitânia*) nada mais significava do que uma alusão satírica aos extravios, que por aquele tempo se diziam praticados no inventário dos bens da casa de Alorna, em que a condessa sucedera por morte do marquês, seu irmão: "extravios atribuídos ao escrivão do processo, Diogo Jacinto de Almeida, cujo nome o redator do *Astro* truncara de propósito para fazê-lo passar a salvo como autor da *Arte de Furtar*".

A autoria de Frei Diogo de Almeida não passou, pois, da momentânea mistificação, logo inutilizada pela pesquisa de Inocêncio. Examinemos ainda a atribuição da *Arte de Furtar* a João Pinto Ribeiro, e essa era a hipótese a que se inclinava Francisco José Freire, nas suas apologias ou defesas de Vieira. Mas João Pinto Ribeiro faleceu em 1649 e certos fatos, que adiante havemos de mencionar e que constam daquele livro, são posteriores a esta data — o que impossibilita a conjeturosa hipótese, aliás, destituída de qualquer fundamento sério.

A propósito desta atribuição, diz Camillo Castelo Branco, que muito racionalmente a rejeita:

"O livro é oferecido ao príncipe D. Theodosio, que morreu em 1653; mas, pelos encômios que lhe dirige, depreende-se que a dedicatória foi escrita depois de 1651, quando o presuntivo sucessor na coroa se passou, a despeito do pai, ao Alentejo, para dar alento ao exército. João Pinto Ribeiro morrera quando o príncipe tinha quinze anos; seria irrisória adulação bajular com estas lisonjas um menino na flor da juventude: 'De armas a sabedoria vemos ornado V. Alteza assim porque tem todas as de Portugal (que monta tanto como as do mundo) à sua obediência; como também porque ninguém as meneia com tanto garbo, valor, destreza e valentia, ou seja a cavalo brandindo a lança, ou seja a pé levando a espada e fulminando o montante'."

Também não acredita que fosse A *Arte de Furtar* composição de Duarte Ribeiro de Macedo (1618-1680), o amigo do Padre Vieira com quem tão assiduamente se correspondia.

Para esta atribuição, a questão das datas não existiria; mas sobre não haver seguro fundamento nem razões que a firmem, há muitos motivos que a inquinam de falsa. Duarte Ribeiro de Macedo era, como dissemos, escritor sem agudeza, sem eloqüência, mediano, quase medíocre e, em todo caso, de nenhum modo poderia ser o autor de obra tal e de tais qualidades, que fosse possível como o foi atribuir sem desdouro ao grande Vieira, como é o caso da *Arte de Furtar*[5]. É questão que se resolve ao primeiro exame e à mais premonitória leitura

---

[5] Os argumentos em favor de Ribeiro de Macedo resultam de dois lugares da *Arte de Furtar*, donde se depreende ter estado o autor em Évora e também em Elvas. Ribeiro de Macedo estudou em Évora e foi juiz de fora em Elvas, mas não esteve, que se saiba, na Ilha da Madeira e em outros lugares que, se conclui, foram residência ou lugares por onde passou o escritor, como Viana de Caminha, Algarve, Ilha da Madeira, Vila Viçosa, Évora, Elvas, Lisboa e muitos outros.

de ambos. Só quem não possui qualquer parcela, ainda minguada, de senso crítico, poderá confundir Vieira com Duarte de Macedo.

O Padre Antonio Vieira não parece também ser o autor da *Arte de Furtar*. Exame menos detido desta obra — pela superioridade e pela grande riqueza verbal que nela se depara, pelo conhecimento dos homens e dos lugares e por outras qualidades de brilho e veemência de estilo — parece logo indicar o nome de Vieira, em falta de outro, e é de certo esta a razão fundamental que tem feito aceitar ou tolerar, sem mais público protesto, por tantas gerações sucessivas, a atribuição que tão zelosamente conservam os editores e reimpressores do livro.

Estudo, porém, mais individuado, consciencioso e seguro do estilo, elocução e da arte com que foi escrita aquela sátira, examinada ainda só por seus aspectos formais, convence-nos de que, em verdade, muito difere, e se distingue das composições do célebre jesuíta.

O modo de escrever de cada um é essencialmente diverso. Os períodos de Vieira são amplos, longos e largos, cheios de epítetos, de enumerações e amplificações, não só nas suas obras oratórias, mas ainda em outras que não trazem essa intenção, como no seu *Paradoxo da História do Futuro*. Para quem o examina, vê-se que na *Arte de Furtar* os períodos são breves, pequenos, e mais abalam e movem pela vivacidade do que pela força, e não se acompanham de amplificações, de metáforas, nem de recursos de ênfase, talvez indispensáveis na eloqüência. Cotejem-se a *História do Futuro* e a *Arte de Furtar* sob este aspecto: naquela, a primeira página (da ^{1}a edição) contém apenas dois períodos; a segunda página, apenas outros dois, e há períodos que abrangem páginas inteiras (p. 77, 127, 237, escolhidas ao acaso e à primeira vista). O contrário ver-se-á na construção da frase do autor da *Arte de Furtar*: os períodos sempre exíguos não excedem de três a cinco linhas, no caso geral e considerados sob o mesmo formato. Como admitir que o mesmo escritor modifique tão essencialmente aquilo que é a própria índole do seu estilo, a matéria verbal, o metro e a coordenação das idéias e palavras, a sintaxe, enfim?

Das histórias de ladrões que refere Vieira nas suas volumosas obras e sermões, nenhuma se repete ou se depara na *Arte de Furtar*; em alguns sermões, principalmente, trata Vieira de ladrões, salteadores e amigos do alheio, em um de Santo Antônio, no dos Enforcados, no do Santíssimo sacramento e no célebre sermão do Bom Ladrão: o homem que foi o primeiro ladrão (III, n. 312 da ^{1}a ed. dos Sermões); o feitor do Pai de famílias (*ibid*.); o do rei de Achab que roubou a vinha de Naboth (III, n. 314); a anedota do fastio de

D. João III *(ibid.*, n. 315); os pretendentes a grandes empregos; todo o IV Sermão de Xavier acordado (VIII, p. 228 *et s*s.); a carta de S. Francisco Xavier a mestre Simão (VIII, p. 217); o faraó e as alfaias (I, col. 306); Judas ladrão escolhido por Cristo para tesoureiro (I, col. 980); acerca da forca e dos enforcados (II, p. 402 *et s*s.); ladrões que tratam em segredo (XV, p. 11); Cristo e Santo Antônio como salvadores de ladrões (XII, n. 431); nenhuma destas alusões, circunstâncias, histórias ou anedotas se vê repetida ou sequer lembrada ou parafraseada na *Arte de Furta*r, o que seria improvável e impossível até se o autor fosse o mesmo para ambas estas obras, ao tratar de assunto idêntico; a conhecida tirada de Vieira sobre o verbo *rapio* conjugado em todos os tempos nas colônias do ultramar, tomada a uma carta de S. Francisco Xavier a D. João III (tomo VIII dos Sermões), nem sequer transparece aqui na *Art*e que é, aliás, um repositório de fatos e de anedotas. Como se explicar esta desconveniência[6]?

Outras circunstâncias e indícios não falham que repugnam a hipótese da autoria do Padre Vieira. Este, em todas as suas obras (já não nos referimos aos *Sermõe*s) intercala palavras das Escrituras Sagradas em número excessivo e sem relação alguma com as poucas tiradas de autores profanos; na *Arte de Furta*r, vê-se exatamente o contrário: quase todas as citações são de autores profanos e só um pequeno número é tomado aos Evangelhos. Neste particular ainda se observam algumas divergências que chamam a atenção. Vieira cita alguns autores profanos pelos seus nomes mais comuns como Cícero, Ovídio, ao passo que na *Arte de Furta*r o autor prefere dizer Nasão,

---

[6] Uma só história se vê repetida em Vieira e na *Arte de Furtar*, mas é a que correu em todas as silvas e florestas do tempo, no Teatro crítico, de Feijó, e Teatro anticrítico, e que vinha transladada das palavras literais de Sêneca, donde a foram buscar: é a de Alexandre e do pirata. E ainda aqui vê-se a diferença de estilo nos dois autores. Um, o da *Arte de Furtar*, é sóbrio e sem ênfase:

"Quando Alexandre Magno conquistava o mundo, repreendeu um corsário, que houve às mãos, por andar infestando os mares da Índia com dez navios..."

Vieira é mais eloqüente e também mais prolixo:

"Navegava Alexandre em uma poderosa armada pelo mar Eritreu a conquistar a Índia, e como fosse trazido à sua presença um pirata que por ali andava roubando os pescadores: repreendeu-o muito Alexandre de andar em tão mau ofício."

Túlio; e, enquanto Vieira diz sempre Esopo (como no tomo XII, p. 34, dos *Sermões*), o autor da *Arte de Furtar* diz sempre Hisopete quando se refere a fabulistas e, aliás, nunca se refere a Esopo[7]. As autoridades em Vieira são os filósofos Platão, Sêneca ou Aristóteles e, na maior parte, são os escritores e doutores da igreja; na *Arte de Furtar*, as autoridades são, em geral, profanas e, entre elas, Tucídides, Ovídio, Virgílio, Marcial, Tito Lívio, sem falar nos autores burlescos da Espanha.

Vieira é sempre grave, solene e majestoso; é-lhe impossível descair em qualquer frase de baixo plebeísmo, inconveniente, crua ou mal soante; falando do fruto que Eva desejou, ele dirá: "É bom para comer porque dizem que é saboroso". Em todas as suas obras não se deparam passos escabrosos que ele não transponha com a máxima decência; na *Arte de Furtar* os plebeísmos às vezes formigam nas expressões como na linguagem (termos chulos e da germânia ou calão de ciganos ocorrem muitas vezes no texto, além de ditados, vocábulos e modismos vulgares como "gualdripar", "falar galego", "a morte da bezerra", "pau de dois bicos", "João Topete", "Bento Quadrado", "Zote de requie", etc.)[8].

Não é também desprezível o fato que a primeira vista se colhe de que na *Arte de Furtar* há grande número de citas espanholas, sem embargo do ódio que ali se respira contra a Espanha e o jugo do qual sabiam ainda havia pouco os portugueses. Ao acaso podemos ler, logo no começo: "con arte y con engano"; "quiem todo lo quiere"; "mira la llaga!"; "quien cabras no tiene y cabritos vende"; "Dios le la depare buena"; e ainda certos espanholismos escusados como: "desbalijar"; "colgar"; "a la mira"; "chamiço"; "traginar" e outros de menor monta. Este fato é de importância.

Vieira não tinha ódio nem ojeriza contra a Espanha e o seu patriotismo (coisa rara naquele tempo) era prudente e medido; e até fazia questão de não passar por inimigo afrontador dos reis espanhóis e disto dá prova em uma das suas cartas; por sua vez, não cultivava

---

[7] Isopetes, Esopetes, Hisopetes eram nomes dados aos fabulistas medievais, imitadores, tradutores ou coletores de Esopo e Fedro, da literatura clássica.

[8] E ainda outras expressões: "arguereiro"; "berlanguches"; "brichóte"; "marchar os beiços"; "tortéles". Expressões, rascoices e dictérios, em que Vieira, sempre solene, nunca desliza.

a língua espanhola, naquela época em que todos queriam escrever, ainda que mal, em castelhano[9]; desta sua negligência ou pelo menos indiferença pela língua da moda há provas nos seus escritos, onde as citas castelhanas são tão raras quanto são abundantes, por exemplo, em D. Francisco Manoel e no autor da *Arte de Furta*r que, ao contrário de Vieira, abusava de espanholismos.

Não se pode admitir que Vieira, conhecedor do Brasil desde os primeiros anos da sua vida, não se referisse aos índios com o conhecimento que tinha, e escrevesse *cacic*h ou *caciz* em vez de *caciqu*e, régulo dos índios ainda que este vocábulo não tenha origem nas línguas americanas, mas era e sempre foi aqui muito conhecido e usado.

O autor da *Arte de Furta*r relata vários sucessos que presenciou na Ilha da Madeira e não consta que o Padre Antonio Vieira tivesse residência, ainda que temporária, naquela ilha.

Suposto que a indicação da Ilha da Madeira seja uma mistificação ou disfarce do autor que cuidava ficar anônimo[10].

Como explicar a elocução tão cheia de castelhanismos, e os caracteres tão distanciados e diversos do estilo de Vieira?

Em 1652 (que é a suposta data da primeira edição), Vieira estava no auge da sua fama e valimento; vinha de Roma e voltava pelos fins deste mesmo ano para o extremo norte do Brasil: foram breves os meses que passou aviando-se para as missões do Maranhão, e seria nesta época que, com o seu nome glorioso, havia de sair a lume em livro extraordinário e veemente do qual, entretanto, se não depara sequer vestígio nos documentos do tempo?

---

[9] Exceção feita, já se vê, de D. Francisco Manoel, cujas obras são admiradas nas duas línguas. Não gostava Antonio Vieira de compor em espanhol, e cremos que nunca o tentou fazer. Em uma das suas cartas a Ribeiro de Macedo, diz o seguinte: "Desejei que os sermões portugueses se traduzissem em castelhano; e, com efeito, remeti alguns ao Padre Andrez Mendo, os quais porém tornaram de lá tão mal traduzidos que me resolvi a que a tradução se fizesse cá; e porque eu nem tenho tempo, nem sou tão senhor da língua que o possa fazer exatamente...", etc.

[10] No texto, acima, registramos os provérbios e locuções castelhanas que sempre são intercaladas na *Arte de Furtar*. Ao contrário, tomando para exemplo as cartas de Vieira, tomo III, encontramos apenas citações latinas nas de número 30, 31, 51, 75, 78, 81, 87, 108, 122, 123, e uma única frase espanhola tomada da própria pessoa a quem escrevia na número 85 (não falamos dos sermões, porque seriam aí naturalmente impróprias), como já acima observamos.

Em resumo, a questão pode ser definida sinteticamente da maneira seguinte:

Sempre se considerou a atribuição ao Padre Vieira da paternidade da *Arte de Furtar* como insustentável e falsa, logo que o livro se divulgou pelos meados do século XVIII; e sempre persistiram os editores e impressores do livro, então como ainda agora, em manter no frontispício o nome do Padre Vieira. Pode-se julgar apurado este aspecto, aliás, negativo, do problema.

* * *

De todas as atribuições feitas, excluída a de Vieira por sem fundamento ou improvável, a única que nos últimos tempos obteve algumas adesões, ou pelo menos excitou maior interesse entre os estudiosos desta questão, foi a que se fez a Thomé Pinheiro da Veiga, vulto importante da política portuguesa nos últimos dias da usurpação espanhola e procurador da coroa nas cortes reunidas por D. João IV na época da restauração.

O erudito bibliógrafo, J. H. da Cunha Rivara, ao prefaciar as *Reflexões Sobre a Língua Portuguesa*, de Francisco José Freire, editadas em 1842[11], ao enumerar as obras deste autor, escreveu a propósito do opúsculo *Vieira Defendido*, a que nos referimos há pouco, as seguintes palavras: "Por não ser aqui lugar próprio, reservamos para outro tratar novamente esta questão curiosa na literatura portuguesa; e fundados assim em boa autoridade, como na crítica da obra, mostrar que A *Arte de Furtar* se pode, com segurança, atribuir ao célebre jurisconsulto Thomé Pinheiro da Veiga".

Estes bons desejos não os cumpriu Cunha Rivara, que o saibamos; mas não é inútil notar que, fundado no *Vieira Defendido*, de Candido Lusitano, não podia chegar àquela determinação, pois que o apologista de Vieira ou seu defensor apenas inclinava a crer que a *Arte de Furtar* tinha sido escrita por João Pinto Ribeiro.

Inocêncio da Silva, no suplemento do *Dicionário Bibliográfico* (tomo VIII, p. 330), descobre com alguma perspicácia o fundamento desta suposição de Rivara.

---

[11] Publicada pela Sociedade Propagadora dos Conhecimentos Úteis (e foi o segundo volume da coleção), segundo o manuscrito que existe na Biblioteca Pública de Évora.

Efetivamente, diz ele haver na Biblioteca de Évora, entre outros manuscritos que foram de propriedade do Padre João Baptista de Castro, uma cópia da *Arte de Furtar* com uma nota ou advertência por letra do possuidor em que se dizia o seguinte:

"O original deste tratado manuscrito comprou João Baptista Lerzo, mercador de livros genovês que morava defronte do Loreto, no espólio de um desembargador. Como era seu amigo, mo participou e eu o tive quase um ano em meu poder; tanto assim que, compondo naquele tempo a minha *Hora de Recreio*, me aproveitei de algumas histórias do tal tratado que introduzi e se imprimiram no ano de 1742, na oficina de Miguel Manescal, muito antes que saísse à luz a tal Arte[12]: a qual se imprimiu sub-repticiamente na oficina que o mesmo Lerzo tinha em sua casa, dizendo que era obra do Padre Antonio Vieira.

Depois que saiu a público, fez um grande estrondo e se começou a duvidar do autor. O que eu posso assegurar é que, conferido o original desta *Arte* com outro manuscrito de Thomé Pinheiro da Veiga, era a letra e o estilo semelhante. Donde é crível que fosse ele o autor da Arte de furtar".

Estas palavras do Padre João Baptista de Castro são de grande valor, e sob muitos aspectos: ele registra a impressão sub-reptícia, fato já sem dúvida, da *Arte de Furtar*; teve em suas mãos o manuscrito e foi o primeiro a aproveitá-lo, editando alguns excertos que se encontram na sua *Hora de Recreio*, publicada antes daquela (sob as iniciais J. B. C.); e quanto à sua atribuição fundada na letra e no estilo de F. da Veiga é da mais alta valia, porque J. B. Castro conhecia todos os segredos do estilo de Vieira que ele disseca e estuda com as minúcias de retórico sutil no seu curioso e precioso livro *Espelho de Eloqüência Portuguesa*, que é todo ilustrado com inúmeros exemplos do grande clássico[13] e não podia, pois, ser fácil vítima de engano nesta matéria.

Se Cunha Rivara conhecia outros argumentos mais positivos do que estes de que inegavelmente teve notícia na Biblioteca de Évora,

---

[12] É útil recordar o que já dissemos, e este tópico o confirma, ser a data da 1ª edição, 1652, inteiramente indigna de fé e insustentável.

[13] O Espelho de eloqüência saiu sob o pseudônimo de Jesam Barata, como várias outras obras do Padre Castro.

é coisa que, pela nossa parte, absolutamente ignoramos. Não é menos certo, porém, que essa atribuição da autoria da *Arte* a Thomé Pinheiro da Veiga encontrou sempre geral impugnação ou dúvida invencível. De tal arte está o nome de Vieira ligado àquela sátira política e social, que é difícil, senão arriscado, sem provas materiais, rasgar a tradição, já consolidada pela inércia dos críticos e pela ignorância do vulgo.

Ainda há pouco, no correr do ano de 1904, em valioso e interessante estudo sobre a personalidade de Thomé Pinheiro da Veiga, Bruno (José Pereira de Sampaio) deixa infelizmente de parte esta questão que seria, e é, a mais importante que poderá suscitar a biografia daquele famoso jurisconsulto.

Bruno registra a opinião de Inocêncio e as reflexões de Camillo C. Branco, mas não parece, ao resumi-las, assumir nenhuma responsabilidade quanto às suas convicções próprias[14]. "Eis, diz Camillo[15]:

> O livro de autor enigmático, hoje oculto e talvez indecifrável. Há muitos anos que a ilustrada opinião apregoa que o Padre Antonio Vieira não escreveu tal livro. Não obstante, a especulação cavilosa ou boçal dos editores não desiste de mercadejar com a mentira, irmanando o tomo da *Arte de Furtar* com os dos Sermões e das Cartas e dos Inéditos.

As considerações e argumentos de Camillo são por ordem em que os expôs pela rama, e de modo excessivamente sintético, fundados na leitura e análise do livro. Um deles, que de princípio acode, é o da elocução onde se deparam arcaísmos e certa simplicidade que contrastam com a eloqüência e galas de estilo de Vieira. Ervava, diz o crítico, o Padre Vieira, as suas sátiras e alusões com mais penetrante peçonha; usava metáforas, trocadilhos, agudezas e hipérboles de que não há um só exemplo na *Arte de Furtar*[16].

---

[14] Naturalmente, o crítico apenas tinha em mira o estudo da Fastiginia (do mesmo T. da Veiga), infelizmente até hoje manuscrito e inédito. José P. de Sampaio (Bruno) possui um manuscrito da Fastiginia.

[15] No segundo tomo (que é todo de sua lavra) do Curso de Literatura Portuguesa, por José Maria de Andrade Ferreira Lisboa, 1576, p. 119 et ss.

[16] Esta reflexão crítica de Camillo é absolutamente inexata. Se for certo que o autor da *Arte de Furtar* não se comprazia com hipérboles e metáforas, também é certo que cultivava a agudeza, os trocadilhos ou equívocos dos quais, longe de não haver um só exemplo, há muitíssimos no texto do livro.

Nota ainda Camillo que há algumas analogias de frase com as de Vieira nas cartas que escreveu ao príncipe D. Theodosio e as expressões que ocorrem na dedicatória da *Arte de Furtar* ao mesmo príncipe; mas essa analogia, acrescenta, é desvalida por numerosas incongruências apegadas no *Vieira Defendido*, de Cândido Lusitano[17].

Até aqui rejeita Camillo a hipótese dos que, sem fundamento sólido, atribuem ao Padre Vieira *A Arte de Furtar*, e passa a analisar a atribuição que dá Cunha Rivara a Thomé Pinheiro da Veiga, falecido em 1656[18].

"O senhor Rivara, diz Camilli, "está persuadido que *A Arte de Furtar* seja de Thomé Pinheiro da Veiga. Ora, na página 251 na *Arte de Furtar* da edição de Londres, 1820, lemos o seguinte:

'Por isso disse muito bem o doutor Thomé Pinheiro da Veiga (que em tudo é discreto), respondendo a petição', etc. Não se acredita que o autor, dedicando a sua obra a um rei e a um príncipe, quer tencionasse publicá-la anônima, quer não, falasse de si mesmo com tão insólita vaidade.

Não nos parece insólita vaidade o confessar-se discreto, ainda diante do príncipe. Muito mais envaidecidamente, quem quer que

---

Apontemos aqui os seguintes e por alto: "eram frutos, melhor dissera furtos"; "venho da corte, tão cortado que lá me fica tudo"; "despiu-se sem se despedir do vestido que logo se despediu dele". "Há três RRR que não tornam atrás e são: rei, rio e raio"; e não incluímos aqui anexins, ou coisas que os valham, como "sesta por balhesta"; "fazer do céu cebola"; "João Topete e bicos de canivete"; "o rei ao Roque"; "os figos e os amigos", que eram já, e são em parte, do povo e dos escritores. Deve-se, porém, confessar que era propósito do autor evitar o cultismo do estilo, como era a moda no seu século, e isto se vê da dedicatória do livro em que diz: "vestirei de primavera o mês de dezembro, mas sem tropas de sentenças cabalísticas, nem infantaria de palavras cultas e penteadas, que me quebram a cabeça" (na "Dedicatória ao Príncipe Dom Theodósio").

[17] Também neste ponto Camillo fala aereamente; tivemos o cuidado de ler e confrontar as cartas ao príncipe Theodósio (na maior parte constam do segundo volume da 1a edição das Cartas) e nenhuma analogia, ainda remota, nelas se depara.

[18] Aceitamos como fundamentada esta data de 1656 em que faleceu Th. P. da Veiga, aos 99 anos de idade (1556-1656), depois do que larga e substancialmente escreveu Inocêncio (VII volume do Dic. Bibl.), de modo a não ficar dúvida sobre a matéria. E, além disto, a que aceita Camillo no Curso de Literatura, Bruno no ensaio já citado, e todos quantos trataram do assunto.

fosse o autor, disse não já ao príncipe, mas ao próprio rei: 'se V. M. não conhece nem o mundo em que vive e de que é senhor, eu o direi em breves palavras'[19], e falando do seu tratado diz que não é 'pílula amargosa, irá prateado com tal têmpera que irrite mais a gosto do que a moléstia', sem falar que elogia o próprio estilo em que o escreveu 'picante ou lépido' como o pretendia, e tudo isto diante do rei ou do príncipe[20]."

Outra reflexão de Camillo é a seguinte:

"Na *Arte de Furtar*[2]1 lemos: 'Falta a estes senhores a generosidade que sobejou ao duque D. Theodosio, digníssimo progenitor do nosso invictíssimo rei D. João IV, de gloriosa memória, etc.'[21]. Era, pois, falecido D. João IV, quando o autor levava a pouco mais de meio[22] a *Arte de furtar*, e Thomé Pinheiro da Veiga falecido era já também."

Este ponto da crítica de Camillo Castelo Branco é o único que parece oferecer resistência à análise. Não é, porém, descabido lembrar que a frase é o seu tanto ambígua e que, em todo o caso, a vista de outros lugares do texto do mesmo livro pode ser uma interpolação, coisa fácil de acontecer em obra manuscrita por quase um século[23] e é o que iremos ver.

O epíteto de gloriosa memória está muito próximo a D. João IV e, por isso, ao primeiro aspecto, naturalmente lhe pertence; mas não é impossível que se refira a D. Theodosio (pai de D. João IV), nome

---

[19] Na "Dedicatória ao rei".

[20] Deve-se ainda notar que podia o autor se dizer "discreto" (isto é, grave, circunspecto) por ironia, porque de fato Thomé da Veiga, homem de grande chiste e graça, passava por indiscreto e malévolo.

[21] Convém, para melhor inteligência do texto, reproduzi-lo integralmente: "Falta a estes senhores a generosidade que sobejou ao sereníssimo duque D. Theodosio, digníssimo progenitor de nosso invictíssimo rei D. João o IV de gloriosa memória, o qual convidado por el-rei Filipe III de Castela, quando veio a Portugal na era de 620, que lhe pedisse mercês, respondeu palavras dignas de cedro e de lâminas de ouro."

[22] Em rigor, levava a dois terços.

[23] Este mesmo tópico serve mais uma vez para confirmar que é falsa a suposta edição de 1652, qualquer que seja a interpretação que se dê ao texto.

que ocorre na mesma frase e proposição, conforme o texto integral. Quando muito a colocação do epíteto poderia ser viciosa; mas, em qualquer caso, ela não poderá prevalecer, ambígua como é, contra outras provas que se evidenciam de vários lugares do livro[24].

Muitos são os lugares donde se pode depreender a cronologia do livro: a referência a fatos em diferentes momentos daquela época poderá esclarecer e mesmo determinar, dentro de limites restritos, a verdadeira data da *Arte de Furtar*. Iremos nomeando algumas:

A) As dedicatórias a D. João IV e ao príncipe D. Theodósio, feitas em vida dos mesmos, como se depreendem do contexto ("É V. M. o mais poderoso..."; "Sirva-se V. M. de entender assim...",). Não podiam, pois, se referir a um rei falecido.

B) Se se fala em "D. João IV de gloriosa memória" (e este epilheto pode ser que se refira a D. Theodósio, que vem pouco antes, conforme dissemos), daí nada se pode concluir, pois algumas páginas adiante, o autor fala de "D. João IV, nosso senhor, que Deus guarde", o que dá a entender que era vivo.

C) Em vários lugares do texto, fala-se dos holandeses no Brasil em guerra conosco, guerra que se prolongou até ao reinado de Afonso VI e poderia, pois, se tratar de época posterior a 1656; mas em um tópico, diz que se "dona Cobiça para o Brasil fosse, poderia cair nas unhas dos parlamentários ou holandeses". Ora, os parlamentários (ingleses de Cromwell) tinham já cessado com o Protetorado e, em qualquer caso, em 1656 já estava feita a paz entre Inglaterra e Holanda. Escrevia, portanto, o autor em época anterior àquela data que é a da morte de D. João IV e da de T. Pinheiro da Veiga, o que inutiliza a objeção de Camillo.

D) Em outro lugar o autor escreve falando da igreja católica: "de nenhuma maneira ela sofre simonias como atualmente o tem mostrado a Santidade de Inocêncio X, depondo, enforcando e queimando muitos por falsificarem letras".

Como poderia ser este trecho escrito depois de 1656, quando se sabe que o Papa Inocêncio X ocupou o trono pontifício de 1644 a 1655, ano em que faleceu?

---

[24] É preciso notar que o texto é contraditório com o de poucas páginas acima, onde se fala de Thomé da Veiga como vivo. Tanto D. João IV como T. da Veiga morreram em 1656.

Desta arte, fica o argumento de Camillo Castelo Branco reduzido a menos do que uma anfibologia gramatical[25].

Consideramos, pois, que não há razão nem argumento que impossibilite, por enquanto, a hipótese de ser Thomé Pinheiro da Veiga o autor da *Arte de Furtar*. Esta, porém, é a face negativa da questão. Thomé da Veiga poderia ter sido o autor do livro, mas como passar de mera possibilidade ou, ainda, de probabilidade à certeza?

Exame rigoroso e individuado da *Fastiginia* poderia, talvez, levarnos a qualquer conclusão mais positiva. Não existe, porém, entre nós, nenhuma cópia deste interessante manuscrito como de nenhum outro que diga respeito à literatura da nossa língua[26].

O título deste inédito, é integralmente o seguinte: "Fastiginia ou faustos genais tirados da tumba de Merlim, onde foram achados com a demanda do Santo Graal, pelo Arcebispo Turpim. Descobertos e tirados à luz pelo famoso lusitano Frei Pantaleão que os achou em um Mosteiro de Calouros, repartidos em duas partes. Na primeira, Philip-Strea, que trata das festas e bons anúncios do nascimento do príncipe D. Filipe Domingues; na Pratilogia que trata da prática do Prado, gênio e conversação dos Damas, por outra letra, Baratilho Cotidiano. Vai acrescentada nesta impressão a Pincigrafia ou discrição e história natural de Valladolid".

---

[25] Os argumentos cronológicos que apresentamos fundam-se em fatos sobre cuja data não pode haver discussão ou dúvida — como a paz dos parlamentários e dos holandeses, o pontificado de Inocêncio X; qualquer o pode verificar nos livros de história e cronologia. Camillo Castelo Branco, porém, referindo-se a um fato secundário, ao roubo de um certo Carvalho, guarda da alfândega de que fala o autor da *Arte de Furtar*, diz dogmaticamente que este caso é de 1664; di-lo, porém, sem documentar nem declarar a fonte de onde auriu esta, aliás insignificante, convicção; não há muita lisura neste processo de crítica e é lícito considerarmos esta notícia como inexata ou duvidosa, por ser apresentada com aquela omissão tanto mais grave quanto existe uma história e anuário anedótico da época (Monstruosidades do tempo e da Fortuna), que é precisamente omissa naquele ano.

[26] Circunstância que não é muito de entranhar. Temos uma Biblioteca que se condecora com o título de *Nacional* e que, além do rico acervo que veio de Portugal, só quase pôde aumentar sua coleção de novidades de livraria e de revistas, pela maior parte, de segunda e última ordem. Não é um órgão da nossa cultura, mas, justiça lhe seja feita, está muito ao molde, ao gosto, e às exigências das nossas presunções letradas; é um monstruoso gabinete de leitura com algumas coisas de História e outras de histórias. Deram-lhe agora um palácio para esconder a pobreza doméstica que lá dentro há.

O texto deste livro e o seu estilo lembram os processos de arte e de temperamento do que escreveu *A Arte de Furtar*; notou Rivara que é "digníssimo de se ler e devia andar nas mãos dos curiosos. As elegantes descrições, anedotas bem entretecidas, a crítica fina, a ironia e, às vezes, a sátira, cada uma em seus lugares, fazem ler com gosto uma obra que era menos de esperar das formas austeras dos nossos quinhentistas, em cuja escola ainda aprendeu o autor."

E Bruno diz do livro que "é matizado de ridentes citações, de espanhóis e italianos, com abundância exímia do Ariosto, cuja fantasia jorra iluminadoramente desparzida a cada quina da prosa lusitana."

Este crítico fino, irônico e arguto, não será o autor da *Arte de Furtar*? Não cabem a ambas, à *Fastiginia* e à *Arte*, aqueles mesmos dotes e qualidades que separadamente se reconhecem em cada uma delas? Quem poderia disputá-las naquela época senão o mesmo Thomé Pinheiro da Veiga?

A publicação da *Fastiginia* provavelmente contribuirá para resolver este problema ou para nos aproximar, cada vez mais, da solução verdadeira.

A nota manuscrita de J. B. de Castro e a conjetura de Rivara, então, talvez se vejam confirmadas (ainda que o estilo nos pareça quanto moderno) ao que pressentimos, restituindo-se a Thomé da Veiga a glória de haver escrito a mais perfeita de todas as sátiras dos costumes e da sociedade portuguesa naquele desterroar-se do império, depois de Alcacerquibir.

Felizmente, a esta ruína que foi moral e política como outrora a dos gregos, sobreviveu o antigo esplendor artístico e intelectual: a Gil Vicente e Camões seguiram-se Frei Luís de Sousa, Vieira, D. Francisco Manoel e, enfim, Bernardez, os maiores prosadores da língua.

10 de janeiro de 1906

João Ribeiro

Dedicatória
ao Rei D. João IV

Senhor
Um sábio disse que não havia, neste mundo, homem que se conhecesse, porque todos para consigo são como os olhos que, vendo tudo, não se vêem a si mesmos. E daqui vem não darem muita fé de suas perfeições, nem advertirem em seus defeitos, e ser necessário que outrem lhes diga o que passa na verdade. Se V.M. não se conhece, nem o mundo em que vive e de que é senhor, eu o direi em breves palavras. É V.M. o mais nobre, o mais valente, o mais poderoso e o mais feliz homem do mundo; e este mundo é um covil de ladrões.

Digo que é V.M. o mais nobre, porque o fez Deus rei e lhe deu por avós reis santos e poderosos, que ele mesmo escolheu e enobreceu, para a mais nobre ação de lhe aumentar e estabelecer sua fé. É o mais valente, assim nas forças do corpo como nas do espírito: nas do corpo, porque não há trabalho a que não resista, nem outrem que possa medir valentia com V.M.; e nas do espírito, porque não há fortuna que o quebrante, nem adversidade que o perturbe. É o mais poderoso porque, sem arrancar a espada, se fez senhor do mais dilatado império, tirando-o das garras de leões que o ocupavam, com tanta pressa que não põe tanto uma posta em levar a nova, quanta V.M. pôs em arvorar a vitória nas mais remotas partes do mundo. É o mais feliz, porque em nenhuma empresa põe sua real mão que lhe não suceda a pedir por boca e, se alguma se malogra é a que V.M. não aprovou; tanto que temos já por único remédio, para se acertar em tudo, fazer-se só o que V.M. ordena, ainda que a outros juízos pareça desacerto.

E digo que este mundo é um covil de ladrões, porque, se bem o considerarmos, não há nele coisa viva que não viva de rapinas: os animais, aves e peixes, comendo-se uns aos outros se sustentam; e se alguns há que não se mantenham doutros viventes, tomam seu pasto dos frutos alheios que não cultivaram, com que vem a ser tudo uma pura ladroeira. Tanto que até nas árvores há ladrões, e os elementos se comem e gastam entre si, diminuindo-se por partes, para acrescentar cada qual as suas. Assim se portam as criaturas irracionais e insensíveis e as racionais ainda pior que todas, porque lhes sobeja a malícia, que nas outras falta, e com ela trata cada qual de se acrescentar a si. E como o homem de si nada tem próprio, claro está que, se os acrescenta, muitos hão-de ser alheios.

E de todo este discurso nada é conforme à lei da natureza, a qual quer que todas as coisas se conservem sem diminuição de alguma. Nem a lei divina quer outra coisa, antes lhe aborrecem tanto ladrões que, do céu, do paraíso e do apostolado, os desterrou. E a este último desterro se acrescentou forca; e note-se que a tomou o réu por sua mão, sem intervir nisso sentença de Justiça, para nos advertir o castigo que merecem ladrões e como não devem ser admitidos nem tolerados nas Repúblicas.

Quer Deus que haja reis no mundo e quer que o governem assim como ele, pois lhes deu suas vezes e os armou de poder contra as violências. E como a maior de todas é tomar o seu a seu dono, em emendar esta se devem esmerar. E em V.M. corre esta obrigação maior, pois fez Deus a V.M. o mais nobre, o mais valente, o mais poderoso e o mais feliz rei do mundo. E deve pôr cuidado grande nesta empresa, porque a fazenda de V.M. é a mais combatida destes inimigos que, por serem muitos, só com um braço tão alentado, como o de V.M., poderão ser reprimidos e castigados.

A maior dificuldade está no conhecimento deles, porque, como o ofício é infame e reprovado por Deus e pela natureza, não querem ser tidos por tais, e, por isso, andam todos disfarçados; mas será fácil dar-lhes alcance, se o dermos a suas máscaras, que são as artes de que usam. Destas faço aqui praça e lhas descubro todas, mostrando seus enganos como em espelho e minhas verdades como em teatro, para fazer de tudo um mostrador certíssimo das horas, momentos e pontos em que a gazua destes piratas faz seu ofício. Não ensina ladrões o meu discurso, ainda que se intitula *Arte de Furtar*; ensina só a conhecê-los, para os evitar.

Todos têm unhas, com que empolgam, e nas unhas de todos hei

de empolgar, para as descobrir por mais que escondam; e será tão suavemente que ninguém se doa. Vai muito no modo e no estilo: a pílula amargosa não causa fastio, se vai dourada; e para que este Tratado o não cause, irá prateado, com tal têmpera que irrite mais a gosto que a moléstia. Sirva-se V.M. de o entender assim e de observar com seu grande entendimento até os mínimos ápices desta *Arte*, porque das contraminas dela, que também descubro, depende a conservação total do seu império, que Deus nosso senhor prospere, até ao fim do mundo, com as felicidades que seus venturosos princípios nos prometem, etc.

Ao sereníssimo senhor D. Theodósio
Príncipe de Portugal

Senhor
Também a V.A. real e sereníssima pertence a emenda desta *Arte*, por todos os títulos que a el-rei nosso senhor pertence, pois não assim como ele o limito em suas grandezas, porque de tal árvore não podia nascer menor ramo e, em nascendo, mostrou logo V.A. o que havia de ser. E um matemático insigne mo disse, olhando, por lho eu pedir, para os horóscopos do céu, que V.A. havia de ser rei da terra, e S.M., que Deus guarde, guardou este juízo. E ainda que estas razões não militassem, que são certíssimas, bastava vermos que há em V.A. poder e saber para tudo; e são duas coisas muito essenciais para emendar latrocínios: o saber, para os apanhar, e o poder, para os emendar. Digo que vemos em V.A. poder, porque vemos que, assim como Atlante cansado de sustentar as esferas do céu as entregou aos ombros de Hércules para que as governasse, assim el-rei nosso senhor, Atlante do nosso império, descarregou as esferas dele nos ombros de V.A., não para descansar, que é infalível, mas para se gloriar, que tem em V.A. ombros de Hércules, que ajudam os de Atlante e o igualam no poder.

A Hércules pintou a antiguidade ornado com uma clava, que lhe arma as mãos, e com cadeias e redes que lhe saem da boca e levam presa infinita gente. Com a clava se significam suas armas e poder, com as redes e cadeias sua sabedoria; e com estas duas coisas vencia e dominava tudo. De armas e sabedoria vemos ornado e fortalecido a V.A., assim porque tem todas as de Portugal (que monta tanto como as do mundo) à sua obediência, como também porque ninguém as meneia com tanto garbo, valor, destreza e valentia, ou seja a cavalo, brandindo a lança, ou seja a pé, levando a espada e fulminando o montante; e assim se demonstra que há em V.A. poder para emendar e castigar. E porque este não basta, se não há ciência para alcançar quem merece o castigo, digo que vemos em V.A. tanta sabedoria que parece infusa, porque não há arte liberal em que não seja eminente, não há ciência especulativa em que não esteja consumado, não há hábito de virtude moral que o não tenha adquirido e feito natural com o uso. E em todo o gênero de letras, artes e virtudes se consumou com tanta facilidade e presteza, que nos parecia ter nascido tudo com V.A. naturalmente, e não ser achado por arte; e assim se prova que há em V.A. saber para dar alcance aos latrocínios, de que aqui tratamos, e em os pescando com a rede da sabedoria, segue-se emendá-los com a clava do poder.

Sujeito, portanto, esta *Arte de Furtar* ao poder e sabedoria de V.A. Ao poder, para que a ampare; e à sabedoria, para que a emende. Porque só da sabedoria de V.A. fio que dará alcance às sutilezas dos professores desta arte. Em duas coisas peço a V.A. que ostente aqui seu poder: em castigar ladrões e em me defender deles, pois fico arriscado com os descobrir; mas com me encobrir V.A. me dou por seguro. E em outras duas coisas torno a pedir ostente V.A. sua sabedoria em emendar esta *Arte,* em quanto pertence aos ladrões, e também o estilo dela, pelo que tem de meu. Levarei mal que me argua outrem, porque não haverá quem me não seja suspeito, salvo V.A., visto não haver outrem que escape das notas que aqui emendo.

Dirão que falo picante ou lépido; isso é o que pretendo, para adoçar, por todas as vias, o desagrado da matéria. Cuidava eu que falar nisto muito chumbado e sério seria o melhor; mas sendo o objeto de si penoso, porque é de perdas e danos, fazê-lo mais penoso com o estilo seria vestir um capuz a este tratado, para todos lhe darem o pêsame de o não poderem ver às escuras. Vestirei de primavera o mês de dezembro, para o fazer tratável, tecendo os casos e matérias de modo que não façam maior pendor para uma balança que para outra, para que alivie o curioso da arte e estilo o molesto da matéria, sem tropas de sentenças cabalísticas, nem infantaria de palavras cultas e penteadas, que me quebram a cabeça. Alguns livretes vejo, desses que vão saindo à moderna e, quando os leio, bem os entendo; mas quando os acabo de ler não sei o que me disseram, porque toda a sua habilidade põem em palavras. E já disse o provérbio que palavras e plumas o vento as leva. Outros toda a pólvora gastam em dar conselhos políticos a quem lhos não pede e, bem apertados, vêm a ser melancolias do autor que, por arrufos, deram em desvelos ou, por ambição, em delírios; e pudéramos responder aos tais o que Apeles ao que lhe tachou as roupagens da sua pintura, saindo-se da esfera do seu ofício.

Seja o que for, o que sei é que nada me toca mais que zelo do bem comum e aumento da monarquia, de que é herdeiro e senhor V.A. Ladrões retardam aumentos, porque diminuem toda a coisa boa; diminua-os V.A. a eles e crescerá seu império, que os bons desejam dilatado até ao fim do mundo, porque todos amam mais que muito a V.A., que Deus guarde, etc.

Protestação do autor

A quem ler este tratado

Em Ouguela, lugar de Além-Tejo, entre Elvas e Campo Maior, há uma fonte cuja água não coze carne, nem peixe por mais que ferva. E na vila de Pombal, perto de Leiria, há um forno em que todos os anos se coze uma grande fogaça para a festa do Espírito Santo; e entra um homem nele, quando mais quente, para acomodar a fogaça e se detém dentro quanto tempo é necessário, sem padecer lesão alguma do fogo que, cozendo o pão, não coze o homem. E, pelo contrário, na tapada de Vila Viçosa, retiro agradável da grande casa de Bragança, advertiu uma coisa notável: que haverá mais de dois mil veados nela, que todos os anos mudam as pontas, bastante número para, em pouco tempo, ficar toda a tapada juncada delas; e no cabo não há quem ache uma. Perguntei a razão ao senhor D. Alexandre, irmão de el-rei nosso senhor, grande perscrutador de coisas naturais; e me respondeu, o que é certo, que os mesmos veados em as arrancando logo as comem. Mais me admirou que haja animais que comam e possam digerir ossos mais duros que pedras! Mas que muito, se há aves que comem e digerem ferro, quais são as emas!

Conforme a estes exemplos, também nos homens há estômagos que não cozem muitos manjares, como a fonte de Ouguela, o forno de Pombal, nem os admitem; por bons que sejam, e abraçam outros mais grosseiros, com que se fazem como veados e emas. E se perguntarmos ao filósofo a razão destas desigualdades? Dirá que são efeitos e monstruosidades da natureza, que obra conforme as compleições e qualidades dos sujeitos. O mesmo digo, se houver estômagos que não admitam e cozam bem os pontos e matérias que discursa este tratado, que não vem o mal da qualidade das coisas que aqui ofereço, senão do mau humor com que as mastigam, mais para as morder que para as digerir. E como o mantimento que se não digere, o estômago o converte em veneno, assim os tais de tudo fazem peçonha, mas que seja teriaga cordial e antídoto escolhido. Como teriaga e como antídoto, proponho tudo para remédio dos males que padece a nossa República.

Se houver aranhas que façam peçonha mortal das flores aromáticas, de que as abelhas tirem mel suave, não é a culpa das flores, que todas são medicinais; o mal vem das aranhas, que pervertem o que é bom. É o juízo humano, assim como os moldes ou sinetes, que imprimem em cera e massa suas figuras: se o molde as tem de serpentes, toda a massa, por sã que seja, fica coberta de sevandijas, como se as produzira e estivera corrupta; e, pelo contrário, se o sinete é de figuras boas e perfeitas, tais as imprime, até na cera mais tosca. Quero dizer, amigo leitor, que se fordes inimigo da verdade, sempre vos há de amargar e nunca haveis de dizer bem dela, com ela ser de seu natural muito doce e formosa, porque é filha de Deus. Verdades puras professo dizer, não para vos ofender com elas, senão para vos mostrar onde e como vos ofendeis vós a vós mesmo e à vossa República, para que vos melhoreis, se vos achardes compreendido.

E não me digais que não convém tirar a público afrontas públicas de toda uma nação, porque a isso se responde que, se são públicas, nenhum descrédito move quem as repete, antes vos honra mostrando-vos disposto para a emenda, e vos melhora abrindo-vos caminho para conhecerdes o engano em que viveis. E assim protesto que não é meu intento ensinar-vos os lances que nesta *Arte de Furtar* ignoráveis, senão alumiar-vos o conhecimento da deformidade deles, para que os abomineis. Nem cuideis que vos conheço, quem quer que sois, nem que ponho o dedo em vossas coisas em particular. O meu zelo bate só no comum e não pretendo afrontar a nossa nação, antes a honro muito, por duas razões: primeira, porque tudo comparado com os defeitos de outras, nesta parte fica a nossa mais acreditada, pois se deixa ver o excesso dos latrocínios com que assolam o mundo todo por mar e por terra; segunda, porque tratamos de emenda e onde há esta, ou o desejo dela, é a maior perfeição que os santos acham nas religiões mais reformadas; e assim ficamos nós com o crédito de religiosos reformados, em comparação de gente dissoluta. Donde não me resulta daqui escrúpulo que me retarde. O que sinto é que não sei se conseguirá seu efeito o meu intento, que só trata de que vos emendeis, se vos achardes compreendido; e se cada um se emendar a si, já o disse um sábio, que teremos logo o mundo todo reformado; e melhorar, assim, o nosso reino e emendá-lo é o que pretendemos.

Dirá o crítico e também o zoilo (que tudo abocanham e roem) que isto não é gazua com que se abrem portas para furtar; mas que é montante, que escala de alto a baixo muita gente de bem para a desonrar. A isso tenho respondido que não tome ninguém por si o que lhe digo e ficaremos amigos como dantes porque, na verdade, a nenhum conheço e de nenhum falo em particular. Os casos que aqui referi são balas de batalha campal, que tiram a montão sem pontaria. Só digo o que vi, o que li ou ouvi, sem pesquisar autores nem formalidades mais que as que as coisas dão de si; e se em algumas discreparem as circunstâncias da narração, e não se ajustarem em tudo muito com o sucedido, pouco vai nisso, porque o nosso intento não é de deslindar pleitos, para os sentenciar, senão mostrar deformidades, para as estranhar e dar doutrina e tratar de emenda. E estejam certos todos que não dizemos nada que não passe assim na verdade, em todo ou em parte principal. E não alegamos autores, para confirmação do que escrevemos, porque os desta arte nunca imprimiram e de sua ciência só duas letras se acham impressas, nas costas de alguns, que são *L* e *F* — e o que querem dizer todos o sabem.

E se algum me impugnar a mim, para defender o que estas letras denotam, mostrará nisso que é da mesma confraria e negar-se-lhe-á o crédito por apaixonado como parte, e dar-se-me-á a mim, que o não sou, porque só pretendo mostrar neste espelho a verdade e fazer públicas, como em teatro, as mentiras e embustes de ladrões passados e presentes. Aprestem-se todos para ouvir com paciência; e, porque trato de não molestar quem isto ler, irei tecendo tudo em forma que o curioso dos sucessos adoce o azedo da doutrina. E em tudo terão todos muito que aprender, para sempre serem virtuosos, se quiserem tomar as coisas como as aplico. Deus vos guarde de varas delgadas, que andam pelas ruas, e de três paus grossos, que vos esperam, se não tomardes meus avisos. Entretanto, estudai o Credo e despertai a fé para o que se segue.

Arte de Furtar

CAPÍTULO I

Como para furtar há arte, que é ciência verdadeira

As artes dizem seus autores que são emulações da natureza; e dizem pouco, porque a experiência mostra que também lhes acrescentam perfeições. Deu a natureza ao homem cabelo e barba, para autoridade e ornato; e se a arte não compuser tudo, em quatro dias se fará um monstro. Com arte repara uma mulher as ruínas que lhe causou a idade, restituindo-se de cores, dentes e cabelo, com que a natureza no melhor lhe faltou. Com arte faz o escultor do tronco inútil uma imagem tão perfeita que parece viva. Com arte tiram os cobiçosos, das entranhas da terra e centro do mar, a pedraria e metais preciosos, que a natureza produziu em tosco e, aperfeiçoando tudo, lhe dão outro valor. E não só sobre coisas boas têm as artes jurisdição, para as melhorar mais do que a natureza; mas também sobre as más e nocivas, para as diminuir em proveito de quem as exercita, ou para as acrescentar em dano de outrem, como se vê nas máquinas da guerra, partos da arte militar, que todas vão dirigidas a assolações e incêndios, com que uns se defendem e outros são destruídos.

Não perde a arte seu ser por fazer mal, quando faz bem e a propósito esse mesmo mal que professa, para tirar dele para outrem algum bem, ainda que seja ilícito. E tal é a arte de furtar, que toda se ocupa em despir uns para vestir outros. E se é famosa a arte que, do centro da terra, desentranha o ouro, que se defende com montes de dificuldades, não é menos admirável a do ladrão que das entranhas de um escritório — que, fechado a sete chaves, se resguarda com mil artifícios — desencova com outros maiores o tesouro com que se melhora de fortuna. Nem perde seu ser a arte pelo mal que causa, quando obra com ciladas segundo suas regras, que todas se fundam em estratagemas e enganos, como as da milícia; e essa é a arte, e é o que dizia um grande mestre desta profissão: "Con arte y con engaño, vivo la mitad del año; y con engaño y arte vivo la otra parte".

E se os ladrões não tiverem arte, busquem outro ofício; por mais que a este os leve e ajude a natureza, se não alentarem esta com os documentos da arte, terão mais certas perdas que ganhos, nem se poderão conservar contra as invasões de infinitas contrariedades que os perseguem. E, quando os vejo continuar no ofício ilesos, não posso deixar de o atribuir à destreza de sua arte, que os livra até da justiça mais vigilante, deslumbrando-a por mil modos ou obrigando-a que os largue e tolere, porque até para isso têm os ladrões arte. Assim se prova que há arte de furtar; e que esta seja ciência verdadeira é muito mais fácil de provar, ainda que não tenha escola pública, nem doutores graduados que a ensinem em universidade, como têm as outras ciências.

Todos os filósofos e doutores teólogos defendem que merece o nobre título de ciência verdadeira aquela arte somente que tem princípios certos, por onde demonstra e alcança o que exercita; exemplo sejam a sagrada teologia, a filosofia, matemática, música, medicina e outras que nascem destas, as quais são verdadeiras ciências, porque não só ensinam o que professam, mas também provam, por seus princípios, e demonstram por conseqüências evidentes o que ensinam. E admitindo nós esta regra, que todos os sábios admitem, devemos excluir do número das ciências só aquelas artes que param na matéria em que se ocupam, tomando-a assim como se lhes oferece, sem discursarem as razões nem os princípios por onde se aperfeiçoam no alcance do seu fim.

Exemplo seja a jurisprudência, que não se detém em especular ou demonstrar o que propõem seus textos; donde nasce não haver evidência pública da razão de seus preceitos. E se nos move a segui-los a obediência com que todos nos sujeitamos a eles, mais é por temor, às vezes, que por respeito. E ainda que todos sejam fundados em razão, que os príncipes acharam e comumente apontam em seus decretos, passam por elas os jurisconsultos, ordinariamente, tanto em silêncio, que por fé lhes damos alcance. E hão-se nisto alguns canonistas e legistas como Deus que, obrigando os homens a uma lei de dez preceitos, em nenhum deles apontou a razão por que os punha, deixando-a ao discurso da lei natural, que nenhum homem deve ignorar, ainda que há alguns tão grosseiros que não atinam com ela. E, por isso, nunca ninguém disse que a doutrina do decálogo, pelo que pertence à observância prática, era ciência, ainda que o seja no especulativo, pelo que descobre no bem para o abraçarmos, e no mal para o fugirmos.

De todo este discurso se colhe, com certeza, que a arte de furtar é ciência verdadeira porque tem princípios certos e demonstrações verdadeiras para conseguir seus efeitos, posto que, por rudeza dos discípulos ou por outros impedimentos extrínsecos, não chegue ao que pretende. Mas se o ladrão tem dom natural e é perito na arte, arma seus silogismos como rede varredoura, a que nada escapa. Com uma história notável faço demonstração desta verdade. Em certa cidade de Espanha houve uma viúva fidalga, tão rica como nobre. E como as matronas de qualidade, por seu natural recolhimento, não podem assistir a tráfegos de grandes fazendas, desejava esta muito um feitor, fiel e inteligente, que lhe pudesse governar tudo. E não desejava menos um ladrão cadino ter entrada em casa tão caudalosa, com algum honesto título, para se prover, de uma vez, de remédio para toda a vida. Lançou suas linhas e armou suas traças em forma que nenhuma conseqüência frustrou, assim para entrar com grande crédito, como para sair com maior proveito. Achou por suas inculcas que tinha a senhora um confessor religioso, a quem dava crédito e obediência, por sua virtude e letras. Pregava este certa festa de concurso; vestiu-se o ladrão de traje humilde, o rosto penitente e fez-se encontradiço com ele, indo para o púlpito. Pôs-lhe na mão uma bolsa de dobrões, que disse achara perdida, e pediu-lhe, com muita submissão e modéstia, que a publicasse ao auditório e a restituísse a quem mostrasse que era seu dono, dando os verdadeiros sinais dela e do que continha.

Ficou o reverendo padre pregador atônito com tal caso, que houvesse homem no mundo que restituísse em vida; e disse aos ouvintes milagres do sujeito — e que, podendo melhorar de capa com aquele achado, o não fizera, estimando mais a paz de sua alma que o cômodo de seu corpo, e que em um daqueles eram bem empregadas as esmolas. E assim foi que, acabada a pregação, mandaram muitos cavalheiros seus subsídios, com mais de meia dúzia de vestidos muito bons, ao reverendo padre, para que desse tudo ao pobre santo, que lhe não pesou com eles. E foi a primeira conseqüência que colheu do seu discurso. E a segunda assegurar a bolsa para si com sua mãe, que era uma velha tão ardilosa como ele, que já estava prevenida ao padre do púlpito e muito bem adestrada pelo filho; e, em descendo o padre, agarrou dele gritando: "A bolsa é minha! Por sinal que é de couro pardo, com uns cordões verdes, e tem dentro seis dobrões, quatro patacas e um papelinho de alfinetes".

Ouvindo o pregador sinais tão evidentes e vendo que tudo assim era, lhe entregou tudo, dando graças a Deus que nada se perdera. E a mãe fez em casa a restituição ao filho, que assegurou, de caminho, a terceira conseqüência de estafar também o religioso, que o levou à sua cela, onde o regalou e melhorou de vestido e fortuna, informando-se dele mesmo de seus talentos; e achando que sabia ler e escrever quanto queria e contar como um gerifalte* na unha e que, sobretudo mostrava bom juízo, seguiu-se logo a quarta conseqüência de o pôr em casa da sua confessada, com mero e misto império sobre toda sua fazenda, havida e por haver, abonando-lhe por quinta-essência de fidelidade e inteligência. Com que, a seu salvo, colheu a última conseqüência que pretendia das rendas da sua senhora, que ensacou em ouro, para voar mais leve, e com dez ou doze mil cruzados, que dois anos de serviço lhe depararam, se passou para outro hemisfério, sem dizer a ninguém: "Ficai-vos, embora". Digam agora os professores das ciências e artes mais liberais, se formaram nunca silogismos mais correntes. Negará a luz ao sol quem negar à arte de furtar o discurso e sutileza com que aqui lhe damos o nome de ciência verdadeira.

---

* Os asteriscos ao longo do texto remetem ao glossário à página 377.

CAPÍTULO II

Como a arte de furtar
é muito nobre

Mais fácil achou um prudente que seria acender dentro do mar uma fogueira que despertar, em um peito vil, fervores de nobreza. Contudo, ninguém me estranhe chamar nobre à arte cujos professores, por leis divinas e humanas, são tidos por infames. Essa é a valentia desta arte — como a dos alquimistas, que se gabam que sabem fazer ouro de enxofre — que de gente vil faz fidalgos, porque onde luz o ouro não há vileza. Além de que não é implicação acharem-se duas contrariedades em um sujeito, quando respeitam diferentes motivos. Que coisa mais vil e baixa que uma formiga! Tão pequena que não se enxerga, tão rasteira que vive enterrada, tão pobre, que se sustenta de leves rapinas! Que coisa mais ilustre que o sol que a tudo dá lustre, tão grande que é maior que a terra, tão alto que anda no quarto céu, tão rico que tudo produz! E se vê a maior nobreza com a maior baixeza em um sujeito, em uma formiga.

Baixezas há que não andam em uso, porque são só de nome; e nomes há que não põem nem tiram, ainda que se encontrem, porque se compadecem para diferentes efeitos. Fazia doutrina um padre da Companhia, no pelourinho de Faro. Perguntou a um menino como se chamava. Respondeu: "Chamo-me, em casa, Abraãozinho, e na rua Joanico". Assim são os ladrões: na Casa da Suplicação, chamam-se infames, quando os sentenciam, que é poucas vezes; mas nas ruas, por onde andam de contínuo em alcatéias, têm nomes muito nobres, porque uns são Godos, outros chamam-se Cabos e Xerifes outros; mas nas obras todos são piratas.

Mais claro proponho e deslindo* tudo. A nobreza das ciências colhe-se de três princípios: o primeiro é o objeto, ou matéria, em que se ocupa; segundo as regras e preceitos de que consta; terceiro os mestres e sujeitos que a professam. Pelo primeiro princípio, é a teologia mais nobre que todas, porque tem a Deus por objeto. Pelo segundo, é a filosofia, porque suas regras e preceitos são delicadíssimos e admiráveis. Pelo terceiro, é a música, porque a professam anjos no céu e, na terra, príncipes. E por todos estes três princípios é a arte de furtar muito nobre, porque o seu objeto e matéria em que se emprega é tudo o que tem nome de precioso. As suas regras e preceitos são sutilíssimos e infalíveis; e os sujeitos e mestres que a professam, ainda mal, que as mais das vezes são os que se prezam de mais nobres, para que não digamos que são senhorias, altezas e majestades.

Alguns doutos tiveram para si que a nobreza das ciências mais se colhe da sutileza das regras e destreza em que se fundam que da grandeza do objeto ou utilidade da matéria em que se ocupam, como vimos, até na máquina, do que em cortiça obram coisas mais delicadas que em ouro, que por isso é mais louvado. Aquele artífice que escreveu a Ilíada, de Homero, com tanta miudeza que a recolheu em uma noz, assombrou mais o mundo que se a escrevesse com muitas laçarias, em grandes lâminas de ouro. Aquela nau enxarciada com todo o gênero de velas e cordoalhas, tão pequena que toda se cobria e escondia com as asas de uma mosca, fez a Mermitides mais famoso que a outros as grandes esculturas dos maiores colossos. Na formação de um mosquito mostra Deus mais seu grande entendimento que na fábrica do Universo. Quero dizer que não engrandece tanto as ciências a matéria em que se exercitam como o engenho da arte com que obram. E como o engenho e arte de furtar anda hoje tão sutil que transcende as águias, bem podemos dizer que é ciência nobre.

E prouvera a Deus que não tivera tanto de nobre, não só pelo que lhe concedemos de suas sutilezas, senão também pelo que lhe negam outros da matéria em que se ocupa e sujeitos em que se acha; pois vemos que a matéria é a que mais se estima: ouro, prata, jóias, diamantes e tudo o mais que tem preço; e os sujeitos em que se acha são, por meus pecados, os mais ilustres, como pelo discurso deste tratado em muitos capítulos iremos vendo. E para que não engasgue algum escrupuloso nesta proposição, com a máxima de que não há ladrão que seja nobre, pois o tal ofício traz consigo extinção de todos os foros da nobreza, declaro logo que entendo o meu dito segundo o vejo exercitado em homens tidos e havidos pelos melhores do mundo, que no cabo são ladrões, sem que o exercício da arte os deslustre, nem abata um ponto do timbre de sua grandeza.

Não é assim o que sucedeu em Roma a um imperador, que entrando no templo, a adorar a Apolo, achou que no mesmo altar estava Esculápio, seu filho, este com grandes barbas e aquele limpinho, porque assim os distinguia a gentilidade antiga? Advertiu o imperador que as barbas de Esculápio eram de ouro e postiças. Cobiçou-as e furtou-as, dizendo que não era bem o filho tivesse barbas, quando o pai as não tinha. E nada perdeu de sua grandeza o imperador, com furtar as barbas ao seu Deus, antes a acrescentou, pois ficou com mais ouro do que dantes tinha. E assim a acrescentam outros muitos, com muitos outros furtos que cada dia fazem, sem calúnia, nas barbas do mundo.

CAPÍTULO III

Da antiguidade e professores desta arte

Isto que chamam antiguidade é uma droga que não tem preço certo porque, em tal parte, vale muito e, em tal, em nada se estima. Comunidades há em que a antiguidade rende, porque lhes dão melhor lugar e melhor vianda. E Juntas há em que a antiguidade perde, porque escolhem os mais vigorosos para as empresas de proveito e honra. Antiguidade que conta só os anos, em cada feira vale menos; mas a que acumula merecimentos para cargos tem maior preço e valera mais se fora de dura. Quando olho para os que me cercam, festejo ser o mais antigo, porque me guardam respeito; mas se olho só para mim, tomara-me mais moderno. Este mal tem a antiguidade, que anda mais perto do fim que do princípio. Muitas coisas acabam por antigas, porque se corrompem de velhas; e muitas começam onde as outras acabam, isto é, na antiguidade; porque só à custa dela logram alguns benesses como as trempes do Japão, que as mais velhas são de maior estima. A nobreza tem esta prerrogativa, que a antiguidade mais apura, e vale mais por mais antiga. Homem novo, entre os romanos, era o mesmo que homem baixo; e o que mostrava imagens de seus antepassados mais velhas, carcomidas e defumadas, era tido por mais nobre. Nas artes e ciências, corre a mesma moeda, que andam mais apuradas as mais antigas e são mais estimadas as que têm mais antigos professores. Entre alfaiates e oleiros se moveu questão quais eram mais antigos na sua arte, para alvidrarem daí sua nobreza. Venceram os oleiros, porque primeiro se amassou o barro, de que foi formado Adão, e depois se lhe talharam e coseram os vestidos.

todos determino dizer alguma coisa, não para os ensinar, mas para advertir, a quem se quiser guardar deles, o como se deve vigiar; e a eles quão arriscados andam.

Não me caluniem os que se têm por escoimados, queixando-se que os ponho nesta rede sem prova nem certeza de delitos que cometessem nesta matéria, sendo certo que não há regra sem exceção. Meta cada um a mão em sua consciência e achará a prova do que digo — que este mundo é uma ladroeira ou feira da ladra, em que todos chatinam* interesses, créditos, honras, vaidades. E estas coisas não as pode haver sem mais e menos; e em mais e menos vai o furto, quando cada um toma mais do que se lhe deve ou quando dá menos do que deve. E procede isto até em uma cortesia, que excede por ambição ou que falta por soberba.

Ajustar obrigações de justiça e caridade depende de uma balança muito sutil, que tem o fiel muito ligeiro; e, como ninguém a traz na mão, tudo vai a esmo e a cobiça pende para si mais que para as partes. E daqui vem serem todos como o leão de Hisopete*, que comia os outros animais com o achaque de ser maior. E temos averiguado que os professores desta arte são todos os filhos de Adão e que ela é tão antiga como seu pai. Mas de tanta antiguidade e progenitores ninguém me infira serem nobres os professores desta arte, nem ser ela ciência verdadeira, porque as ciências devem praticar algum fim útil ao bem comum, e esta arte só em destruir toda se emprega. Contente-se com ser arte, assim como o é a magia. E em seus artífices ninguém creia que pode haver nobreza, pois o vício nunca enobreceu a ninguém, porque por natureza é infame, e ninguém pode dar o que não tem. A verdadeira ciência é a das leis e cânones, que lhes dá caça, mete a saco todos os ladrões; e bastava tão heróico ato para se enobrecer e fazer estimar sobre todas, apesar dos ruins com quem tem sua ralé, e se estes a desacreditam não valem testemunha, porque os açoita.

Contra resolução tão alentada me botam em rosto o que disse, agora há nada, nos dois capítulos antecedentes — que a arte de furtar era ciência verdadeira e seus professores muito nobres. Respondo que nunca tal disse de minha opinião e se o disse estaria zombando, para mostrar o engenho dos sofismas ou a ilusão com que má gente apóia seus erros. Infame é a arte de furtar, infames são seus mestres e discípulos e ainda que são mais que muitos, muitos mais são os que andam sãos desta lepra, principalmente os que se lavam com o santo batismo que nos livrou de todos os males que herdamos de Adão. Ouçam bons e maus este discurso, leiam todos este tratado e ver-se-ão

Aqui entram os ladrões com a sua arte, alegando que, muito antes do primeiro homem, a exercitaram espíritos mais nobres. Mas deixando pontos que nos ficam além do mundo, antes de haver homens — de que só tratamos —, falemos das telhas abaixo, que é o que pertence à nossa esfera. E em dando nos primeiros professores, colhemos logo a antiguidade desta arte; e, da nobreza daqueles e antiguidade desta, faremos o cômputo que buscamos. Mas, como se professa às escondidas, será dificultoso achar os mestres. Ora não será, porque não há quem escape de discípulo e os discípulos bem devem conhecer seus mestres. Na matrícula desta escola não há quem se não assente. Já o disse a el-rei nosso senhor, que é este mundo um covil de ladrões, porque tudo vive nele de rapinas: animais e aves e peixes — até nas árvores há ladrões. E agora digo que é uma Universidade em cujos gerais cursam todos os viventes, geralmente. Tem esta Universidade só duas classes, uma no mar outra na terra. No mar dizem que leu de prima Jasão aos primeiros argonautas, quando passou à ilha de Colchos e furtou o velo de ouro, tão defendido como celebrado; e destes aprenderam os infinitos piratas, que hoje em dia coalham esses mares com a proa sempre nas presas que buscam. Na terra dizem os antigos que pôs a primeira cátedra Mercúrio e que foi o primeiro ladrão que houve no mundo e, por isso, o fizeram Deus das ladroíces. Bem se vê a sem-razão desta idolatria, pois não pode haver maior cegueira que conceder divindade ao vício. Mas por pior tenho a que vemos hoje em muitos homens obrigados a conhecer este erro que têm a rapina por sua deidade, pondo nela sua bem-aventurança, porque dela vivem.

Enganaram-se os antigos em darem esta primazia a Mercúrio. Primeiro que ele foi Adão, primeiro ladrão e primeiro homem do Mundo e, por isso, pai de todos, que deixou a todos, por herança natural e propriedade legítima, serem ladrões. Perguntará aqui o curioso, se haverá algum que o não seja? Responde-se que não; pelo menos na potência ou propensão, porque é legítima que se repartiu por todos. É bem verdade que uns participam mais deste legado que outros, bem assim como nos bens castrenses*, que se repartem a mais e a menos pelo arbítrio do testador; posto que cá o arbítrio livre é dos herdeiros, e daí vem serem alguns mais insignes na arte de furtar. E como não há arte que se aprenda sem mestres, que vão sucedendo uns a outros, tem esta alguns muito sábios, e sempre os teve. E como não há escola onde se não achem discípulos bons e maus, também nesta há discípulos que podem ser mestres, e há outros, tão rudes, que nem para maus discípulos prestam, porque logo os apanham. De escritos e retratados: os bons terão que estimar, por se verem limpos de tão infame lepra, e os maus terão que aborrecer, conhecendo o mal, que é impossível não se detestar, tanto que for conhecido.

CAPÍTULO IV

Como os maiores ladrões são os que têm por ofício livrar-nos de outros ladrões

Não pode haver maior desgraça, no mundo, que se converter, a um doente, em veneno a teriaga que tomou para vencer a peçonha que o vai matando. Ferir-se e matar-se um homem, com a espada que cingiu ou arrancou para se defender de seu inimigo, a arrebentar-lhe nas mãos o mosquete e matá-lo, quando fazia tiro para se livrar da morte — é fortuna muito má de sofrer. E tal é que acontece em muitas Repúblicas do mundo, e até nos reinos mais bem governados, os quais, para se livrarem de ladrões — que é a pior peste que os abrasa —, fizeram varas que chamam de justiça, isto é, meirinhos, almotacés, alcaides; puseram guardas, rendeiros e jurados; e fortaleceram a todos com provisões, privilégios e armas. Mas eles, virando tudo de carnaz* para fora, tomam o rasto às avessas e, em vez de nos guardarem as fazendas, são os que maior estrago nos fazem nelas, de sorte que não se distinguem dos ladrões que lhes mandam vigiar em mais senão que os ladrões furtam nas charnecas e eles no povoado; aqueles com carapuças de rebuço e eles com as caras descobertas; aqueles com seu risco e estes com provisão e cartas de seguro. Declaro-me: manda a lei aos senhores almotacéis que vigiem as padeiras, regateiras*, estalagens e tabernas, etc., se vendem as coisas por seu justo preço. Antecipam-se todas as pessoas sobreditas, mandam à casa as primícias e meias natas de seus interesses, e ficam logo licenciadas para maquinarem tudo como quiserem.

Têm obrigação os meirinhos e alcaides de tomarem as armas defesas, prenderem os que acharem de noite e darem cumprimento aos mandados de prisões e execuções que se lhes encarregam. Dissimulam e passam por tudo, pelo dobrão e pela pataca que lhes metem na bolsa, e seguem-se daí mortes, roubos e perdas intoleráveis. Corre por conta dos guardas e rendeiros a defensão dos pastos, vinhas, olivais, coutadas, que não as destruam os gados alheios. Quem os tem avença-se* com eles, por pouco mais de nada, que vem a ser muito, porque concorrem os poucos de muitas partes; ficam livres para poderem lograr as fazendas alheias, como se foram próprias, sem incorrerem nas coimas*. E eis como os que têm por ofício livrar-nos de ladrões vêm a ser os maiores ladrões que nos destroem. Não falo de varas grandes, porque as residências as fazem andar direitas, nem das garnachas, que esperam maiores postos e não querem perder o muito pelo pouco. Livre-nos Deus a todos de oferecimentos secretos, que correm sua fortuna sem testemunhos; aceitos, torcem logo as meadas, até quebrar o fiado pelo mais fraco, e a poder de nós-cegos o fazem parecer inteiro. Até nas residências, onde se dão em se fazerem as barbas uns aos outros, fica tudo sem remédio e com a maior parte da presa, em um momento, quem nos ia restaurar dos danos de um triênio.

Milhares de exemplos há que explicam bem esta espécie de furtos, e melhor que todos o que poderemos pôr nos físicos; mas manda a Sagrada Escritura que nos honremos *propter sanitatem*, e assim é bem que lhes guardemos aqui respeitos, ainda que a verdade sempre tem lugar. Digamo-lo, ao menos, dos boticários. Têm estes um livrinho — não é maior que uma cartilha — que nada tem de sua doutrina, porque se devia de compor no limbo. Certo é que o não imprimiu Galeno, que houvera de ser muito bom cristão se não fora gentio, porque tinha bom entendimento. A este livro chamam eles *Qui pro quo*, quer dizer "uma coisa por outra"; e o título basta para se entender que contém mais mentiras que verdades. Antes, só uma verdade contém e é que, em tudo, ensina a vender gato por lebre, como agora. Se lhe faltar na botica a água de escorcioneira*, que receita o médico para o cordial, que lhe podem botar água de cevada cozida; e se não tiverem pedra de bazar, que pevides de cidra tanto montam; se não houver óleo de amêndoas, que lhe ponham o da candeia. E assim vai baralhando tudo, de maneira que não pode haver boticário que deixe de ter quanto lhe pedem. E daí pode ser que veio o provérbio, com que declaramos a abundância de uma casa rica, que tudo se acha nela como em botica.

E já lhes eu perdoara tudo, se tudo tivera os mesmos efeitos; e se eles não nos levaram tanto pelos ingredientes supostos, que nada valem, como haviam de levar pelos verdadeiros, que valem muito. Donde parece que nasceu a murmuração de quem disse que as mãos dos boticários são como as de Midas, que, quanto tocam, convertem em ouro, porque não há arte química que os vença em fazer de maravilhas metais preciosos; nem pode haver maior destreza que a de um destes mestres ou discípulos de Esculápio que, mandando pelo seu moço buscar um molho de malvas ao monturo, com duas fervuras que lhes dão no tacho, ou com as pisar no almofariz, as transformam, de maneira que não lhes saem das mãos sem lhes deixarem nelas três ou quatro cruzados, não valendo elas, em si, um ceitil; e o mesmo corre em outras mil e trezentas coisas. Têm os físicos-mores obrigação de vigiarem tudo isto, e assim o fazem correndo o reino e visitando todas as boticas dele algumas vezes. Chamam a isto dar varejo e dizem bem, porque assim como nós varejamos uma oliveira, para lhe apanhar a azeitona, assim eles varejam as boticas, para recolher dinheiro. É muito para ver a diligência com que os boticários se acodem uns aos outros, nestas ocasiões, emprestando-se vidros e medicamentos, para que os visitadores os achem providos de tudo. E poderá suceder — por mais que tenham tudo bem apurado e a ponto —, se não andarem mais diligentes em peitar que em se prover, que lhes quebrem todos os vidros, por dá cá aquela palha. Por isso, outros fazem bem, que visitam, antes de serem visitados, e com isso escusam o trabalho de se proverem e aprovarem e escapam os seus frascos, como vaso mau que nunca quebra.

Bem se vê como responde tudo isto ao título deste capítulo; só uma coisa há aqui que a não entendo nem haverá quem a declare: que morra enforcado o homicida, que matou, à espingarda ou às estocadas, um homem, e que matem boticários e médicos, cada dia, milhares deles, sem vermos por isso nunca um na forca, antes são tão privilegiados, que, depois de vos darem com as costas no adro e com vosso pai na cova, demandam vossos herdeiros que lhes paguem a peçonha com que vos tiraram a vida e o trabalho que tiveram em vos apressarem a morte com sangrias piores que estocadas, por serem sem necessidade ou fora de tempo.

Um ferrador, vizinho do cardeal Palloto, desapareceu de Roma; e indo depois o cardeal a Nápoles, com certa diligência do sumo pontífice, teve um achaque, sobre que se fez junta de médicos, e entre eles veio o ferrador por mais afamado. Conheceu-o o cardeal, tomou-o à parte e perguntou-lhe quem o fizera médico. Respondeu que só mudara de fortuna e não de ofício, porque, do mesmo modo que curava, em Roma, as bestas, curava, em Nápoles, os homens; e que lhe sucedia tudo melhor, porque além de acertar nas curas tão bem e melhor que os demais médicos, se acertava, por erro, de dar com algum doente na outra vida, que ninguém o demandava por isso como sua eminência, que lhe fez pagar uma mula do seu coche, por lhe morrer nas mãos andando em cura. O que mais sucedeu no caso não serve ao intento; mas do dito se colhe que anda o mundo errado na matéria de médicos e boticários, que há mister grandíssima reforma, porque, tendo por ofício assegurar as vidas, não só nô-las tiram, mas sobre isso nos pedem as bolsas. Não fazia outro tanto o Sol-Posto* aos castelhanos, nas charnecas; e, no cabo, foi esquartejado por isso. E estes senhores ficam-se rindo e aguçando a ferramenta, para irem por diante na matança de que fazem ofício.

Em França, há lei que nenhum médico do paço vença salário enquanto alguma pessoa real estiver doente, porque assim se apressem em tratar de sua saúde. E os portugueses somos tais que, quando estamos doentes, fazemos mais mimos e damos maiores pagas aos médicos, sem advertirmos que por isso mesmo nos dilatarão a saúde e farão grave o mal que é leve. Como o outro que curava de um espinho certo cavalheiro e tinha-lhe metido em cabeça que era postema. Ausentou-se um dia e deixou um seu filho instruído que continuasse com os emplastos do espinho, a que chamavam postema. Mas o filho, na primeira cura, para se mostrar mais destro, arrancou o espinho; cessaram logo as dores e sarou o doente, em menos de vinte e quatro horas. Veio o pai; pediu-lhe o filho alvíssaras que sarara o doente só com lhe tirar o espinho. Respondeu-lhe o pai: "Pois daí comerá. Não vias tu, selvagem, que enquanto se queixava das dores, continuavam as visitas e se acrescentavam as pagas? Secaste o leite à cabra que ordenhávamos?"

Bem se acudiria a isto se se pagassem melhor as curas breves que as dilatadas. E muito necessário era haver lei que nenhuma cura se pagasse do doente que morresse. Pudera-se, pelo menos, pôr remédio a tudo, com favorecerem os reis mais esta ciência, que anda muito arrastada, porque não se aplica a ela senão quem não tem cabedal para cursar outros estudos. No Estado de Milão, todos os médicos têm foro de condes; nos Estados de Mântua, Modena, Parma e em toda a Lombardia, são ditos e havidos por fidalgos e gozam seus privilégios. El-rei D. Sebastião começou a aplicar algum cuidado nesta parte, mandando à Universidade de Coimbra que escolhessem, de todos os gerais, os estudantes mais hábeis e nobres e que os aplicassem à medicina, com promessas de grandes acrescentamentos. Por mais fácil tivera mandar à China dois pares deles, com as mesmas promessas, para estudarem a medicina com que todo aquele vastíssimo Império se cura, que, sem controvérsia, é a melhor do mundo, porque sabe qualquer médico, pelas regras da sua arte, em tomando o pulso a um doente, tudo o que teve e há de ter por horas, sem lhe errar nenhum acidente. E logo levam consigo os medicamentos para a cura, se é que o mal tem alguma. E melhor fora irmos lá buscar essa ciência, para reparar a vida, que as porcelanas que logo quebram.

CAPÍTULO V

Dos que são ladrões,
sem deixarem que outros o sejam

Do leão contam os naturais que de tal maneira faz suas presas que, juntamente, as defende que lhes não toque nenhum outro animal, por feroz que seja. Mais fazem os açores da Noruega, que conservam viva a última ave que empolgam nos dias de inverno, para terem com ela quentes os pés, de noite. E, como amanhece, a largam e observam para onde foge e não vão caçar para aquela parte, para não acabarem a ave de que receberam algum bem; e não reparam em que vá dar nas unhas de outros açores. Ladrões há piores que estes animais e são, como eles, os poderosos. Todos são como os leões que não deixam que outros animais se cevem na sua presa, e nenhum como os açores, que largam para outras aves a presa de que tiraram proveito. Não admitir companhia no trato de que se pode tirar proveito é ambição e é interesse a que podemos dar nome de furto. E é lanço muito contrário ao natural dos ladrões, que gostam de andar em quadrilhas e terem companheiros e serem muitos, para se ajudarem uns aos outros; mas isto é em ladrões mecânicos e vilões de trato baixo; há ladrões fidalgos, tão graves que se querem sós e que ninguém mais sustente o banco; vê-se isto por essas ilhas e conquistas e também cá no reino.

Há, em certa parte, certa droga, buscada e estimada de estrangeiros que, em certo tempo, infalivelmente a buscam para fazerem carregação dela. Que faz neste caso o poderoso? Abarca toda, de antemão, pelo menor preço, obrigando os lavradores dela que lha levem a casa, em que lhe pese. E como se vê senhor de toda, fecha-se com ela e talha-lhe o preço a seu padar*, de sorte que o estrangeiro há de bebê-la ou vertê-la a seu pesar. No pastel* das ilhas vemos isto muitas vezes, na coirama de Cabo Verde, no pau do Brasil, na canela de Ceilão, no anil, nos bazares e outras veniagas.

E neste reino o vemos, cada dia, no pão, na passa do Algarve, na amêndoa, no atum e em quase todas as mercadorias que vêm de fora, como tabuado, livros, baetas, sedas, telas, etc., as quais os atravessadores tomam por junto e, fazendo de tudo estanques, se fazem reis; porque só os reis podem fazer estanques e porque só aos reis pode ser lícito o engrossarem tanto. Isto de estanques é ponto em que se deve ir muito atento, especialmente nas coisas necessárias para a vida, como são mantimentos e roupas. Que haja estanque em solimão, cartas de jogar, tabaco, pimenta e diamantes, pouco vai nisso, porque sem nada disso passaremos; mas que se permita que nos atravessem o pão e que se fechem com ele os ricos avarentos, para o venderem em quatro dobros quando o povo brame por ele, é negócio que se deve atalhar com todo o rigor, mandando por lei estável, com pena capital, que ninguém venda trigo em nenhum tempo sobre três tostões. Nem se seguirá daqui faltar o pão no reino, antes sobejará, porque os estrangeiros com esse preço se contentam e os lavradores nunca o vendem por mais e, assim, nunca desistirão de o trazer, nem de o semear; e desistindo os atravessadores de sua cobiça, todos o terão.

Da mesma maneira se deve pôr taxa em todas as mercadorias porque, na verdade, vão todas subindo muito, sem razão, e queixam-se os povos, sem remédio. Um chapéu, que valia um cruzado, custa hoje dois e três; um côvado de pano, que se dava por três tostões, não o largam por menos de sete; uns sapatos, que chegavam a doze vinténs, subiram já a quinhentos réis. E assim se procede em tudo o mais. E se lhes pergunto a causa destes excessos, respondem que pagam décimas; e é o mesmo que responderem que o fazem sem razão, pois é quererem que lhes paguemos nós as décimas e não eles, além de que o excesso, em que se satisfazem, é a metade ou mais e não a décima parte. Fique isto advertido de passagem, ainda que também pertence aos ladrões que não deixam que outros o sejam porque, usurpando cada oficial, no seu trato, ganhos tão excessivos, não deixa lugar a quem com ele trata para interessar coisa alguma, nem aos agentes e medianeiros para sisarem um vintém.

E tornemos aos estanques* ou atravessadores, que levam o maior preço deste capítulo, que acabo com dois exemplos, que andam correntes com grande detrimento da Companhia da Bolsa, sobre a compra e venda dos vinhos para o Brasil. Mandam um agente, adiante, à Ilha da Madeira, que os compra em mosto pelo menor preço; e quando chegam os navios para tomar a carga, entregam-lhos cozidos, por outro tanto mais do que lhe custaram, como se o mandaram negociar só para si e não para toda a Companhia, cujo era o cabedal com que efetuou o primeiro lanço. Chegam ao Brasil, onde tem taxa que não passem as pipas de quarenta mil réis, atravessa-as um todas, pelo dito preço, e verifica a Bolsa que as vendeu pelo que orça o regimento. E o senhor, que as embebeu em si, talha-lhes outro preço, que passa de cem mil réis e fica, quem quer que é, com os ganhos em salvo e a fazenda alheia com os riscos, sem deixar que logrem tão grandes lucros os que puseram o cabedal e se expuseram aos perigos. Nota para as demais drogas: quem assim empolga no líquido que fará no sólido? E advirtam todos os atravessadores como são piores que as feras, porque os interesses que reservam só para si e vedam aos outros da presa que empolgam, nos leões é por generosidade e neles por vileza, para que lhe não chamemos aleivosia. Piores são que os açores, pois estes largam a caça para outros, e eles tudo usurpam para si sem deixarem, que os outros medrem*. Medraríamos todos se houvesse lei, que perca tudo quem abarcar tudo — e seria justa, pela regra que diz: *Qve quien todo lo quiere, todo lo pierde*.

CAPÍTULO VI

Como não escapa de ladrão quem se paga por sua mão

A um cego, desses que pedem por portas, deram, em certa parte, um cacho de uvas por esmola. E, como se guarda mal em cevadeira de pobres o que se pode pisar, tratou de o assegurar logo, repartindo, igualmente, com o seu moço, que o guiava. E, para isso, concertou com ele que o comessem, bago a bago, alternadamente. E, depois de quatro idas e vindas, o cego, para experimentar se o moço lhe guardava fidelidade, picou os bagos a pares. O moço, vendo que seu amo falhava no contrato, calou-se e deu-lhe os cabes* a ternos. Não lhe esperou muito o cego e, ao terceiro invite*, descarregou-lhe com o bordão na cabeça. Gritou o rapaz: "Por que me dais?" Respondeu o amo: "Porque contratando nós que comêssemos, igualmente, estas uvas bago a bago, tu comes a três e a quatro". Perguntou-lhe então o moço: "E quem vos disse a vós que fiz tal aleivosia*?" "Isso está claro", respondeu o cego, "porque te faltando eu primeiro no contrato, comendo a pares, tu te calaste sem me requereres tua justiça; e não eras tu tão santo que me levasses em conta nem em silêncio a minha sem-razão, senão pagando-te em dobro pela calada."

Aqui tomara eu agora todos os reis, príncipes, grandes senhores do mundo, para dizer a todos, em segredo, como andam cegos, no ponto mais essencial do seu governo, que é o das suas rendas e tesouros, sem os quais não se podem sustentar em seu ser nem conservar suas Repúblicas e famílias. Tenham todos por certo que, se não guardarem com seus súditos a devida correspondência nos pagamentos e remunerações dos serviços que lhes fazem, se hão- de pagar por sua mão. E boa prova disso seja que, devendo a tantos, nenhum os cita nem demanda, porque hão medo do bastão da potência em que se firmam, com que lhes podem quebrar as cabeças; mas para remirem sua vexação, usam do direito natural, que os ensina a refazer-se pela calada e pelo mais quieto modo que lhes é possível; e como a satisfação fica na sua révera*, é ordinariamente em dobro, porque o amor-próprio os faz cuidar que tudo é pouco para o que merecem.

E daqui vem o que temos visto muitas vezes, neste reino, em embaixadas e empresas que sua majestade manda fazer, dando sempre mais do necessário para os gastos e, no cabo, não há resultas nem sobejos que se restituam. Nem há razão que dar a este ponto mais que a dizermos que tomam tudo para si, por paga de seus serviços, sem admitirem que vão estes satisfeitos sobre outras mercês que receberam de antemão; e que podem faltar estas, coram com este pretexto a sobeja diligência com que se pagam. Duas razões há, muito evidentes, com que se prova o muito que agasalham dos cabedais que passam por suas mãos. Primeira, que o fogo onde está não se pode esconder, logo lança fumo e luzes; e assim são estes, que logo têm fumos de maiores grandezas e brilham lustres que manifestam o proveito com que saíram da empresa, em que apregoam que fizeram grandes gastos de sua fazenda, para deslumbrarem o luzimento que, apesar de sua mentira, descobre a verdade. Se gastasse tanto e te atenuaste, irmão, como engordaste? A segunda razão, ainda mais eficaz, é que, às vezes, manda el-rei nosso senhor religiosos a tais empresas, com menos cabedal e nenhuma mercê, porque não lhes dá títulos nem comendas e, contudo, no fim delas gastam menos; e eu digo que é porque guardam mais. E ambos dizem o mesmo; mas com esta declaração: que todos gastam da Fazenda real, aqueles guardam para si, estes para seu dono; aqueles pagam-se por sua mão e estes não tratam de paga, senão de restituição.

Mas deixando esta matéria — que me pode fazer odioso com gente grande e poderosa; e eu quero paz com todos, assim como trato de os pôr em paz com suas consciências —, só nos reis e príncipes grandes tomara persuadir bem esta verdade: que paguem pontualmente o que devem, se querem que lhes luzam mais suas rendas, porque é certo que não há quem se não pague, se acha por onde. E, quando não acha, busca outro do seu lote, que deva ao rei alguma coisa, e compõe-se com ele: "Daí-me duzentos mil réis e desobrigo-vos de mil cruzados que deveis a el-rei, porque ele me deve a mim outros tantos." Já, se sucede que o primeiro deva ao segundo alguma coisa, aí fica o contrato mais corrente, porque com pecúnia mental se satisfaz tudo e só o rei fica defraudado na real porque, com estas e outras traças, nada se lhe restitui; e vem a montar, no cabo, ao todo, dispêndios muito grandes, porque sucedem serem mais que muitos estes lanços e passarem de marca as quantias deles. E se buscarmos a raiz destas perdas grandes, havemo-la de achar no descuido das pagas pequenas, que ocasionaram licença nos credores, para se pagarem de sua mão, sem repararem na censura de ladrões, que incorrem pelo que levam de mais. E, se algum pesar os acompanha, é de não acharem mais, para se pagarem também de dois perigos a que se puseram: primeiro, de perderem o seu; segundo, de ganharem a forca.

Esta sarna ou tinha, que pelas mãos se pega, é tão vulgar que não há pessoa, por ignorante que seja, que não saiba pagar-se destrissimamente por sua mão, até em coisas muito leves, porque mais sabe o sandeu no seu que o sábio no alheio; e o mesmo é quando cuida que o alheio lhe pertence, por algum serviço e, para que lhe pertença e para o apropriar a si, sabe dar dois boléus ao que traz entre mãos, melhor que nenhum volatim*. Qualquer negócio ou mandado que vos fazem, um empréstimo que seja, logo o julgam por digno de grande paga; e em lhes caindo alguma coisa vossa na mão de que possam sisar, com ambas as mãos empolgam nela, para se remunerarem além das medidas. E não basta dizerem e protestarem que vos servem por cortesia, nem contratardes com eles em o tanto que lhes pagais pontualmente, porque a cortesia verdadeira que professam é julgarem todos que muito mais merecem, sem advertirem que o dado é dado, e o vendido é vendido e que não podem alterar nas obras o que assentam com as palavras.

E já lhes eu perdoara tudo, aos que se pagam por sua mão, se levaram somente o que se lhes pode dever a juízo de bom varão; mas pagam-se pela sua almotaceria que sempre é maior, e ocasionam grandíssimas perdas aos proprietários, como se vê na pescaria do aljôfar pérolas no Oriente que rendiam mais de um milhão, em outros anos, à coroa de Portugal e para os pescadores — que eram mais de quarenta mil, com quinhentas embarcações grandes — porque havia quem pagasse aos ministros fielmente, sem lhes abrir entrada por onde ensopassem a mão em monte tão grosso. Tiveram estes traças para incorporarem em si a administração das despesas e recibos, tirando-a de pessoas religiosas fidelíssimas a título de mais fácil expediente, e seguiu-se logo serem os mergulhadores mal pagos e os ministros remunerados em dobro, porque se pagavam estes por sua mão e aqueles pela alheia. Fugiram os pescadores e os que acodem, forçados, são tão poucos, em comparação do que eram, que não chegam a dez mil, com duzentas embarcações pequenas; e assim ficam os lucros tão tênues que não podem avançar a duzentos mil cruzados e só os ministros engordam, porque se pagam por sua mão.

Na compra do salitre e pimenta, sucede quase o mesmo, lá nessas partes. Vinha-nos de Maduré o salitre, trazido por particulares, a duas patacas o bar*, que são dezesseis arrobas. Comprava-se todo para a coroa de Portugal, com grandíssimo lucro. Não achavam os ministros reais polpa em droga tão barata para empolgarem as unhas; trataram de a haver dos Naiques, que são os reis daquele império, os quais, sabendo a estima que fazíamos do que eles arbitravam como se fosse areia, fizeram logo estanque* de que não deixam sair o salitre por menos de vinte patacas o bar. E o mesmo sucedeu na pimenta, por toda a Índia, por se cevarem mais do devido as unhas dos ministros em seus pagamentos.

CAPÍTULO VII

Como tomando pouco se rouba mais que tomando muito

Parece que se contradiz o assunto deste capítulo; mas essa é a excelência desta arte, que até de implicações tira conseqüências certas para os fins que professa. E pudera-se provar com o que furta a agulha ao alfaiate, em lugar e ocasião que não pode comprar nem haver outra, e por isso fica impossibilitado para trabalhar aquele dia e os que se seguem, com que perde os seus jornais e salários, que vem a fazer quantia grossa. E é ponto este que tem dado muito que suar aos doutores moralistas, sobre a restituição dos lucros cessantes e danos emergentes consideráveis do oficial, a que deu causa o ladrão com tão leve furto, como é o de uma agulha que vale, quando muito, real e meio; e querem quase todos que seja furto de restituição os danos graves recebidos por tão leve causa. Do mesmo modo discursam no que furtou a cabra ou a galinha, de que seu dono esperava muitos frutos. E assim sucede furtarem muito os que tomam pouco. Mas não é minha tenção ocupar a máquina deste capítulo com ninharias. Voe a nossa pena a coisas mais altas. Todos sabem o dito comum: Que tanta pena merece o consentidor, como o ladrão; e nesta toada há ladrões que, não furtando nada, porque nada lhes fica, furtam quase infinito, como se vê nas justiças, em guardas, meirinhos e outros oficiais, assim na paz como na guerra, os quais, por dissimularem ou não vigiarem, dão causa a grandíssimos furtos e intoleráveis ladroíces. Já se vão forros e a partir com os que metem as mãos na massa até aos cotovelos, empolgando nas fazendas reais, nos direitos, nos tributos, nos fardos que desbalizam* e nas drogas que, à força, fazem ser de contrabando. Aí digo eu que vai o furtar de monte a monte e que tomam os tais ministros sobre si cargas irremediáveis de restituição, cujos antecedentes não logram e só com as conseqüências das tiçoadas*, que por tudo hão de levar, se ficam. Ponhamos exemplos nas matérias tocadas e conhecerá todo o mundo os ladrões que furtam mais quando tomam menos.

Comecemos pelos mais graves. Sabe um mestre-de-campo, que tem quatro capitães no seu terço, que recolhem os pagamentos de seus soldados, a título de os repartirem fielmente por eles, e que os jogam no mesmo dia em que lhos entregam, ficando assim soldados e capitães sem bazaruco*, e dissimulam com isso? Pois saiba o senhor mestre-de-campo, quem quer que é, fica sendo em consciência tão grande ladrão como os seus capitães. Responde-me negando-me a conseqüência, porque nada tomou para si. Mas a isso lhe digo o que já tenho dito, que há ladrões que, não furtando nada, furtam muito, e ele é o maior de todos, pois deu ocasião a maiores danos, não só na fome e desnudez dos soldados e nos roubos que lhes ocasionou fazerem para se remediarem, mas também na batalha, que se perdeu a seu rei, por não irem alentados e contentes.

Caso notável e que poderia acontecer! Veio do Norte, a certo homem de negócio, um navio de bacalhau meio corrupto e tal, que desesperou da venda e gasto de tal droga. Foi-se a um conselheiro, ou provedor das fronteiras, meteu-lhe dois mil cruzados, em ouro, na mão, para luvas com seu broslado, que em maiores empenhos o deseja servir, se lhe der passagem a uma partidazinha de bacalhau para os gastos da guerra; e o dará barato, por pouco mais do que lhe custou, por fazer serviço a sua majestade. "Deixe Vossa Mercê estar o lanço", lhe responde ele com os dois mil nas unhas, "que hoje o porei em Conselho e serão sua majestade e Vossa Mercê servidos." Espera-lhe pancada; e, em vindo a pêlo a fome dos soldados, propõe, muito severo e grave: "Senhores meus, bacalhau é muito bom mantimento para campanha e povoado, tem-se de reserva e é sadio; e eu tenho, porque nada me escapa, quem nos dê uma partida grossa muito barata." Toca a campainha, acode o porteiro: "Chamai cá esse homem de veludo raso, que aí está fora." Entra ele, vendendo bulas, e fazendo-se de rogar, e que tem dois mil quintais para provimento do povo que há de ficar bramindo; mas que o serviço de sua majestade há de ir adiante; e que terá o povo paciência; e que lhe hão de dar vinte mil cruzados pela dita partida; e que, se lhe derem um real menos, fica perdido. "Vá-se Vossa Mercê para fora; temos ouvido; consultaremos." Sai-se ele para fora, prometendo candeínhas a Santo Antônio ou ao Mexias que lhe depare boa saída à sua fazenda perdida. Dá um brado o promotor do negócio: "Aqui verão Vossas Senhorias como sirvo a sua majestade." "Famoso lanço", respondem todos, "não se perca, embarque-se logo todo para Aldeia Galega e contem-se-lhe os vinte mil cruzados". E assim se efetua.

Vão diante ordens apertadas, aos juízes e corregedores, que prendam almocreves, que embarguem bestas; tudo se executa. E lá vão comendo todos bacalhau por essas estradas, até Elvas, onde o molham, para que não falte no peso. Recolhe-se nos armazéns, molhado sobre corrupto e, ao segundo dia, já enjoa a toda a cidade com o cheiro. Os soldados não o aceitam, nem os cães o comem. E se alguém não tiver isto por factível, veja lá não lhe provem que lhe sucedeu a ele. Digam-me agora os senhores doutores se é isto furto ou esmola que se fez a sua majestade. No Conselho, o apelidaram por serviço; em Elvas, lhe chamam perda; e poucas letras são necessárias para lhe dar o nome próprio, que é furto legítimo. Quem fez este furto? É a maior dúvida. O mancebinho que recolheu os dois mil cruzados cuida que nada fez; e ele por estes algarismos vem a ser o que, tomando pouco, furtou muito, porque deu ocasião a arderem vinte mil cruzados de el-rei sem nenhum fruto. Na alma lhe não quisera eu jazer à hora da morte.

CAPÍTULO VIII

Como se furta às partes, fazendo-lhes mercês e vendendo-lhes misericórdias

Ofereceu-se o milhano à galinha para ser seu enfermeiro em uma doença e, em cada visita, lhe mamava um pinto pela calada, até que deu fé, pela diminuição de sua família e casa, que a mercê que lhe fazia o seu médico tinha mais de furto que de misericórdia. São os ministros, com que se governam as Repúblicas, como médicos que acodem a seus trabalhos, que são as suas doenças. E acrescentar-lhe estas, a título de cura e de misericórdia, é aleivosia e é ladroíce descarada e acontece de mil maneiras. Toco algumas, que todas não pode ser.

Manda el-rei nosso senhor fazer infantaria pelas comarcas do reino, para provimento das fronteiras e do Brasil ou da Índia. Vão os cabos muito bem providos de dinheiro, que lhes dá sua majestade para os pagamentos; levam seus oficiais em forma com todos os requisitos, para que tudo se faça autêntico com razão e justiça. Chegam a um lugar, tomam notícia dos que há mais aptos e expeditos para as armas; são logo malsinados os que têm inimigos e chovem escusas sobre os que são aparentados. Passa o cabo cédulas aos meirinhos que lhos tragam ali todos; e, se os não acharem, que lhe tragam os pais ou as mães por eles. E eles, que gostam mais do ninho em que se criaram — e levá-los à guerra é arrancar-lhes os dentes — põem-se em cobro, deixando seus pais nos piotes que, para remirem sua vexação e a de seus filhos, lançam mil linhas; e, vendo que as de intercessões não montam, apelam para as do interesse. Oferece cada qual os vinte e os trinta cruzados que não tem e, para os fazer, vende até a capa dos ombros. E tanto que os dá por baixo da capa, logo escapa e livra o filho a título de manco, sendo mais escorreito que um veado. E não são poucos os que trincam a sedela* desta maneira, em cada terra; com que vem a ser mais que muito o cabedal dos milhafres, que em vez de fazerem gente para a guerra, fizeram tesouro para a paz e para o jugo. Muitos pais houve que livraram seus filhos seis e sete vezes deste modo, em diferentes anos; com que lhes vieram a custar tanto como se os resgataram de Turquia.

O mesmo sucedeu nos aprestos das armas para a costa e frotas para o Brasil e Índia. Faltam barbeiros, falta marinhagem? Alto sus: vão os sargentos por essa Ribeira, revolvam a cidade, prendam e tragam toda a coisa viva que possa prestar para os tais ministérios e cá faremos a escolha. E como se o decreto fora rede varredoura para ajuntar dinheiro, vão empolgando em quantos acham jeitosos para pingarem quatro tostões porque os deixem: "Vinde por ali, que sois marinheiro; e vós vinde, também, que sois sangrador." "Aqui d'el-rei!", grita este, "que não estou ainda examinado!" "Que não sou marinheiro do alto!", chora aquele. "Deixem-nos vossas mercês; eis aqui duas patacas para beberem." "Que não há patacas" — instam os agarradores —, "todas são falsas; viva Deus, e tudo é falso quanto alegais, bem vos conhecemos." "Pois por isso mesmo" — acodem os salteados —, "hão vossas mercês de usar de misericórdia conosco, pois nos conhecem, e serem servidos de nos darem uma palavra, aqui à parte, de segredo, que importa ao serviço de sua majestade." E tanto que lhes untam as mãos com moeda corrente, logo os deixam escorregar delas, avisando-os, por lhes fazerem mercê, à puridade, que não apareçam nos oito dias seguintes, até darem à vela; e aos circunstantes, que acudiram a ver a morte da bezerra, dão satisfação com "deixem passar, senhores, estes fidalgos, que são familiares." E eis como estes e outros, fazendo mercês e vendendo misericórdias, furtam a trocho. E vem a resultar de tudo que fazem os provimentos dos que não tiveram substância para seu resgate, de quatro maus trapilhos inúteis e miseráveis; e, por isso, depois, em seus postos, há as faltas que choramos. Nem se devem imputar a eles, que são uns coitados, senão a quem tais provimentos faz, esfolando a nossa República, para engordar a sua pele e encher a bolsa.

Outro modo há, mais admirável, de furtar fazendo mercês, que entra em maior custo e toca em sujeitos mais altos, assim nas perdas como nos ganhos. Apresentam-se as naus para a Índia, não há pilotos, nem bombardeiros, porque são ofícios cujas artes já se não professam nem ensinam. Oferecem-se os lacaios dos maiores senhores a seus amos, para que os façam prover nestes ofícios em satisfação de seus serviços; porque sabem que têm maiores lucros neles que em pensar as mulas e frisões* dos coches. E tal houve que, dizendo-lhe seu amo: "Como podes tu ser piloto de uma nau, se nunca entraste nela, nem sabes que coisa é balestilha* nem astrolábio?" "Não repare Vossa Senhoria nisso", respondeu ele, "porque as naus da Índia não hão mister pilotos; sempre ouvi dizer que Deus as leva e Deus as traz." E fiados nisto ou em seus intentos, que eles saberão quais são e nós também, provêem os ofícios das naus de maneira que, quando vem à praxe* e exercício deles, nenhum sabe qual é a sua mão direita. E por isso vão dar com as naus por essas costas e se deixam render nas ocasiões da peleja. E vemos perdas tão grandes e intoleráveis que, pelo serem muito, as atribuímos aos pecados que não vemos, e se poderiam muitas vezes queixar de se lhes levantarem tantos falsos testemunhos; como lá, não sei onde, se queixou um diabo de certo noviço que deu a ser mestre — por escusa de uns ovos que frigiu em um papel à candeia —, que o tentara o demônio, o qual acudiu logo por sua inocência, desmentindo-o, que tal fritada não sabia como se podia fazer daquela maneira. Não nego que pecados nos podem fazer, e fazem, muita guerra; mas vejo que ignorâncias são as que nos destroem; e quem favorece estas, a título de misericórdia, dá ocasião a maior crueldade e fazendo esmolas e mercês a seus criados, faz furtos e dá perdas à República, que não têm reparo.

CAPÍTULO IX

Como se furta
a título de benefício

Benefícios há sem pensão e benefícios há com ela. Tomara eu os meus desobrigados, para não desejar a morte ao pensionário. Se o benefício é tênue e a pensão grossa, melhor me fora ser cura que beneficiado. Isto é, que melhor me estava curar de mim, com trabalho, que render-me a outrem, com tributo. O interesse é moeda que todos os homens cunham e só entre eles corre e a falsificam, de maneira que, por cobre, querem que lhes dêem prata. Deus Nosso Senhor está continuamente enchendo este mundo de benefícios, sem esperar outra pensão mais que de louvores em agradecimento. É um milagre contínuo a disposição e providência com que o céu governa os tempos do ano, fazendo com suas influências sair partes dos elementos, animais e plantas, com que os racionais se sustentam e vestem; sem por isso nos pensionar mais que em louvores, que quer lhe demos. Tributo fácil, porque depende de afetos, que são naturais e por isso de nenhuma moléstia ao agradecido.

Os reis também são como Deus; e como a natureza nesta parte a tudo acode com universal providência, dispondo as coisas com suas leis, de sorte que, se não houver quem as quebrante, não haverá fome que aflija os pobres, nem adversidades que inquietem os pequenos, todos, altos e baixos, andarão satisfeitos, sem as pensões de tributos, que se ocasionam de desbarates que os ambiciosos e turbulentos movem. E, para se reprimirem, é necessário que todos concorram, porque as forças de um rei às vezes não bastam para enfrear a violência dos grandes, que sempre traz pregoadas guerras com a fraqueza dos pequenos.

A opulência é esponja que se ceva na substância da pobreza e é hidropisia que nada a farta; e daí vem arrebentarem uns de gordos, com a abundância, e entisicarem outros de magros, com a esterilidade. E no cabo cuidam os grandes, que são como as sangues-sugas, que fazem grande mal ao doente, quando lhe chupam o sangue; cuidam que fazem soberano benefício aos pequenos, quando se servem deles até os aniquilarem. O benefício que vos fazem é servir-se de vós; e a pensão tomar-vos a fazenda, como se a ganharam quando vos admitiram ao serviço que lhes fizestes. Não se viu maior sem-razão! E eu lha perdoara (porque cuidam que vos autorizam quando vos chegam a si, e que não há em vás preço com que lhes possais pagar este benefício) se não acrescentaram a este delírio* outro pior, de vos venderem também por benefício o deixarem de vos afligir, quando os excita a isso a vingança injusta, que conceberam contra vós, por não vós professardes escravos seus, até quando não só a natureza, mas também a concorrência das obrigações que sonham, vos fez livres. E para que não pareça isto discurso fantástico, a quem o ler, ponho-o na praxe* de um exemplo e ficará claro e bem entendido.

Não há reino no mundo tão bem provido como este nosso de Portugal, porque, além do que dá de si bastante para seu sustento, lustre e agrado, tem de suas conquistas com que se enriquece e provêem todas as nações. E como o meneio de tantas coisas é grande, há mister grandes homens, que lhe assistam com grande governo, em todas as partes aonde chegam seus comércios. Destes houve, antigamente, e — ainda há — alguns tão fidalgos que, estimando mais a honra que tesouros, trataram só de dar o seu a seu dono; e assim tornaram para suas casas ricos só de bom nome, que é melhor que muitas riquezas, como o diz o sábio. Outros, pelo contrário, antepondo as leis da cobiça aos respeitos da nobreza, não só se fazem chatins*, mas, estendendo as redes até pelo alheio, se fazem ricos à custa dos pobres, com tanta arte que querem à força lhes fiquem a dever dinheiro, depois de se servirem deles e os despojarem de quanto tinham.

Soube um governador destes que certo negociante tinha um trancelim de diamantes, que se avaliava em cinco mil cruzados. Cresceu-lhe a água na boca e mandou-lho pedir, só para o ver, por curiosidade; e, depois de visto, torna outro recado que estimará lho venda. "Tenho-o para o dar em dote a uma filha", lhe respondeu o dono. "Seja assim", diz o senhor governador, "e eis aí tem Vossa

Mercê a sua peça." E, antes de vinte e quatro horas, o manda notificar que se embarque preso, para o reino, para dar conta, diante de sua majestade, de certos cargos e crimes *lesae majestatis*, provados com mais de vinte testemunhas. Lança o bom português suas contas: "Eu não devo nada a el-rei, mas dizem lá que à cadeia nem por coima* de figos; e, se me deixo ir, hei de gastar mais de dez mil cruzados no livramento; e, no cabo, não ficarei bem limado de tudo, sobre bem aflito. Leve S. Pedro o trancelim, que tão caro me custa." Chama um religioso, destro e de segredo, entrega-lho com um recado para sua senhoria que lhe faça mercê de se servir daquela peça e de tudo o mais que há em sua casa, porque estava zombando quando lhe mandou o recado do dote. Aceita o senhor governador o envoltório, dando a entender que cuida são relíquias que lhe oferece o reverendo padre e ajunta muito criminoso: "Grande coisa é ter um amigo em Arronches. Pode agradecer a V. P. esse cavalheiro a mercê que lhe faço de o absolver de culpa e pena; e dê graças a Deus que escapou de boa." Por esta arte, fazendo benefício da maldade que urdiram, chupam em satisfação quanto há precioso, em ricos e pobres. Façam-me mercê que lhes resistam e verão onde vão parar suas vidas e fazendas.

De outras tretas usam, ainda mais suaves, para se fazerem senhores do alheio, a título de benefícios fantásticos, principalmente quando tratam de se voltarem para o reino. Fingem-se válidos e poderosos com os ministros de todos os conselhos e até com as altezas e majestades; oferecem-se, aos que sentem mais chorume, que farão na corte suas partes e, como nenhuma há que ano tenha nela requerimentos, todos se despendem com donativos e ofertas, que dizem com as pessoas, e eles vão agasalhando tudo e pondo em listas (que nunca mais hão de ver) seus negócios. E para os apoiar mostram cartas, que fingem dos validos e ministros onde vão topar os pleitos e requerimentos, e fazendo delas esporas e garavatos despenham os pretendentes e os desbalizam de quanto têm. E assim os roubam, a título de lhes fazerem benefícios, sem chegarem nunca os credores a colher o fruto de suas esperanças, porque semearam em terra estéril e mato maninho.

Deus nos ajude e nos dê a conhecer corações fingidos. A natureza e os elementos produzem tudo para os homens, sem lhes pedirem nada por tão grandes benefícios. E os homens são tão interesseiros que, sem lhes darem nada, lhes querem levar tudo por uma mercê fingida. Não há entre eles benefício sem pensão e é ordinariamente tão pesada que nada me deixa para alívio. O reino está sempre cheio, para eles, e para mim só vazio. Os reis tratam de todos, e eles só de si e nenhum de mim, senão quando me sentem com chorume que possam sorver. Vê-los-eis visitarem-se uns aos outros, com alvitres de grandes ganâncias, se entrarem ao escote nos empenhos que trazem por mar e terra, e que vos fazem mercê de vos admitirem ao trato da sociedade, de que esperam frutos e lucros que tirem a todos o pé do lodo. E o seu intento é pôr-vos de rodo, despojando-vos da substância para incorporarem em si, e com pretexto de vos fazerem beneficiado vos deixam *zote de requie*. E quando abris os olhos achais que o descanso se vos converteu em demandas, com que acabais de despenhar o ruço atrás das canastras; estas vão cheias para eles e aquele fica dando-vos coices na alma. *Equo ne credite. Teucri. Timeo Danaos, et dona ferentes.*

CAPÍTULO X

Como se podem furtar a el-rei vinte mil cruzados, a título de o servir

A hera é tão desarrazoada que, com suma habilidade, digo humildade, ajunta soberba suma, tomando satisfação atroz de um serviço inútil, como se o que dá fora muito, sendo nada, e o que toma fora nada, sendo mais que muito. É por natureza tão humilde e rasteira que, se não tiver quem lhe dê a mão, nunca se levantará do pó da terra; e é por artifício tão soberba que não pára até não sobrepujar a quem lhe deu o alento, nem descansa até não destruir a seus benfeitores, roubando-lhes a substância e arruinando-lhes o ser, em satisfação do leve serviço que lhes faz do ornato de suas folhas. Levanta-se por benefício das mais altas árvores, a que se encosta: dilata-se com o favor dos mais fortes muros a que se arrima; paga-lhes com sua frescura e paga-se desta ruína e destruição total de todos os seus Mecenas. Até aqui, ingratidão!

E tais são homens humildes por natureza, soberbos por artifício que, recebendo de seus senhores o ser e benefícios sem conto, escassamente lhes fazem um leve serviço, mais de folhagem que de substância, e logo se pagam dele, pondo-os no último e dando-lhes saco ao mais essencial, sem repararem ruínas que a grandes dispêndios necessariamente se seguem. Não tolho que se paguem serviços; mas estranhas satisfações que excedem e que as afetem ambiciosos até onde não há merecimentos. Corando estes com a mesma ação perniciosa, estão roubando a seu rei e a seu senhor e querem que por isso vá cheia de merecimentos a mão que enchem de rapinas; e que tudo seja pouco para prêmio de sua aleivosia disfarçada com máscara de serviço. E ainda que neles houvera serviços dignos de prêmio, são os pagamentos, com que se satisfazem, tão grossos que excedem todo o merecimento.

Vinte mil cruzados disse no título deste capítulo? Pois disse pouco, quando sei casos de quarenta e de oitenta mil cruzados, levados de codilho* em ocasiões que a sabedoria do vulgo ficou cuidando que recebia el-rei, no lanço, um serviço heróico de grandíssimo interesse. Sucedeu o caso, não direi onde, porque não trato de sindicar invasões de inconfidentes senão de advertir ministros fiéis, para que saibam por onde se nos vai a água. Basta saber-se que além-mar recolhem os reis de Portugal para si todos os dízimos, como conquistadores, porque os papas os largaram aos mestrados, para levarem avante a conversão da gentilidade e sustentarem o culto divino naquelas partes, com magnificência da fé e aumento da cristandade. Em uma praça, pois, dessas mais opulentas, se põem em lanço, cada três anos, as rendas dos dízimos a quem dá mais por elas; e andam orçadas, uns anos por outros, em cento e quarenta, até cento e cinqüenta mil cruzados. Urdiu um poderoso os lanços de maneira que não subiram de sessenta mil cruzados; e neles se rematou o ramo a um prioste seu confidente, como quem ia forro* e a partir; e para isso intimidou todos os lançadores e prendeu alguns que tinha por mais afoitos, para os impossibilitar naquele tempo, por lhe constar queriam lançar, no tal ramo, cento e quarenta e três mil cruzados, como no triênio antecedente tinham lançado e no seguinte lançaram, porque se lhes removeu o impedimento. Donde se colhe que não defraudaram a sua majestade mais que em oitenta e três mil cruzados, pondo em pés de verdade que lhe fizeram grande serviço, para que se não perdesse de todo a arrendação dos dízimos, visto não haver quem desse por eles mais. E destas ninharias há por lá muitas, guisadas com tais escabeches, que é necessário muito ardil para lhes dar na têmpera. E ainda que há quem a entenda, assim como há quem a goste, não há quem a declare, por se não encarregar de desgostos, arriscando a vida e a honra à ventura de haver quem faça prevalecer suas mentiras contra minhas verdades.

Outro modo, ainda mais corrente e menos arriscado que este, com que se furtam a sua majestade, todos os anos, os vinte mil cruzados que propus no título, sem se sentir a pontada nem abrir ponto por onde se possa emendar a ruptura. E é assim que os reis de Portugal são senhores de todos os matos do Brasil e, conseguintemente, de todas as madeiras que se talham neles; e é certo que todos os anos se fabricam mais de cinqüenta mil caixas para vir o açúcar, tabaco, gengibre, malagueta, etc., e que não se paga a el-rei por tanto tabuado e madeira nem um ceitil, achando os interessados que assaz o servem nos direitos que de tantas drogas pagam, como se os não deveram por outra cabeça. E por esta arte, a título de o servir, lhe defraudam cinqüenta mil cruzados, que lhes pudera levar por outras tantas caixas, que bem baratas iriam por este preço; e ainda que lhas não desse mais que a dois tostões (que seria dá-las de graça) faria vinte e cinco mil cruzados que, computados pelos anos que tem aquele Estado de nosso comércio — e passam de cento e cinqüenta —, fazem soma de dois milhões e meio. E em tanto está defraudada esta coroa, a título de bem servida; e, no cabo, os seus ministros, que se prezam de belizes* e que pescam átomos como linces, não têm dado fé desta perda, sequer para fazerem dela alvitre, nem eu o vendo por tal.

Ministros vigilantes e inteligentes não têm preço, contanto que não despontem de agudos para seu proveito, como um que me veio à notícia há poucos anos que, de um sorvo, engoliu vinte mil cruzados de direitos em Lisboa, para que não cuidem que só por aí além se fazem os bons saltos. Fez este cadimo* o seu, com pretexto de servir bem a sua majestade, e ajudaram-no sendo dos bisonhos a quem o faraute* da empresa perguntou quanto queriam, em bom dinheiro de contado, por lhe esperarem quatro palavras tabelioas, com outras tantas trochadas pelas costas com uma bengala. "Conforme elas forem" — responderam eles —, "não se desavindo no contrato. Serão de amigo. *Et citra sanguinis effusionem*. Tanto, mas quanto?" Com cinco mil cruzados se contentou cada um, saindo a cinco tostões cada bengalada, como bofetada em peão.

Acrescentavam eles a fazenda de uma nau em uma baraça (se era para a Alfândega ou Casa da Índia, eles o digam que a mim me esquece) e vindo com uma carga de drogas tais que se estimava sua valia em mais de duzentos mil cruzados, pararam em parte certa de pensado, como quem tratava de dar conta de si e descarregar sua consciência. Saiu-lhes o da bengala ao encontro, por entre outros barcos que levavam fazendas despachadas para fora; e perguntando e resolvendo à vista de Deus e de todo o mundo, para mais assegurar o campo, lhes disse: "Que fazeis aqui, vilões muito ruins? Deveis de estar bêbados! Pois trazeis cá o barco, que saiu daqui registado; levai-o a seu dono e desempachai o caminho." E porque não menearam os remos com tanta pressa como o salto necessitava, acrescentou: "Estes madraços* só às pancadas se governam, e quem tem piedade deles nenhuma tem da fazenda de el-rei, nem das partes." E passando das palavras às obras, lhes fez a caridade, como tinham concertado, confessando eles que tinha sua mercê muita razão. E assim ficaram todos justificados e os circunstantes persuadidos que tudo ia bem governado, conforme aos regimentos da cartilha. E o barco, sem ruim presunção, foi dar consigo onde sua majestade perdeu vinte mil cruzados de direitos, dando-se em tudo por muito bem servido, em que lhe pese, porque não havia outra luz que manifestasse a verdade.

⊐⊏

CAPÍTULO XI

Como se podem furtar a el-rei vinte mil cruzados e demandá-lo por outros tantos

Terrível ponto é o que neste capítulo se oferece. Furtar e ficar tão fora de restituir que pretenda o ladrão se lhe pague, com outro tanto, o trabalho que teve em fabricar e embolsar o furto! É o caso que só na escola de Caco* se pratica e acha resoluto e poderia acontecer (se não é que já sucedeu) de muitas maneiras. Ponhamos uma que explicará todas. Eis lá vai um coronel, mandado por sua majestade não sei a que comarca; vinte mil cruzados leva para levantar um terço perfeito de infantaria. Escolhe ele os oficiais, todos seus criados, criados à mão como estorninhos, que só pairam e descantam o que lhes metem no bico. Dão consigo de assuada em uma granja sua, que nunca granjeou tanto em sua vida. E, porque era quinta de prazer, regalaram nela suas almas, quinze ou vinte dias, com perdizes, cabritos, coelhos, galinhas, capões, perus e leitões, à custa da barba longa. Escrevem ali os de melhor pena, em um livro branco, mil e quinhentos nomes de soldados, que nunca viram, com os nomes de pátrias e pais que tais filhos não geraram; tudo por capítulos com sinais e firmas diferentes, pondo muitos com diversas cruzes por sinais, denotando que não sabiam escrever, como acontece.

Feito assim o livro da matrícula e autêntico, com todos os seus requisitos, sem lhe faltar uma cifra; anexando-lhe logo cartas, que com a mesma facilidade afizeram e fingiram vindas das fronteiras, cheias de agradecimentos do recibo de tão bizarra gente; e que logo a repartiram por várias praças, que estavam muito arriscadas, mas que já ficam seguras com mil e quinhentos leões. E outros tantos anos viva sua senhoria, para fazer semelhantes serviços a el-rei e à pátria, que lhos saberão agradecer e pagar como merece. E, com estas cartas de quitação e livro de receita, dão consigo na corte, alegando a sua majestade o grandíssimo trabalho que tiveram, levando maus dias e piores noites, botando o bofe pela boca e labutando com repugnâncias, escusas e murmurações de pais velhos, mães viúvas, irmãs donzelas. "Voto a tal que se não pode fazer este ofício por quanto há no mundo; e que não nos paga sua majestade com melhores comendas de Cristo o serviço que lhe fizemos de mil e quinhentos raios de Marte, tigres desatados, que lhe pusemos nas fronteiras, em que gastamos de nossas fazendas muitos mil cruzados, porque os vinte mil que nos mandou dar sua majestade, claro está que não bastavam nem para as despesas dos caminhos, serras e charnecas que andamos, com maus gasalhados e piores mantimentos." Recebe-os el-rei nosso senhor, com entranhas de pai; agradecem-lhes, liberal, o trabalho, com sua costumada benevolência; enche-os de mercês e despachos, confiado a outras empresas. E acrescentam eles, depois de satisfeitos e contentes: "Senhor, é um milagre ver que de tantos infantes nem um só mostrou má vontade de ir servir a vossa majestade, tanto monta o bom modo com que fizemos isto".

Vedes aqui, irmão leitor, como podeis furtar a el-rei vinte mil cruzados e demandá-lo logo por outros tantos em juízo, alegando que vos pague, não só o que trabalhastes, senão também o que gastastes em seu serviço. Os soldados foram por letra fantásticos e invisíveis; mas os vinte mil foram à vista, reais e não encantados. O serviço foi roubo oculto; e por ele pedem e levam satisfação e paga manifesta. E se lhes tardam com ela, queixam-se e demandam, até que lhes dão pelo trabalho de furto mais do que interessaram na rapina.

Deste e doutros casos, que vão por esta esteira, se pode colher a resposta para alguns zelosos que estranham as prolongadas demoras que cada dia vemos em despachos. Admito que é muito mal feito dilatar os requerentes na corte, fora de suas casas; mas pior o faz quem requer o que lhe não é devido. E, para se averiguar a verdade de todos a seus merecimentos, é necessário tempo, porque há muitos enganos nas justificações dos serviços que se alegam. E acontece muitas vezes virem, das conquistas e das fronteiras, carregados de certidões de grandes serviços os que mais roubaram a sua majestade, e à força querem que lhes pague, com comendas e ofícios de muitos mil cruzados, os latrocínios que lá fizeram e vêm provados atrás deles, na retaguarda da sua fortuna, e se espera que cheguem para rebater as baterias de certidões falsas, que apresentam na vanguarda de seus requerimentos.

CAPÍTULO XII

Dos ladrões que, furtando muito, nada ficam a dever na sua opinião

Há uma figura na retórica, que se chama *gradatio*, porque vai, como por degraus, atando as palavras e pendurando-as umas das outras. Declaremos isto com um exemplo, que servirá para a prova deste capítulo. Todo soldado português é brioso, todo brioso é polido, todo polido calça justo, todo o que calça justo não admite sapato de fancaria*; e os sapatos que todos os assentistas mandam às fronteiras, para os soldados, são todos de fancaria e carregação. Logo, bem diz quem afirma que é fazenda perdida a que se gasta em tais sapatos. E que sejam de fancaria prova-se, com a mesma figura, porque os tais são de carregação e toda mercadoria de carregação é pouco polida, toda coisa pouco polida é desalinhada, toda coisa desalinhada é de fancaria. Logo, bem dizia eu que é fazenda perdida, porque soldados briosos, quais são os portugueses, não usam coisas de faianca*. E prova-se, mais ser fazenda perdida pela experiência, porque sabemos de poucos que calçassem nunca tais sapatos, e vemos muitos que os recebendo, à razão de três e quatro tostões o par, porque lhes não dão outra coisa, os tornam logo a vender por cinco ou seis vinténs. E tornando-os os assentistas a recolher por este segundo preço, os tornam a encaixar aos soldados pelo primeiro, revendendo-os seis ou sete vezes. O mesmo fazem com as botas e meias, couras, guarinas, carapuças e outros aprestos que sua majestade lhes permite levar às fronteiras para melhor expediente da milícia; mas a malícia tudo corrompe e até no provimento do pão bota terra, na farinha cal, na cevada joio, na palha cisco, para fazer de esterco prata e vencer com os ganhos o custo.

E a desgraça de tantas desgraças é que os autores destas empresas, depois de roubarem com elas a el-rei, aos soldados e a todo o reino, porque a todo abrangem tantas perdas, ficam-se saboreando da destreza com que fizeram seu ofício. E, se a consciência os pica que venderam gato por lebre, limpam o bico à mesma consciência: que a ninguém puseram o punhal nos peitos, nem venderam nada às escondidas; e o que se faz na bochecha do sol, com aceitação das partes, vai livre de coimas* e de escrúpulos. Parece que ainda não leram, nem ouviram, que há vontades coatas e forçadas sem punhais nos peitos. Se vós lhes não dais outra coisa, nem ordem para que a busquem por sua via, claro está que se hão de comprar com vossa ladroíce, para remirem, em parte, sua vexação. Mas isto não vos livra de que ficais obrigados a el-rei, porque o enganastes e aos soldados, porque os defraudastes e ao reino, porque o saqueastes, ensacando em vós o dinheiro das décimas e paleando tudo com um quartel que expusestes de antemão, como se assim os arriscásseis todos; e como se nós não víssemos que, quando chegais ao segundo, já estais pagos do primeiro. E tendes nas unhas cobranças seguras para o terceiro e quarto havendo-vos em todos, como se os traginareis* com vossa fazenda; e, sendo a negociação ao todo com a fazenda alheia, vos pagam nos interesses como se fora vossa. E, lançadas vossas contas, achais, na vossa opinião, que nada ficais a dever e que se vos deve muito pelo muito que ganhastes. Muito tinha eu aqui que discorrer; mas fiquem estes torcicolos de reserva para o capítulo 20, parágrafo "Seria imenso das unhas militares".

CAPÍTULO XIII

Dos que furtam muito, acrescentando a quem roubam mais do que lhes furtam

Em Braga houve um primaz arcebispo, que o foi também no Oriente. Este costumava dar todos os provimentos de abadias, igrejas, benefícios e ofícios aos pretendentes por quem intercediam menos padrinhos; e deixava sem nada aos que tinham muitos intercessores. E a razão em que se fundava, para se justificar com sua consciência, era que, ordinariamente, ninguém intercede por zelo, senão por interesse. Donde inferia que quem tinha muitos abonadores tinha com que os comprava; e que os buscava por se ver falto de merecimentos. E, pelo contrário, quem pretendia sem padrinhos ia pelo caminho da justiça e fiava-se na verdade e em seus talentos. E assim achava o bom prelado que provia melhor, quando furtava a volta às abonações que excediam, tendo-as por suspeitas. Mas teve um provisor que lhe deu na trilha: e furtava-lhe a água com outra treta, abonando-lhe os que queria excluir e desfazendo nos que queria prover, alegando-lhe que assim lho dizia muita gente. E era o mesmo que ficar de fora e destituído aquele a quem mais acrescentava e ornava para ser provido.

Valente desengano é este para príncipes, que não cuidem que poderão ter roteiro que se lhes não contramine. *Pensata la lege, pensata la malicia*, disse o italiano; que não há lei, nem traça de governo tão considerada, a que a consideração da malícia e especulação do discurso interessado não dêem alcance, para a perverter e torcer a seu intento. Um caso que me passou pelas mãos, há pouco tempo, explica isso admiravelmente. Cresceram queixas, de mais de marca, nesta corte, contra os ministros ultramarinos. Tratou-se de lhes mandar um sindicante que as apurasse. Escolheu sua majestade um bacharel de encomenda. Tinham os ultramarinos prevenido, com valentes saguates*, seus confidentes, para que armassem os paus de maneira que o sindicante fosse homem venal e não incorrupto. O eleito bem viam todos que era Radamanto. Que remédio para lhe impedir a jornada? Desfazer nele era impossível, porque sua opinião vencia e açamava* até a própria inveja.

Deram em fazer elogios e pregar encômios dele a sua majestade e que o mandasse logo, que assim convinha. E, porque sabiam que era homem de capricho e brios, que não havia de evitar a empresa sem os requisitos para ela e, para seu crédito e honra, navegar direito, acrescentaram que não convinha dar-lhe beca nem hábito de Cristo antes de ir, porque, se lhe dessem logo o prêmio, não lhe ficava cá que esperar e não serviria tão diligente nem tornaria tão cedo, deixando-se engordar lá, com outros lucros; e que perderiam um sujeito de grandíssimo préstimo. Quadrou a razão por ir vestida de zelo de bem comum. E vendo o sindicante que o mandavam, desmastreado de autoridade e dos requisitos para fazer bem seu ofício, renunciou à jornada, que era o que pretendia quem tanto o abonou e acrescentou de cabedal e talentos para o esbulhar de tudo.

Deixo outras conseqüências que teve a história, porque estas bastam para mostrar que há ladrões que furtam acrescentando a quem roubam mais do que lhe furtam. Por este rumo navegam os que, para entabularem seus aliados quando competem com outros que lhes vão adiante nos merecimentos, abonam tanto os melhores que os botam fora da pretensão a título de ser pequena, e que é bem lhes dêem coisas maiores, que aquilo é bastante para fulano. E, assim, o plantam no posto e se esquecem do provimento maior, que alvidravam e prometiam ao que botavam fora com o aplaudirem por melhor.

Também se estende esta sutileza por matérias pecuniárias, fazendo-vos rico para vos fintarem com todo o preço da contribuição. Abonam-vos por Creso e Midas para vos porem às costas as perdas que querem lançar das suas. Em Portalegre vi este caso, por ocasião de uma alçada cujos gastos não achou o desembargador quem os pagasse depois de feitos, nem quem comprasse as fazendas dos culpados, porque eram poderosos e aparentados. Fez o sindicante seu ofício retissimamente: chamou os homens de negócio mais ricos da cidade para os obrigar a que dessem a quantia necessária para a alçada e que tomassem as fazendas para se pagarem com elas logo, ou com seus frutos, nos anos que bastassem, descontando também, à razão de câmbio, os lucros cessantes do seu dinheiro. Vendo todos o risco a que se expunham porque, em virando o desembargador as costas, haviam de revirar sobre eles os culpados com toda a sua parentela, que era da governança, e lhes haviam de fazer amargar os frutos, perder o dinheiro e arriscar as vidas, deram na traça deste capítulo de acrescentarem os bens a quem tratavam de os diminuir. Disseram, de um certo, que tinha de seu mais de cem mil cruzados, que ele só podia com tão grande peso e era poderoso a ter pélas contra tudo o que sucedesse. E seguiu-se daqui que, fazendo-o rico, o meteram em riscos de grandíssimas perdas.

Nos lançamentos das décimas sucede quase o mesmo: que vos fazem rico sendo pobre, para que pagueis o de que se eximem os ricos por poderosos. O orçamento é justo, porque se me depela a substância do que pode a freguesia e que consta até pelos livros dos dízimos; mas, quando vai ao repartir da contribuição, baralham as cartas os que estão senhores do jogo e fazem sair trunfo de ouros a quem não tem cobre com que pague, e paus e espadas a quem tem prata para que a defenda; e não faltam logo copas que apagam as dúvidas. E a galhardia é que, com zelo do serviço de el-rei nosso senhor, tapa a boca a todos para que não grunham. É terrível mão a que se arma com azeiros* reais porque, ainda que não sejam mais que aparentes, temem suas unhas até os leopardos, de cujas garras todos tremem. Ninguém me repare na frase dos azeiros ou unhas reais, porque é certo que há unhas reais muito perniciosas, como explicará o seguinte capítulo.

M

CAPÍTULO XIV

Dos que furtam
com unhas reais

Quando Alexandre Magno conquistava o mundo, repreendeu um corsário, que houve às mãos, por andar infestando os mares das Índias com dez navios. E respondeu-lhe discreto: "Eu, quando muito, dou alcance e saco a um ou dois navios, se os acho desgarrados por esses mares, e Vossa Alteza, com um exército de quarenta mil homens, vai levando a ferro e fogo toda a redondeza da terra, que não é sua. Eu furto o que me é necessário, Vossa Alteza o que lhe é supérfluo. Diga-me agora: qual de nós é maior pirata e qual merece melhor essa repreensão?" Quis dizer nisto que também há reis ladrões, e que há ladrões que furtam o que lhes é necessário; e que há ladrões que furtam também o supérfluo. Estes são ladrões por natureza e aqueles o são por desgraça. Deus nos livre de ladrões por natureza, porque nunca têm emenda; os que furtam por desgraça mais sofríveis são, porque não são tão contínuos. Se há reis ladrões é questão muito arriscada. Certo é que os há e que não furtam ninharias. Quando empolgam são como as águias reais, que só em coisas vivas e grandes fazem presa. Milhafres há que se contentam com sevandijas*, mas a rainha das aves com coisas maiores tem sua ralé. Quando el-rei Filipe, que chamam Prudente, morreu, dizem que só no reino de Navarra engasgou, se pertencia ao francês; como se não tivera mais que duvidar no de Portugal e outros, cuja posse, se bem se examinara, pode ser que lhes achara mais da rapina transversal que de linha direita. Os reis de Portugal tiveram sempre esta prerrogativa e bênção de Deus: que tudo quanto possuíram e possuem de reinos foi herdado com legítima sucessão, ou conquistado com verdadeira justiça. E assim não topam, aqui entre nós, as unhas que chamamos reais. Por outra via logram este nome, com que se acreditam e armam, para empolgarem, mais a seu salvo, nas presas que fazem, as quais são tantas e de tal qualidade que não é possível referi-las todas. Toco algumas.

Sai de Lisboa um enxame de oficiais dos assentistas* — quando não têm pelas comarcas varas maiores que lhes substituam no cuidado de fazer trigo e cevada para as fronteiras —, e todos levam nas mãos provisões reais, para tomarem o que for necessário e lhe amainarem o preço. Correm, no novo, as eiras e os celeiros de todos os lavradores e também dos religiosos e, sendo necessários mil moios, vg. recolhem três mil e vendem, depois, em abril e maio, os dois mil dobrando-lhe o preço e também quadriplicando-lhe, conforme a carestia que eles causaram.

Um fidalgo de Beja me contou que vira um destes doutores fazer uma peça digna de conto. Atravessou o celeiro de um lavrador ricaço e disse-lhe muito sério: "Este trigo é muito sujo, não o hei-de levar senão joeirado, porque não quero comprar má fazenda para os soldados de sua majestade, que é bem andem mimosos, pois nos defendem dos nossos inimigos". Mandou-o joeirar logo o lavrador, por se ver livre dele, e tirou de dez moios mais de meio moio de alimpaduras, as quais comprou logo o mesmo ministro dos assentistas, a vintém cada alqueire; e, em as tendo por suas, deu com elas no trigo limpo e, misturando tudo, o ensacou. Não se viu mais pouca vergonha nem maior sutileza. Até no terreiro de Lisboa fazem presa estas águias. São necessários vinte ou trinta moios de cevada para as cavalariças reais, e tomam mais de duzentos. O mesmo fazem na palha, que mandam vir em barcos do Ribatejo: não sei se será para venderem em maio a cruzado o panal, que lhes custou um tostão, e a doze vinténs o alqueire de cevada, que compraram a três ou quatro vinténs.

Tão reais como estas são as unhas de alguns ministros, que retardam consultas de ofícios, para que ocupem serventias os que os peitam*. E andam os pretendentes das propriedades, anos e anos, requerendo debalde, porque tudo está empatado com despachos sub-reptícios, de que sua majestade não é sabedor, que, se fora, mandara restituir lucros cessantes e danos emergentes e pagar às partes quem lhes foi causa, contra justiça, de se andarem consumindo e lutando com enganos, fora de suas casas tanto tempo. Neste passo me negam tudo quanto tenho dito neste capítulo os que se sentem compreendidos; e, para que me deixem, retrato tudo; e só o digo para que não aconteça e passo a coisas notórias.

Passando eu, há poucos anos, por Montemor-o-Novo, vi uma tropa de padeiras irem gritando, atrás de dois meirinhos que levavam, às costas de quatro negros, outros tantos sacos de pão amassado. Perguntei que briga era aquela. Responderam-me que as encoimaram por fazerem o pão menos da marca, que mandava sua majestade que o fizessem de arrátel, e achou-se em um meia onça menos. Mas, sabida a história mais de raiz, era que não queriam dar pão fiado a alguns senhores da governança, porque nunca lhes pagavam, e assim as ensinavam a serem corteses. Mais humano se portou um meirinho, nesta corte de Lisboa, que, com um dobrão que lhe serviu de negaça, caçou, mais de um ano, tudo o que lhe foi necessário para o sustento de sua casa. Ia o criado, por essa Ribeira, com a moeda de ouro de três mil e quinhentos. Comprava aqui a perdiz, acolá o cabrito e o leitão, no dia de carne; e, no dia de peixe, a pescada, o sável, o linguado e a lagosta; comprava até a couve, o nabo, a alface, o queijo, o figo e a passa e todo o gênero de fruta; e nunca se desavinha no preço e sempre oferecia o dobrão. E como todas as regateiras* haviam medo do amo, por não o agravarem, faziam da necessidade cortesia e diziam que não tinham troco, que outro dia fariam contas, como o tivessem; e este dia nunca chegava porque não era do calendário. Mas tomaria a bula da composição na quaresma, que é de temer lhe não valesse, visto serem vivos e conhecidos os credores.

Em Portalegre conheci um mercador da lei cansada* que vendia não só panos, mas também todo gênero de doces. Mandou pedir a este um vereador catorze mil réis emprestados; temeu o trapeiro que havia de ser o empréstimo a cobrar nas três pagas ordinárias de "tarde, mal e nunca", e mandou-lhe dizer que não tinha dinheiro. Baixou logo um decreto da Câmara, com pena de quinhentos cruzados para o fisco real, que não vendesse coisas de comer, porque era suspeito ao povo em todas elas.

Outras unhas há mais reais que estas: o contrato das almadravas* do Algarve paga, de dez atuns, sete para a coroa, que se obriga, por isso, a defender a costa aos armadores, com galés e armada. E, todos os anos, os desbaratam os mouros, levando-lhes as âncoras, rompendo-lhes as redes, queimando-lhes os barcos; mas os sete atuns sempre se pagam. E por isso não há escrúpulo no muito que se furta nos direitos. Que direi das obras pias? Melhor é não dizer nada. Inventou-as el-rei D. Manuel, de gloriosa memória, tirando um real ou dois de cada cento, no Consulado, que vem a fundir cinco mil cruzados cada ano, quando muito, para os estropiados de África, para viúvas de portugueses que serviram, para ocasiões de misericórdias fortuitas, e carregam sobre elas mais dez mil cruzados de tenças e donativos, que não pertencem à instituição das pias obras. E quando vão as partes cobrar o que se lhes consigna nelas, acham-se em branco*, e quem anda mais diligente, se cobra um quartel, dá graças a Deus e os mais de barato. Também o esmoler-mor se queixa que se lhe remetem petições aos milhares, não tendo cabedal que se conte por centos. O certo é que muitas coisas não se emendam porque se não sabem. E não se sabem porque há unhas que as escondem porque vivem delas, sob capa de servirem a sua majestade e assim se fazem reais.

CAPÍTULO XV

Em que se mostra como pode um rei ter unhas

Não cuidem os reis que, pelo serem, são senhores de tudo, como o grão-Mogol e o grão-Turco, que se fazem herdeiros de seus vassalos com tal domínio em seus bens móveis e de raiz que os dão a quem querem, deixando muitas vezes os filhos sem nada. Isto bem se vê que é barbaria, ainda que, dizem, o fazem para terem os vassalos dependentes; mas também os terão descontentes e, por isso, sabemos que há entre eles, cada dia, rebeliões, com que perdem reinos, e também todo o império, que só o possui quem mais pode. O rei, que se governa com verdadeiras leis — mas que não sejam mais que as da natureza —, há-de presumir que até o que possui não é seu e que lhe é dado para conservar seus vassalos, e que, se o defraudar fora do bem comum com gastos supérfluos que poderá cometer nisso crime a que se dê nome de furto. De três maneiras pode um rei ser ladrão: primeira, furtando a si mesmo; segunda, a seus vassalos; terceira, aos estranhos. A si mesmo furta, quando gasta da coroa e dos rendimentos do reino em coisas inúteis; aos vassalos, quando lhes pede tributos demasiados e que não são necessários; e aos estranhos, quando lhes faz guerra sem causa. E está tão fora de se aproveitar com estas execuções, que executa nelas sua perda, e de seu reino total ruína. Exemplo temos de tudo na monarquia de Castela, cujo rei, porque gastou quinze ou vinte milhões, se não foram mais, nas superfluidades do retiro, os acha menos, agora, quando lhe eram necessários para os apertos em que se vê. E porque vexou os povos com tais tributos, que chegou a quintar as fazendas a seus vassalos, se lhe alevantaram Portugal, Catalunha, Nápoles, Sicília, etc., e porque faz guerra a França e a outros reinos e Estados que lhe não pertencem, por sustentar caprichos, está em pontos de dar a última boqueada* à sua monarquia.

Os romanos, enquanto tiveram erário público em que conservaram os rendimentos do seu império, conservaram-se invencíveis; e tanto que os gastaram em superfluidades e ambições, perderam-se a si e quanto tinham. E porque, para se terem mão, apertaram demasiadamente com os povos que dominavam, tirando-lhes a substância, rebelaram-se todos. E porque, cruéis, fizeram guerra sem causa, meteram em última desesperação as nações que, mancomunadas, resistiram até desencaixarem de seus eixos todo o império, cumprindo-se ao pé da letra o provérbio: *Male parta, male dilabuntur.* A água o deu, a água o leva.

As Repúblicas conservam-se com fazenda, vassalos e leis. E se a fazenda se desbarata e os vassalos se ofendem e as leis se quebram, lá vai "quanto Marta fiou". E não lhe resta mais que fiar em uma roca quem se fiou tanto de sua fortuna que, arrebentando de farto, não previu que, depois das vacas gordas, viu Faraó as vacas magras, como conseqüência infalível de prosperidades mal havidas que sejam mal logradas, como tesouros encantados que, no melhor, desaparecem deixando carvões nas mãos do ambicioso que, não contente com se ver farto, impou de gordo e inchou tanto que arrebentou como a rã de Hisopete*.

Convém que o rei ande sempre com o prumo na mão, sondando os baixos e os altos da fortuna e da República, que tem muitos altibaixos. Deve computar o que tem de seu e em que se gasta, os vassalos que governa e para quanto prestam os amigos e inimigos que o cercam e de que valor são. E considere que rei sem fazenda é pobre, sem vassalos é só, e com inimigos é perseguido. E um rei pobre, só e perseguido facilmente é vencido e vai perto de não ser rei. Mas se tiver fazenda e a conservar, será rico; se tiver bons vassalos e não os ofender, achá-los-á a seu tempo. E sendo rico e tendo vassalos que o sirvam, não tem que temer inimigos; e, estando seguro destes, florescerá próspero, reinará poderoso; e a um rei próspero com riquezas, bem servido de vassalos e poderoso em seu império, pouco lhe falta para bem-aventurado. E todos estes bens lhe vêm de não ser ladrão; e não o será se não faltar a si, nem a seus vassalos, nem aos estranhos, como temos dito. E já que chegamos a estes termos de altercar se há reis ladrões, convém que não passemos avante sem resolvermos uma questão que, atualmente, anda na praça do mundo, sobre o nosso reino de Portugal a quem pertence, se a el-rei Filipe IV, de Castela, se a el-rei D. João, também IV, de Portugal. El-rei Filipe diz que injustamente lho tomou el-rei D. João; e el-rei D. João afirma que violentamente lho tinha usurpado el-rei D. Filipe; e neste confilto de opiniões não escapa um deles de ladrão. Sim, porque tomar o alheio é furtar e quem furta é ladrão. Qual o seja, dirá o capítulo seguinte.

CAPÍTULO XVI

Em que se mostram as unhas reais de Castela e como nunca as houve em Portugal

Entramos em um pego sem fundo, em que muita gente de valor fez naufrágio e se afogou por ignorância, covardia e paixão. Uns, por ignorância, perderam o leme e também o norte; outros, por covardia, meteram tanto pano que quebraram os mastros; outros, por paixão, fizeram-se tanto ao alto que deram em baixos, e baixos miseráveis; e todos, encantados das sereias, caíram em Sirtes e Caríbdis, que os sorveram. Até os que navegaram estes mares, como Dédalo os ventos, se perderam. "Pelo meio, irás seguro" — dizia ele a seu filho Ícaro; mas como é mau de achar o meio entre extremos repugnantes, fizeram, como Ícaro, naufrágio em seu vôo, por falta de asas ou de estrela que os guiasse.

Não estou bem com gente neutral, que atira a dois alvos com a mesma flecha. É impossível tomar uma nau, no mesmo tempo, dois portos. O de Castela estava então aberto, o de Portugal fechado. Este sem forças para guarnecer quem nele se acolhia, aquele com armas que a todos metiam medo. Picaram-se os mares, alteraram-se as ondas; ninguém tomou pé em pego tão fundo e só ficaram em pé alguns, poucos, que tiveram boas bexigas para nadar ou asas melhores que Ícaro para se acolher. O que mais admira é que durasse o tempo turvo sessenta anos, sem haver piloto que governasse a carreira. Muitos fizeram cartas de marear para ambos os portos; poucos se governaram por elas e, por isso, todos vacilaram na esteira que haviam de seguir, até que os mares se sossegaram e o tempo serenou e se viram no céu estrelas, que abriram caminho com que se tomou terra.

Sobre esta tomadia ferve outra vez a tempestade repetida, se bem menos escura, porque já corre vento para ambos os portos que espalha as nuvens; e daí vem que nem todos tomam o mesmo e cada um se recolhe livremente no que lhe fica mais a jeito. Qual seja mais seguro para escapar, eles o digam que o experimentam. Qual tenha mais razão para dominar o que vai logrando, isso direi eu, porque o sei de certo. E não usarei de embuços*, como alguns que falam por escrito sem dizerem o mal e o bem de ambas as partes, havendo-se nisto como advogados, que só uma parte abonam.

Não vi em Portugal correr público nenhum manifesto que por si fizesse Castela; nem sei quem visse em Castela manifesto de Portugal. Se for por temer cada um que as razões do outro mascabem as suas, não lhe acho razão, porque a verdade é como as quintas-substâncias, que nadam sobre todos os licores e com as mentiras mais se apuram à guisa dos contrários que, juntos, mais se espertam. Sondarei, pois, aqui, como em carta de marear, ambos os portos; não deixarei alto nem baixo que não descubra, porque assim acertará cada um melhor com a carreira direita e segura. E fio da boa indústria de todos que vendo ao olho onde está o perigo, que o saibam fugir e que lancem âncora onde se possam salvar, mais descansados na vida, mais seguros na fazenda e mais quietos na consciência.

Âncora lançou Castela em Portugal e ferrou a unha tão rijamente que o não largou, por espaço de sessenta anos. Sobre esta unha botou Portugal arpéu, com tão boa presa que se melhorou no partido e ainda lutam sobre esta melhora. Qual destas duas unhas esteja mais segura, verá o mundo todo, se vir com atenção o que aqui escrevo, sem diminuir nas forças de cada um nem acrescentar fraquezas. E porque Castela começou a estender primeiro as unhas, com que empolgou neste Reino, direi primeiro as razões que alega para a presa ser sua.

Manifesto do direito que D. Filipe, rei de Castela, alega contra os pretendentes de Portugal

É notório que, por morte do nosso cardeal-rei, ficou este reino como morgado de clérigo — que não tem sucessor —, exposto a herdeiros transversais que, sendo muitos, baralham as razões de todos e armam pleitos e discórdias inextinguíveis. E, para procedermos com clareza, devemos pressupor que el-rei D. Manuel, de gloriosa memória, casou três vezes: a primeira com D. Isabel, filha primogênita dos reis católicos; segunda com D. Maria, filha terceira dos mesmos reis; terceira, com D. Leonor, filha de el-rei D. Filipe, o I, e irmã do imperador Carlos V. Os filhos do primeiro e terceiro matrimônio morreram sem sucessão; do segundo teve dez filhos: o primeiro foi o príncipe D. João, que teve nove filhos da senhora D. Catarina, filha de el-rei D. Filipe o I, de Castela; destes morreram oito sem sucessão; e o nono e último, que foi D. João, houve da senhora D. Joana, filha de Carlos V, ao fatal rei D. Sebastião, em quem se acabou esta linha. A segunda prole d'el-rei D. Manuel foi a infanta D. Isabel, que casou com Carlos V, imperador, e de ambos nasceu el-rei D. Filipe II; e deste, Filipe III; e deste, Filipe IV, de Castela, que hoje faz toda a guerra a Portugal. A terceira prole foi a infanta D. Brites, que casou com D. Carlos, duque de Sabóia, e de ambos nasceu Felisberto Emanuel, príncipe de Piemonte, opositor, com seus descendentes, a Portugal. A quarta prole: o infante D. Luís, que não casou, e teve de uma cristã-nova um filho natural, que foi o senhor D. Antônio, também opositor a este reino. Quinta prole: o infante D. Fernando, que casou com D. Guiomar Coutinha, filha dos condes de Marialva, e extinguiu-se esta linha. Sexta prole: o infante D. Afonso, cardeal arcebispo de Braga e bispo de Évora. Sétima prole: o infante D. Henrique, que foi cardeal e rei, sem sucessão. Oitava prole: o infante D. Duarte casou com D. Isabel, filha de D. Jaime, duque de Bragança, e tiveram três filhos: primeiro, a senhora D. Maria, que casou com Alexandre Farnésio, príncipe de Parma; segundo, a senhora D. Catarina, que casou com D. João, duque de Bragança; terceiro, D. Duarte, condestável e duque de Guimarães. Da senhora D. Maria nasceu o senhor Rainúncio, príncipe de Parma, também opositor; da senhora D. Catarina nasceu o senhor D. Theodósio, duque de Bragança e dele o senhor D. João, que hoje é rei de Portugal, onde tem jurado por príncipe seu filho, o senhor D. Theodósio, que houve em legítimo e santo matrimônio da senhora D. Luísa, esclarecido ramo da real casa dos grandes duques de Medina e Sidônia, propugnáculos* invictíssimos de toda a cristandade contra a Mauritânia na Andaluzia onde, por suas heróicas obras, alcançaram o admirável apelido de "Buenos", e bastava para o merecerem destiná-los o céu para darem a Portugal tal filha para nossa rainha e senhora.

As mais proles, que foram a infanta D. Maria e o infante D. Antonio, não deixaram sucessão, porque logo morreram. E das que temos dito fecundas se levantaram cinco opositores a este reino, que ficam notados em suas linhas e, pela ordem da antiguidade delas, são: o primeiro, el-rei D. Filipe; o segundo, o duque de Sabóia; terceiro, o senhor D. Antonio; quarto, o príncipe de Parma; quinto, o duque de Bragança. A rainha de França, D. Catarina, também pretendeu opor-se, alegando que descendia, por linha direita, d'el-rei de Portugal D. Afonso III, conde de Bolonha, e de D. Matilde, sua primeira mulher; mas foi escusa sua pretensão por improvável e prescrita, porque os sucessores do conde de Bolonha (que não consta os tivesse) nunca falaram nesta matéria, depois que aquela linha de Bolonha se ajuntou a França, e a verdade é que à condessa Matilde não ficaram filhos, como consta do seu testamento, que está em Portugal na Torre do Tombo, segundo se escreve. E o engano esteve no sucessor de sua irmã Ális. E este é o Roberto, de quem França queria tornar a nosssa genealogia, fazendo-o filho de Matilde e de D. Afonso III, irmão de D. Sancho, Capelo. Quanto mais que, na presente oposição, só de descendentes d'el-rei D. Manuel se tratava, que era o tronco último e, enquanto os houvesse, não tinham lugar outros pretendentes; e por isso também se não fez caso da pretensão da Sé Apostólica, pois não estava o reino vago de herdeiros.

Dos cinco opositores, descendentes de el-rei D. Manuel, foi havido por incapaz no primeiro lugar o senhor D. Antonio, prior do Crato, por dois defeitos, ambos por parte da mãe, um no sangue, outro no nascimento. São notórios, não os explico e nunca houve suplemento para eles. O duque de Sabóia cedeu aos parentes mais chegados, e também de cá o excluíram por estrangeiro. O príncipe de Parma ficou atrás na pretensão, por três razões: primeira, por ser morta sua mãe, irmã da senhora D. Catarina, que havia de fazer oposição; segunda, por falta da representação, que só se admite nos descendentes imediatos do primeiro grau, e ele era já bisneto de el-rei D. Manuel, em comparação da senhora D. Catarina, que era neta pela mesma linha do infante D. Duarte. Terceira, por ficarem excluídas as fêmeas casadas fora do reino, como se mostra das Cortes de Lamego, celebradas no ano de 1141, onde el-rei D. Afonso I com os Estados ordenou que as fêmeas, ainda que pudessem herdar o reino, perderiam o direito a ele casando fora e, por isso, nas Cortes de Coimbra de 1382, excluíram a senhora D. Brites, filha única do nosso rei D. Fernando, por casar com D. João I de Castela; e D. João I de Portugal, que lhe sucedeu, confirmou esta lei em seu testamento, no ano de 1436.

Excluídos assim todos os sobreditos, ficaram no campo sós a senhora D. Catarina e el-rei D. Filipe. Deram-se duas batalhas: a primeira, como anjos, a segunda, como homens; a primeira, com forças de entendimento, a segunda, com violência de braço. Na primeira, venceu a senhora D. Catarina, porque lhe sobejavam razões; na segunda, venceu Filipe, por ter mais armas. Desta não se trata aqui, porque as armas entre cristãos não dão reinos nem os tiram justamente, quando há razões que resolvam o direito deles. E por isso pretende el-rei Filipe vencer também nesta parte com as razões seguintes.

Razões que el-rei D. Filipe alega contra a senhora D. Catarina

I Razon. Por el casamiento del rey Don Juan I de Castilla com Doña Beatriz, hija del rey Don Hernando de Portugal, quedó el derecho del dicho reyno en los reyes castellanos, porque ela era la unica heredera legitima.

II Razon. Porque no pertenecia el tal derecho en aquel tiempo a Don Juan I de Portugal, por ser ilegitimo, sinó a Don Juan I de Castilla, por ser octavo nieto del primero rey de Portugal.

III Razon. De todos los nietos del rey Don Manuel pretendientes de Portugal que vivian quando murió el rey cardenal, Philipo Prudente era el mas viejo y legitimo; por esso el mas habil a la corona.

IV Razon. Porque demas de vencer Philipo a todos en general en la edad, vencia tambien a cada uno en particular: al señor Don Antonio por legitimo, a la señora Doña Catalina por varón, a Raynuncio por ser nieto y el visnieto del rey Don Manuel, y por esso más legado al ultimo posseedor; y al duque de Saboya con la edad de la emperatriz su madre, hermana más vieja de Beatriz, madre del Saboyano.

V Razon. Porque siendo los reynos del derecho antiguo de las gentes, no se deve regular la sucesion dellos por el derecho civil, lleno de sutilezas e ficciones, que tantos años después formaron los emperadores; y que si bien los reyes supremos lo avian introducido en los reynos, por el buen gobierno de los vasallos, no avian por esso alterado las simples reglas naturales de la sucesion real, las quales afirmaban averse de seguir en este caso como si uviera sucedido primero que naciera Justiniano, que fue el inventor de la representacion; a que no obsta aver algunos doctores querido temerariamente sugetar la sucesion de los reynos a la civil instituicion; y assi siguiendo esta consideración hacia Philipo su derecho indubitable.

VI Razon. Dado que valga la representacion en Portugal, esta no se admite, sinó quando el nieto del rey litiga con su tio hermano de tal rey: y no entre primos, hijos de dos hermanos, quales eran Philipo y la señora Catalina, y confirmase con exemplo y ley: con exemplo, porque por muerte de Don Martin, rey de Aragon, que no tuvo hijos legitimos, pretendieron su corona la infanta Doña Violante, su sobrina, hija del rey Don Jaymes, su hermano más viejo, y el infante Don Hernando de Castilla, su sobrino, hijo de la reyna Doña Leonor su hermana; y dieron sentencia los Estados y sus juezes por el infante Don Hernando, por ser varón no haciendo caso de la representacion que, si valiera, avia de dar el reyno a la infanta, por ser sobrina y hija de hermano más viejo, el qual, si fuera vivo, avia de excluir a Doña Leonor, su hermana y madre de Hernando. Con ley, porque el emperador Carlos V la hizo particular en Alemania, que no valga la representacion, sinó concurriendo sobrinos con tio vivo, y es opinion de Azon, y muchos doctores, que se observa en Francia.

VII Razon. Demas de que la representacion solo la puede aver quando el padre, que se pretende representar, ubiera tenido el primer lugar en la sucesion de que se trata. Donde, supuesto que el infante Don Duarte en su vida no tuvo tal lugar, no podia dexar a sus hijos el derecho que nunca se radicó en su persona.

VIII Razon. En Portugal, muerto el rey Don Juan II, le sucedió su primo Don Manuel, excluyendo al duque de Viseu, Don Alfonso; y si valiera la representacion, avia de ser preferido, por hijo de Don Diego, hermano mais viejo de Don Manuel.

IX Razon. El beneficio de la representación no se admite en la sucesion de los mayorazgos y bienes avinculados, para andarem en el pariente mas cercano de cierta generacion; y es cierto que los reynos tienen naturaleza de mayorazgos en la manera dicha. Demás que los reynos se heredan por concesión de los pueblos, que transmitieron el poder real, que era suyo, a los primeros reyes y a sua generacion; y consta que la representacion no tiene lugar en la sucesión de las cosas, que vienen *ex concessione dominica*, como resuelve Bartholo.

X Razon. La Ordenación de Portugal, lib. 2, tit. 27, § I, dize que, por muerte del ultimo posseedor, entrará en los bienes de la corona el hijo varón más viejo, que della quedare; y consecutivamente echa fuera al nieto y excluye la representacion. Y confirmase con exemplo de heredamiento de reynos, porque en Castilla Don Alonso el Sabio, excluyendo su nieto hijo del principe muerto, hizo jurar su segundo hijo. Item más, la misma Ordenacion, lib. 4, tit. 62, § 3, dispone, y manda, que quedando, por muerte del que pagava fueros, hijo ó hija no entre en el praso nieto ó nieta, aunque sean hijos de algun hijo más viejo ya difunto.

XI Razon. El beneficio de la representacion es privilegio concedido contra las reglas ordinarias del derecho y es una ficcion de la ley por la qual, contra la verdad, se finge que el hijo está en el lugar de su padre y es con el la misma persona; y, por ser privilegio y fingimento, no puede aver lugar sinó quando se hallare expressamente introducido por derecho; y es cierto que no está introducido expressamente, sinó en la sucesion de los heredamientos y feudos, aunque no sean hereditarios. Donde, no siendo los reynos de Portugal feudos, ni se difiriendo la sucesion dellos en todo como heredamiento proprio y ordinario, por ser cosa de mayor momento, y mas calificada y de que se devia hacer expressa mencion, no puede aver lugar en el la dicha representacion.

XII Razon. Para no parecer que huye Philipo del derecho, prueva que en los reynos, más propriamente que en ninguna otra cosa, se sucede por el derecho, que llaman de *la sangre*, mirando al primer instituidor; y que en este derecho se consideran las personas por si mismas sin representacion como si fuessen hijos del ultimo posseedor: y desta manera queda Philipo en lugar de primogenito de Henrico.

XIII Razon. Dado que la señora Catalina pudiesse representarle grado de su padre, no podia representar el sexo; y era duro de admitir que la hembra, igual solamente en el grado y inferior en lo demas, fuesse preferida al varon para governar reynos, quando el proprio defecto della le hacia mas dano que a Philipo el de su madre.

XIV Razon. Conforme al derecho, las hembras no pueden ser admitidas a oficios publicos, ni tener jurisdicion ni administracion de la Republica, porque en ellas falta fortaleza, constancia, prudencia, libertad y otros dotes necessarios; y tenemos exemplo en la reyna de Castilla Doña Beatriz que, siendo hija unica del rey Don Hernando de Portugal, no fue admitida y se dió el reyno por vacante y lo heredó Don Juan I, donde se colige que son las hembras incapazes de representar en Portugal, pues son incapazes de heredar.

XV Razon. Visto no declarar Henrico sucessor, era devida à Philipo la sucesion sin sentencia, por ser su persona suprema, izenta y libre de qualquer juizio coercivo y solamente obligado a justificar su derecho con Dios, y declararlo al reyno; ni avia en el mundo, a quien pudiesse pertenecer la judicatura deste caso, por no tocar al papa, por ser materia puramente temporal sin circunstancias que le pudiesse dar derecho; menos pertenecia al emperador, por no le ser reconociente del reyno de Portugal; y mucho menos a los juezes, que avia nombrado Henrico, porque eran todos parte material y integral del reyno sobre que se litigava, como portuguezes; demás de que no avia portuguez alguno que no fuesse sospechoso y recusable, por el odio publico que tienen todos a la nación castellana; ni avia lugar de se comprometer en juezes loados, por la impossibilidad de hallar personas de quien se pudiesse fiar cosa tan grande y tan peligrosa; y porque la obligacion de comprometer no caye sinó em cosa dudosa, y Philipo ninguna duda tenia.

XVI Razon. Dado que fuesse necessaria sentencia, Philipo la tuvo por los mismos juezes, que nombró Henrico; porque de cinco que eran, tres le jusgaron la corona.

XVII Razon. Sobre todo allega Philipo que, quando el derecho es dudoso y corre opinion probable por entrambas partes, que las armas lo resolven todo; y que con ellas tomó la possesion, y los pueblos lo admitieron y juraron en las Cortes de Tomar por rey, con que se quitó toda la niebla y razon de dudas.

XVIII Razon. Llevando Dios veinte e dos herederos, que precedian al rey Catholico, dava a entender que queria unir Portugal a los reynos de Castilla, para fortificar un braço en su iglesia, para resistir a los insultos de los infieles y de los hereges; y mejorar desta manera el mismo reyno, haciendolo inexpugnable con tantas fuerças juntas contra sus enemigos, y en sus conquistas.

XIX Razon. Finalmente, allega por si la possesion prescripta de sesenta años, bastando treinta, sin contradicion alguna. Y quien lo quitare de la tal possesion merecerá titulo de tirano y de ladrón, porque, de hecho, es tirania y robo inorme quitar un reyno a su dueño, sin causa, razon, ni justicia.

Estas são as razões que, por si, alega o rei de Castela para entrar na herança de Portugal. Nenhum português abafe com elas, que logo lhas desfarei como sal na água; mas primeiro quero responder ao cândido leitor que me pergunta que razão tive para mudar de estilo neste manifesto e falar por outra linguagem, diferente da em que íamos tirando à luz este tratado. A isso pudera responder que o manifesto é de Castela e por isso o pus na sua língua; mas, para explicar melhor a razão mais principal que me moveu, contarei uma história que aconteceu em um tribunal, de três que tem o Santo Ofício neste reino. Prenderam um bruxo, por ter tratado com o diabo e consultado em muitas dúvidas, repreenderam-no os inquisidores porque, sendo cristão batizado, dava crédito ao diabo, sendo obrigado a ter e crer que é pai da mentira. "Pai da mentira é", respondeu o bruxo, "e por tal o conheço; mas com tudo isso, ainda que muitas vezes me mentia, não deixava algumas vezes de me falar verdade e eu, pelo uso, alcançava logo tudo, porque me falava em duas línguas, que eram a portuguesa e castelhana. E todas as vezes que me falava em português era certo que dizia verdade; e só quando me falava em castelhano era certíssimo que mentia." Não sei se me declaro? Quero dizer que a língua castelhana é extremada e única para pintar mentiras, como escolhida por quem é pai e mestre delas; e a portuguesa para falar verdades. E, por isso, pus em castelhano o manifesto de Castela e porei em português a resposta da senhora D. Catarina.

Resposta da senhora D. Catarina, contra as razões de el-rei D. Filipe

I. Resposta contra a primeira razão é que não vem a propósito a herança da senhora D. Brites, porque a nossa questão procede sobre descendentes de el-rei D. Manuel e não sobre os de el-rei D. Fernando, cujas dúvidas se averiguaram nos campos de Aljubarrota; além de que a senhora D. Brites não deixou filhos e, assim, necessariamente, havia tornar a Portugal o direito.

II. Resposta contra a segunda razão é que deverão advertir como na sucessão tão prolongada de D. João I de Castela — oitavo neto do primeiro rei de Portugal — havia o mesmo defeito de ilegitimidade em seu pai, D. Henrique, além de outros avós. E mais perto estava do último avô o nosso D. João I e do último possuidor no primeiro grau de irmão, que o seu no oitavo; e o nosso houve dispensação de ilegitimidade, e não sabemos que o pai e avós do seu a houvesse.

III. Contra a terceira é que diz bem, se todos os opositores foram filhos do mesmo pai, assim como eram netos do mesmo avô porque, então, o mais velho seria o morgado, príncipe e legítimo herdeiro; mas sendo filhos de diferentes pais, como eram, devia-se o direito só àquele cujo pai o tinha à coroa. E como os pais da senhora D. Catarina e D. Filipe, por onde lhes vinha a sucessão, eram de uma parte varão e da outra fêmea, claro está que o varão havia ter o primeiro lugar; e este era o infante D. Duarte, pai da senhora D. Catarina, legítima herdeira por se achar em melhor linha que Filipe, filho da imperatriz D. Isabel, irmã do infante D. Duarte. Quatro coisas se consideram aqui: linha, sexo, idade e grau. E no primeiro lugar se busca a melhor linha e só quem nela prevalece, prevalecerá na causa, ainda que seja inferior ao outro pretendente no sexo, idade e grau; e sempre a linha que procede de varão é melhor que a que procede de fêmea.

IV. Resposta contra a quarta razão. Admitimos o argumento contra os outros opositores e negamo-lo contra a senhora D. Catarina, por razão da melhor linha em que se achava, com que vencia a Filipe, como fica explicado na resposta próxima contra a terceira razão.

V. Contra a quinta. Quer el-rei Filipe um santo para si e outro para a outra gente, admitindo a representação para os vassalos e negando-a para os reis. Se admite que se governam melhor, aqueles com ela, deve admitir que se governarão mal os reis que a não admitirem em suas sucessões; e assim é que, por fugirem esta calúnia, a admitem quase todos os reis e Estados da Europa, e até os mesmos reis. E bastava terem-na admitido, em Portugal, el-rei D. Afonso I, nas Cortes de Lamego, ano de 1141, e confirmada por el-rei D. João I, no seu testamento, ano de 1436, e Afonso V, no ano de 1476, aprovando-a os três Estados, todos sem paixão, nem ocasião de controvérsia, que lhes pudesse perturbar a razão. E sendo, assim, lei praticada neste reino, deve admiti-la Filipe, em que lhe pese. E porque este ponto da representação é o Aquiles desta demanda, convém que o expliquemos para melhor inteligência dela. Representação é um benefício inventado pela lei, que por ele ordenou, nas heranças que se diferem *ab intestado*, que os filhos entrem no lugar de seus pais defuntos e representem suas pessoas, sucedendo em todo o direito que eles houveram de ter, se vivos foram. Esta representação, na linha direita de ascendentes, não tem limite e, nas transversais, somente se concede aos filhos ou filhas dos irmãos ou irmãs do defunto, de cuja sucessão se trata. E assim ficam exclusos os mais parentes colaterais que se acharem fora deste segundo grau, porque não se estende a eles a representação. E conforme a isto fica claro o direito da senhora D. Catarina, que é melhor que o de Filipe, porque representa varão, que houvera de ser rei se fora vivo, e ele representa fêmea, que não havia de entrar na coroa, com ser mais velha, ainda que vivera. Antes digo mais que, dado que fora viva a senhora D. Isabel e morto o infante D. Duarte, ainda a senhora D. Catarina tinha mais direito ao reino que sua tia, por representar a seu pai, que a vencia no sexo e havia de entrar na herança diante de sua irmã. E é a razão por que Fernando, rei de Nápoles, julgou o reino a sua neta de seu filho mais velho defunto, excluindo outros filhos mais moços; e Filipe, rei de Inglaterra, deu sentença pela sobrinha do duque de Bretanha, filha de seu irmão mais velho, excluindo os varões, mais moços, irmãos do mesmo duque. E não temos necessidade de exemplos forasteiros, quando temos em casa o nosso rei D. Manuel, com quem se opôs o imperador Maximiliano, estando ambos em igual grau, e este mais velho, mas em linha inferior por fêmea, e D. Manuel por varão, que representava; e julgou-se que, por isso, prevalecia ao imperador.

VI. Os doutores castelhanos defendem o contrário, admitindo a representação entre primos. E a razão o mostra, porque o sobrinho que excluía a seu tio ou tia, por representação de melhor grau ou melhor, sexo, muito melhor excluirá a seus primos, filhos do tal tio, pois são já mais remotos e não podem representar coisa que a outro não tenha já vencido. Ao exemplo se diz que não deixou a infanta D. Violante de herdar, por não se admitir à representação no caso, senão por ser inábil por lei particular que el-rei D. Pedro, seu avô, fez em Aragão, com que inabilitou as fêmeas para poderem herdar aquela coroa. E a lei de Carlos V procedeu somente nas terras sujeitas ao império, ao qual não é sujeito Portugal, e ainda que em outras partes se pratique a opinião de Azam, como em França que por costume antigo não admite representação nos colaterais em caso algum, não em Portugal, onde seguimos o contrário, com o direito comum e opiniões de Acúrsio e Bártolo, donde se vem a concluir que o benefício da representação há lugar na sucessão destes reinos, quando os sobrinhos pretendem suceder a el-rei seu tio, irmão de seus pais, sem haver outro irmão do mesmo rei que concorra com eles.

VII. Não é necessário que o pai possuísse o que se pretende herdar por via da representação, porque aqui não se leva a herança por transmissão, em que não pode o pai fazer bom ao filho o que não possuiu. E que, no nosso caso, não entra a herança do reino por transmissão, mostra-se, porque por ela nem o filho do primogênito haveria a herança de seu avô, a qual não há dúvida que lhe pertence; e assim entra o tal por virtude da representação, que o põe em lugar do pai ao tempo da sucessão.

VIII. O exemplo de D. Afonso não vem a propósito porque, além de ser ilegítimo, se lhe negou a representação, não porque ela se não use em Portugal, senão porque estava fora do grau a que se concede, pois não era irmão nem filho de irmão de el-rei D. João, mas filho de seu primo, com que ficava já no terceiro grau, em que se não admite representação nas linhas transversais, e assim lhe foi preferido D. Manuel, por se achar um grau mais chegado.

IX. Concedemos que não há representação na herança dos morgados vinculados, para andarem no parente mais chegado de certa geração, porque não procede *jure hereditario*, mas *ex concessione dominica*, que os pode dar a quem quiser. E os povos deram aos primeiros reis o poder real e à sua geração para que os possuíssem e se deferissem como herança sua a seus descendentes; e assim o sente o mesmo Bártolo. E no que diz que na sucessão dos reinos feudais não há lugar a representação, é comumente reprovado, além do que o reino de Portugal não é feudal, nem podem militar nele as razões das *concessões dominicais*, como em seu lugar mostrarei logo na resposta da razão.

X. Os documentos e Ordenações que alega não se entendem assim. O primeiro lugar da Ordenação, que aponta, procede nos bens da coroa que são havidos por concessão dominical do rei e, conforme a Lei Mental, porque se deu ordem de suceder nos bens da Coroa, não se diferem jure hereditario. Donde el-rei D. João I, que foi o autor da Lei Mental, por isso lhe negou a representação. E, tratando depois em seu testamento da sucessão destes reinos, declarou que havia lugar a representação, porque procediam *jure hereditario*, e não *ex concessione dominica*. Ao exemplo do rei de Castela, D. Afonso, o Sábio, se diz que foi julgada aquela ação até em Espanha por injusta; tanto que permitiu Deus lhe tirasse a coroa o segundo filho que ele fez jurar em ódio do neto. E as leis de Castela dispõem que, morrendo o filho maior antes que herde, deixando filho ou filha, vá a estes a herança e não ao tio, irmão de seu pai; e há muitos exemplos. A segunda Ordenação prova somente não haver representação nos prazos de nomeação, em que o foreiro *ex concessione dominica* os pode deixar a quem quiser, sem respeito a herdeiro, que sucede *ab intestado*; e não prova nada no que vai por herança.

XI. Concedemos tudo e negamos só a conseqüência, que nada colhe de ser a herança dos reinos matéria exorbitante e qualificada, pois com isso está que é verdadeira herança, e como tal se compreende sem extensão alguma, nos casos em que o direito concede este benefício da representação.

XII. Não admitimos o direito do sangue, que alega, porque o direito dos reinos e suas possessões procedeu do antigo direito das gentes, segundo o qual tudo se deferia como herança, sem se conhecerem outros modos de sucessões, que por leis mais novas foram inventados. Isto é doutrina comum dos doutores e praticada em Espanha pelos reis de Castela: D. Fernando, D. Afonso, o VI, e D. Afonso VIII, D. Jaime, rei de Aragão, o Conquistador, que dividiu os reinos entre seus filhos, D. Afonso, o Sábio, e D. Henrique III, de

Castela; aquele deserdando seu filho e este pondo-lhe gravames. E em Portugal o declaram as bulas dos sumos pontífices de sua fundação, assentos de Cortes do rei D. João o I, e testamento de el-rei D. Afonso V, onde tudo se leva por herança verdadeira, que admite representação, como temos mostrado.

XIII. O benefício da representação está concedido na linha colateral da mesma maneira que na dos descendentes; na dos descendentes é certo nestes reinos que sucedem as fêmeas a seus pais, com a prerrogativa de varão, de modo que se o pai, por ser varão, havia de excluir outras pessoas, exclua a filha as mesmas, como tios, primos, etc. Prova-se esta representação dos descendentes, em Portugal, pela carta patente de el-rei D. Afonso V, em que ordena lhe suceda o filho ou filha do príncipe seu primogênito, e não seus segundos filhos, o que tem força de lei e direito, por assim o declarar o mesmo rei. E há exemplos do mesmo em outras partes, que ficam apontados no fim da resposta da terceira razão. E que nos colaterais seja o mesmo consta do texto *In Auth. de hered. § Se autem*. E da razão da eqüidade em que as leis se fundam para conceder estes benefícios aos descendentes, esta mesma tiveram para o concederem aos colaterais. E há exemplos, como o em que o rei Filipe, de Inglaterra, por conselho de letrados, declarou que o ducado de Bretanha pertencia à sobrinha, filha do irmão mais velho do duque defunto, contra outro irmão do mesmo duque; e há leis, como a lei quarenta do Touro, em Espanha; que diz: "siempre el hijo, y sus descendintes legitimos por su orden representen las personas de sus padres." E Molina, lib. 3, c. 7, resolve que a dita lei procede na sucessão dos reinos, como na dos morgados. Nem é deformidade nem impossível que a fêmea represente sexo de varão, porque mais dificultoso é fazer que um filho tenha a idade de seu pai que uma filha alcançar o sexo masculino, porque a natureza faz muitas vezes das fêmeas machos e não pode fazer que o filho iguale a seu pai na idade; e, contudo, o direito põe o filho diante do tio mais velho só porque representa a seu pai, mais velho que o tio; logo muito melhor poderá fazer, o que é menos, que a fêmea represente varão.

XIV. O que diz o direito que fêmeas não entrem em ofícios nem jurisdições entende-se onde se não sucede jure hereditario. Também os eclesiásticos não podem haver dignidades seculares e, contudo, possuem as herdades, como se viu no neto cardeal-rei. Nem as fêmeas são tão destituídas como as fazem, principalmente as bem criadas; e os bons conselheiros suprem seus defeitos. E os doutores da Universidade de Coimbra resolveram que a senhora D. Catarina devia ser preferida a Filipe, conforme as leis do reino, confirmadas por Inocêncio IV, que fazem capazes e habilitam as fêmeas para a sucessão destes Estados e excluem aquelas que casam fora do reino; e por isso foi excluída a senhora D. Brites e não por ser fêmea, e também ilegítima e cismática e quebrar os contratos jurados, que ao tempo de seu casamento foram feitos. Cismática, aqui, quer dizer de humor castelhano.

XV. Se Filipe, por ser rei, fora isento de juízes na pretensão deste reino, não o mandara notificar o papa Gregório XIII, pelo cardeal Riario legado, que não afrontasse o nome católico, com se fazer juiz e parte, por parecer dos seus que, com ambição do favor e temor do desagrado, o enganavam. E se não queria juízes portugueses, por considerar neles alguma paixão, que ele lhe daria juízes desinteressados e incorruptos. E bastava deixar el-rei D. Henrique devoluta a juízes a questão, que ele só pudera resolver, para o rei de Castela ser obrigado a esta pela sentença. E não a declarou o cardeal-rei, não porque tivesse alguma dúvida na matéria, mas por evitar a guerra, que já o castelhano ameaçava. E não tinha dúvida porque, quando el-rei D. Sebastião foi à África, deixou feito testamento, em que nomeava o cardeal D. Henrique por seu sucessor no primeiro lugar, e no segundo a senhora D. Catarina; e não manifestou isto por divertir a fúria de Castela, que estava muito poderosa com vitórias e Portugal muito debilitado com a perda da África e peste. Fiado, pois o cardeal, por tantos princípios, na justiça da senhora D. Catarina, por evitar discórdias nomeou juízes e requereu ao Católico, o qual, tergiversando-lhe a razão, o constrangeu e intimidou a que ou lhe julgasse a causa ou não a decidisse. Não conseguiu o primeiro, alcançou o segundo, porque estava muito poderoso com riquezas e armas.

Morto o cardeal-rei, ficou a senhora D. Catarina só; e o castelhano, para se corar com o mundo, pôs a causa em juízo, assegurando a bolada por todas as vias, porque escolheu os juízes que quis, os quais em Ayamonte, território de Castela, com evidente nulidade, deram a sentença de maneira que, sendo cinco, só três se renderam à corrupção; e, para desassombrar a consciência a todos, sumiram o testamento de el-rei D. Sebastião. E boa prova é que nunca apareceu e também é certo que dizem, e se escreve, que levaram para Castelo o livro do "Porco Spim", que se guardava no cartório da Câmara de Lisboa, em que estava o direito de sucessão deste reino com as Cortes de Lamego, em que se decretava que não entrassem nesta coroa reis estranhos. Feitas estas diligências, entrou em Portugal, com um exército, a tomar a posse, como inimigo. Do dito se colhe que não repugnou a ser julgado, nem lhe eram suspeitos os juízes, pois os escolheu e fiou deles tudo. E dizer que nenhuma dúvida tinha é falso, porque se a não tivera, não mandara visitar a senhora D. Catarina pelo duque de Ossuna, com recados dobrados: que, se a achasse aclamada, lhe desse o parabém; e, se por aclamar, o pêsame da morte de seu tio cardeal-rei, e a requeresse para ser julgada a causa da pretensão do reino que ambos tinham. Nem pedira a Pedro Barbosa, doutor célebre em aqueles tempos, que escrevesse sobre o direito que, por varão, tinha a esta sucessão, o qual lhe respondeu que não tinha razões na pretensão da coroa de Portugal, em concorrência de D. Catarina; e, por isso, escreveu ao duque de Gandia uma carta, em que, por cifra, lhe dizia que lhe dava grande cuidado o direito de sua prima. E picado deste escrúpulo deteve o duque de Barcelos em Castela, depois de resgatado, apoderando-se dele, pelo que temia de seu direito. Dilatou-lhe também o resgate, com cor de o fazer de graça a título de parente, para que cá não o declarassem por príncipe, vendo que dificultariam sua vinda com os mouros, que pediriam por ele os lugares que temos em África. Confirma-se mais o escrúpulo de Filipe com os partidos que cometeu à senhora D. Catarina, largando-lhe o Algarve e as terras que foram do Infantado, e franqueza para mandar, todos os anos, uma nau à Índia por sua conta. E, finalmente, porque viu que não tinha bom partido, se pusera a questão nos juízes que convinha, sem se lembrar que ninguém é bom juiz em causa própria, se fez juiz, parte e árbitro, usando de violência; com que tudo ficou nulo, conforme as leis de que sempre fugiu.

XVI. É verdade que três juízes deram sentença por Filipe, com as nulidades que ficam ditas; e, além dessas, outra muito essencial que não se acha escrita e devia escapar a todos os autores que trataram esta matéria, com serem muito diligentes. E não me admiro, porque com maior diligência sumiu Castela todos os papéis que podiam encontrar sua pretensão, mas dois vieram à minha mão, há poucos dias, por um caso estranho. Andando eu com este ponto na forja e tendo o príncipe nosso senhor notícia como estavam na minha mão, mos mandou pedir, pelo conde regedor, e me consta que os estimou e mandou guardar. Um é o regimento com que el-rei D. Henrique, de parecer e prazimentos dos três Estados, mandou se fizesse a junta; e declara quando, como, onde e que haviam de ser onze juízes e esses letrados nomeados por ele e escolhidos pelos Estados. Outro papel contém outro regimento de el-rei Filipe, para fazer este reino todo de seu humor por via dos prelados, pregadores e confessores; e porque contém violências notáveis, farei menção delas adiante, no seu lugar, no fim da décima razão do manifesto da senhora D. Catarina. O regimento do cardeal-rei é feito pelo secretário Lopo Soares, em Lisboa, a 12 de junho de 1579, todo da sua letra bem conhecida e firmado por el-rei e selado com o selo grande das armas reais. E nele mandava se fizesse a junta em Lisboa, no mosteiro de S. Vicente de Fora, por ser mais retirado e observante na clausura, e que dele não saíssem, nem comunicassem com pessoa alguma, senão depois da causa julgada; e que teriam vinte e cinco alabardeiros de guarda. E os obrigava a que, antes de entrarem na junta, se confessassem e comungassem na Sé e na capela-mór dela fizessem juramento de inteireza, diante do cabido, câmara, procuradores, prelados, títulos, etc., e nada disto se fez. Bem se vê logo que a sentença, que Filipe houve de três juízes, foi defeituosa, sub-reptícia, capeada e de nenhum valor.

XVII. Ainda que Castela tivesse opinião provável nos seus doutores, mais provável era a que estava pela senhora D. Catarina e assim tirava toda a dúvida — que se não podia tirar com armas —quando as coisas se tinham posto por consentimento das partes, em juízo contraditório, com juízes escolhidos e louvados e estavam *lite pendentes*; e Filipe os perturbou, mudou, intimidou e corrompeu, até os desfazer e diminuir. E é opinião de inumeráveis autores castelhanos, como Vasquez, Molina, Sanches, Soares, Filiusio, Bonacina e outros, que alegam que se não pode tomar por armas o reino em que há opinião. *Quod si unus* (conclui Soares, disp. 13 de Bello sect. 6, n. 4) *tentaret rem totam occupare allumque excludere: hoc ipso injuriam alteri faceret quam posset juste repetere, et eo titulo justi belli rem totam occupare*. E o juramento do reino, nas Cortes do castelhano, foi írrito*, porque em dano da República e da senhora D. Catarina e seus descendentes, e porque faltou o consentimento do reino livre, que foi extorto por medo do exército com que cá entrou. Nem obsta o não reclamar, porque nunca houve lugar disso, até o dia da aclamação, que foi antes dos cem anos que se requeriam para a prescrição de boa-fé sem contradição, e eles bem má-fé tinham. E bem reclamou o senhor D. Theodosio com seus filhos, cuja retratação se mostrou por escrito. E ainda que o juramento fora muito voluntário, ficava o reino desobrigado de o guardar, tanto que os reis de Castela não guardaram os que fizeram a Portugal, juntando que queriam perder o reino se assim o não cumprissem.

XVIII. Ao que diz do braço, que se fortificava com Portugal em

Castela, para defender a Igreja, respondemos que se for o braço qual o de seu pai, que deu saco a Roma, que ficará bem fortificada a Igreja; e que favoreceu tanto Castela a de Portugal que, em sessenta anos que o dominou, não sabemos que lhe levantasse uma, nem que lhe desse sequer um *cálix*. E se alguns políticos cuidavam que melhoraria Portugal de forças contra inimigos, não foi assim; e a experiência mostrou o contrário, porque Portugal conserva-se com a paz que tinha, com todos os príncipes, e Castela com guerra, que mantém a todos; donde perdemos os comércios, que nos enriqueciam, e ganhamos guerras com todas as nações, que nos destruíam; e, para que nem desta destruição nos pudéssemos livrar, tirava-nos Castela as forças levando-nos nossas armas, tesouros e soldados, para se servir de tudo em suas guerras e conquistas, desamparando totalmente as nossas.

XIX. Finalmente, ao que diz da prescrição e posse, respondemos que a não pode haver em reinos; e é de todos os doutores que não se pode dar em nenhuma matéria sem boa-fé, título e consentimento das partes, tácito ou expresso. Não foi boa-fé a de Filipe, pois, com sentença nula e armado com exército, tomou a posse; nem houve consentimento da real Casa de Bragança, pois consta que reclamaram o duque D. Theodosio e seu filho ao juramento em que não foram perjuros porque o fizeram forçados, sem intenção de o cumprirem. Além de que é do direito que, quem com armas invade a posse, a perde com toda a causa. Donde, dado — e não concedido — que Filipe tivesse algum direito, todo o perdeu pela violência. E não merece nome de tirano quem toma o que é seu; *Et habet jus in re*; antes merece título de *príncipe moderado*, porque, oferecendo-se-lhe muitas ocasiões de se restituir, dissimulou, esperando conjunção de o fazer com sossego e sem dano de seus povos, os quais hoje governa, conserva e defende muito melhor que Filipe, porque nasceu e vive entre seus vassalos, fala a sua língua, conhece-os de nome, bafeja-os como senhor, defende-os como rei, castiga-os como pai, aumenta-os como poderoso, sem lhes tomar as fazendas, como fazem reis que dão em ladrões.

Manifesto do direito da senhora D. Catarina ao reino de Portugal, contra D. Filipe

As respostas da senhora D. Catarina, que demos contra as razões de el-rei Filipe, bastavam por manifesto de sua justiça; mas é tão manifesto o seu direito que, por mais razões que demos, sempre há mais razões que dar. Para entendermos bem as mais fundamentais, que aqui se seguem, devemos pressupor que a sucessão de el-rei D. João III, filho primogênito de el-rei D. Manuel, acabou em el-rei D. Sebastião, seu neto, e tornando aos filhos do mesmo rei D. Manuel, não achou varão vivo mais que o cardeal D. Henrique, o qual, morrendo sem sucessão e sem irmão ou irmã a quem deixasse o reino, necessariamente havia de ir a um de muitos sobrinhos seus e netos de seu pai. Viviam então quatro, três deles varões e uma fêmea, filhos de dois infantes e de duas infantas. E pela antiguidade das proles eram Filipe, Prudente, filho da infanta D. Isabel; Felisberto, filho da infanta D. Brites; D. Antonio, filho do infante D. Luís; e a senhora D. Catarina, filha do infante D. Duarte. Rainúncio, também opositor, já era bisneto na linha do infante D. Duarte; mas não se fez caso da sua oposição, por ser defunta sua mãe, que a devera fazer, e por não constituir linha diferente da em que se achava a senhora D. Catarina, em melhor grau que ele. E se nesta matéria se atentara só para a linha masculina, o senhor D. Antônio ficava de melhor partido, por ser varão e filho de infante; mas foi escuso por ilegítimo e indispensado, porque a dispensação só seria lícita em defeito de opositor legítimo. E logo se seguia a senhora D. Maria, por ser filha de varão e mais velha que a senhora D. Catarina sua irmã; mas excluíram-na, por defunta, e a seu filho, que era o senhor Rainúncio, príncipe de Parma, por estrangeiro e por ficar fora do grau em que se admite representação e principalmente por não constituir linha em oposição com a senhora D. Catarina, que ficava com a senhora D. Maria na mesma linha do infante D. Duarte, pai de ambas. Seguia-se logo a senhora D. Catarina, que era viva e filha de varão; mas esbulhou-a do direito com violência notória e não a deixou tomar posse el-rei D. Filipe, dando por razão que era varão, ainda que filho de infanta, e que estava em igual grau com ela; acrescenta estas palavras, que tenho escritas da sua letra no papel de que adiante farei menção:

"Que para entrar en estos reynos no tenia necessidad de aguardar sentencia de nadie, por ser el proximo sucessor en el reyno y no reconociente superior en lo temporal; que saneada y satisfecha su conciencia de su justicia, pudo occupar la possesion por su sola authoridad, conforme a derecho; y que ya es cosa esta de que no se sufre disputar, sinó tenerlo por ley y vordad manifiesta, despues que los tres Estados del reyto le tienen jurado, en Cortes Generales, por su rey y señor natural como lo hicieron en Tomar". Mas do que temos dito, e diremos, se colhe, claramente, quão pouco fundamento tem e quão sofísticas são estas razões de Filipe que, na verdade, se seguia logo depois da senhora D. Catarina, excluindo o príncipe de Piemonte e duque de Sabóia, por ser filho da senhora D. Isabel, mais velha que a senhora D. Brites, mãe do Piemonte Saboiano. Posto isto, por muitas razões tomou o neto da senhora D. Catarina o reino de Portugal a Filipe, com muita justiça. E nem por serem muitas fazem melhor causa; o ponto está em serem boas; e então uma, até duas, bastam, e três sobejam. As melhores, neste caso, se reduzem a quatro, que são linha, pátria, representação, aclamação; e porque destas nascem outras, direi todas por sua ordem e são as seguintes.

Razões da senhora D. Catarina contra Filipe

I Razão. Porque este reino era devido ao neto ou neta de el-rei D. Manuel que se achasse em melhor linha; e, então, só a senhora D. Catarina o estava, como filha legítima do infante D. Duarte, que houvera de ser rei, se vivera, com a infanta D. Isabel, mãe de Filipe; e preceder-lhe por varão, ainda que ela fosse mais velha.

II Razão. Porque as leis de Portugal proibiram passar a coroa a estranhos (como já dissemos ou provamos das Cortes de Lamego) e então só a senhora D. Catarina era natural deste reino. E que esta lei seja justa prova-se da lei natural, porque não há coisa mais natural que se governarem as comunidades por seus naturais, que lhes sabem os costumes e inclinações. Da lei divina, porque no Deuteronômio mandava Deus ao seu povo que não admitisse rei estranho: *Constitues regem, quem Dominus Deus elegerit de medio fratrum tuorum; non poteris alterius gentis hominem regem facere, qui non sit frater tuus. Deut. 17*. Das letras humanas, os Garções diziam que não estavam obrigados a obedecer a el-rei de Inglaterra, senão quando assistia entre eles. Sandoval, na História dos reis de Castela, diz de Afonso VI, que ele não casaria suas filhas com estrangeiros se soubera que não havia de ter filhos, e de seu neto, filho de D. Ramon, fazia pouco caso, por ser filho de estrangeiro, e não levava em paciência que faltasse em Castela a sucessão real. O nosso rei D. Afonso Henriques assentou, com os Estados e povos, que na coroa de Portugal não sucedesse estrangeiro nem se admitisse a ela filho de filha que casasse fora do reino. E em tempo de el-rei D. Afonso V, não quiseram os três Estados que fosse sua tutora a rainha D. Leonor, sua mãe, por ser aragonesa. E el-rei D. João III teve feita lei para estes reinos em que não só excluía os estrangeiros, mas também as fêmeas, filhas dos reis destes reinos, por tirar as dúvidas pretendendo algum rei estrangeiro ou outro casado no reino, suceder nele; mas a rainha D. Catarina a estorvou, pelo amor que tinha a Castela, estando para se promulgar. A este ponto tiram as leis deste reino, que proíbem terem ofícios públicos estrangeiros e por isso el-rei Filipe jurou que os não daria senão a portugueses, e podiam os reis fazer estas leis neste reino, não só por serem conformes à lei natural e divina, em semelhante caso, senão também porque as punham em coisa própria, que podiam dispor com as condições que quisessem, porque ganharam, à força do seu braço e custa de seu sangue, Portugal aos mouros, que injustamente o possuíram; e assim, como em bens próprios, lhe puseram as condições que se lêem nas Cortes de Lamego.

III. Porque só dispensando-se com a lei que proibia estranhos, podia ser admitido el-rei Filipe, a qual nunca se tinha dispensado; e havendo-se de entrar no reino com dispensação, mais direito tinha o senhor D. Antônio para ser dispensado porque, além de ser natural deste reino era filho de infante varão, e só necessitava de dispensação na ilegitimidade, que já em el-rei D. João I se tinha dado; e a razão de ter, por sua mãe, sangue hebreu não estava proibida, nem isso nos reis avulta. Donde, *de primo ad ultimum*, a senhora D. Catarina só devia entrar na sucessão desta coroa, por não ter necessidade de dispensações, por neta legítima de el-rei D. Manuel, e reino.

IV. Porque o benefício da representação há lugar na sucessão destes reinos, assim como por direito comum está concedido nas heranças que se diferem *ab intestado*; e prova-se, porque está geralmente induzido por direito em todas as sucessões hereditárias, porque o filho é uma mesma coisa com seu pai. E estes reinos são herança do último rei possuidor, logo bem se segue que há neles lugar a representação, assim como nas heranças que se diferem *ab intestado*. Confirma-se, porque também se admite representação nos morgados e bens vinculados *jure sanguinis*, logo também nos reinos, posto que fossem *jure sanguinis*, porque foram instituídos pelos povos, em quem se não pode considerar que tivessem mais amor ao filho ou irmão do rei, por mais chegados, que ao neto ou sobrinho, por mais remotos. Donde, Molina, lib. 3, c. 7, q. I., n. 28, tendo que a sucessão dos reinos se difere *jure sanguinis*, admite o benefício da representação. E a lei dispõe, em Espanha, que o neto será preferido ao filho segundo do rei — e há exemplos disto em Inglaterra, França, Hungria, Bretanha. E em Aragão, fez el-rei D. Jaime II jurar por seu sucessor a D. Pedro, seu neto, filho do príncipe D. Afonso, sendo vivo o infante D. Pedro, seu filho segundo; e neste reino D. João o I ordenou, em seu testamento, que os filhos e netos do senhor D. Duarte, seu primogênito, precedessem ao infante D. Pedro, seu filho segundo; e el-rei D. Afonso V ordenou o mesmo, por sua carta patente escrita aos Estados, acrescentando que o filho ou filha do príncipe D. João, seu primogênito, sendo legítimos, herdassem o reino e não filho segundo seu. Posto isto, bem se infere que à senhora D. Catarina pertencia a coroa deste reino, por representar a seu pai, que se vivera, havia de ser rei adiante da senhora D. Isabel, que a perdia, ainda que mais velha, por ser fêmea.

V. Dado que em Portugal não houvesse lei, nem Ordenação expressa, que admita representação na sucessão dos reinos, há, contudo, lei que o caso que não estiver nas Ordenações dele decidido seja julgado pelas leis imperiais; e se nestas não estiver, pelas glosas de Acúrsio; e se nestas não, por Bártolo, ou pela comum opinião dos doutores. E o caso presente da maneira que o resolvemos, ainda que não está na Ordenação deste reino, colhe-se do direito civil — e está determinado por Acúrsio, Bártolo e os doutores e admitido e praticado em Portugal e muitos outros reinos como mostramos.

VI. Porque as fêmeas podem ser admitidas à sucessão dos reinos de Portugal, e se prova de que a sucessão destes reinos se difere *jure hereditario*, como herança do rei último possuidor; e consta, conforme a direito, que as fêmeas, por testamento e *ab intestado*, são admitidas às heranças hereditárias, assim pela lei das Doze Tábuas, como pelo direito novo dos imperadores, que se hoje guarda. E, pois, neste reino, não há lei que as proíba, claro está que podem ser admitidas, assim como o são em todos os reinos e Estados da Europa de que há inumeráveis exemplos, que traz Tiraquel, tom. 1, q. 10 à n. 4. E assim está declarado em Portugal e se colhe da doação feita ao conde D. Henrique e sua mulher D. Teresa, que dizia: "Para ele e seus sucessores." E conforme a direito, esta palavra sucessores admite também fêmeas, como a palavra herdeiros, com a qual el-rei D. Afonso II, em seu testamento, admite a sua filha D. Leonor, para lhe suceder no reino do Algarve; se prova, particularmente, da doação de el-rei D. Afonso, o Sábio, de Castela, a el-rei D. Afonso o III, conde de Bolonha, seu genro, para seus filhos e filhas, para sempre. Destes exemplos há muitos, o melhor me parece o da carta que el-rei D. Afonso V escreveu aos Estados do reino, pela qual, quando entrou em Castela, determinou o modo que se havia de guardar na sucessão destes reinos, dizendo assim: "Se em algum tempo acontecer, o que

Deus não mande, que o príncipe, meu sobre todos muito amado e prezado filho, faleça antes do meu passamento deste mundo, e dele fiquem filhos ou filhas legitimamente havidos, que aqueles ou aquelas herdem os ditos meus reinos de Portugal e dos Algarves, e não outro algum meu filho, ou filha." De tudo o dito se colhe que as fêmeas em Portugal são hábeis para herdarem esta coroa e que a senhora D. Catarina não a podia perder por fêmea.

VII. Os reinos herdam-se mais pelo direito hereditário, que pelo do sangue. Em Castela, querem muitos que prevaleça o direito do sangue, e que fora dela tenha mais força o hereditário. Donde os castelhanos pegaram do direito do sangue, para darem a Filipe o reino de Portugal; mas achando que também por esta via tinha a senhora D. Catarina mais direito, pegaram do hereditário, e parece que os moveu o verem que possuía Filipe Navarra, Leão e Castela, com direito só hereditário, e não ficava consoante ocupar um reino com direito contrário ao com que possuía os outros. Donde se deve notar que com o direito que alegaram contra a senhora D. Catarina perdiam os reinos que possuíam; e em qualquer dos direitos ficavam de pior partido, e a senhora D. Catarina de melhor condição.

VIII. Direito do sangue é aquele que vem por instituição antiga, que dispôs fosse correndo a herança pelos parentes mais chegados em sangue ao instituidor, como se vê nos morgados. Direito hereditário é aquele que, sem atentar para as tais instituições, dá a fazenda do defunto ao parente mais chegado, ou quem o tal defunto nomeia. De maneira que no direito do sangue sucede ao primeiro instituidor, e no hereditário ao último possuidor. E se bem atentarmos em ambos estes direitos, estava a senhora D. Catarina adiante de el-rei Filipe no do sangue, por vir por linha masculina, que é preferida à feminina, por onde ele vinha; e no hereditário, porque a instituição do nosso reino era que se desse ao natural, como era a senhora D. Catarina, e não a estrangeiros, como era Filipe. E prova-se da causa por que elegeu Portugal o seu primeiro rei natural, que foi por se eximir do governo de Leão. E que este discurso e opinião estejam conformes a direito e razão, confirma Castela com semelhante caso, em que tirou a S. Luís, rei de França, a herança de sua coroa, que lhe vinha por sua mãe, D. Branca, filha mais velha do rei Católico, e a deu aos filhos de D. Berenguera, mais moça, que assistiam em Castela.

IX. O duque D. João, marido da senhora D. Catarina, era descendente por linha masculina do primeiro rei de Portugal, D. Afonso Henriques; e é certo que, quando de alguma herança é excluída a fêmea a favor de varão, não tem isto lugar quando ela é casada com agrado da família. Donde, também por esta cabeça de sucessão hereditária, vinha o reino à senhora D. Catarina, e só podia haver dúvida entre o duque D. João e a senhora D. Catarina sua mulher por terem ambos o direito do sangue, e serem agnados e precedê-lo ela em ser mais chegada ao último possuidor; e ele a ela, em ser varão. Mas toda a dúvida se solta no filho, que de ambos nasceu, o senhor D. Theodósio, no qual se ajuntaram ambas as razões que se comunicam a seu neto, el-rei D. João, o IV, o qual, fundado nelas, tomou posse pacífica do reino, que por pais e avós lhe vinha diretamente.

X. Faz muito pelo direito da senhora D. Catarina a força e violência com que el-rei Filipe invadiu este reino e tomou posse dele. E já mostramos que a força em causas jurídicas tira o direito a quem a faz; e esta se prova em Filipe, porque mandou declarar por rebeldes e traidores, com privação de vida e fazenda, a todos os que com opinião mais que provável trataram da defensão de sua pátria, sem lhe terem jurado a ele nem prometido fidelidade. E, por este princípio, deu garrote secreto a imensos religiosos, que mandou lançar no mar com pedras aos pescoços. E que fosse injusta ou tirânica esta violência mostrou-o o céu, negando, por muito tempo, o peixe aos pescadores, que foram ao arcebispo D. Jorge de Almeida queixar-se que estava o mar excomungado, porque, lançando muitas vezes as redes nele, em lugar de peixes tiravam muitos corpos de frades. E foi assim que, mandando o arcebispo absolver o mar com as cerimônias da Igreja, começou a dar pescado e cessou a maldição, que melhor abrangeria a quem tal justiça executou. Mais fez para violentar não só os corpos, senão também as almas, que mandou a todos os prelados eclesiásticos deste reino que revogassem logo todas as licenças a todos quantos houvesse aprovados para confessar e pregar; e que as não concedessem de novo senão aos que fossem conhecidos por de humor castelhano; e que pusessem censuras reservadas de que com nenhuma bula se pudessem absolver os que, de palavra ou por escrito, significassem opinião contrária à de Filipe. E disto tem na minha mão um papel ou regimento, que já atrás toquei, digno de se imprimir, pelas muitas coisas desproporcionadas que contém, e por ser da mão a letra de el-rei Filipe, o Prudente — que nestes pontos mostrou que o não era muito —, pois mandava aos prelados, inferiores ao papa, que revogassem os poderes das bulas e as licenças que só os sumos pontífices podem tirar; mas como a pretensão principal era nula, não há que espantar de que os meios para ela fossem tudo nulidades.

XI. E porque de um absurdo se seguem muitos, como diz o filósofo, deste da força e violência se seguiram tantas injustiças, em que logo se desempenhou Castela, que menos bastavam para tirar o direito dado — e não concedido —, que algum tivesse, e para corroborar o da senhora D. Catarina, ainda que fosse fraco. Vinte e quatro capítulos cheios de promessas, que Filipe jurou a este reino, quase todos se quebraram, tendo no fim deles que sendo caso — o que Deus não permitisse, nem se esperava — que o sereníssimo rei D. Filipe ou seus sucessores não guardassem a tal concórdia ou pedissem relaxação do juramento, os três Estados destes reinos não seriam obrigados a estar pela dita concórdia e lhe poderiam negar livremente a sujeição e vassalagem, e que lhe não obedecessem, sem por isso incorrerem em perjúrio, crime de *lesae majestatis*, nem outro mau caso algum.

XII. Admitindo nós as injustiças alegadas em comum, que logo mostraremos em particular, e dado — e não concedido — que a real casa de Bragança não tivesse a este reino o direito que temos mostrado, estava o sereníssimo duque, neto da senhora D. Catarina, obrigado a tratar do bem deste reino, por ser natural (e o maior senhor dele). Do bem da República pode tratar qualquer do povo, procurando seu aumento e segurança. É lei certa deste reino, por ser opinão de Bártolo, que não tem nisto quem o contradiga. É também certo em direito, que quando um reino está afogado e oprimido com injustiças, tiranias e insolências do rei que o possui e de seus ministros, que o rei mais vizinho é o seu protetor e a quem toca e compete acudir-lhe e com mais razão os senhores duques de Bragança, condestáveis deste reino, descendentes dos nossos reis, podiam tomar à sua conta a liberdade da pátria, de seus parentes e criados. Esta doutrina admitem até os castelhanos e é de todos.

XIII. Está hoje el-rei D. João, o IV, em posse de boa-fé porque, dado que houvesse dúvida no direito ou violência interposta de uma das partes, a resolução pertencia ao povo, que pode eleger por aclamação, como elegeu, o neto da senhora D. Catarina, usando de um quase *post liminio* no direito de eleger, que teve radicado no princípio e depois o transferiu hereditário nos reis. Assim, Portugal decidiu a sentença que o cardeal-rei não deu e que o castelhano nulamente fulminou.

XIV. Sobre este fundamento, da aclamação voluntária, tiveram outro os portugueses, não menos forçosos, para renderem obediência aos descendentes da senhora D. Catarina e sacudirem o jugo de Castela, e foi o das injustiças com que esta os governava. E prova-se ser bom em toda a Europa: em Castela, com o rei D. Pedro; em França, com Gilpérico; em Suécia, com Cristiemo; em Dinamarca, com Herico; em Portugal, com D. Sancho, Capelo, que foi excluído do governo por sua frouxidão e teve a seu irmão, o conde de Bolonha, por seu substituto. Com este título se livraram os holandeses e se livram os catalães, se levantou Nápoles, se amotinou Sicília, e Portugal declarou por seu rei, a quem por direito o era, para governar, como natural, sem tiranias.

Respostas de el-rei D. Filipe contra as razões da senhora D. Catarina, com seu desengano

I. *Terrible caso* (diz Filipe) *que quiten los portuguezes um Rey Catholico e tan buen Christiano como ello, de su silla, y que se jacten lo hazen con rason, colgandola de una linea, y que arrastren com ella mi potencia y mi derecho tan bien fundado en igual grado con mi prima, a quien devia yo preceder, por varon, y mas viejo que ella!* Mas esta resposta se desfaz, como névoa à vista do sol, com a lei e razão da representação, que já discutimos.

II. *Admito, que podia Portugal hazer ley que estrangeros no le heredassen; mas niego, que la hizo y lo pruevo con exemplo de la reyna de Castilla Doña Beatriz, hija unica del rey de Portugal D. Hernando, la qual por muerte de su padre fue jurada en Portugal por reyna e señora suya; y confirma-se con el rey D. Manuel, quando heredó los reynos e Estados de Castilla en nombre de su hijo D. Miguel; y siendo poderosos para defenderse lo recebieron amorosamente, no obstante ser estrangero, y quando despues tos heredó el archiduque de Austria, aunque era ateman, hizieron lo mismo: y que de la misma manera deve Portugal ser unido a Castilla.* Mas estas respostas e instâncias têm fácil resolução, porque a certeza da lei consta muito bem a Castela, que a sumiu com as Cortes de Lamego, como fica dito; e a nós basta-nos a tradição por certeza, que se prova com muitos documentos. E a rainha D. Brites por isso a jurou Portugal, porque era natural, e logo a repudiou, porque se fez castelhana. E se Castela admitia estrangeiros era porque não tinha lei em contrário, como Portugal tem, e também os fazia naturais com a assistência contínua, e com esta faltou a Portugal, não pondo nele pé mais que para o oprimir, agravando-lhe o jugo como estranho e, por isso, com muita razão o sacudiu.

III. *Que no tenia necessidad de dispensacion en esta ley, porque era portuguez hijo de madre portugueza y se hizo portuguez ablando la lengua de Portugal en sus provisones y despachos, conservando las costumbres y leys de los portuguezes, con palacio real en su reyno y tribunales, prometiendo assistir en el tiempo necessario para ser tenido y avido por natural, y no por estraño.* Mas isto, se bem o disse, mal o cumpriu, porque nunca veio a Portugal mais que a tomar posse, armado como inimigo, metendo presídios castelhanos em todas as forças do reino, e ministros castelhanos nos tribunais, armando a que todos fôssemos castelhanos, porque só assim tratava de ser natural nosso; e para um homem ser natural requer a lei deste reino que seja nascido nele e que seu pai tenha nele bens de raiz e domicílio por dez anos contínuos, e nada disto teve Filipe.

IV. *Al punto de la representacion negamos ficciones y chimeras de legistas, y tomamos possesion por la realidad.* Mas já fica desenganado, na resposta que demos à razão quinta do seu manifesto, além dos exemplos que na quarta razão da senhora D. Catarina de novo apontamos, que bem mostram quão praticada foi sempre a representação em todos os reinos da Europa e neste de Portugal muito particularmente, estabelecida por lei.

V. *Que los reyes, como señores soberanos, no son sugetos a las leyes, que se hazen para governar inferiores y que las pueden derogar, quando resultaren en daño de la corona, que es la primera cosa que se pretende conservar con el derecho.* E diz muito bem em reis tiranos, para os quais não há lei mais que a de sua vontade, conforme aquele texto que só eles guardam: *sic volo sic jubeu; sic pro ratione voluntas.* Mas devera advertir que na oposição presente não fazia figura de el-rei, ainda que o era, senão de filho da senhora D. Isabel, e como tal em figura de particular pretendia este reino, e não como filho do imperador, por onde, ainda que era rei, não lhe pertencia esta coroa.

VI. *Lo que toca a que las hembras pueden ser admitidas a la sucesión de los reynos de Portugal lo admite todo en las hembras de la línea recta, y que lo niega en tas colaterales, a quien preceden los varones que se oponem en igual grado, y se prueva en Portugal de aquel capítulo de las Cortes de Coimbra.* Mormente que de tal devido, como o dito D. João Henriques havia com o dito D. Fernando, é da parte das mulheres que, segundo costume e lei de Espanha, dos filhos a fora não podem suceder em tal dignidade. Mas este argumento bem se vê que não vem a propósito, porque se tomarmos o texto como soa, também a filha do último possuidor não poderia herdar o reino, contra o que temos provado e Filipe admite. Donde só se entende dos parentes colaterais, que não descendem do sangue real dos nossos reis, como não descendia D. João Henriques, rei de Castela e, por isso, não devia suceder a el-rei D. Fernando, posto que fosse seu primo co-irmão, porque este parentesco era por parte das mães, que não descendiam dos nossos reis.

VII. *Que todos los reynos tienen sus leys y derechos particulares, que en sus heredamientos observan; y que aviendo variedad en ellos, bien podia levar unos reynos por el derecho de la sangre y otros por el hereditario.* Mas escusando nós agora esta questão que devolve muitas falências, satisfazemos com averiguar que, assim em um direito como no outro, tinha a senhora D. Catarina mais justiça, como mostra a oitava razão do seu manifesto.

VIII. *Que ay tiempos de tiempos, y que ay leyes diferentes para diferentes reynos; que Francia no podia heredar Castilla, porque tiene estas leyes y privilegios que lo vedan, y Castilla podia heredar Portugal, porque no avia impedimiento de ley que se lo estorvasse.* Mas a isto já dissemos que temos leis que não se passe este reino a estranhos, e atrás, na segunda razão do manifesto da senhora D. Catarina, ficam apontadas; e se as nega Filipe, também lhe negaremos as que alegam contra França e queremos que nos valha neste caso, se foi bom o estilo que então usou contra França.

IX. *Yo lo heredé, yo lo compré, yo lo conquisté. Yo lo heredé, porque me lo resolvieron muchos doctores; yo lo compré, para evitar repugnancias; yo lo conquisté, para quitar dudas. Y como lo heredado, comprado y conquistado es de quien heredó, compró y conquistó, de la misma manera Portugal, por todas las cabeças, es mio y no de la señora Catalina, que no lo heredó, ni lo compró, ni lo conquistó, como yo.* Diz bem que o herdou por dito de doutores, que corrompeu com dádivas e terrores. Mas não rendeu a opinião do melhor de todos, como já tocamos no fim da resposta quinze ao seu manifesto; e o mesmo jurisconsulto, referindo-se-lhe uma visão que tivera uma pessoa louvada em virtude que lhe mostrara Deus a alma de Filipe passando do purgatório para o céu, respondeu perguntando: "Restituiu ele já Portugal à senhora D. Catarina? Pois enquanto lho há restituir, não creio que está no céu." E este é o direito que adquiriu pela herança, compra e conquista que alega. Herdou o que lhe não pertencia; comprou a quem não era dono, que pudesse vender; conquistou contra direito; e assim o ficou perdendo a tudo pelas mesmas três cabeças, por onde jacta que se fez senhor.

X. *Al punto de la fuerza se dize, que* "vim vi repellere licet". *Que una fuerza grande no se deshaze sinó con otra mayor*. E diz bem, que sentiu grande força intrínseca no direito da senhora D. Catarina, porque força extrínseca não a havia nela; antes com paz e sossego se punha na razão que Filipe não quis admitir, nem ouvir; e por isso chamamos *violência* à posse que tomou, com que na verdade perdeu todo o direito que afetava.

XI. *Que tal juramiento de guardar capítulos y perder el reyno sinó los guardasse, responde, que nunca lo hizo, ni se mostrará authentico; y que lo prometido en las Cortes se cumpria y quebrantava conforme a las conveniencias del tiempo y buen govierno de las cosas, que no pueden siempre mirar a un solo fin, que los reyes pueden alterar para mejor govierno y mayor provecho de sus Estados*. E fala verdade, em dizer que não está autêntico o tal juramento que fez nas Cortes de Tomar, em Abril de 1581, porque o não deixou imprimir na carta patente de confirmação dos vinte e quatro capítulos. Trá-la, porém, impressa, em Madri, o autor da lei régia de Portugal. E o certo é que não é maior o poder nos reis para condenarem por traidores os vassalos que no prometido e jurado lhes faltarem, que nos mesmos povos, para lhes negarem a obediência e os excluírem, quando os reis lhes faltam com a palavra dada e quebrantam o juramento de sua promessa. Está nos povos a eleição e criação de seus reis, nela contratam com eles haverem-nos de administrar em sua conservação e utilidade. Donde todas as vezes que os reis lhes faltam, no que lhes prometeram de os defender e conservar, os podem remover e negar-lhes a obediência, como Portugal fez a el-rei D. Filipe, depois de o admitir intruso e violento.

XII. *Llamandonos rebellados, perjuros, traidores, tiranos, y luego vendrá el leon con sus garras invenciblies a hazer justicia y poner el derecho en su lugar y puncto, etc*. Ridícula é a resposta que Castela dá à XII razão da senhora D. Catarina, porque consta de opróbios. Mas bem claro fica do que temos discursado a quem pertencem estas nomeadas, que mais se confirmam com as ameaças das novas violências que nos promete; e, entretanto, nos consolemos com o que lá dizem em Castela: *Que del dicho al hecho vá gran trecho*; quanto mais que onde as dão; e não há pé que não ache forma de seu sapato.

XIII. *Niega Philipo estar el pueblo en possesion de eligir reyes, porque no tenian mejor privilegio de eligir rey en Portugal que en los otros reynos de Hespanha, los quales son de sucesion, enquanto vive descendiente legitimo de la familia real y en esta parte tiene*

Portugal menor libertad, que los otros reynos; porque procede de donacion de los reyes de Castila y de conquista de los reyes de Portugal; y como el pueblo no dio el reyno, no puede haver caso em que sea posible eligir. Bem está: assim é. Mas nas dúvidas, não há dúvida que tem o povo direito para as decidir, quando não há quem as resolva limpamente, e se sente ofendido porque se hão no tal caso os reinos como vagos e reduzidos ao primeiro princípio natural da sua instituição, antes de terem reis em que os povos podem eleger quem quiserem; e bem se prova que os de Portugal nunca quiseram a el-rei D. Filipe, pois nunca lhe deram um viva, como notam até as crônicas, nem na maior pujança do horrendo triunfo com que entrou pela Rua Nova de Lisboa. E vimos as aclamações de vivas com que el-rei D. João IV foi sublimado ao trono, para desengano do mundo todo que sabe muito bem que a concorde e voluntária aclamação dos povos é o melhor título que há para reinar, porque assim se instituíram os reinos e fizeram os primeiros reis. Donde, havendo dúvida entre herdeiros e opositores a uma coroa, o melhor direito que há para as decidir é a vontade do povo que primeiro fez os reis.

XIV. *Que no se pueden presumir tiranias de um rey catholico, ni injusticias de um monarcha tan poderoso, que de nada necesita para ajustarlo todo, dando medio con suavidad a lo violento, y salida facil a lo dudoso*. E diz bem, porque, em dúvida, de todos os reis se há de presumir bem; mas quando as coisas são evidentes, não há escusa que as livre. A evidência das injustiças que Castela usou com Portugal, sessenta anos que o teve sujeito, mostrará o capítulo seguinte. E neste damos fim aos manifestos de uma e outra parte, em que ficam averiguadas e bem manifestas as unhas de Portugal e Castela; e bem curto de vista será e bem cego de paixão quem, com a luz destas verdades, não vir que Portugal não tem unhas e que Castela sempre as teve e, para este reino, muito grandes.

CAPÍTULO XVII

Em que se resolve que as unhas de Castela são as mais farpantes por injustiças

Do que temos dito fica assaz claro que Portugal nunca teve unhas para furtar, e que Castela sempre usou delas. E porque pode haver quem não alcance tantas razões, assim porque sendo muitas confundem, como porque há corujas que não vêem luz, poremos aqui uma demonstração tão clara que todos a vejam, até com os olhos fechados e a entendam ainda que estejam dormindo. Cesteiro que faz um cesto fará um cento, diz o provérbio. Se isto é verdade, como é, mais o será se dissermos: cesteiro que faz um cento de cestos, quero dizer de furtos, é mais que certo. E não é necessário para os provar trazermos aqui cetros, nem coroas, como a de Navarra, de que se intitula ainda rei o francês; nem Milão, que o mesmo apelida por seu; nem Nápoles, sobre que fulmina o papa que lhe pertence; nem Castela e Leão, sobre que reclamam hoje os Lacerdas em Medina Caeli; nem Sicília, que tem senhor que a não logra por falta de poder; nem Aragão, que lá tem no seu Limoneiro o direito que o certifica da violência que padece; nem os mais que, se com estes se forem para seus donos, ficará Filipe como a gralha de Hisopete*.

Não é necessário discorrermos por reinos alheios. Dentro do nosso daremos pilhagens aos milhares, em que ensangüentou tanto suas unhas Castela, que bastam para provar que as tem muito grandes e que não repararia em levar este reino de um golpe, sem ser seu, pois não reparou em o desbalijar* por partes, depois de o possuir com unhas tirânicas. Das injustiças nasce a tirania, não para estar ociosa, mas para obrar mais injustiças. E é assim que os autores a dividem em duas, quando a definem. A primeira se dá quando se ocupa um reino com violência, contra as leis. A segunda quando o rei o governa contra as mesmas leis. A primeira manifesta fica nos dois Manifestos e em suas respostas. A segunda se manifestará nas injustiças seguintes.

Quando Portugal passou para Castela, ia aperfeiçoando as suas conquistas com novos modos de tratos, que se descobriam; ia-se ampliando e propagando nossa santa fé. Tudo parou logo; e, com o tempo, foi tornando para trás. Tínhamos poderosas armadas, imensas armas, muita gente destra para tudo. Quase de repente, e sem o cuidarmos, nos achamos sem nada. Pôs-nos mal Castela com todas as nações, com que se diminuiu no trato; as rendas das alfândegas faltaram, as mercadorias encareceram. Os estrangeiros não podendo vir a nossos portos buscar nossas drogas, iam buscá-las a nossas conquistas, lançando-nos delas, porque não tínhamos forças para lhes resistir; e ainda que tínhamos os antigos brios faltava-nos a direção do governo e o cabedal, que nos devorava Castela.

Capitulou, por vezes, pazes com os holandeses, da linha para o Norte, deixando fora delas o que fica para o Sul, onde cai o principal de nossas conquistas, como quem não se doía delas. Deu licença a estrangeiros para irem comerciar a nossas conquistas, com grande perda, assim de particulares nossos como das rendas reais. E, no ano de 1640, mandou publicar, nos Estados de Flandres obedientes, que podiam livremente navegar a quaisquer portos nossos. E mandou que as nossas bandeiras variassem de cor, para se diferençarem das suas. Diminuíram-se as naus da Índia; despachavam-se tão tarde que arribavam; proviam-se tão mal que pereciam; e as que vinham governavam-se de modo que davam à costa. Até as armadas não logravam efeitos, por má direção; e as que nos mandavam fazer e preparar, a título de acudirem a nossas conquistas feitas, as tomavam para as de Castela, e lá pereciam. À gente que cá se alistava, mandavam que cá se buscasse o dinheiro para a pagarem; e o mesmo para as armadas, com que as íamos servir. As nossas fortalezas andavam tão mal providas que as tomavam os inimigos, como se viu na Bahia, Pernambuco, Mina, Ormuz, etc. Tomaram-nos mais de sete mil peças de artilharia e uma vez se viram na Ribeira de Sevilha mais de novecentas peças de bronze com as armas de Portugal. Tomaram-nos todos os galeões, galés e armadas, de que resultou ficarem nossos mares saqueados e não escapar embarcação nossa. Até os pescadores nos tomavam os mouros. Até os direitos e fintas particulares, que os homens de negócio davam para fábrica de armadas que os defendessem, incorporaram em si. E comiam-nos os ordenados das galés sem as haver; e tudo quanto adquiríamos de armas, tomavam para Castela. Dizem que nos acudiam com suas armadas, como se viu na restauração da Bahia? Respondemos que o fizeram para assegurarem as suas Índias, e que se pagavam muito bem. E pelo contrário, quando nós o ajudávamos, que era mais vezes, sempre foi à nossa custa, como se viu na nossa armada, que foi a Cádis no ano de 1637. Os serviços da nossa coroa, feitos à de Castela, pagavam-se com prêmios de Portugal, e os serviços feitos à nossa coroa nunca tinham prêmio. Com isto, e com as contínuas levas de gentes de mar e guerra para as empresas de Castela, ficavam as nossas desamparadas e se perdiam. Mandavam obedecer nossas armadas às suas capitânias e almirantas, contra nossos foros, com que nenhum homem de bem queria servir, por não perder honra.

Tinha Portugal privilégio antigo que se lhe não poria tributo senão admitido em Cortes. E, jurando Castela de nos guardar todos, nos pôs a título de regalia, sem Cortes, o real-d'água. Acrescentou a quarta parte das sisas; no sal, novos e intoleráveis tributos em castelhano, e sobre as caixas de açúcar. Incorporou-se na fazenda real o rendimento das terças dos bens dos conselhos, que os povos concederam para fortificar muros e castelos. Faziam estanques* de muitas mercadorias, com que obrigavam o reino a comprar o pior, mandando para fora o melhor. Andava isto de tributos tão desaforado que se atreviam os ministros a lançá-los sem ordens reais, como o das barcas pescadoras, que obrigaram, em Lisboa, a ir registar às torres, para pagarem novas imposições, além das muitas que já tinham. Quiseram introduzir neste reino a moeda de belhão*, os despachos em castelhano, o papel selado, e nos concelhos de Madri não nos queriam despachar senão nele. Meteram os roubos de contrabando e levavam para Castela o procedido dele, não se despendendo o seu em coisa alguma de Portugal. O tributo do bagaço da azeitona quem há que o não julgasse por tirânico, além de ridículo. E ainda mais ridículo o das maçarocas, cujos executores apedrejaram as mulheres no Porto. A violência das meias anatas*, que se pagavam até de títulos vãos e fantásticos e inúteis, e do que era devido por justiça.

Fizeram praticar neste reino coisa nunca vista entre portugueses: venderam-se a quem mais dava os ofícios que antigamente se davam de graça, sem olharem se as pessoas eram dignas. E porque as indignas são as que por dinheiro sobem aos ofícios, ficava a República mal servida e perturbada. O subir sem méritos e o não cair por erros igualmente se vendia. Faziam jurar na chancelaria os que compravam os ofícios, que nada davam por eles, nem os que pretendiam por interposta pessoa. Proibiam às partes virem com embargos a tais pavimentos e se alguém dava mais pelo ofício já comprado, lho largavam, sem restituírem o dinheiro ao primeiro comprador, a quem satisfaziam com que apontasse e pedisse outra coisa. Vendiam hábitos até a gente indigna deles, e pretenderam inventar novas honras para as vender e habilitar com elas gente infame às maiores. Dos nobres tomaram grandes pedidos e dos que possuíam bens da coroa a quarta parte. Negar os quartéis das tenças e dos juros era muito ordinário. Obrigavam os nobres, comunidades e prelados que dessem soldados vestidos, armados e pagos à sua custa, para fora do reino. Ultimamente, pretendiam tirar de Portugal toda a nobreza, todas as armas e forças para a guerra de Catalunha, para o obrigar — assim exausto, desarmado e sujeito — ao que quisessem. Avaliaram as fazendas de todos os portugueses, para as quintarem; mas amotinou-se Évora, resistiram os povos de Além-Tejo e logo todo o reino, com que cessaram outros muitos tributos de que estavam já provisões pelas comarcas. Cresciam as rendas reais com tributos, por uma parte e, por outra, multiplicavam-se as perdas. Destruía-se a monarquia e tudo se gastava em apetites; faltavam as armadas e nos tanques do Retiro navegavam baixéis. Triunfando os holandeses de Espanha, pelas companhias que contra ela levantavam, a da nossa Índia se consumiu e desapareceu sem os povos receberem ganho, nem se lhes restituir sequer o que lhes tinham feito contribuir, nem se tomar conta aos ministros que o devoravam. As necessidades em que nos punham com este modo de governo tomavam por achaque de novas imposições para as remediarem. Do castigo faziam remédio, para que até o remédio fosse castigo.

Os juízes castelhanos julgavam e sentenciavam os portugueses que se achavam em Castela; e eles tinham em Portugal juízes castelhanos. Chamavam a Madri as demandas dos portugueses; cometiam-nas a juízes castelhanos e se alguém resistia a isto era punido. Quando se lhes devassava de algum caso cometido neste reino por portugueses e castelhanos pagavam tudo os portugueses se saíam culpados, e os castelhanos eram remetidos a seus juízes, que sempre os absolviam livres de culpa e pena. Inventaram uma companhia de S. Diogo, onde se matriculavam com quantos deles descendiam, para que, gozando dos privilégios de isento, se não extinguisse o nome castelhano, antes se aumentasse entre nós e fosse mais estimado e apetecido. Punham olheiros castelhanos nas nossas alfândegas, não os havendo portugueses nas de Castela em nosso favor, sendo um ministro castelhano tido por menos limpo de mãos que cem portugueses. E aplicava-se, a um só deles, mais ordenado, que a todos os ministros nossos do tribunal em que se punham, e se lhes pagava desta coroa.

Faltaram-nos com as promessas de nos libertar nos direitos dos portos secos e com outras mil de uns e outros que não conto. Levaram para Castela o provimento dos corregedores, provedores e juízes do primeiro banco, para os fazerem dependentes e os divertirem para lá, tudo contra o prometido e jurado. Faltou-se à real casa de Bragança com algumas preeminências e cortesias devidas à sua grandeza e concedidas por reis passados. Entregaram o meneio deste reino e seu total governo a dois ministros, cunhado e genro, que se correspondendo um em Madri e outro em Lisboa, com inteligências diabólicas, nos tiranizavam. Puseram por vice-rei a duquesa de Mântua, estrangeira e que não era parenta do rei no grau que se requeria para tal governo. Puseram-lhe colaterais e conselheiros castelhanos, que se não doessem de nós dependentes para que sujeitassem seus votos. Fizeram que todos estes votos fossem fechados e secretos, para que se pudesse atribuir aos tais votos tudo o que tiranicamente ordenassem. Assim se fizeram os dois sobreditos, cunhado e genro, como o valido, senhores absolutos. Disse o rei Filipe, um dia, ao conde-duque a solas: "Que haremos con estos portuguezes? No acabaremos con ellos de una vez?" O valido, que fabricava fazer-nos castelhanos e província, para assim nos extinguir, respondeu: "Deje V. Magestad esto a my cuenta, que yo se le daré buena dellos". Manifestou isto um grande, de quem então se não acautelaram pela desestimação da idade.

Assim se portava Castela com Portugal, no governo temporal e meneio da polícia de seus Estados. E que direi do que obrou contra o governo espiritual e eclesiástico? Nas dúvidas que se moviam com os coletores, se dávamos sentença em favor da Igreja, éramos privados por Castela dos cargos, e se contra ela, deixava-nos estar excomungados e com interditos sem remediar nada, para que não só os corpos, senão também nossas almas, padecessem. Tiravam dinheiro das pessoas eclesiásticas, com esperanças que lhes davam dignidades. Nem tiveram pejo de provocar os bispos com cartas que, ao que mais desse, levantariam com maiores honras e dignidades. Não se tinha por ilícito nem indecente o que trazia consigo algum lucro; e daqui vinha darem-se os prêmios da virtude à maldade, porque tinha este dinheiro com que os comprava.

Os depósitos das ordens militares, que resultavam das comendas vagas, consumiam-se em usos profanos, contra os breves apostólicos. Prometiam-se as comendas antes de vagarem. Os rendimentos das capelas, os legados pios, e até das missas das almas se tomavam, a título de empréstimo; e a restituição era em três pagas: de tarde, mal e nunca. As capelas eram prêmio de quem as acusava, e ficavam as religiões perecendo e as almas do purgatório sem sufrágios, penando. E porque o coleitor Castra Cani resistiu a isto, como ministro fiel da Igreja, foi preso, arrastado e desterrado, com grande afronta de todo o estado eclesiástico e escândalo da gente católica. Da residência dos prelados nenhum caso se fazia, gastando-os em ministérios temporais, com grande dano espiritual de suas ovelhas. A Bula da Cruzada se aplicava a outros usos, fora da defensão de África, para que foi concedida. Até das rendas da Igreja tomavam subsídios e mesadas. Para alguns pediram breve, alegando que os povos queriam, sendo assim que reclamaram sempre. Multiplicavam as provisões das mitras, com que ia muito mais dinheiro para Roma e eles multiplicavam as simonias.

E eu tenho dado conta das injustiças e roubos que Castela executou em Portugal. E porque estou já rouco de repetir tantos, deixo muitos mais e concluo com a minha conseqüência de que quem tal fez, que não faria? Quem teve unhas tão farpantes para destruir um reino, que apelidava seu, piores as teria para o agarrar ainda que lhe constasse que era alheio. E em conclusão: Castela se tem havido em tudo com Portugal tão desarrazoada e cruel que lhe pudera dizer Portugal o que na ilha de Cuba disse um índio, régulo cacique, chamado Hatuei, atormentando-o castelhanos, queimando-o vivo com fogo lento, para que lhes desse ouro. Catequizava-o um religioso de S. Francisco neste estado e, tendo-o já reduzido a receber o batismo para ir ao céu, perguntou se iam lá castelhanos. E respondeu-lhe o religioso que sim: disse que não queria receber batismo nem ir ao céu, por não ver lá tão má gente. Frei Bartolomeu das Casas, autor castelhano e da Ordem dos Pregadores, refere este exemplo, com outros muitos, das crueldades que usaram nas Índias. E nós dizemos, não tanto como este régulo, mas pelo menos que não queremos neste mundo trato nem comércio com tal gente. E assim me despeço dela e de suas unhas, para continuar na emenda das que nos tocam.

CAPÍTULO XVIII

Dos ladrões que furtam com unhas pacíficas

Nas Repúblicas que logram muitos anos paz, não há dúvida que com a ociosidade se fomentam e criam vícios, porque são como as charnecas onde, porque nunca entra nelas a foice raçadoura, tudo são malezas*. Mal grande é a guerra; mas traz um bem consigo que traz a gente exercitada e divertida de alguns males perniciosos e um deles é o de furtos domésticos. E daqui vem não haver, no tempo da guerra, tantos ladrões formigueiros, nem de estradas, como no da paz, porque os que têm inclinação a furtar aplicam os danos ao inimigo, onde não temem castigo, e deixam a sua República ilesa. Mas como não há estado nem tempo que escape desta praga mais ou menos, todos os tempos têm unhas que os infestam, assim na paz como na guerra. Desta diremos logo; da paz digo agora que não estou bem com ladrões que furtam metendo espingardas ao rosto, disparando pistolas, esfolando caras, como o ladrão Gaião* e o Sol-Posto*, que saíam às estradas mais para matar que para roubar. Mais humanos são os que com boa paz, saudando a gente, lhe pedem a bolsa por bem para seu mal. Tal foi aquele que na Charneca de Aldeia Galega, pondo chapéus pelas moitas, com paus que pareciam espingardas de longe, pedia, ao perto, aos passageiros, com cortesia, da parte daqueles senhores, que lhes fizessem mercê de os socorrer com o que pudessem. E, assim, davam quanto traziam, para que os deixassem em paz; e tais eram os que em tempo de Castela pediam donativos pelas portas, a título de socorros e empréstimos, sem nos porem os punhais nos peitos; mas quem não dava até a camisa, quando outra coisa não tivesse, sempre ficava temendo o tiro que fere ao longe.

Pedir esmola com potência é pedir socorro nas estradas públicas com carapuça de rebuço e armas à destra; é querê-la levar por força e com unhas pacíficas. Outro houve tão pacífico que fazia exibir aos passageiros o dinheiro que levavam, e logo lhes perguntava para onde iam. E lançando as contas ao que lhes bastava para a jornada, isso lhes restituía, com: "Nunca Deus queira que vossas mercês lhes falte o necessário para seu caminho" — e com o mais ficava. Três furtaram em uma feira, de mão comum, outras tantas peças de pano de linho, duas com trinta varas cada uma e a terceira de trinta e seis. Ficou-se um com esta, por ser o capataz, e deu aos companheiros as outras — a cada um sua. Acharam-se defraudados nas seis varas que levava de mais e argüíram-no que não guardava igualdade nem justiça com tão fiéis companheiros. Respondeu que tinha razão e que não era ele homem que se levantasse às maiores com o alheio. E, partindo as seis varas, deu a cada um duas dizendo: "Ajude Deus a cada qual com o que é seu *pro rata*". Tão pacíficas como isto tinha este ladrão as unhas. Por mais pacíficas tenho as unhas dos que, passeando em Lisboa, vencem praças nas fronteiras. Podemo-los comparar com as rameiras que, cheirando a almíscar e fazendo praça de lisonjas e afagos, estafam as mais inexpugnáveis bolsas e escorcham os mais privilegiados depósitos.

Não sei se pertencem a este capítulo as piratagens que se usam por esses almoxarifados e alfândegas de todo o reino, nos pagamentos dos juros, tenças e mercês, que sobre as rendas reais se carregam. Vão os credores pedir os quartéis, a seu tempo e a resposta ordinária que acham é: "Não há dinheiro", e com este põem de ré até aos mais poderosos requerentes. Mas, se apertados da necessidade, que não tem lei, prometem a metade do quartel ou a terça parte, logo lhes sobeja e vos despacham, passando-lhes vós provimento ou escrito, de como recebestes tudo. E assim o carregam na despesa, tirando para si do recibo as resultas, com que se guarnecem em bela paz, livres de demandas e contendas. Bem conhecido foi nesta corte um homem honrado, que se fez dos mais ricos dela pela maneira seguinte: lançava nas rendas reais sempre mais que os outros e por isso sempre as levava; mas punha no contrato uma cláusula de que não se fazia caso, porque pagava adiantado, e era de muita importância para ele, que lhe haviam de aceitar nos pagamentos a terça parte em papéis correntes. Divulgava logo que quem tivesse dívidas para cobrar de el-rei que viessem ter com ele e que a vista lhas pagaria, se fossem de receber os créditos delas. Choviam-lhe em casa os credores, que sempre os há desesperados de nunca cobrarem, porque a fazenda real é parte rija. Via-lhes os papéis, marchava em todos; concertava-se, para fim de contas, que lhes daria a metade. E tais havia que por cem mil réis lhe largavam papéis líquidos de mil cruzados, e por mil cruzados lhe largavam facilmente dois contos. E por esta arte, tão quieta e pacífica, sem se abalar de sua casa, veio a medrar mais que os que levam grossos cabedais ao Brasil e navegam com grandes riscos à Índia.

Venha aqui o duque de Lerma que, com grande valimento e maior paz, governou a monarquia de Espanha por muitos anos, livrando todos seus Estados de muitas guerras. A traça que tomou para tão louvável empresa foi de furtar um milhão à coroa, com aprovação do rei, todos os anos, e este despendia em peitas*, com que comprava o segredo de todos os reis, príncipes e potentados da Europa. Tinha em todas as cortes, da sua mão, um conselheiro, que lhe correspondia com os avisos de tudo o que se tratava, e a cada um dava por isso cinqüenta mil cruzados, que era muito boa propina. Corriam estes casos muito ocultos, e tanto que tinha sopro que se maquinavam guerras, logo lhes divertia a água com cartas e embaixadas a outro propósito, tão bem armadas que desarmavam tudo, apagando temores, extinguindo suspeitas e granjeando de novo amizades. Tanto monta a destreza e ardil de um bom ministro, sagaz e prudente! E assim dizia este ao seu príncipe: "Senhor, as coisas levadas por mal rebentam em guerras, e levadas por bem florescem com paz. Um ano de guerra gasta muitos milhões de dinheiro, abrasa muitas fazendas de particulares, extingue muitas vidas dos vassalos; e a paz sustenta tudo em pé, são e ileso. E com um milhão que se gasta, cada ano, em peitas, compramos este bem tão grande e nos livramos dos gastos de muitos milhões e das inquietações que traz consigo a guerra".

Neste passo, me pergunta o curioso leitor: "Onde estão aqui as unhas pacíficas?" Perguntastes bem; mas responderei melhor: que estão nos senhores conselheiros, que gualdriparam o milhão, a cinqüenta mil cruzados cada um, vendendo por eles o segredo dos seus príncipes, que é uma jóia que não tem preço, porque depende dele o aumento dos seus Estados que muitas vezes se apóia na execução pronta de uma guerra justa. Mas podemos lhes dar escusa nas conseqüências da paz, que sempre é mais proveitosa para os povos, cujo bem e conservação deve ter sempre o primeiro lugar nos discursos de todo o bom governo, se não trouxer consigo maior perda, como a com que nos enganou Castela.

Alguns estadistas tiveram para si que fora grande ventura passar a coroa de Portugal a Castela, pela paz com que nos conservava sua potência dentro no reino. É verdade que não entraram cá inimigos com exércitos que nos inquietassem o sono; mas lá lavrava ao longe a concórdia inimiga e como lima surda nos ia gastando e consumindo, sem darmos fé do dano, senão quando já quase que não tinha remédio. Deus nos livre de tal paz. Paz fingida é pior que guerra verdadeira; e esta é melhor, porque a boa guerra faz a boa paz. A boa paz é a melhor droga que nos trouxe o comércio do céu a terra, e como tal a aplaudiram os anjos em Belém, depois da glória de Deus. E, por isso, é bem que digamos os frutos dela e os documentos com que se granjeia.

CAPÍTULO XIX

Prossegue-se a mesma matéria e mostra-se que tal deve ser a paz, para que unhas pacíficas nos não danifiquem

O ofício do príncipe é procurar que seus vassalos vivam em paz. E, por isso, quando o juram, leva na mão direita o cetro com que há-de governar o povo em paz. Os romanos traziam o anel militar na mão esquerda, que é a do escudo, para denotar que as Repúblicas bem governadas têm mais necessidades de se defenderem, para conservarem a paz, que de ofenderem a outros, para acenderem guerras. O alvo de todo governo político deve ser sempre a paz, porque a guerra é castigo de pecados. E assim se devem considerar sempre as causas que houve para se romper a paz, e tratarem de as reparar. Para ser firme, a paz, hão-de procurar os que a fazem de terem a Deus propício, e tê-lo-ão, se lhe pedirem que lhes dê juízo e entendimento para administrar justiça. Será a paz de dura, se as condições dela forem honestas e se se assentar com vontade verdadeira, sem enganos. Melhor é a paz com condições honestas, que guerra perigosa com interesses incertos. Os lacedemônios e atenienses diziam: "Prouvesse a Deus que nossas armas estivessem sempre cheias de teias de aranhas!" Quem trata da paz, se a não puder concluir, faça pelo menos tréguas, porque por meio das tréguas se alcança muitas vezes a paz; porque dão tempo a se considerarem e alcançarem de ambas as partes os inconvenientes da guerra. E deve-se advertir se quem pede a paz é gente de sua palavra; e quem está vitorioso deve conceder-lha, porque se lhe admitem mais facilmente as condições que quer. A guerra faz-se para ter paz; e, por isso, é melhor sempre admitir esta que fazer aquela. As condições da paz são de grande momento, para ser de dura.

Os romanos, na paz que fizeram com os cartagineses, puseram-lhes por condição que lhes entregassem a armada que tinham, puseram-lhe o fogo e ficaram todos quietos. Ninguém se deve fiar muito na paz feita com inimigo porfiado, porque a malícia e a ambição, com pretexto de paz, se valem de enganos e cautelas piores que a guerra; e, por isso, o príncipe prudente, no tempo da paz, não deve deixar os ensaios da guerra e exercícios militares, nem que os seus vassalos se dêem ao ócio e regalos porque, como diz Tito Lívio, não fazem tanto dano à República os inimigos quanto fazem os regalos e deleitos. Na maior paz, ter as armas e armadas prestes enfreia os inimigos. Paz desarmada é mais arriscada que a mesma guerra. Não estão ociosos os galeões no estaleiro, nem as armas com bolor nos armazéns. Dali, sem se moverem, estão reprimindo os ímpetos do inimigo, que se acanha só com cheirar que há de achar resistência. O imperador Justiniano tem que os príncipes hão de estar ornados com as armas da guerra e armados com as leis da paz, para governarem bem os povos que têm a seu cargo. Começa a ruína de uma República com o desprezo das leis, onde acaba o exercício das armas. Quando Xerxes rendeu Babilônia, não matou nem cativou os que lhe resistiram; mas só mandou, para se vingar deles, que não exercitassem mais as armas e que se ocupassem em tanger, cantar e dançar e em serem jograis e taberneiros. E, com isto, conseguiu que a gente daquela cidade, tão insigne no mundo, fosse vil e fraca. Tal foi a paz que o governo de Filipe trouxe a Portugal com o perdão geral que deu a todos os que lhe resistiram. E houve estadistas tão sábios que tiveram isto por felicidade!

Da maneira que os corpos e substâncias terrestres nascem, crescem e morrem e, quando não têm de fora quem os gaste, dentro em si criam quem os consome. Assim as Repúblicas: quando não têm inimigos de fora, dentro em si criam quem as destrói. Dizia o imperador Carlos V, que da maneira que no ferro nasce a ferrugem que o gasta, se não o usam, e no pão o gorgulho que o come, se o não movem, e até o mar se corrompe em si mesmo, onde lhe falta as marés que o abale — assim nas Repúblicas nascem bandos e dissensões, que as inquietam e consomem, se com a paz deixam entrar nelas a ociosidade. O príncipe dos filósofos, no cap. 7, lib. 5, da sua *Política*, adverte três coisas — partos da ociosidade — que assolam as Repúblicas: primeira, admitirem-se poucos ao governo, havendo muitos dignos; segunda, excluírem os ricos viciosos aos pobres virtuosos; terceira, levantar-se um valido com o meneio de tudo. De tudo resulta que com tirania se isentam, com ambição roubam e com soberba atropelam os inferiores; e fazendo-se odiosos movem revoluções como em nuvem prenhe de exalações, que não sossega até que não rebenta com trovões e raios, assolações e ruínas.

Platão diz que a República ociosa cria muitos pobres, que logo dão em ladrões e sacrílegos mestres de maldades. Convém que, assim como as abelhas não consentem zangãos na sua República, assim os que governam a nossa não devem consentir gente ociosa, exposta a vícios, novidades e inquietações. Aristóteles, que sempre contradiz a seu mestre Platão, afirma que mais mal fazem à República os ricos, no tempo de paz, que os pobres, porque com o poder se eximem da obediência das leis, e com a ociosidade estão prestes para motins*, e com as riquezas aptos para os sustentar. Impedem a reformação dos costumes, relaxam a modéstia do povo com gastos supérfluos no comer e vestir, incitando o vulgo a desobedecer. E se o príncipe os não vigiar, para os trazer a todos em regra, com temor e amor, dar-lhe-ão com a República e com a monarquia através, e vem a ser conseqüência infalível que pecados públicos tolerados assolam as Repúblicas como fogo. Não são os dos reis os que fazem o maior dano, senão o descuido com que toleram as demasias dos povos, que Deus castiga com Faraós, Calígulas e Neros, que lhes servem de algozes. E quando o príncipe é bom, permite que tenha ministros tais como estes imperadores e que os não possa atalhar, porque o enganam com a hipocrisia, mascarada com cor de virtude e zelo. Livrar-se-á destes enganos, far-se-á admirável e florescerá invencível o rei (disse um sábio) que guardar inviolável quatro leis: primeira, que não consinta que os grandes oprimam aos pequenos, e será tido por justo; segunda, que não dissimule nenhuma desobediência, por leve que seja, sem castigo pesado, e far-se-á temido; terceira, que não deixe passar nenhum serviço sem prêmio, e será bem servido; quarta, que ninguém de sua presença se aparte desconsolado, e será de todos muito amado. E um rei justo, temido, bem servido e amado conservará sua pessoa segura, seu império inexpugnável, sua fazenda com aumentos e seus vassalos sem faltas. E em chegando a este auge, logrará próspero seu cetro em paz, livre dos danos e unhas que chamamos pacíficas.

CAPÍTULO XX

Dos ladrões que furtam com unhas militares

Santo Agostinho, lib. 1, *De Civitate Dei*, cap. 3, diz que assim como os médicos curam aos doentes com dietas, evacuações, sangrias e fogo, assim Deus cura os pecados do mundo com fomes, que são as dietas; com pestes, que são as evacuações; com guerras, que são as sangrias e o fogo. E vêm a ser os três açoites que Deus mostrou a Davi, com os quais costuma castigar os homens. E por maior se pode ter o da guerra, porque a nada perdoa, tudo leva, sagrado e profano, fazendas, honras e vidas. E como na água envolta acham maior ganância os pescadores, assim nas revoltas da guerra acham mais em que se empolgar suas unhas, que chamamos militares. Na restauração da Bahia, entregou o monarca dois ou três milhões a D. Fradique de Toledo, para as despesas da guerra. Houve depois desgosto entre ele e o conde de Olivares, que governava tudo; e ajudando-se este do valimento para se vingar do Fradique, mandou-lhe tomar contas. E alcançando-o em meio milhão, apertou com ele que o pagasse ou desse descarga. Deu ele esta em uma palavra, que gastara o resto em missas às almas, em esmolas e obras pias, para que Deus lhe desse a vitória que alcançou, que muito mais valia. E pudera dizer também que grande parte se foi por entre os dedos das unhas militares, que a sorveram, porque o dinheiro que corre por muitas mãos é como o pez e breu, que logo se pega aos dedos e mete por entre as unhas.

Serão estas, por ventura sua ou desgraça nossa, as unhas dos pagadores, os quais se mancomunam ou descuidam uns dos outros, na volta de duas planas fazem tal revolta no dinheiro de el-rei, que o deixam em passamento e os soldados em jejum, fazendo-lhes de todo o ano quaresma? Se não são estas, pode ser que ajudem, porque escrevendo despesas onde não houve recibos dos soldados, recebem para si todos os restos que, por serem grossos, não se enxergam no fim das contas, que capeiam sua malícia com título de milícia. E ficando esta tão defraudada no cabedal e por isso nos soldados, vale-se também das unhas que mais propriamente são militares, para que não falte aos soldados o necessário e também o supérfluo. E daqui vem que o mesmo é ser soldado que não vos fiardes dele.

Tem a guerra grandes licenças, não lhe nego; mas nunca é lícito fazer presa no alheio, sem título que cooneste a pilhagem; e não pode haver este onde se não falta com o necessário. Os povos concorrem com o tributo das décimas para a sustentação dos soldados, que é bastante e de sobejo; e por isso os soldados são obrigados a defender os povos que não padeçam de injúrias, danos nem perdas. E, sobre esta obrigação, saírem da mesma milícia unhas que destruam os povos é grande injustiça, a qual vem a cair sobre os que ocasionam nos soldados, com defeito das pagas, tais necessidades que os obrigam a buscar remédio para não perecerem; e o que se lhes oferece logo mais à mão é meter a mão até o cotovelo pelo alheio, quando se lhes falta com o próprio. Metam todos os ministros, cabos e oficiais as mãos em suas consciências e acharão que tanta pena, como o ladrão, merece quem lhe dá ocasião semelhante para o ser. E se achar que falo escuro não mo tache, porque o tempo anda carregado. Acenda uma candeia no entendimento e verá logo que é obrigado a restituir, não só o que embolsou, mas também o que o soldado furtou, por ele lhe não pagar.

Não são os pagadores nem os soldados sós os que jogam unhas militares; também os senhores capitães e cabos maiores têm as suas unhas, tanto maiores quanto o são os cargos. Oferece-se um destes a sua majestade que lhe dê uma gineta* e que ele levantará a bandeira de infantes à sua custa. Contenta o alvitre no Conselho, porque forra de gastos a Fazenda real. Sobe a consulta, desce a provisão. Parte o suplicante com ela; aguarda duzentos ou trezentos mancebos solteiros, filhos de pais ricos e pouco poderosos. Chovem intercessões e logo as peitas para que os larguem. Vai largando os que dão mais, não por esse título, mas porque — diz — lhe provam que têm pai aleijado, a mãe cega ou irmãs donzelas; e o menos que tira de duzentos que liberta, são quinze ou vinte mil réis por cabeça; e junta assim quatro ou cinco mil cruzados. Gasta deles mil e quinhentos, quando muito, nas pagas e comboio de cem infantes, que não se puderam livrar da violência por miseráveis, e fica-se com três mil cruzados de ganância ao menos, com que vai luzindo na marcha e põe em pés de verdade que tudo é à sua custa. E deste serviço e outros semelhantes faz outra unha, com que alcança uma comenda. E como estas pilhagens têm propriedade de crescerem ao galarim, vêm a engrossar tanto que, por meio delas, dá caça a ofícios e benefícios, com que enche e enobrece toda a sua geração. E vem a ser tudo destreza sua, que onde outros acham a forca por furtarem sem arte, ele acha tronos com esperanças de maiores acrescentamentos. Nos vice-reis da Índia, vimos, em tempos passados, exemplos desta fortuna, prósperos e trágicos, porque os que lá não furtavam, para cá remirem sua vexação, morriam no Castelo com ruim nomeada; e os que traziam milhões furtados de tudo se escoimavam galhardamente, com nome de muito inteiros. Enfim, o que reza este parágrafo já não corre.

Seria imenso se quisesse esgotar aqui todas as unhas militares, assim em não pagarem o que devem como em cobrarem o que não é seu, ajudando-se para isso da jurisdição das armas. Acabo este capítulo com uma habilidade dos assentistas* e contratadores, a que poucos dão alcance e nenhum remédio. É certo em todas as economias humanas (e também nas divinas) que quem maior cabedal mete, maior prêmio merece; e, por isso, ninguém repara nos grandíssimos lucros que os assentistas colhem da obrigação que tomam de prover as fronteiras, porque se supõe que empregam nisso ao menos um milhão de dinheiro. E a um milhão de emprego, claro está que deve corresponder um grandioso lucro. E tal lho deixam recolher, sem se advertir que é maior o ruído que as nozes, porque cem mil cruzados, que tenham cabedal, bastam e sobejam para todo o meneio de dois milhões. E é assim que sua majestade lhos vai pagando *pro rata*, aos quartéis, dentro no mesmo ano, de sorte que, quando os acabam de gastar, os acabam também de cobrar*. E a dificuldade está só no princípio e no primeiro quartel das pagas, que se fazem antes de cobrarem da fazenda real alguma coisa. E, para darem princípio às primeiras pagas da milícia, bastam os cem mil cruzados que temos dito, com que entram de cabedal. E, quando não cheguem ao fiado e ao puxado, remedeiam o primeiro quartel; e quando vem o segundo já têm cobrado das consignações de el-rei o que basta para navegar por diante e suprir atrasados. E, assim, fazem os gastos com a Fazenda real e cuida o mundo que os fazem com a sua e que são, por isso, merecedores do que ganham, que é mais que muito. Alvidrem agora lá os estadistas se é maior guerra a que nos faz o inimigo nas fronteiras, com ferro e fogo, se a que nos fazem estes amigos com o dinheiro.

CAPÍTULO XXI

Mostra-se até onde chegam unhas militares e como se deve fazer a guerra

É a guerra um dos três açoites com que Deus castiga pecados neste mundo, já o disse; e por isso traz consigo grandes trabalhos, assim para quem a faz, como para quem a padece. E um dos maiores é o dos latrocínios e pilhagens que, de parte a parte, e ainda entre si, as partes exercitam. E porque nem tudo o que se toma é furto — e na guerra muito menos —, declararei tudo o que permitem as leis da guerra e logo ficará claro até onde podem chegar as unhas militares. Já que o reino de Portugal é tão guerreiro, que nasceu com a espada na mão — armas lhe deram o primeiro berço, com as armas cresceu, delas vive e vestido delas, como bom cavaleiro, há de ir para a cova no dia do Juízo —, bem é que saiba tudo o que permitem, e também o que proíbem, as leis verdadeiras da guerra, que ordinariamente tiram a conservar o próprio e destruir o alheio, para que com a potência não destrua o contrário.

É erro cuidar que há proibição de guerra entre cristãos; e é heresia dizer que é intrinsecamente mau, ou contra a caridade, fazer guerra, porque, ainda que se sigam dela muitos males, são menores que o mal que com ela se pretende evitar. A guerra ou é agressiva ou defensiva. A defensiva não só é lícita, mas é obrigação fazê-la. É lícita pelo preceito natural: *Vim vi repellere licet*. E é obrigação fazê-la quem tem a seu cargo defender a República. A agressiva não é mau se fazer, antes pode ser bom e necessário. Não é mau, porque temos muitas na Sagrada Escritura, mandadas fazer por Deus; e é necessário fazer-se porque a razão a dita para evitar injúrias. Para qualquer delas ser justa, são necessárias três circunstâncias: primeira, que se faça com poder legítimo; segunda, com causa; terceira, que se guarde a moderação devida. Só o rei ou príncipe, que não têm superior, e seus ministros — com vontade expressa ou presumida de sua cabeça — podem fazer guerra, porque lhes pertence a defensão.

O mesmo dizemos dos eclesiásticos que têm poder supremo no temporal, porque militam neles as mesmas razões e não há direito que lho proíba. E como podem pôr juízes nos tribunais, que sentenciem causas criminais, podem pôr exércitos em campo, que conservem ilesa a sua República, porque não intentam com isso, diretamente, homicídios, senão atos de fortaleza, que é virtude. Maior dúvida é: podem os eclesiásticos tomar armas e pelejar? Na guerra defensiva, não há dúvida que podem, porque o direito natural permite — e o positivo não proíbe — aos eclesiásticos defenderem suas vidas e fazendas. A guerra agressiva é proibida pela Igreja aos de ordens sacras, por ser indecente ao Estado; mas, dado que quebrantem este preceito, não serão obrigados a restituir o que pilharem, se a guerra for justa, porque ainda que pecam contra a religião, não pecam contra a justiça. E, pela mesma razão, não ficam irregulares se não matarem pessoalmente, como nem os que os que exortam à peleja ou aconselham aos seculares que vão à guerra. Se a guerra for injusta, todos ficam irregulares, até os seculares e os que não cometerem homicídio, porque basta que o corpo do exército o cometesse. O papa pode dar licença aos eclesiásticos para militarem, porque pode dispensar nos preceitos da Igreja. Em tal caso não incorrem irregularidade, porque, dispensados no principal, ficam livres no acessório.

O papa, ainda que não tenha jurisdição temporal fora do seu domínio, tem direito para avocar a si as causas da guerra dos príncipes cristãos e julgá-las. E são obrigados a estar pela sua sentença, se não for injusta; e daqui vem que raramente sucede ser justa a guerra entre príncipes cristãos, porque tem o papa que poder determinar suas causas. Mas muitas vezes não convém interpor o sumo pontífice sua autoridade, para que não se sigam outros inconvenientes maiores, qual seria rebelar contra a Igreja a parte desfavorecida. E, em tal caso, não são obrigados os príncipes a esperar definições do papa, nem pedi-las, e podem levar a coisa por força de armas. E fica de melhor partido para a consciência o príncipe que não deu ocasião ao papa para se abster no juízo de tal demanda.

A guerra que se faz sem legítima autoridade é contra a justiça, ainda que seja com causa legítima, porque o ato feito sem jurisdição não é valioso. E será obrigado a restituir os danos da guerra quem a faz, se não recompensou com eles alguma perda que o inimigo lhe tivesse dado. Se o papa proibir ao príncipe a guerra, como contrária ao bem comum da Igreja, pecará contra a justiça o príncipe fazendo-a; e será obrigado a restituir os danos, porque no tal caso já não tem título para levar a coisa por força, pois está dada sentença.

A gentilidade antiga teve para si que bastava, para fazer guerra, o título de adquirir nome e riquezas; mas isto bem se vê que é contra o lume natural, pois nunca é lícito tomar o alheio, sem causa que o possuidor desse. A três cabeças se reduzem todas as causas justas: primeira, se um príncipe toma a outro o que não é seu; segunda, se causou lesão grave na fama ou na honra; terceira, se nega o direito das gentes, como são passagens e comércios, porque o príncipe tem obrigação de conservar os seus ilesos nestas coisas. Da mesma maneira, pode socorrer o príncipe ao que se meteu debaixo de sua tutela, se tiver algumas destas causas por si. Quem fizer guerra sem alguma destas causas, peca contra justiça, fica obrigado a restituir os danos; e, tendo causa justa, se se seguirem da guerra maiores danos à sua República que lucros à sua vitória, não pode fazer em consciência a tal guerra, porque é obrigado a olhar pelo maior bem da sua República. E não se segue daqui ser necessária certeza da vitória porque esta é contingente e menor poder a alcança muitas vezes.

Os príncipes cristãos podem fazer guerra aos príncipes infiéis, que impedem às suas Repúblicas receber a lei de Cristo, porque nesta parte defendem inocentes, que têm direito para a tal guerra pela injúria que se lhes faz. E por esta via conquistou Portugal os reinos e Estados que tem ultramarino. O exame das causas da guerra pertence ao príncipe que a faz e não aos vassalos. Os conselheiros são obrigados a tomar plenário conhecimento de todos os fundamentos, porque a República é como o corpo humano, onde à cabeça pertence o governo e aos mais membros obedecer-lhe. Se a matéria de que se trata for duvidosa, igualmente por ambas as partes, prevalecerá a que estiver de posse porque assim se julgam as demais causas cíveis, em todos os tribunais. E se nenhuma das partes estiver de posse, partir-se-á a contenda se for de coisa partível, e se o não for lançar-se-ão sortes ou pagará a metade à outra parte a que quiser ficar com tudo. Assim o dita a razão natural e o direito comum.

Os soldados e vassalos não são obrigados a examinar as causas da guerra e podem ir a ela, se lhes não constar que é injusta, porque os súditos são obrigados a obedecer a seu superior e devem pressupor que ele terá averiguado tudo em razão e direito, como é obrigado. E o mesmo se há de dizer dos soldados estipendiários, que não são súditos, que se podem deixar ir por onde vão os outros, além de que pelo estipêndio* ficam súditos. O modo que se deve guardar na execução da guerra depende de três graus de gente, que são o príncipe, os capitães e os soldados, em três tempos distintos, que são: antes da batalha, no atual conflito e depois da vitória. E em tudo isto se devem considerar três coisas: o que se pode fazer ao inimigo, e como se deve haver o príncipe com os soldados, e como se devem haver os soldados com o príncipe. O príncipe é obrigado a sustentar os soldados e estes a pelejar por ele, sem fugir nem largar os seus postos. E daqui se segue que não podem fazer pilhagens ao inimigo sem licença do príncipe, e que serão obrigados a restituí-las; mas depois da vitória podem partir os despojos, segundo o costume. Antes de se começar a guerra, é obrigado o príncipe a propor as causas dela à República contrária e pedir-lhe, por bem, a satisfação que pretende. E se lha der, é obrigado a desistir; mas poderá demandar os gastos feitos. E se a não der, procede a guerra justamente e com direito à maior satisfação, pela nova injúria de não aceitar o contrato pacífico; e poderá pedir e tomar o que parecer necessário para ter o inimigo enfreado no futuro.

Depois de começada a guerra até se alcançar a vitória, é lícito e justo fazer ao inimigo todos os danos que se julgarem necessários para a satisfação ou para a vitória, sem ofensa de inocentes. Depois de alcançada a vitória, também é lícito dar aos vencidos todos os danos que bastem para vingança e satisfação dos danos que deram. E não se devem computar aqui as pilhagens dos soldados, porque assim o tem o uso e se lhes deve, por exporem sua vida; mas deve ser, permitindo-lhe o príncipe, que pode ainda depois da vitória matar aos inimigos rendidos — se não se der por satisfeito — e torná-los cativos e tomar-lhes seus bens. E daqui vem o direito que fez aos vencedores senhores de todos os bens dos vencidos; e tudo se deve regular pela ofensa pretérita e paz futura. Se entre os bens dos inimigos se acharem alguns de amigos, deve-se-lhes restituir. Se os danos feitos aos inimigos bastarem para a satisfação, não se podem estender aos inocentes. Inocentes são os meninos e as mulheres e os que não podem tomar armas e todas as pessoas religiosas e eclesiásticas. Os peregrinos e hóspedes não se contam por membros da República; mas se os tais danos não bastarem, bem se podem estender aos bens e liberdade dos inocentes, porque são partes da República. Entre cristãos já o uso tem que os cativos não sejam escravos; mas podem ser retidos para castigo, para resgate ou troco. E porque este privilégio se introduziu em favor dos fiéis, podem ser escravos os que apostataram para o paganismo, não para a heresia, porque de alguma maneira ainda retêm o nome cristão. Não só as pessoas eclesiásticas, mas também os bens das igrejas são isentos da jurisdição da guerra, pela reverência que se lhes deve e porque a Igreja é outra República espiritual, distinta e isenta da temporal. E acrescenta-se que também os bens e pessoas seculares que se recolhem nas igrejas ficam livres pela imunidade; mas se fizerem da igreja fortaleza, para se defenderem, podem ser arrasados, despojados e mortos, porque não usaram bem do favor.

Será justa a guerra em que se guardarem todas as cautelas que temos dito. E por remate se perguntam quatro coisas: primeira, se é lícito usar de ciladas na guerra. Responde-se que é lícito ocultar os conselhos e esconder as traças, mas não mentir. Segunda, se é lícito quebrar a palavra dada ao inimigo. Não é lícito, salvo faltando ele em algum concerto. Terceira, se se pode dar batalha em dia santo. Sim, se for necessário, e a obrigação da missa segue a mesma regra. Quarta, se pode o príncipe cristão chamar infiéis ou dar-lhes socorro para guerra justa. Bem, pode ambas as coisas, se não houver perigo nos fiéis se perverterem, porque quem pode ajudar-se de feras, também poderá de animais racionais.

Guerra civil entre duas partes da mesma República nunca é lícita da parte agressiva; e muito menos contra o príncipe, se não for tirano, porque falta em ambos os casos a potestade da jurisdição; e daqui se segue que pode o príncipe fazer guerra contra a sua República com as condições requisitas que temos dito. Desafios entre particulares nunca são lícitos, assim porque são proibidos como porque ninguém é senhor da vida alheia, nem da sua, para a pôr em tão evidente perigo. Nem vale o argumento de defender sua honra, para não ser tido por covarde se não sair ao desafio, porque isso são leis do vulgo imperito*, que não devem prevalecer contra as do direito; e maior honra é ficar um valente tido por cristão entre prudentes, que por desalmado, deferindo a ignorantes. Será lícito o desafio com autoridade pública, como quando a batalha e vitória de dois exércitos se põem em dois soldados escolhidos por consentimento de todos, como em Davi e o gigante, porque a causa é justa e o poder legítimo e, sendo lícito pelejar todo o exército, também o será a parte dele, contanto que não seja evidente a vitória no todo e a ruína na parte.

O primeiro homem que meneou arma ofensiva para matar foi

Caim, contra seu irmão Abel. Os assírios foram os primeiros que, capitaneados por el-rei Nino, fizeram guerras a nações estranhas. Pá, um dos capitães de Baco, inventou as alas nos exércitos e ensinou o uso dos estratagemas e o vigiar com sentinelas. Sínon foi o primeiro que usou fachos, Licáon introduziu as tréguas, Teseu os concertos, Minos deu princípio às batalhas navais e os téssalos ao uso da cavalaria. Os africanos inventaram as lanças; os martinenses as espadas, e esgrimir estas ensinou Demeo. E sobre todos campearam Constantino Anclitzen, friburguense, e Bártolo Suarez, monacho, que descobriram o invento da pólvora e máquinas de artilharia e fogo para destruição do gênero humano. E todos quantos na guerra empregaram suas forças e indústrias, bem examinados, nenhuma outra coisa pretenderam mais que se acrescentar a si à custa alheia; e vêm a ser as unhas militares, a que dediquei este capítulo, para que se saiba até onde se podem estender e onde é bem que se encolham.

CAPÍTULO XXII

Prossegue-se a mesma matéria do capítulo antecedente

Esponja de dinheiro chamou um prudente à guerra, e isso é o menos que ela sorve. Vidas, fazendas e honras são o seu pasto, em que como fogo se ceva. E tudo se tolera pelo bem da paz, que com ela se pretende e alcança, quando não a pica a tirania do interesse. A boa guerra faz a boa paz; e por isso é mal necessário o da guerra. Como se pode fazer, já o disse no capítulo precedente; como se deve executar, direi agora, para que as unhas militares não desbaratem e malogrem milhões de ouro que nela se empregam.

Traz a guerra consigo muitos perigos, trabalhos e gastos; e por isso nenhum príncipe a deve fazer, salvo quando as condições da paz são mais prejudiciais a seu estado e reputação. Sendo necessário fazer-se, se considerar os danos que dela resultam, nunca se resolverá em a fazer; e não se resolvendo acrescentará as forças ao inimigo e debilitará as suas. E, assim, convém que se resolvendo em tomar armas, se resolvam todos a vencer ou morrer com elas. Meça primeiro em Conselho suas forças com as do inimigo. E conhecê-las-á em sabendo qual tem mais dinheiro, porque este é o nervo da guerra, que a começa e a acaba. Três coisas lhe são muito necessárias para a vitória e sem elas não trate da batalha, porque será vencido. A primeira é dinheiro, a segunda: dinheiro e a terceira, mais dinheiro. Com a primeira, terá quanta gente quiser de peleja e, tendo mais gente que o inimigo, vencerá mais facilmente. Com a segunda, terá armas de sobejo e, quem as tem melhores, assegura a vitória. Com a terceira, terá mantimentos e, exército bem provido, tarde e nunca é vencido.

Veja logo que capitães tem, porque se não forem esforçados, prudentes e venturosos perderão tudo. E não basta isto, porque é necessário também que os soldados sejam alentados, escolhidos e bem disciplinados. Quando Júlio César deu batalha a Petreio, na Espanha, disse que pelejava com um exército sem capitão; e quando pelejou com Pompeu, disse que dava batalha a um capitão sem exército. Tanto monta ser tudo escolhido e não introduzido a acaso e de tumulto. Faça resenha das armas que tem e saiba as do inimigo, porque a vitória segue, ordinariamente, a quem tem melhores armas. Os soldados bem armados e vestidos cobram brios e concebem esforço. Sapato e camisa, nunca lhes falte — é conselho dum grande capitão português.

Três esperanças deve ter o soldado, sempre certas, para pelejar com esforço e ser leal a seu príncipe: primeira, do soldo ordinário; segunda, da remuneração extraordinária; terceira, da liberdade, quando lhe for necessária. A primeira alenta, porque pela boca se aquenta o forno, e não devemos querer que sejam os soldados como os fornos da Arruda, que só uma vez na semana os aquentam e isso lhes basta para cozerem o pão de domingo a domingo. Tem-se isto por prodígio grande, e por maior se deve ter que aturem os soldados, meses e meses, sem receberem um real de soldo, para se vestirem e manterem. A segunda os faz constantes, porque o desejo de montar e crescer é natural. E, com a certeza de que hão de melhorar de posto e alcançar bons despachos, fazem por merecer e não temem arriscar a vida, porque o estímulo da honra é o melhor acicate que há para avançar a grandes empresas — e também o do interesse. A terceira os faz leais, porque, se se imaginam cativos e que nunca poderão renunciar o trabalho da milícia, vestem-se da condição de escravos e é o mesmo que de ódio a seus senhores e hão-se como forçados da galé. E não só é conveniente esta razão, mas também é justo que os soldados sejam voluntários e que tenham caminho para se libertarem, quando lhes for necessário, porque não são escravos comprados, nem o preço de quatro mil réis — na primeira praça — iguala o da liberdade em que nasceram e de que estão de posse, nem a obrigação de servirem à pátria prepondera quando de serem livres resulta acudirem mais e servirem melhor. Haja correspondência igual de ambas as partes, isto é, que o príncipe pague como o soldado serve; e acudirão logo inumeráveis a servi-lo, sem ser necessário buscá-los, porque nisto são como as pombas, que acodem todas ao pombal onde acham bom provimento, e fogem da casa onde as depenam.

Se examinarmos as causas porque os soldados fogem das fronteiras para suas casas — e também para o inimigo —, acharemos que, pela maior parte, são duas desesperações: uma da liberdade e outra do provimento, e que para ambas as coisas têm justiça. Para o provimento, porque quem serve o merece; e para a liberdade, porque nenhuma nação do mundo os obriga mais que a tempo limitado. França, em se acabando a facção — mas que não seja mais que de três meses — logo os desobriga e liberta, por mais soldo e pagas que tenham recebido. E também Portugal usa o mesmo estilo com os soldados das suas armadas que, em se recolhendo, os deixa ir para suas casas. E não há maior razão para não se praticar o mesmo estilo com os que servem na campanha, pondo-lhe seus limites. Castela não faz exemplo, porque, se obriga seus soldados para sempre, também lhes dá privilégios eqüipolentes. E se os leva amarrados com cordas e algemas não são esses os que melhor pelejam, e de tais extorsões lhe vem perder tantas facções. Quanto mais que, se lá tratam os vassalos como escravos, Portugal sempre se prezou de os tratar como filhos. Nem se achará doutor teólogo que aprove o uso de Castela e que não diga que é injustiça, indigna até de turcos, não dar liberdade aos soldados, depois de algum tempo, quando até aos forçados das galés se concede, depois de dez anos, mas que sejam condenados a elas, por enormes delitos, por toda a vida.

Ter o príncipe amigos e espias, na terra do inimigo, e conhecimento dos lugares por onde marcha e há de ter encontros — é muito necessário. Faça muito por sustentar a reputação e crédito de sua pessoa, porque terá quem o sirva e todos se lhe sujeitarão. Alexandre Magno divulgou que era filho de Júpiter, para ser respeitado e obedecido. Justifique a causa que tem para fazer guerra e divulgue-a com manifestos, porque dá ânimo aos soldados que o servem e acovarda os contrários. As causas da guerra, ao todo em geral, ordinariamente são quatro: a primeira, para cobrar o que o inimigo tomou; segunda, para vingar alguma afronta; terceira, para alcançar a glória e fama; quarta, por ambição. A primeira e a segunda são justas, a terceira é injusta, a quarta é tirania. Quem for vencido deve examinar a causa de sua ruína, se foi por falta dos capitães se dos soldados, para emendar o erro, e se o não houve, nem no inimigo maior poder, deve aplacar a Deus, tendo por certo que o irritou contra si com as causas da guerra. E se, contudo, foi por estar o inimigo mais poderoso, deve dissimular até se melhorar de força; porque melhor é sofrer dez anos de guerra, furtando-lhe o corpo, que um dia de batalha em que se perde tudo.

Conservar-se-á em pé nestas demoras, conservando o amor dos soldados e a benevolência dos povos. Esta se ganha administrando justiça e aquela usando liberalidade.

Questão é qual será melhor, se fazer a guerra na terra do inimigo, se na própria. Fábio Máximo afirmava que melhor era defender a pátria dentro dela. Cipião dizia que mais útil era fazer-se a guerra fora de Itália. As conjunções das empresas e urgências dos tempos ensinam o que será mais conveniente. Ajudar um príncipe a outro na guerra, quando é amigo ou confederado, é muito ordinário. D. Fernando V, rei de Castela, favorecia sempre ao que menos podia, para não deixar crescer o contrário, nem entrava em ligas de que não esperava proveito. Os romanos, diz Apiano, que não quiseram aceitar por vassalos muitos povos, porque eram pobres e de nenhum proveito. No proveito do interesse e crédito da honra, devem levar sempre a mira os que fazem guerra. E executados bem os documentos que temos dado, terão menos em que empolgar unhas militares, isto é, que não haverá tantas perdas quantas a guerra mal governada traz consigo.

CAPÍTULO XXIII

Dos que furtam
com unhas temidas

Excelência é de todas as unhas serem temidas, e tanto mais quanto mais feroz é o animal que as meneia. Quem há que não tema as unhas de um tigre assanhado e as garras de um leão rompente? Até as de um gato teme qualquer homem de bem, por valente que seja, quanto mais as de um ladrão, que escala o que mais se guarda e o que muito mais se estima. Temidas são todas as unhas militares, de que até agora tratamos, porque as acompanha a potência e violência das armas, fulminando pavor. Contudo, armas ofensivas nas mãos de um pigmeu não as temo; e há soldados pigmeus que não passam de formigueiros. Livre-nos Deus das que movem gigantes, destes falo: gigantes há ladrões e ladrões gigantes. E, assim, são as unhas suas tão agigantadas que nada lhes pára diante e, por isso, com razão todas as temem, e tremem. Estes são os poderosos por nobreza, por ofício, por título e outras qualidades que os fazem afoitos, intrépidos e isentos; e quando dão em furtar não há outro remédio que o de pôr em cobro, com temor e pavor, ou aprestar paciência e render à sua revelia as armas e as fazendas e comprar, com a perda delas, o ganho da vida própria.

Sabeis o que faz um destes, irmão leitor? Vê-se falto de vestido e librés para seus criados; chama à sua casa o alfaiate mais caudaloso e diz-lhe: "Bem vedes como andamos, assim eu como toda a minha família; bem me sabeis o humor. Comprai lá panos e sedas, ao costume, fazei-me tudo à moderna e o preço de tudo corra por vossa conta, até que me venha dinheiro da minha comenda. Tomai logo as medidas e fazei-me prazer que dentro de oito dias venha tudo feito, quando não, entendei que o sentirei muito; já me entendeis?" Vai-se o oficial, sem levar por princípio de paga mais que as medidas e ameaças de que lhe hão de medir o corpo como um polvo, se discrepar um ponto de tanta costura. Vem a obra feita, no dia assinalado; vestem-se todos como palmitos, e só o alfaiate fica despido e empenhado até a morte, e se falar mais no custo, custa-lhe a vida. Outros milhafres, destes de unha preta e mais alentados poderá haver que empinem mais o vôo e, para que os não tenham por lagarteiros, empolguem no mais bem parado. Vão-se à casa do mercador mais grosso, escolhem as peças que querem de telas, sedas e panos, tudo ao fiado, e que ponha tudo em receita, para os quartéis dos juros, que há de cobrar dia de S. Serejo. Leva para sua casa; corta largo, à custa da barba longa, e rasga bizarro brilhando na corte. Chega o tempo de cobrar o mercador o que o poderoso já rompeu para corresponder a Milão, Flandres e Inglaterra; responde-lhe que não seja importuno, se não quer que lhe seja molesto e que lhe custe mais cara a venda que a ele a compra. E assim se vai deixando esquecer com a fazenda alheia e, se o credor boqueja, lança-lhe uma mordaça de que lhe há de mandar cortar as orelhas e tirar a língua pelo cachaço.

   Outros fazem a sua ainda melhor, com cortesia e mais pela mansa. Já sabem os homens de negócio que têm dinheiro, fazem-lhes uma visita a título de amizade, com que os deixam desvanecidos, ainda que alguns há tão advertidos que logo dizem: "Donde vem a Pedro falar galego?" E segunda logo com outra, a título de necessidade, que representam, e para a remediar pedem emprestado, também à razão de juro — que para eles tanto monta cinco ou seis mil cruzados, de que lhe passam escrito —, porque se obrigam a pagar tudo dentro de um ano, e dão à fiança quantos moinhos de vento há em Lagos, e que lá têm uns figueirais no Algarve, etc. E como no tempo dos figos não há amigos, assim no tempo da paga, porque além de que nunca mais lhe cruzou a porta, manda-lhe dizer, na primeira citação, que lhe há de cruzar a cara, se falar na dívida ou se queixar à justiça. E o pobre do homem, porque lhe não paguem com cruzes os seus cruzados, dará outros seis mil e que o deixem lograr suas queixadas sãs e levar suas brancas limpas ao outro mundo, ainda que vá com a bolsa limpa e sem branca. Outros — e são estes já mais que muitos —, para se forrarem de tantos custos e riscos, recopilam os lanços, esperam em paragens escuras, ou a desoras, as pessoas que sabem têm moeda copiosa, põem-lhe duas pistolas, ou dois estoques, nos peitos e que façam ali logo um escrito, e eis aqui papel, e tinta, e lanterna de furta-fogo se é de noite, com todo o encarecimento a sua mulher, ou ao seu caixeiro, que entregue logo à vista, ao portador, dois mil cruzados em ouro; e assim se estão, a pé quedo, até que volte um deles com a resposta em efeito. E andam tão afoitos que em suas próprias casas investem aos que sentem capazes destes assaltos. Testemunha seja o abade de Pentens, em Trás-os-Montes, a quem levaram, por esta arte, uma mula carregada de dinheiro, deixando-o a ele amarrado em uma tulha.

Que direi dos que lançam em arrematações de fazendas, que fazem pôr em leilão por mil tranquilhas? Há neste reino lei que proíbe aos ministros da justiça que não lancem nas fazendas que se executam (e guarda-se exatissimamente nos oficiais da Santa Inquisição), porque, com respeito que se lhes deve e temor que outros lançadores têm deles, defraudam muito nos preços e ficam as partes enormemente lesas. Mas como as leis são teias de aranha, que caçam moscas e não pescam tritões, logo estes buscam traças: *De pensata la lege, pensata la malicia*, e fazem os lanços por terceiras pessoas, manifestando, pela boca pequena, que o lanço é de um poderoso, com que todos se acanham e assim, lançando cinqüenta no que vale duzentos, levam as coisas por menos da metade do justo preço, defraudam e roubam as partes, não só no substancial dos bens móveis e de raiz que se vendem, senão também os direitos reais e as sisas, que se diminuem muito com tão grande diminuição nos preços.

Também as unhas temidas que empolgam afoitas nos tributos reais, tais são as que se levantam com as décimas, porque não há justiça que se atreva a executá-las e porque são mais que muitas, fundem as décimas muito pouco. São muitos os que as cobram e poucos os que executam a si mesmos; são muitos os poderosos que se eximem e pouco o cabedal dos pequenos que as pagam. Entre pessoa real nesta empresa, a quem todos respeitem, temam, e logo crescerão as décimas em dobro. Nem há outro remédio, para unhas temidas, que se lhe opor quem elas temam. Escrito está este remédio no que fez um rei de Portugal a certo fidalgo, que tomou uma pipa a um lavrador e lhe entornou o vinho que tinha nela, para recolher o seu que tinha por mais privilegiado. Era o lavrador de boa têmpera, que não se acanhava a medos nem ameaças. Deu consigo na corte, lançou-se aos pés de el-rei, contou-lhe o caso. Mandou-o el-rei agasalhar com um tostão por dia e um cruzado para sua mulher e filhos, à custa do fidalgo, que mandou logo chamar à Beira. Veio muito contente, esperando grandes mercês, que todos cuidam as merecem. Seis meses andou requerendo entrada, sem achar audiência; e, no cabo, o fez el-rei aparecer perante si com o lavrador e, perguntando-lhe se o conhecia, lhe mandou pagar a pipa e o vinho em dobro e todos os custos. E que não lhe dava maior castigo por outros respeitos; mas que advertisse, que em sua cabeça levava a vida e saúde daquele homem, e que lha havia de tirar dos ombros, se alguma desgraça lhe sucedia e que rogasse a Deus que nem adoecesse, porque tudo havia de resultar em maior desgraça sua. E resultou daqui que as unhas temidas ficaram tímidas; e este é o remédio que as açama, nem há outro.

Este mesmo remédio de aspereza me disse um prudente que se devera aplicar às unhas de Holanda e Inglaterra. Ao ladrão mostram-se os dentes e não o coração. E bem se vê que, quanto mais buscamos estas nações com embaixadas e concertos, tanto mais insolentes e desarrazoadas se mostram, pagando com descortesias e ladroíces nossos primores, porque lhes cheiram estes a covardia, e consideram-se temidos e blasonam. Se eles não nos mandam a nós embaixadores — sendo piratas e canalha do inferno —, porque lhos havemos nós de mandar a eles, que somos reino de Deus e senhores do mundo? Esta razão não tem resposta; e a que dão alguns políticos do tempo é de cobardes bisonhos, que ainda não sabem que cães só às pancadas se amansam. Mas dirão que não temos paus para espancar tantos cães. A isso se responde que, antigamente, um só galeão nosso bastava para investir uma armada grossa e, botando fogo e despedindo raios, a rendia e desbaratava toda. Sete grumetes nossos, em uma bateira, bastavam para investir duas galés, e renderam uma e puseram outra em fugida. Poucos portugueses, mal armados, comendo couros de arcas e solas dos sapatos, sustentavam cercos a muitos mil inimigos, que venciam; e sempre foi nosso timbre com poucos vencer muitos.

Hoje, somos os mesmos, e assim fica respondido que temos paus com que espancar a todos. Ainda me instam que estão mudadas as coisas, porque, ainda que somos os mesmos, são os inimigos muito diferentes. Aqueles eram cobras e estes são leões e mais destros que nós na artilharia, de que têm maior cópia, e de galeões e naus, com que inçam esses mares, pelejam nossas barras e tudo nos tomam sem termos cabedal com que resistamos. Respondo que, por isso, o não temos, porque lho deixamos tomar. O certo é que com nossa substância engrossam. Haja entre nós piratas para eles, assim como eles o são todos para nós. Dê-se licença aos portugueses poderosos, para armarem navios que andem ao corso, como se deu antigamente aos de Viana que, em quatro dias, limparam os mares. A mesma Viana arma hoje, como então, se quer três navios, o Porto quatro, Lisboa seis, Setúbal três, o Algarve outros três; el-rei junte-lhe dois galeões por capitânias, e eis uma armada de vinte velas, com duas esquadras. E arme-se uma bolsa, só para isto, de gente voluntária e livre e veremos logo as nossas barbas sem vitupérios. Mas — dirão ainda os zelosos críticos — que isto de bolsas é pernicioso invento que hereges introduziram e que na do Brasil há muito que emendar. Nego-lhes todas as conseqüências. A do Brasil é muito boa e só poderia ter de mal se entrasse nela alguma gente que tratasse só de seu interesse ou nos pudesse ser suspeita; mas seriam inconvenientes fáceis de emendar e o tempo os curaria. Ser o cabedal dela tirado daqui ou dali é ponto que me não pertence. Doutores tem a Santa Madre Igreja, que está em Roma, e poderá suprir e tirar os escrúpulos. Quanto mais que o que aponta de novo, nada leva desses escabeches, porque há de ser de gente escoimada. E prouvera a Deus que tiveram os fidalgos portugueses estômago para fazerem outra bolsa só para a Índia, pois é empresa sua; e ser-lhes-á fácil se puserem nela só o que gastam em vaidades e o que perdem na tábua do jogo e dão a rameiras e consomem na cura de males com que estas lhes pagam — e ficariam eles de ganho, e o nosso reino sem tantas perdas, temido e venerado. Deus, sobretudo.

CAPÍTULO XXIV

Dos que furtam
com unhas tímidas

Tenho por mais cruéis e daninhas estas unhas que as passadas, porque os tímidos e covardes, para se assegurarem, fazem maior estrago que os temidos e valentes, que levam carta de seguro em seu braço. Um leão contenta-se com a presa que lhe basta para aquele dia, ainda que tenha diante das unhas muito mais em que as possa empregar. A raposa, quando dá em um galinheiro, tudo degola e despedaça, até o supérfluo. Nem há outra causa desta disparidade, senão que a raposa é covarde e o leão é generoso e valente. Tais são as unhas tímidas, maiores danos causam com seu temor que as temidas com sua potência. E daqui vêm as mortes que dão e as caras que esfolam ladrões formigueiros por essas estradas. Temem o ser descobertos, que lhes dêem na trilha e, para se assegurarem, nada deixam com vida. A mesma arte que os ensina a furtar para sustentarem a vida lhes deu esta regra, para assegurarem, que arredem testemunhas com as mesmas garras. Nem param aqui os danos que adiante passam, porque nas mesmas rapinas executam crueldades, como aqueles de Arraiolos que, furtando um relógio de ouro que ia de Lisboa para um rei de Castela, por não serem conhecidos pela qualidade do furto que era notório, o fizeram em pedaços e o lançaram de uma ponte abaixo em um rio. E os que furtaram a prata de S. Mamede, na cidade de Évora, pela mesma causa a enterraram amassada, na estrada de Vila Viçosa, junto ao poço de entre as vinhas, sem se aproveitarem dela para nada.

Dá um ladrão destes tímidos em uma alfândega, tira o miolo a duas caixas de açúcar e não repara em derreter uma dúzia delas com água, que lhes botou por cima, para que se cuide que o mesmo caminho levaram as duas, cuja substância ele encaminhou para a sua casa, e que as humidades do mar e do sítio obraram aquele mau recado. Tira um marinheiro dois almudes de vinho de uma pipa e, para que não se sinta a falta, bota-lhe outro tanto de água salgada; e faz isto mesmo a vinte ou a trinta, porque assim se foi brindando e a seus companheiros, toda a viagem, e não repara no dano que deu de mais de quatro mil cruzados, por poucos almudes de que se aproveitou, porque no fim de tudo se achou corrupto. Da mesma covardia nasce não reparar um ladrão, destes tímidos, em fazer rachas um escritório de madrepérola, que vale mais que o recheio, quando não pode levar tudo debaixo do braço; nem em pôr fogo a uma casa, para que se cuide que se foi no incêndio a peça rica com que ele se foi para sua casa, etc.

 O remédio singular que há para todos estes é a forca, porque como são tímidos só o medo dela os pode enfrentar; e, se a nenhum se perdoar, todos andarão compostos, como lá disse um poeta: *Oderunt peccare mal formidine paenae*. E uma rainha de Portugal dizia que tão bem parecia o ladrão na forca, como o sacerdote no altar. Ainda que eu não sou de opinião que se enforquem homens valentes, quando há outros castigos tão rigorosos como a forca, quais são os degredos para as conquistas, onde podem ser de préstimo. E em seu lugar discutiremos melhor este ponto, quando tratarmos das tesouras com que se cortam todas as unhas. Agora só digo que, havendo-se de enforcar alguns, sejam os tímidos, covardes, gente inútil, que bastarão para documento e freio que sustente em regra os mais.

CAPÍTULO XXV

Dos que furtam
com unhas disfarçadas

Os padres da Companhia de Jesus criaram, no seu convento de Coimbra, um gato tão destro no seu ofício de caçar que até as aves do ar sujeitava à jurisdição das suas unhas. Este, como se tivera o discurso que os filósofos negam a animais que carecem de entendimento, revolvia-se em lama e com ela fresca dava consigo no guarnel do pão e, espojando-se nele, levava, pegado na lama e entre as unhas, quanto podia; e deitava-se ao sol como morto, até que os pardais acudiam aos grãos de trigo que lhes oferecia por esta arte. E como os sentia de jeito, tirava o disfarce às unhas de repente e agarrava um ou dois, com que se fazia prato todos os dias regalando a vida, como corpo de rei, com aves de pena. Três disfarces se notam aqui: um da lama, com que se vendia pelo que não era; outro da dissimulação de morto, com que armava a tirar vidas; e outro da iguaria que oferecia às aves, para fazer delas vianda. Traça é esta muito ordinária em caçadores e pescadores, que disfarçam o anzol e o laço, para assegurarem a presa à sua vontade. E os ladrões, por estes modos, disfarçam também as unhas, para o mesmo intento e para se assegurarem a si, que isso têm de tímidas. E até as mais temíveis e afoitas buscam disfarces, para evitarem pejos e escândalos. E vimos a concluir que não há ladrão que se não disfarce para furtar, porque até os mais descarados, que salteiam nas charnecas, cobrem o rosto com máscaras e rebuços; e os de capa preta, que no povoado nos salteiam, se não cobrem a cara com carapuças de rebuço, ao menos o disfarçam com mil máscaras de que usam, cores e capas que tomam para encobrirem sua maldade e fazerem a sua boa.

Chega o pretendente ao ministro, por cujas mãos sabe que correm os despachos de certo ofício ou benefício que pretende, e fazem um concerto entre si, que perderá o ministro duzentos mil réis se não lhe houver o ofício e que lhe dará o pretendente cem mil réis, se lho alcançar. Asseguram-se com escritos, que se passam de parte a parte, cuja letra ou solfa nem eu a sei descantar nem o diabo lhe entende o compasso. E com este disfarce acreditam seus primores e encobrem os barrancos que se seguem e o que é simonia, usura ou furto mero, tais enfeites lhe põem que parece virtude. E como dizerem que se arriscam a perder mais nos duzentos, gualdripam o cento a que chamamos menos, e ficam muito serenos na consciência, pela regra dos contratos onerosos, como se no seu houvera algum risco, quando eles têm todo o jogo na sua mão e baralham as cartas e fazem o que querem à *dextris e à sinistris*.

"Senhor", diz o outro, "eu darei a Vossa Mercê uma quinta que tenho muito boa, e dízima a Deus ou a Vossa Senhoria (que também entram senhorias nisto), já que é onipotente na corte, se me livrar de uma tormenta de acusações que atualmente chovem sobre mim, em que me arrisco a sair confiscado ou com a cabeça a menos". "Sou contente", responde o ministro, "mas há-me Vossa Mercê de fazer uma escritura de venda, em que confesse que lhe comprei a tal quinta com dinheiro de contado". Feita a escritura toma com ela posse da propriedade e mete velas e remos para livrar o donatário; e não descansa até o pôr em gêmeas*, escoimado e limpo, como uma prata. E porque não há coisa oculta que tarde ou cedo se não revele e os murmuradores tudo deslindam, veio-se a descobrir o feito e o por fazer na matéria. Chegaram acusações a quem puxou pelo ponto. Deram-lhe logo com a escritura nas barbas. Fizeram mentirosos os zeladores e ficaram-se rindo, se não é que ficou chorando o que perdeu a quinta, por ver quão caro lhe custou o disfarce da escritura com que o seu valido capeou o conluio.

Outros com um saguate* de nonada, com um açafate de figos, disfarçam fidelidade para confiardes deles cem dobrões emprestados, que vos pagam com mil figas. Do zelo e serviço de el-rei fazem luvas, que encobrem unhas, que agarram emolumentos grossíssimos dos bens da coroa. Estou-me rindo quando os vejo fervorosos e diligentes no maneio da fazenda real. Não dormem nem comem, antes se comem com cuidado e diligência que mostram em tudo, não perdoando a trabalho. E eu estou cá comigo dizendo: "Assim tu barbes, como tu tens mais amor ao proveito de el-rei que a ti mesmo; que tens tu amor à fazenda de el-rei eu o creio, e que lhe armas algum bom lanço para ti, capeado com esses merecimentos". Quem introduziu câmbios no mundo, disfarce inventou para pelar usuras, quando passam dos limites; e prática de remir vexações, com peitas nas pretensões de benefícios, capa é com que se disfarçam simonias. Mudam os nomes às coisas, para enganarem remorsos. Desmentem umas máquinas com outras; arquitetam castelos de vento, para renderem à força da consciência e zombarem do preceito: *Sed Dominus non irridetur*.

CAPÍTULO XXVI

Dos que furtam
com unhas maliciosas

As unhas disfarçadas muito cheiram a maliciosas; mas têm estas mais que aquelas um grande palmo, se não é côvado, e por isso lhes damos particular capítulo. Não há furto sem malícia nem pecado sem malícia, donde se colhe que, se o furto é pecaminoso, também há de ser malicioso. E, porque em tudo há mais e menos, poremos aqui os de maior malícia. Por tais tenho os que escondem e represam o pão, para que não se veja abundância e apareça a carestia e suba o preço. O mesmo fazem os mercadores com sedas e panos. Mostram-vos só uma peça, da cor ou lote que buscais, e juram-vos por esta alma, pondo a mão na dos botões da roupeta, que não há, em toda a Rua Nova, mais que este retalho. E, assim, vô-lo talham pelo preço que querem e, em gastando aquele, aparece logo outro, e outro cento deles, como ramo da Sibila de Enéias, que quanto mais nele cortavam tanto mais renascia, cada vez mais formoso. Mas que muito que façam isto na Rua Nova, quando até os que não professam a lei velha, fazem o mesmo nas carnes, vinhos e azeites, que vêm vender a Lisboa. Vêm trazendo tudo aos poucos, porque se o trazem junto há abundância e, em a havendo, abatem os preços. E para que subam e encham bem as bolsas, com assolação do povo ajudam-se da malícia que está descoberta, e será remediada se se der por perdida toda a fazenda que andar retida e atravessada com semelhantes estanques*.

Arrendaste uma vinha por um ano, puxaste por ela na poda e fizeste-lhe dar, para vós, o que havia de dar no ano seguinte — e furtaste, com unhas maliciosas, ao proprietário, a substância de um ano e pode ser que de muitos. Em Beja, vi uma estalajadeira comprar por dez réis duas couves murcianas; lançou-as em uma tijela com dois pimentões bem pisados e outros dez réis de azeite, deu-lhe duas fervuras e sem se erguer de um tanho*, fez trinta pratos, a vintém cada um, com que banqueteou hóspedes e almocreves, que se deram por bem servidos. Mas mais bem servida ficou a malícia da hospedeira que, com um vintém que despendeu, interessou seis tostões que embolsou. Não sei se diga que se estende também a malícia destas unhas a crime *laesae majestatis*, quando chegam a tanto atrevimento que fazem e vendem cartas e provisões falsas, com firmas e selos reais? Um freguês destes conheci no Limoeiro por fazer moeda falsa e cercear a verdadeira. Pediu-me lhe houvesse um pequeno de chumbo, em segredo. E sabida a coisa, tratava de livrar-se, apelando para outro foro. Dizia que era religioso de certa Ordem de Itália, e já tinha armada a patente e só lhe faltava o selo, e queria o chumbo para fazer dele o sinete.

Em matéria de contratos, há também unhas muito maliciosas. Pediu, em Évora cidade, um lavrador do termo, a certo ricaço, um moio de trigo fiado, para semear. "Sou contente, mas haveis-mo de pagar para o novo, pelo maior preço que correr na praça todo este ano." E nisso ficaram com assento feito. Sucedeu que nunca subiu o trigo de trezentos e vinte; mas o cidadão mandou pôr na praça meio moio seu, escolhido, com ordem à vendedeira que o não desse por menos de cinco tostões. E para que não estivesse às moscas, mandou logo seus confidentes com dinheiro — que para isso lhes deu — que comprassem todo aquele trigo, como para si, pelo preço que a medideira pedisse. E assim, recolheu outra vez para sua casa o seu pão e o seu dinheiro, e tomou testemunhas de como se vendera, toda aquela semana, a quinhentos réis na praça. Veio o lavrador, a seu tempo, pagar pontualmente, à razão de trezentos e vinte, que era o preço verdadeiro. Saiu-lhe o seu credor de soslaio com a tramóia; convenceu-o em juízo com as testemunhas e fez-lho pagar a quinhentos, em que lhe pese. E ainda fez mais, que não tendo o lavrador dinheiro, lhe tomou o preço da dívida em trigo, que então valia a dois tostões. E, tudo bem somado, veio a fazer a quantia de dois moios e meio, que recolheu, em boa satisfação do moio que tinha emprestado, havia poucos meses.

Quase semelhante a este é outro contrato, que vi fazer muitas vezes no reino do Algarve. Vêm os lavradores da serra às cidades prover-se do que lhes é necessário nos mercadores, que lhes dão tudo fiado, até as colheitas do figo e passa; mas com três encargos muito onerosos: primeiro, que lhes encaixam o que levam da loja pelo mais alto preço, a título de fiado; segundo, que hão de pagar em passa e figo, avaliando-os pelo mais baixo, a título de benefício que receberam, quando lhes gastaram as mercadorias que lhes apodreciam em casa; terceiro, que lhes hão de pôr tudo na cidade à sua custa. Mais maliciosa está outra onzena, que vi exercitar na Ilha da Madeira. Embarcaram-se, ali, muitos passageiros para o Brasil e os que não têm cabedal, para se aviarem de matalotagem e outros aprestos, pedem aos mercadores dinheiro emprestado a corresponder com açúcar. Respondeu um: "Vendo panos, não empresto o dinheiro com que trato; se Vossa Mercê quer pano fiado, dá-lho-ei; buscará quem lho compre e fará seu negócio com o dinheiro de que necessita". "Seja como Vossa Mercê quiser: ouro é o que ouro vale." E, por ser fiado, talhou-lhe o preço por cima das gáveas. E feita à compra de que havia de fazer os cinqüenta mil réis revendendo-a, ajuntou o mercador: "Para que Vossa Mercê se não canse com ir mais longe eu lhe comprarei esse pano pelo preço que o costumo comprar em Londres, e contar-lhe-ei logo o dinheiro, que é outro benefício estimável". E abateu-lhe, em cada côvado, mais do que lhe tinha levantado na venda; e pagou-se logo do câmbio que havia de vencer naquele ano o seu empréstimo, para ficar livre daquele cuidado, e assegurou o capital com boa fiança. E ficaram custando ao passageiro os cinqüenta mil réis mais de cento, e o mercador interessado na correspondência e revenda do açúcar com que, no Brasil, lhe pagou mais de duzentos. E a isto chamo eu malícia refinada, mais que açúcar em ponto.

M

CAPÍTULO XXVII

Dos que furtam
com unhas mais maliciosas

Grande malícia é a das unhas, que agora tocamos; mas ainda há outras mais maliciosas. Se houvesse contratador que tivesse pesos grandes para comprar e pequenos para vender e todos marcados pela Câmara, não há dúvida que o poderíamos marcar* por ladrão de unhas mais que maliciosas. E para que não se tenha isto por impossível entre gente de vergonha, conheci um, não longe de Tomar, que tomava muita fazenda às partes com dois alqueires que tinha: um grande com que comprava, e outro pequeno com que vendia. Em varas e côvados, há muito que vigiar nesta parte. E nisto de medir e pesar são alguns tão destros que, arremessando na balança o que pesam de pancada e dando um solavanco na medida ou apertando mais e menos a rasoura e estirando a peça com o côvado e vara, defraudam as partes em boa quantidade, com bem má consciência.

Peço licença ao nosso reino de Portugal para escrever aqui a mais detestável malícia que há — nem pode haver entre turcos, quanto mais entre católicos e portugueses —, a qual, por ser pública e notória, a ninguém fará escândalo referi-la. Nem eu crera se me não constara já muitas vias, e a primeira foi em Barcelos, aonde fui de Braga, há muitos anos, ver as cruzes que milagrosamente aparecem em um campo, nos dias de Santa Cruz, assim de maio como de setembro, e sexta-feira de Endoenças. A ver esta maravilha veio também, de Viana, João Daranton, inglês católico, do qual me contaram que, enfadado da fortuna que o perseguia com grandes perdas, se embarcara para o Brasil, com sua mulher e quatro filhos e todo o cabedal que tinha, que sempre chegaria a dez mil cruzados. O piloto do navio, com seus adjuntos, mestre e marinheiros confidentes, deram com as fazendas das partes em suas casas, desembarcando-as de noite secretamente. Deram à vela, e deixaram andar mais de oito dias pela costa, com não sei que achaques, sem acabarem de se fazerem ao alto, até que os passageiros entraram em suspeitas que buscavam piratas para se entregarem, e os requereram, apertadamente, que fizessem sua viagem. Deram, então, com o navio à costa, à meia-noite, que é o segundo remédio que têm para se escoimarem dos furtos, quando não acham ladrões que os roubem. O navio se fez em dois com a primeira pancada. A gente do mar se afogou quase toda, com o piloto, e só João Daranton se salvou, com toda sua família, por justo juízo de Deus, para dar nas casas dos mareantes onde achou sua fazenda. E tenho-vos descoberta a maranha*, irmão leitor, e assim passa na verdade, e assim costumam fazer este salto homens do mar neste reino, no Brasil, na Índia e em todas as nossas conquistas, com afronta grandíssima da nossa nação, encargo irremediável de sua consciência e escândalo atroz de estrangeiros que, com serem ladrões por natureza, profissão de arte, não sabemos que usem de tão horrenda e detestável malícia e modo de furtar.

Estando eu na Ilha da Madeira, chegou à vista uma urca de S. Tomé, a qual se deixou andar, três ou quatro dias, barlaventeando, sem tomar o porto, até que o governador, que então era o bispo D. Jerônimo Fernando, a mandou reconhecer e notificar que entrasse, como entrou, em que lhe pese. E sabida a causa pelo aranzel da carga, constou que lhe faltavam as mais das drogas, que tinha deixado onde lhe serviam mais que na urca. E por isso buscava mais os piratas que o porto, para se entregar e ter descarga que dar aos correspondentes, se lhe pedissem a carga — porque satisfaz um destes a todos com dizer e mostrar que foi roubado. O seu ganho maior consiste na maior perda. Roubam mais quando são roubados; e, quando dão à costa e fazem naufrágio, trazem mais fazenda, para si, a salvamento. O que mais me assombra e deixa estúpidos todos os meus sentidos e potências é ver que não repara um destes lobisomens em dar com uma nau da Índia através e afogar dois ou três milhões de el-rei e das partes pelo interesse de quinze ou vinte mil cruzados, que pôs em polvorosa*.

É a maldade destas unhas maliciosas mais detestável, quando toca no bem comum e da corte, que nos conserva e sustenta a todos. Não sei se o sonhei ou se mo contou pessoa fidedigna: caso é que me assombra! Valha o que valer, se não sucedeu servirá de documento para que não aconteça. Poderia ser assim: que um ministro que tinha por ofício pagar quartéis de juros e tenças a todo o mundo, foi sonegando muito, a título de não haver dinheiro e, em poucos anos, com esta e outras indústrias tão maliciosas como esta, juntou mais de cem mil cruzados, de que deu oitenta mil a el-rei nosso senhor, gabando-se que os poupara aos poucos e que eram frutos (melhor dissera furtos) da pontualidade e primor que guardava em seu real serviço. Estimou sua majestade o lanço, tendo-o por legítimo, tanto que lhe deu por ele uma comenda de cem mil réis. No cabo de sua velhice, apertou com ele o escrúpulo e, tratando de sua salvação, se foi à Mesa da Fazenda e disse que devia mais à sua alma que a seu corpo e que, para descargo de sua consciência, declarava ali que toda quanta fazenda tinha era furtada dos bens da coroa e das tenças e juros de todo o reino; que mandassem logo tomar posse de tudo, em nome de sua majestade. Tinha este um filho, que já servia o mesmo ofício do pai e lograva a fazenda que era muita. Sabendo o que passava, põe em pés de verdade que seu pai estava doido. Prendeu-o em casa, amarrou-o com uma cadeia, sem o deixar falar com gente, e tal trato lhe deu que era bastante para lhe dar volta ao miolo. E com esta arte evitou a restituição que o pai queria fazer, a el-rei e às partes, do que maliciosamente tinha furtado. Digam-me agora os zelosos sábios que isto tiveram por doidice, prescindindo dela: quais foram mais maliciosas, as unhas do pai que juntou tanta fazenda para o filho, ou as unhas do filho, que impediram a restituição do pai? Venha o demo à escolha, tais me parecem umas como as outras; e por tais tivera as de quem, sabendo isto, se o dissimulasse por respeitos que não cabem aqui.

Três gêneros de gente abominavam os romanos, assim no governo da paz como no da guerra: ignorantes, maliciosos e desgraçados. Ser um capitão, um piloto e um ministro sábios e venturosos é grande coisa, para conseguirem bom efeito suas empresas; mas se com isso forem maliciosos, desdouram tudo e dos que são tocados desta sarna se devem vigiar os príncipes, reis e monarcas, mais que de peste, porque nunca se viu peste que levasse de coalho todo um reino ou República. E uma traição forjada com malícia degola de um golpe todo um reino ou império. E por serem tão arriscadas as unhas maliciosas se devem vigiar mais que nenhumas outras, porque torcem todo o governo para seus intentos, deslumbrando os discursos do príncipe com razões paleadas e empatando as execuções retas com cores de maior bem da coroa. E bem examinado é maior dano, e se algum bem resulta é para os particulares que mexem a treta.

Mil casos pudera tocar, que deixo por não ferir a quem se poderá vingar rasgando esta folha, que no mais nada lhe temo; mas direi um por todos, e seja o somenos. Correu um pleito, mais de vinte anos, neste reino e na Cúria de Roma, entre a Mitra de Évora e o Convento de Avis, sobre os benefícios de Coruche — que são muito pingues — qual os havia de prover. Chegou Avis a tomar posse. Veio Évora com força esbulhá-lo dela. Interpôs seu braço el-rei, como grão-mestre, favorecendo Avis, que lhe pertencia. Acudiu o zelo por parte de Évora: "Senhor, veja Vossa Majestade o que faz, porque amanhã quererá Vossa Majestade prover um infante neste arcebispado e será bom que ache nele estes benefícios, para ter sua alteza que dar a seus criados." E melhor disseram: "Senhor, ficando estes benefícios em Avis, são todos de Vossa Majestade, que os poderá prover em quem quiser, como grão-mestre; e, ficando em Évora, são as vacâncias de Roma oito meses do ano, pelas alternadas, e só quatro são de Évora; e em Sé vacante é tudo de Roma e de Évora nada. E, assim, sempre lhe fica melhor a Vossa Majestade serem os benefícios de Avis." E esta é a verdade; mas a malícia cala tudo isto e só representa o que lhe arma para seu intento, paleando tudo com razões afetadas e sofísticas, até dar caça ao que pretende em favor da parte que lhe toca ou que o peita.

CAPÍTULO XXVIII

Dos que furtam com unhas descuidadas

Até agora repreendemos a malícia e vigilância de todas as unhas, porque não há furtar sem malícia nem malícia sem cautela. Donde se segue que o ladrão descuidado ou não é ladrão fino ou anda arriscado a pagar, a cada passo, o capital e as custas. Contudo, torno a dizer que há unhas descuidadas e que são piores que as maliciosas, e muito vigilantes nos danos que causam. Têm obrigação os que aprestam naus e armadas de as proverem muito bem de tudo em abundância, e eles, descuidando-se das quantidades necessárias, sisam de tudo um terço se não for a metade. Dizem eles que para el-rei; mas Deus sabe para quem e nós também. Descuidam-se na eleição da qualidade das coisas, e até dos lugares onde as devem arrumar se descuidam. E resulta de tudo faltar o biscoito e água, no meio da viagem, porque acertam os tempos de a fazerem mais comprida; faltar pólvora, bala e corda, na ocasião da melhor pena; não se acharem as coisas, quando são necessárias e serem às vezes tais, que melhor fora não as haver, porque são corruptas e de tal sorte que causam maiores males e doenças com seu uso. O mesmo sucede nos medicamentos, de que não há provimento por descuido, que mal se pode livrar de malícia crassa e maldade supina, porque não há ministro tão ignorante que não saiba que no mar se adoece, e que se morre, onde não há remédio conveniente para atalhar o mal.

Outros descuidos e esquecimentos há muito gerais e daninhos, que correm nas posses das fazendas, morgados e capelas, as quais se tomam, muitas vezes, sem título legítimo, por estarem ausentes as partes a quem pertenciam ou porque puderam mais os que as tomaram, e remordendo-lhes a consciência no princípio se deixam ir ao descuido, até que esquece o escrúpulo e assim passa o esquecimento de filhos a netos. Muitas fazendas reais e bens da coroa andam desta maneira sonegados, tanto que, se refizer um exame geral de títulos, poucos hão de aparecer cabais, salvo se se acolherem à posse imemorável, a qual não vale contra reis, porque têm privilégio de menores e força de maiores; mas não usam dela, às vezes, por não inquietar seus Estados. Rendê-los e esbulhá-los, fácil coisa seria; mas não se acabaria em cem anos a empresa. Investi-los todos juntos é perigoso, porque muitos, unidos, farão guerra a este mundo e mais ao outro, e para se defenderem, naturalmente se juntam, ainda que sejam entre si contrários.

Peleja um elefante com um rinoceronte; acomete-os um leão, na maior força da batalha, e logo põem ambos de parte o ódio e se amigam em um corpo, para resistirem ao maior contrário e, tanto se esforçam, que o vencem com as forças unidas. Um rei de Castela mandou pedir a todos os fidalgos e grandes dos seus reinos todos os títulos, escrituras e provisões do que possuíam, porque, por descuido dos tempos, andavam muitas coisas distraídas e desanexadas da coroa. Fizeram seu conselho e louvaram-se todos no duque do infantado que estavam pelo que ele respondesse. E respondeu que mostrasse el-rei os títulos com que possuía quanto tinha de seu nos reinos e Estados que governava; e que eles se obrigavam a mostrar outros títulos muito melhores do que possuíam. Ficou entendido o motim* e recolheu-se o decreto do rei com boa ordenança, por duas razões que se deixam ver: primeira, porque de dois males se deve escolher o menor, e menor mal achou que era possuírem alguns o que se lhes tolerava por descuido, ainda que não fosse seu, que dar ocasião a todos se perderem e não ganhar a coroa nem o reino nada com isso; segunda, porque se se examinarem bem os bens que possuem os reis, ninguém há tão arriscado a possuir o alheio, porque a potência os faz isentos e a cobiça é cega e amiga de embolsar — e tudo parece devido a maior superioridade. Perigoso foi sempre bolir com o cão que dorme; e, por isso, muitas vezes as coisas passam por alto, até as sepultar o esquecimento; mas isso não tira ser furto o que por esta via se arrasta. E estas são as unhas, que chamamos *descuidadas*, porque até quando mais lembradas, a avareza, por uma parte, e o medo, por outra, as põem em estado de descuidadas e esquecidas; e assim fica tudo sem remédio.

CAPÍTULO XXIX

Dos que furtam com unhas irremediáveis

Digo que há unhas irremediáveis, não porque admita neste mundo demasia que não tenha remédio para se emendar; mas porque muitas vezes não há quem lho aplique. E quando as unhas crescem em mãos poderosas, são muito más de cortar. Declarar-me-ei com uma parábola que, ainda que é tênue, tem muita substância para todos me entenderem. E é que a república dos ratos entrou em conselho e fez uma junta, sobre que remédio teriam para se verem livres das unhas do gato. Presidiu um arganaz* de bom talento. Assentaram-se por sua antiguidade os adjuntos. Votou o mais velho: "Mudemos de estância; vamo-nos para os armazéns de el-rei, onde não há gatos e sobejam bastimento, biscoito a rodo, queijo a fartar, chacinas* de toda a sorte. E onde muitos homens de bem acham seu remédio, sem lhes custar mais que tomá-lo, também nós o acharemos, que nos contentamos com menos." "Enganais-vos", disse o presidente, "comer à custa de el-rei nunca é barato, nem seguro, porque quem a galinha de el-rei come magra, gorda a paga, e nos seus armazéns há unhas piores que as dos gatos, que nada lhes escapa". Votou um outro que devia de ser alentado: "Sou de parecer que cortemos as unhas ao gato". Acudiu o presidente: "Calai-vos lá, murganho, cortar-lhas-eis vós? Não dizeis nada, porque logo lhe hão-de nascer outras maiores e mais peçonhentas. Isto de unhas são como enxertos de mato bravo, são como urtigas e tojos, que nascem sem que os semeiem. Por mais unhas que corteis, nunca vos haveis de ver livre de unhas. Vote outro".

Levantou-se, então, um de cauda larga, muito reverendo e disse: "O meu voto é que lancemos um guizo ao pescoço do gato e, assim, sentiremos quando vem e pôr-nos-emos em cobro, como fazem os tapuias* no Brasil, quando ouvem as cobras que chamam de cascavéis". "Belamente dizeis", acudiu o presidente, "mas quem há de lançar o guizo ao gato? Lançar-lho-eis vós?" "Eu não", respondeu ele. "Nem eu, nem eu." "Pois. malhadeiros, se nenhum de vós há de fazer o que diz, para que votais, aqui, coisas impossíveis? Não vedes que nos destruiremos a nós e à nossa república, se intentarmos coisas que não podem ser, porque nos hão de dar na cabeça todos esses remédios?" E acabou-se a junta. E vem a ser, que a maior e mais irremediável ruína de uma República sucede quando os medicamentos que aplica para a vida se lhe convertem em veneno para a morte, e isto é quando os conselhos que toma para se defender disparam em máquinas para se destruir; e não cai no erro, senão quando vê os efeitos despropositados, nas forças gastas com paradoxos e no cabedal consumido em desvairios. E estas são as verdadeiras unhas irremediáveis, porque trazem a peçonha no remédio e então mais irremediáveis quando são incontrastáveis os juízes que meneiam as perdas com aplauso de ganâncias.

Para eu me declarar ainda mais e todo o mundo me entender melhor, vinha-me vontade de armar aqui um Conselho de Estado, ou de Guerra, ou do que vós quiserdes, para verdes o mal que nos resulta das unhas que chamo *irremediáveis*. E quem me tolhe a mim agora fazer, aqui, um conselho? Faça-se e seja logo. Arrojem-se cadeiras para todos. "Eia, senhores conselheiros, assentem-se Vossas Senhorias por suas dignidades. Quantos são por todos? Dez ou doze; melhor fora duzentos ou trezentos? É isto aqui Parlamento de Inglaterra, onde se dão tantas cabeçadas por serem muitas as cabeças que mereciam cortadas, por cortarem uma que bastava? Não havemos mister tantos conselheiros. Bastam quatro ou cinco. Vão-se os mais para as suas quintas, onde não lhes faltará que fazer em suas ganâncias. E quem nos há de presidir neste conselho? Isto está claro: há de presidir a lei: qual lei? A do reino ou de Maquiavel? Ainda há memórias desse cão! Vá-se presidir no inferno. Sabeis vós quem é este *perro*? É o mais mau herege que vomitaram neste mundo as Fúrias de Babilônia. E com ser este é de temer que o trazem na algibeira mais de quatro e mais de vinte e quatro. Não queremos que nos presida a lei de tão mau homem, que tem assolado quantas Repúblicas o admitiram. A nossa lei e Ordenação do Reino é a melhor que se sabe no mundo.

Ela é a que há de presidir. E assim propõe para tratar três coisas: primeira, a fortificação desta cidade de Lisboa; segunda, o presídio das fronteiras; terceira, o comércio de além-mar."

E quanto à primeira, diz o primeiro conselheiro que não havemos mister fortificação onde estão nossos peitos. "Se o senhor conselheiro que tal vota tivera o peito de bronze, tamanho como o campo de Alvalade, dizia muito bem, e duzentos peitos tais bastavam para fortificar e defender Lisboa e o reino todo; mas é de temer que não tomou nunca a medida a peitos, mais que de perdizes e galinhas, e que na ocasião se retire, ou vá calçar as esporas para atar as cardas. Diga o segundo, como nos havemos de fortificar!" "Parece-me", diz ele, "que tomemos todas as bocas das ruas com cestas". "Tende mão, não vades por diante: cestos?" "Cheios ou vazios?" "Cheios de terra. Melhor fora de uvas; teriam os soldados que comer. Só um bem acho nesses vossos cestos, que não deixarão cursar os guarda-infantes pelas ruas tão livremente como andam. Diga o terceiro". "Sou de parecer que nos cerquemos com trincheiras de faxina." "Esperai: fortificamo-nos nós para dois dias ou para muitos anos? Não vedes vós que a primeira invernada há de levar tudo isso de enxurrada, e que haveis de ficar à *porta inferi*. Diga o quarto!" "Digo que melhor é nada. E eu digo que boca que sai com nada que a houveram de condenar a que nunca entrasse por ela nada, e então veria como lhe ia com nada. Ouçamos a quem preside o que lhe parece, e isso faremos." "Parece-me", diz a lei, "que a fortificação se faça de pedra e cal, com muitos e bons baluartes e artilharia neles, porque tudo o mais é impossível defender-nos". Oh, como diz bem! Mas há de ser à custa do público e não do particular, para ser possível. E todos os mais votos são juízos ocultos, que vão dar em roubos manifestos e irremediáveis. Irremediáveis digo, porque os apóia o conselho de onde só podia sair o remédio. E não obstante esta opinião, que é a mais segura, acrescento que fortificações grandes — que demandam quinze ou vinte mil homens de guarnição — que mais barato é não se tratar delas, porque posta essa gente em campo faz um exército capaz de dar batalha e alcançar vitória, e Portugal assim se defende sempre.

Vamos à segunda coisa. Que presídio poremos nas fronteiras? Vinte mil portugueses, diz o primeiro voto, e é o de todos. E donde havemos nós de tirar vinte mil portugueses? Vem cá, mau homem, não vês que se fizermos isso duas ou três vezes, que ficará o reino despovoado e ermo?! Quem há de cultivar os campos? Quem há de guardar os gados? Quem há de trabalhar nas oficinas de toda a República? E faltando isto que hás de comer, que hás de vestir e calçar? Que nação viste tu nunca que fizesse guerra só com os seus naturais? Os mais guerreiros reis do mundo se ajudaram de estranhos, que sempre são mais comparados conosco, porque lá não há frades nem freiras e por isso são tantos como mosquitos e acodem muito bem ao cheiro dos nossos ramos e, se morrem, não pomos capuzes por eles, nem deixam filhos que peçam mercês. Trata-se aqui da conservação dos naturais e por isso eles fazem os gastos. De maneira que quereis que façam os gastos e dêem os filhos, para ficarem sem fazenda e sem herdeiros e o reino extinto de tudo. Esse vosso voto está muito bom, para darmos através com toda a República! Mas, para a conservarmos e defendermos, é impossível. Muitas Repúblicas, depois de seus capitães e soldados serem vencidos venceram com estrangeiros, como os calcidonenses com Brásidas, os sicilianos com Gelipe, os asianos com Lisandro, Calícrates e Agátocles, capitães lacedemônios. E se alguns capitães estrangeiros tiranizavam as Repúblicas que ajudaram, como os da casa otomana, foi porque não tiveram força os que os chamaram para se defenderem deles. Para evitar este inconveniente, não consentiam os romanos que os que os vinham ajudar fossem mais que eles. E para evitar um mal irremediável, há de se votar algum inconveniente quando é menor que o mal que se padece.

Vamos à terceira coisa. Que me dizeis do comércio de além-mar? O primeiro conselheiro diz que não podemos com tantas conquistas, que larguemos algumas, como agora Pernambuco, porque... Atalhou o presidente a razão que ia dando e perguntou-lhe muito sério: "Almoçastes vós já?" "Pois havia de vir em jejum ao Conselho?" "Assim parece, e mais que não bebestes água de neve. Um conselho vos dera eu, mais saudável para vós do que esse vosso é para nós: que vos guardeis dos rapazes, não vos apedrejem, se souberem que fostes de parecer que larguemos aos inimigos o que nossos avós nos ganharam com tanta perda de seu sangue." "Senhor, tenho que dizer a isso", replicou o conselheiro. "Calai-vos, não me insteis, que vos mandarei lançar um grilhão nessa língua. Bem sei o que quereis dizer. Não tendes que me vir aqui com conveniências de cortar um braço para não perdermos a cabeça. São isso discursos velhos e caducos. A máxima das conveniências é ter mão cada um no que é seu, até morrer, e não largar a mãos lavadas o que outrem nos ganhou com elas ensangüentadas. Sois muito bacharel. Não me sejais *Petrus in cunctis*; olhai que vos farei *Joanes in vinculis*. Ide-vos logo por aquela porta fora!" "Ó de fora! Está aí algum porteiro? Chamai-me cá quatro archeiros, que me dêem com este zelote no Limoeiro, e vote o segundo."

O segundo diz que se trate do que hão de trazer as naus e frotas do Brasil e Índia. "Porque aqui não se trata", acudiu o presidente, "do que hão de levar, senão do que hão de trazer. Vêm a trazer pouco mais de nada e faltam lá as forças para conservar o conquistado." "Levem", disse o terceiro, "muito bacalhau, muito vinho, azeite e vinagre." "Esperai: ides vós lá fazer alguma salada ou merenda?" "Ainda não dissemos tudo", acudiu o quarto. "Levem muitos soldados, farinhas, traparias e munições e isto basta". Aqui acudiu a lei, presidente, dando um grito: "Justiça de Deus sobre tais conselheiros! Porque não dizeis todos que levem pregadores evangélicos que conquistem o gentio para Deus, e Deus vos dará logo todos os bens temporais dessas conquistas que venham para nós: *Quaerite primum regnum Dei, et haec omnia adjicientur vobis*. Mat. 6. Sentença é de eterna verdade, que estabeleçamos primeiro o reino de Cristo e logo ficará estabelecido o nosso reino, e tudo vos sobejará."

É Portugal patrimônio de Cristo, que fundou este reino para lhe propagar sua fé. E cansa-se debalde quem trata de suas conquistas por outro caminho. Furta a Deus e ao reino o cabedal que emprega em outros intentos, que nunca hão de ser bem-sucedidos, porque vão fora dos eixos próprios e do centro verdadeiro. Todos os remédios que aplicar para endireitar as rodas da fortuna hão de servir de maior despenhadeiro. E acabemos de cair nisto, pois somos cristãos católicos, não desmintamos nossa própria profissão e acabemos de entender que de nós nasce o mal, e por isso não tem remédio, porque o estorva quem lho houvera de dar. E já que as perdas são irremediáveis, porque nascem de conselheiros que têm por ofício dar-lhes o remédio — e não há outros que emendem estes e os melhorem — ponhamos aqui um capítulo que nos descubra o segredo da abelha, e jarrete todas estas unhas.

CAPÍTULO XXX

Que tais devem ser os conselheiros e conselhos para que unhas irremediáveis nos não danifiquem

Um alvitrista, ou estadista, foi a Madri, haverá vinte anos, e disse que tinha achado um remédio singular para se dar fim, brevemente, às guerras de Flandres, com grande glória de Castela. Estimou-se o alvitre como merecia. Fez-se uma junta de todos os grandes e conselheiros, para ouvirem o discurso do novo Apolo, que o recopilou em breves razões e disse a todos sem nenhum empacho: "Senhores, todos vemos muito bem que não prevalece Espanha contra Holanda, uma hora mais que a outra, há tantos anos, e sabemos que o nosso poder é maior que o seu. Donde se colhe que todas as vantagens que nos fazem procedem de que se sabem governar melhor que nós, pelo que eu era de parecer que a majestade de el-rei Filipe mande seus conselheiros para Flandres e que venham os conselheiros de Flandres para Espanha; e logo tudo nos irá vento em popa, e Holanda de cabeça abaixo; e terão melhora as perdas irremediáveis que nos assolam, porque as obram os conselhos por cuja conta corre aplicar-lhes o remédio." Assim passa que o que assola as Repúblicas sem remédio são os conselhos, quando erram.

Esta palavra *Conselho* tem dois sentidos, um material e outro formal. No sentido material, significa os conselheiros juntos e o tribunal em que se assentam; no formal, é o voto de cada um e a resolução que de todos se colhe. E vêm a ser quatro coisas distintas: primeira, conselheiros; segunda, tribunal; terceira, o parecer de cada um; quarta, a resolução de todos. Digo logo, de cada uma, o que releva.

Que tais devem ser os conselheiros

Questão é se há de ter o príncipe muitos conselheiros, se um só. Um só é arriscado a errar, mas que seja um Architofel. Ter um valido de quem se fie para o ajudar é prudência e é necessário. Os papas têm seus nepotes e os príncipes devem ter seus confidentes, para cada matéria, como um para a paz, outro para a guerra; um para a fazenda, outro para o trato de sua pessoa, etc. E não seja um só para tudo, porque não pode assistir a tantas coisas, nem compreendê-las. E sendo vários, estimulam-se com a emulação a fazer cada qual sua obrigação por excelência. Os conselheiros devem ser muitos sobre cada matéria, porque uns alcançam e suprem as que não chegam aos outros; mas não sejam tantos que se confundam e perturbem as resoluções — quatro, até cinco bastam.

Outra questão é se devem ser os conselheiros letrados, se idiotas*, isto é, de capa e espada. Uns dizem que os letrados, com o muito que sabem, duvidam em tudo e nada resolvem, e os idiotas, com a experiência sem especulações, dão logo no que convém. Outros têm para si que as letras dão luz a tudo e que a ignorância está sujeita a erros. E eu digo que não seja tudo letrados, nem tudo idiotas. Haja letrados teólogos e juristas, para que não se cometam erros, e haja idiotas que, com a sua astúcia, sagacidade e experiência, descubram as coisas e dêem expediente a tudo. Poucas vezes acontece que concorram na mesma pessoa engenho para discorrer sobre o que se consulta e juízo para obrar o que na consulta se determina. Muitos são de fraco juízo, consultados; mas para executar o que se resolve são destríssimos. Muitos excedem na agudeza dos pareceres que dão; mas na execução deles são tão ineficazes que os perdem. E, por isso, digo que é melhor terem todos lugar no conselho, para se ajudarem e suprirem uns aos outros e ficar tudo bom.

Outra questão se segue a esta (dado que não pode neste mundo tudo ser perfeito e cabal, porque não há quem não tenha seu pé de pavão), se é melhor para a República ser o príncipe bom e os conselheiros maus ou serem os conselheiros bons e o príncipe mau. Se o príncipe se governar por seus conselheiros, diz Élio Lamprídio, que pouco vai em que o príncipe seja mau, se os conselheiros forem bons, porque mais depressa se faz bom um mau com o exemplo de muitos bons, que muitos maus bons com o exemplo e conselho de um bom. E como a resolução que se segue é dos bons, tudo fica bom. Mas se o príncipe governar sem respeito aos conselheiros, melhor é ser o príncipe bom, ainda que os conselheiros sejam maus, porque o exemplo do príncipe tem mais força para reduzir à sua imitação os que o servem e, como diz Platão e refere Túlio, quais são os príncipes tais são os vassalos. Se o príncipe é virtuoso, todos trabalham por serem virtuosos, e se é vicioso, todos se dão ao vício.

Quando o príncipe é poeta, todos fazem trovas; quando é guerreiro, todos tratam de armas. Por monstro se tem em uma corte haver quem faça ou diga coisa de que o príncipe não goste. E dado que os conselheiros não se reformam com o exemplo do príncipe, nem sejam quais pede a razão, para isso tem o príncipe o poder na escolha dos sujeitos, não se limitando aos que o cercam, senão estendendo o conhecimento até os mais remotos, e lançando mão dos mais aptos. E para isso devem os príncipes considerar que da bondade dos seus conselheiros depende a sua fama, honra e proveito de seus povos. Se o príncipe erra na escolha dos conselheiros, perde a sua reputação e podemos presumir que errará em tudo. De três bons conselheiros se segue o bom sucesso em suas empresas, bom nome em suas obras e grande reputação com os estrangeiros, dos quais será venerado e temido, assim como amado e obedecido dos seus. E para que o príncipe possa acertar na escolha dos conselheiros, digo em duas palavras as suas qualidades de que os autores e estadistas fazem grandes volumes.

O conselheiro há de ser prudente e secreto, sábio e velho, amigo e sem vícios, não cabeçudo, nem temerário, nem furioso. Quatro inimigas tem a prudência: primeira, precipitação; segunda, paixão; terceira, obstinação; quarta, vaidade. A primeira arrisca, a segunda cega, a terceira fecha a porta à razão, a quarta tudo tisna. Três inimigos tem o segredo: Baco, Vênus e o interesse. O primeiro o descobre, o segundo o rende, o terceiro o arrasta. E perdido o segredo do governo, perde-se a República. A sabedoria e velhice se ajudam muito — esta com a experiência e aquela com o estudo — contanto que a velhice não seja caduca e a sabedoria inútil. Se for amigo do príncipe e da República, tratará do bem comum e não do particular, em que consiste a máxima da maior virtude que deve professar um conselheiro, com que extinguirá os vícios que o podem deslustrar. E para assegurar este ponto, devem os príncipes acautelar-se de pessoas que tenham agravado. Por mais talentos que tenham, não fiem deles os postos em que podem ter ocasião de se vingarem.

Platão diz que os conselheiros hão de estar livres de ódio e amor. Virgílio canta que o amor e a ira derrubam o entendimento. Salústio escreve que devem estar apartados da amizade, ira e misericórdia, porque onde a vontade se inclina, ali se aplica o engenho e a razão nada pode. Cornélio Tácito tem que o medo desbarata todo o bom governo e conselho. Carlos V queria que deixassem à porta do conselho a dissimulação e o respeito. Tucídides diz que entendam a matéria em que votam, que não se deixem corromper com peitas* e que saibam propor os negócios com graça e destreza. Inocêncio III quer que saibam três coisas: primeira, se o que se consulta é lícito segundo justiça; segunda, se é decente segundo honestidade; terceira, se cumpre segundo direito. E assim votarão sem temor de respeitos que os possam encontrar porque, como diz Santo Agostinho, melhor é padecer por dizer verdade, que receber mercês por lisonjas; e é conselho de Cristo que temamos a perda da alma e não a do corpo.

Devem ter os conselheiros todos seus bens nas terras do príncipe a quem servem e todas suas esperanças postas nele, e o príncipe não deve manifestar sua opinião, para votarem livres. E postos nesta liberdade não sejam fáceis de variar no parecer, nem aferrados ao que deram. Movam-se por razão, porque não muda nem varia conselho — diz Túlio — quem o varia e muda para escolher o melhor. Covardes há, para que não lhes chamemos traidores, que capeiam sua má tenção no conselho com astúcias que nunca lhes faltam, encobrindo sua natural fraqueza que neles pode sempre mais que a razão e que a experiência, que muitas vezes lhes mostra que não tiveram causas para temer e que lhes sobejou má vontade para enganar, e por isso variam. Livrar-se-á destes o príncipe se os vigiar, não lhes admitindo o conselho para efetuar coisas ilícitas, nem meios ilícitos para conseguir coisas lícitas, e assim é que nesta pedra de toque vão sempre esbarrar seus quilates.

Alguns autores querem que os conselheiros saibam muitas línguas, ou pelo menos as dos povos que o seu príncipe governa ou tem por aliados e amigos, porque corre perigo descobrirem os intérpretes o segredo ou declararem mal as embaixadas. Pedro Galatino diz que eram obrigados os juízes de Israel a saberem setenta línguas, para não falarem por intérprete aos que diante deles litigavam. Devem ter lição das histórias e corrido muitas terras e nações; saber as forças do seu príncipe, de seus vizinhos, amigos e inimigos. Sejam liberais, porque o povo paga-se muito desta virtude e a ama e a adora. O avarento sempre é aborrecido e, por acudir à sua cobiça, tudo faz venal. Favoreçam os que o merecem, sem que lho peçam, tenham a porta aberta para ouvir a todos, sem escandalizar com palavras, nem dar ocasião de desesperarem as partes. E, finalmente, seja o conselheiro bom cristão e terá todos os requisitos, porque a pureza da religião cristã católica não permite vício que não emende.

Tribunal como e que tal

Aristóteles, no Livro I da sua *Retórica*, diz que toda República para ser bem governada deve ter cinco tribunais: primeiro, da fazenda pública e particular; segundo, da paz; terceiro, da guerra; quarto, do provimento; quinto, da justiça. E nesta parte estamos melhor que a República de Aristóteles, porque temos doze tribunais que, bem examinados, se reduzem aos cinco apontados. Para o primeiro, da fazenda pública e particular, temos dois, um se chama também da Fazenda e outro é o Juízo do Cível, com sua Relação, para onde se apela e agrava. Para o segundo, da paz, temos cinco, três deles para o sagrado e são o Santo Ofício, o do Ordinário e o da Consciência, e dois para o profano, que são a Mesa do Paço e a Casa da Suplicação. Para o terceiro, da guerra, temos dois, um que se chama também da Guerra e outro Ultramarino. Para o quarto, do provimento, temos outros dois, um é o da Câmara e o outro o dos Três Estados. E para o quinto, da justiça, temos outros dois que já ficam tocados e são a Mesa do Paço e a Relação. E para melhor dizer, todos os tribunais tiram a um ponto de se administrar justiça às partes. E finalmente, sobre todos, um que os compreende todos, e é o do Estado.

Os romanos tinham um templo dedicado à deidade do conselho e era escuro, para denotar que os conselhos devem ser secretos e que ninguém deve ver nem entender de fora o que se trata neles. Licurgo não permitia na Lacedemônia que fossem magníficas nem suntuosas as casas em que se faziam os conselhos e punham os tribunais, para que não se divertissem nem ensoberbecessem os conselheiros. E até nesta parte se acomoda Portugal muito aos antigos e, por crédito seu, não digo o que me parecem os aposentos em que arma os seus tribunais. Em outras coisas tomáramos que imitara os antigos, como no magnífico e grandioso de obras públicas, fontes, pontes, torres, pirâmides, colunas, obeliscos e outras máquinas com que se enobrecem as terras e se afamaram gregos e romanos. E em Lisboa, promontório* maior e melhor do mundo, não haver uma obra pública que leve os olhos! Se em minha mão estivera, já tivera levantadas colunas mais majestosas que as de Trajano, e agulhas mais grandiosas que as de Xisto — umas de mármores e outras de jaspe, que nos sobejam — tão altas, que vençam os montes e cheguem às nuvens e se vejam até dos mares. E sobre elas as estátuas de el-rei nosso senhor D. João o IV e da senhora rainha e do sereníssimo príncipe seu filho, que enchessem e autorizassem com suas reais majestades os terreiros, rossios e praças, para eterna memória e glória da felicidade com que dominaram este reino e nos livraram do jugo de Castela, sem arrancar espada nem dar mostras de ação violenta, como raios que obram seu efeito antes que se ouça o trovão.

Nem seriam isto gastos supérfluos, quando o crédito e admiração que deles resulta causam nas nações estranhas assombro e respeito com que se enfreiam considerando que quem tem posses e magnanimidade para coisas tão grandiosas na paz, também as terá para as que são mais necessárias na guerra. Mas eles vêem que não temos um cais que preste, que não há um molhe em nossos portos, nem fortificação acabada em nossas fronteiras. Perdem o conceito que deveram ter de nós e tomam orgulhos e audácias para nos fazerem das suas, confiados mais em nosso descuido e desalinho que em seu poder. De onde vem isto? É que não há quem cure do público e por isso já não me espanto do pouco aparato e lustre dos nossos tribunais, que correm nesta parte a fortuna das obras públicas. E só um bem têm, que é estarem quase todos juntos dentro dum pátio, com que ficam menos trabalhosos os requerimentos das partes, para forrarem de tempo e passadas na busca dos ministros, que também fora bom viverem arruados todos, e não tão espalhados e remotos uns dos outros que fará muito um requerente muito ligeiro, se der caça a dois ou três no mesmo dia, para lhes lembrar o seu negócio. Ao bem de estarem juntos os nossos tribunais, se devera juntar outro de serem comunicáveis por dentro com o paço real, de sorte que pudesse el-rei nosso senhor, sem ser visto nem sentido, ver e ouvir o que nos tribunais se obra. O imperador dos turcos tem uma gelosia coberta com um cendal verde, por onde vê e ouve tudo quanto os paxás fazem e dizem, quando se juntam em conselho, os quais, só com cuidarem que os estará espreitando o seu rei, administram justiça e não gastam o tempo em práticas que não pertencem ao serviço do seu senhor ou ao bem público.

Em conclusão: as Repúblicas ricas devem mostrar sua grandeza na majestade de seus tribunais, com casas amplas de frontespícios magníficos e bem guarnecidas por dentro, claras e suntuosas, porque a excelência dos aparatos exteriores desperta, no interior dos ânimos, espíritos grandiosos e resoluções alentadas; alojamentos humildes acanham os brios, embotam os discursos e até nos intentos generosos lançam grilhões e algemas. Tamara, lib. I, cap. 7, *Dos costumes das gentes*, diz que havia em França, antigamente, um costume, que eu não posso crer, que o conselheiro que acudia muito tarde ao conselho, tinha pena de morte, a qual logo se executava. E que se algum se desentoava ou fazia ruídos no tribunal lhe cortavam o topete. Deviam de tomar isto do grous, que quando se juntam, na Ásia, para se mudarem de uma região para outra, depenam e matam o que vem último de todos.

Juntos os conselheiros no tribunal, a primeira ação que devem fazer, antes de tratarem nenhum negócio, é oração ao Espírito Santo, oferecendo-lhe um Padre-Nosso ou uma Ave-Maria, pedindo-lhe que os alumie a todos, ilustrando-lhes o entendimento para que saibam escolher o que for mais conveniente ao divino serviço e mais proveitoso para o aumento da República e bem de seu príncipe. Dar princípio a coisas grandes sem implorar auxílio do céu é ação de sátiros ou de ateus.

Voto e parecer de cada um

O conselho, voto e parecer dos conselheiros é um aviso que se toma sobre coisas duvidosas para não errar nelas. Toma-se sobre coisas que não estão na nossa mão, não se toma sobre coisas infalíveis, porque estas pedem execução e não conselho. Deve ser de coisas possíveis e futuras, porque as impossíveis, presentes e passadas, já não têm remédio. Não deixa o conselho de ser bom, por sair o sucesso mau; nem o mau conselho deixa de o ser por ter bom sucesso, porque os sucessos são da fortuna e dependem das execuções que muitas vezes, por serem más, danam a bondade dos conselhos e, também, por serem boas, emendam às vezes o erro do conselho. Os cartagineses enforcavam os capitães que venciam sem conselho e não castigavam os vencidos se consultavam primeiro o que depois obravam. Na guerra que os gregos fizeram a Tróia, mais montaram os conselhos de Nestor e Ulisses, que as forças de Aquiles e Ajax. Henrique III, de Castela, dizia que mais aproveitavam aos príncipes os conselhos dos sábios que as armas dos valentes, porque mais ilustres coisas se obram com o entendimento da cabeça que com as forças dos braços, e alegava o que diz Túlio, que mais aproveitaram a Atenas os conselhos de Sólon que as vitórias de Temístocles. É muito prejudicial saberem os conselheiros o que o príncipe quer, porque logo buscam razões com que o justifiquem. O conselheiro não há de aprovar tudo o que o príncipe disser, porque isso será ser lisonjeiro e não conselheiro. Muitos não têm nos conselhos respeito ao que se diz, senão a quem o diz; se for amigo vão-se com ele, se não é do seu humor ou parcialidade, reprovam-no; e é muito prejudicial modo de governar este. Pequenos erros que, no princípio, não se sentem são mais perigosos que os grandes que se vêem, porque o perigo que se entende obriga a buscar o remédio; mas os erros que se não sentem ou dissimulam crescem tanto, pouco a pouco, que quando se advertem já não têm remédio, como a febre tísica que no princípio não se conhece e quando se descobre, não tem cura.

Conselhos bons são muito bons de dar, mas muito maus de tomar. Muitos os dão e poucos os tomam. Conselhos maus têm duas raízes: ou nascem de ódio, ou de ignorância. Por piores tenho os primeiros, porque a ignorância procede da fraqueza e o ódio resulta da malícia e a malícia é pior inimigo que a fraqueza. E até nos bons conselhos podem reinar o ódio e a malícia, quando muitos os dão e poucos os tomam; ou seja no termo *a quo*, quando se dá conselho, pois todos o lançam de si; ou seja no termo *ad quem*, quando se recebe, pois poucos o admitem. Que sejam tomados com aborrecimento é coisa muito ordinária, que sejam dados com ódio, não é tão comum, mas é grande mal, porque nunca pode ser boa a planta que nasce de má raiz ou se enxerta em ruim árvore. E com ser mau o conselho, deslindado nesta forma, era muito bom para ser dinheiro pela propriedade que tem; e já dissemos que muitos o dão e poucos o tomam.

Em uma coisa se parece muito o conselho com o dinheiro e é que ambos são muito milagrosos. Três milagres muito grandes achou um discreto no dinheiro, não há quem os não experimente e por serem muito ordinários ninguém faz memória deles: primeiro, que nunca ninguém se queixou do dinheiro que lhe pegasse doença; segundo, que nunca ninguém teve nojo dele; terceiro, que nunca cheirou mal. Digo que nunca ninguém se queixou dele que lhe pegasse doença, porque andando por mãos de quantos leprosos, sarnosos, morbogálicos e empestados há no mundo e passando delas para as mãos do mais mimoso fidalgo e da mais delicada donzela, nenhuma doença sabemos que lhes pegasse, mais que fome de lhes darem mais. Donde colho que não é bom o dinheiro para pão, que se fora pão, nunca houvera de matar a fome. Digo mais que nunca ninguém teve nojo do dinheiro, porque o recolhem em bolsas de âmbar e seda, o guardam no seio e até na boca o metem, sem terem asco dele, nem se lembrarem que tem andado por mãos de regateiras* ramelosas e de lacaios rabugentos e de negros rapozinhos. E digo, finalmente, que nunca cheirou mal a ninguém, porque bem pode ele sair da mais imunda cloaca, respira nele benjoim de boninas. Ainda que venha entre enxofre, há-lhes de cheirar a âmbar, algália e almíscar.

Tal é o conselho: se é bom, nenhum mal faz; se é mau ninguém tem nojo dele nem lhe cheira mal. Ainda que venha envolto em fumaças do inferno, parecem-lhe perfumes aromáticos do paraíso e, então mais, quando vem deslumbrando com tais névoas que tolhem a vista de seu conhecimento. De tudo o dito se colhe que se divide o conselho em bom e mau: se for bom, recebe-se com aborrecimento, se é mau, dá-se por ódio. Quando se recebe com aborrecimento, nada obra por bom que seja, quando se dá por ódio, pretende arruinar tudo e alcança o intento, tanto que se aceita. Deus nos livre de ser odioso o conselho, tanto me dá por respeito de quem o dá, como por parte de quem o recebe. Em manquejando por algum destes dois pólos ou não temos fé nele ou executa a peçonha que traz — e de qualquer modo causa ruínas e grandes perdições. Para se livrar o príncipe de todas estas Silas e Caríbdis deve conhecer bem de raiz os talentos e ânimos de seus conselheiros. E faça por isso, porque nisso está a perda ou ganho total de seu império.

Resolução do conselho

A resolução é conseqüência dos votos e dela nasce a execução e desta o bom efeito, que é o fim que se pretende nos conselhos. Nas empresas devem-se executar as resoluções que têm menos inconvenientes, porque é impossível não os haver, e quem se não aventurou nem perdeu nem ganhou; e um perigo com outro se vence, e atrás do perigo vem o proveito. Não devem os que consultam deixar de executar o que se determina, porque haja perigo na execução — se é maior o proveito que de executar-se se segue, que o perigo que de não se executar incorre. Prudência é consultar com madureza e executar com diligência. "O conselho na almofada", diz o provérbio, "e a execução na estrada"; e, por isso, se dizia dos romanos que assentados venciam. Príncipes há que, para que não lhes vão à mão no que determinam, não admitem a conselho os que sabem lho não hão de aprovar, para que não lhes debilitem os ânimos dos que, esperam, os ajudem no seu parecer. Prejudicial modo é este de governar. Tanto que se começa a executar o que se resolveu, não se devem lembrar do conselho que deixaram de seguir, para que não lhes esfrie o gosto, que dá alma à execução. E esta não se deve cometer nunca a quem foi de contrário parecer, porque, por fazer a sua opinião boa, dá através com toda a empresa por modos ilegítimos, que seu capricho lhe inculca e capeia, já com a pressa já com o vagar, que prova sofisticamente serem meios necessários. Negócios há que é melhor deixá-los um pouco que executá-los logo, porque executados se malogram ou concluem tarde, e dissimulados se esfriam mais cedo. Muitas doenças sara o tempo sem mezinhas e não o médico com elas. Muitos negócios se perdem porque não se executam em seus lugares e conjunções. Deve estar a empresa sazonada para se efetuar, como a horta disposta para se semear.

Quando o governo começa a descair — porque são mais os que resolvem mal que os que resolvem bem —, pouco impedimento basta para que não se execute o que na consulta se examina. E ainda que alguns aconselhem bem, não bastam a ordenar o que os mais desordenam. Nem serve melhor o estar no conselho que participar da culpa que têm os que governam mal. E só lhe fica por remédio ao príncipe retratar tudo, conhecido o erro. E é um remédio muito prejudicial, porque diminui muito na autoridade do príncipe e aumenta ímpetos de desobediência nos ministros, para as execuções que mais importam. O príncipe consulte e cuide bem o que decreta, porque não parece bem retratado, salvo for em quadro com bom pincel; mas com pena nem de palavra não fica gentil-homem. Se o erro for pequeno, melhor é sustentá-lo, se não se seguir dele grande dano ou alguma ofensa de Deus, porque prepondera mais o crédito do príncipe; e se for de qualidade que peça emenda, haja algum ministro fiel que o torne sobre si e também a pena, que o príncipe moderará, ou perdoará, a título de descuido; e assim se dará satisfação a todas as partes, ficando ilesa a autoridade maior. Se houvesse príncipe que facilmente se retratasse, alegando que não é rio que não haja de tornar atrás, respondera-lhe que há três erres, que não tornam atrás, por mais montes de dificuldades que se lhes ponham diante, e são: rei, rio e raio. E o rei muito mais, porque se der em dobrar-se, em dois dias perderá o crédito, que consiste em sustentar sua palavra que, como dizem, palavra de rei deve ser inviolável; e se o não for, faltar-lhe-ão os súditos com a inteireza da obediência em que se apóia a majestade e não o conhecerão por rei nem por roque. E seguir-se-ão danos irremediáveis, os quais pretendemos atalhar em todo o discurso deste capítulo, que bem considerado vem a ser que do bom conselho se segue o bom governo, que sustenta as repúblicas ilesas, e do mau resultam assolações de reinos e ruínas de impérios. E o mundo todo é pequena pelota para o bote ou rechaço de um lanço de mau governo.

◫

CAPÍTULO XXXI

Dos que furtam
com unhas sábias

Há no Brasil e Cabo Verde tantos bugios que são praga. E porque os estimam em Portugal e muitas partes, por seus trejeitos, usam lá um modo de os caçar sem os ferir, muito fácil e recreativo. Lançam-lhes cocos abertos e providos de mantimentos, nas paragens onde andam mais freqüentes; mas abertos com tal proporção que caiba a mão do bugio aberta e não fechada. E com este animal ser tão ardiloso, que cuidam os tapuias* que tem entendimento, tanto que empolga no miolo do coco, nunca o larga, nem sabe abrir a mão para a tirar fora. Dão sobre ele os caçadores, de repente, tanto que os sentem enfrascados no cevo, porque têm seu valhacoito* nas árvores, fogem para elas, e faltando-lhes as mãos para treparem, deixam-se apanhar, por não largarem a presa do mantimento. Mais ardilosas são as cobras que, para escaparem de animais inimigos que as perseguem, fazem minas em que se guarnecem — largas no princípio e estreitas no cabo com sua saída apertada, por onde escapam —, deixando entalado seu inimigo, e logo voltando-lhe nas costas, pela primeira via, lhe tiram a vida a seu salvo e logram o despojo do cadáver.

Fazer uma facção de grande porte é valentia, carregar nela de grande presa é felicidade, deixar-se render com a presa nas mãos e perdê-la com o crédito e vida é desgraça — e é ignorância de bugio. Levarem-me a presa e i-la tirar das garras do inimigo, mas que seja com emboscada e estratagema, é prudência de serpente. E estas são as unhas de que trato, que sabem pescar com sabedoria, sem deixar rasto de que lhes peguem, nem porta aberta por onde as cacem.

Há outras unhas que põem sua sabedoria em fazerem bem o salto e darem logo outro com que se ponham em cobro, como os que andam de terra em terra, vendendo ungüentos para todas as enfermidades. Em Castela os vi, aplaudindo seus medicamentos pelas praças e, para prova da sua eficácia, passavam com estocadas suas próprias tripas (se não eram as de algum carneiro) e untando a ferida se davam logo por sãos. E a gente imensa que isto via, comprava sem reparo as unturas, que vinham a ser azeite com cera e alecrim pisado. E os vendedores passavam avante a outra terra, deixando os compradores com as bolsas vazias de dinheiro e cheias de ungüentos que não prestavam para nada. Melhor sucedeu a um que vi em Évora (castelhano era): fez um teatro na praça, pôs nele dois caixões de canudos de ungüento milagroso, que servia para todos os males. Bailou sua mulher e uma filha que volteava por cima duma mesa. Fizeram entremezes, a que acudiu toda a cidade. Disse ele, no cabo, tais gabos da mezinha, que não ficou pessoa que a não comprasse, a tostão cada canudo, até vazar de todos os caixões, que encheu de prata. E ao outro dia deu consigo em Castela, levando de caminho outros lugares, e sei que cegou uma pessoa com a mezinha porque a pôs nos olhos, e outro acabou de entrevar de uma perna porque a untou com ela.

Outras unhas há tão sábias como estas, para pilharem dinheiro, vendendo sabedorias. Nesta corte, andou um brixote* vestido de vermelho, na era de 642, prometendo uma receita — se lhe dessem tantos e quantos — com que se conservaria carne fresca mais de um ano, frutas e hortaliças. Excelente invento para as naus da Índia; mas nada vimos que conseguisse efeito. Eu o vi, em Évora, fixar cartéis impressos, pelos cantos, que tinha um medicamento para conservar os vinhos e melhorá-los. E um curioso lhe deu algum dinheiro para fazer a experiência em um tonel; e fora melhor fazê-la em um quarto, para não perder duas pipas de vinho, que se lhe danou com a buxinifrada de areia e outros materiais que lhe mexeu. Outro, mais sabichão que todos, veio vendendo que sabia fazer bombardas de parafusos, que pudessem levar cinqüenta soldados cada uma em roscas, e armá-la e disparar aonde quisessem. Põe-se a especulação em praxe*, rebenta o fogo pelas juntas e crisma a quase todos. Outro, tão sábio em pilhar dinheiro como este, prometeu fazer peças de artilharia, tão leves que pudesse levar duas uma azêmola, como costais em carga à campanha, e que as havia de fazer de couros crus e cosidos, tão fortes que disparassem quatro tiros sem risco algum de rebentarem. Pôs-se a máquina em efeito e eu a vi, em Elvas, lançada em um monturo porque, rebentando com meia carga de prova, nos descarregou a todos deste cuidado.

Outro, gabando-se de engenheiro consumado, prometeu umas barcaças que saindo do rio de Lisboa, abrasariam todos esses mares e quantas armadas inimigas neles houvesse. Encheu-as de palhas e chamiços* — que estavam prometendo, quando muito, uma boa fogueira de S. João — e dai cá, por cada invento destes, tantos mil cruzados. Tal como este foi outro, em Campo Maior, que se gabou sabia fazer uma arca de foguetes em forma de girândola, e que haviam de sair dela de soslaio, todos juntos, como raios, a ferir as barbas do inimigo com ferrões de setas. Por mais louco tive outro que trouxe a este reino um segredo de armas de papel, que disse sabia fazer, untadas com certo óleo que as fazia impenetráveis à prova de mosquete e tão leves como a camisa. Que haja no mundo embusteiros não é para mim coisa nova; mas que haja em Portugal quem os ouça e admita é o que choro, sem acabarem de cair que tudo são sonhos de Cipião*, enredos de Palmeirim*, gigantes de palha, com que nos armam mais a levar o ouro do reino que a defender a coroa dele. E nisto é que põem toda a sua sabedoria, que trazem escrita na unha.

Outras unhas andam entre nós, tão sábias que despontam de agudas. E podemos dizer delas o que disse Festo a S. Paulo: *Multae te litterae ad Insaniam convertunt*: Actos, 26. Que os fazem doidos as muitas letras que alrotam. Estes são os estadistas, alvitristas, críticos e zoilos, que têm por lei seu capricho e por ídolo sua opinião; e, para a sustentarem, não reparam em darem através com uma monarquia. E há gente tão cega, que levada só do séquito que os tais por outra via ganharam, até a seus erros chamam *sabedoria*, sem advertir os grandes danos que de seus conselhos nos resultam.

◨

CAPÍTULO XXXII

Dos que furtam
com unhas ignorantes

Ditosas unhas são estas, porque depois de fazerem imensos danos no que desfazem e desbaratam com seus assaltos, ficam sem obrigação de restituir, se a ignorância é invencível, que se é crassa ou supina corre parelhas com as dos ladrões mais cadimos*. Há umas ignorâncias que somos obrigados a vencê-las pelas regras de nosso ofício, que nos estão advertindo tudo. E quem é ignorante, na arte ou ofício que professa, todos os danos que daí resultam às partes a ele imputam e a quem conhecendo sua ignorância e devendo emendá-lo o consente. Como pode ser médico quem nunca estudou medicina? Como pode ser piloto quem não entende o astrolábio? Como pode ser advogado quem nunca leu a Ordenação? E o mesmo digo de todos quantos ofícios há na República. Até o alfaiate, se não sabe talhar, deita-vos a perder o vosso pano; e um serralheiro, se não sabe dar a têmpera ao ferro ou aço, dana-vos a peça que lhe mandastes consertar. E na ignorância de todos se vêm a refundir inumeráveis e insofríveis perdas, que causam a todo o reino, em vidas, honras e fazendas, que são as coisas que mais se estimam. Bem provido está tudo com examinadores para todas as artes, se não houvera peitas* e intercessões que corrompem até os mais escoimados Radamantes. E se isto não basta, logo acham um sábio na sua ciência que se examina por eles, mudando o nome por menor preço e lhes alcança carta de examinação, com que fica graduada a ignorância do candidato e ele dado por mestre peritíssimo. Como há de haver no mundo que se tolere e permita provarem cursos em Coimbra mais de um cento de estudantes, todos os anos, sem porem pés na Universidade? Andam na sua terra matando cães e escrevem, a seu tempo, ao amigo, que os aprovem lá na matrícula, representando suas figuras e nomes; e daqui vêm as sentenças lastimosas que cada dia vemos dar a julgadores, que não sabem qual é a sua mão direita, mais que para embolsarem com ela espórtulas e ordenados, como se foram Bártolos e Covas-Rubias. Daqui, matarem médicos milhares de homens e pagarem-se como se foram Avicenas e Galenos. E a graça, ou maior desgraça, é que nem o diabo, que lhes ensinou estes enredos, lhes saberá dar remédio, salvo for levando-os a todos, que é o que pretende.

No serviço de el-rei não se devem tolerar tais ignorâncias, porque se seguem delas danos gravíssimos. Quem perdeu as naus que vinham da Índia, carregadas até as gáveas de riquezas? Dizem que o tempo, e é engano; não as perdeu senão a ignorância dos pilotos, que foram dar com elas em baixos e cachopos. Quem desbaratou a frota que ia para o Brasil? Dizem que os piratas, e é engano; não a desbaratou senão a ignorância dos marinheiros, que não souberam velejar a propósito. Quem perdeu a vitória na campanha? Dizem que a remissão da cavalaria, e é engano; não a perdeu senão a ignorância dos coronéis, que não souberam dispor as coisas como convinha. Gente bisonha e mal disciplinada ocasionou, com ignorâncias, intoleráveis perdas. E o que se deve saber e advertir nunca tem boa escusa. Mas não há morte sem achaque, todos sabem dar saída a seus erros, fazendo homicida à fortuna que está inocente no delito. Mas como o mal e o bem à face vêm, logo se deixa ver a fonte da culpa. E é grande lástima que rebente esta, ordinariamente, da ignorância.

Há alguns ladrões, tão ignorantes, que sempre deixam rastos como lesmas e a mesma presa os descobre, como o que furtou o trigo sem advertir que era o saco roto e, pelo rasto dele que ia deixando, lhe deram na trilha e o apanharam. Outros, porque se carregam tanto que não podem fugir, são alcançados. Outros, porque se vestem do que furtam, são conhecidos. E todos só por ignorantes são descobertos. Antes é propriedade da ignorância que, por mais que se esconda, não pode muito tempo estar oculta. Como sucedeu na Alfândega do Porto, por descuido do provedor e incúria dos seus ministros, que a balança em que se punham os pesos tinha menos duas arrobas direitos pelo peso, se falsificou, de maneira que a em que se punham os pesos tinham menos duas arrobas que a outra em que se punham as caixas e fardos, sem se dar fé deste delírio*, senão depois de el-rei perder muitas mil arrobas nos seus direitos. Isto de balanças deve andar sempre muito vigiado, e não excluo daqui a Casa da Moeda. Pudera referir aqui muitos modos que há de furtar nelas, e deixo, porque não pertencem a este capítulo; seu lugar terão.

Não farei minha obrigação se não inserir aqui uma ignorância fatal, que anda moente e corrente neste reino, na emenda da qual temos muito que aprender nas outras nações, ainda que elas obram com injustiça, o que nós podemos imitar sem nenhum escrúpulo. E é que nenhuma gente há tão desmazelada que, fazendo uma frota ou armada para alguma empresa, não assegure os gastos dela por todas as vias, de tal sorte que, se o primeiro intento não suceder, se recupere no segundo ou no terceiro, como agora faz o holandês ou inglês uma armada, para ir dar em certa parte das Índias, onde tem amealhada uma grande presa. E se esta lhes escapa das unhas, por ventura de uns ou desgraça de outros, já levam destinada outra facção em outras paragens, sejam quais forem, para onde viram logo as proas, e não se recolhem para seus portos sem trazerem com que refaçam, ao menos, os gastos, quando não encham as bolsas.

Só Portugal é nisto tão pródigo que tem por timbre (chamara-lhe antes inadvertência ou ignorância) entregar todos os gastos de suas armadas ao vento, sem mais fruto que o de dar um passeio com bizarria por Vale das Éguas, e tornar-se para casa com as mãos vazias e as frasqueiras despejadas. Quanto melhor fora levar logo no roteiro que, se não acharem piratas, que os busquem até dentro em seus portos, que vão a Marrocos, que vão às barras dos nossos inimigos, que esperem, que saiam e que não se venham sem recuperarem, por alguma via, os gastos, pelo menos, os que vão fazendo. E a estes, sem fruto, chamo também unhas ignorantes.

CAPÍTULO XXXIII

Dos que furtam
com unhas agudas

Toda a unha que arranha é aguda, e toda a unha que furta, arranha até o vivo — logo todas as unhas que furtam são agudas. Bom está o argumento e bem conclui o silogismo. Mas não falo dessa agudeza, senão da sutileza com que alguns furtam, sem deixarem rasto nem pegada de que lhes pegue. E aqui bate o sutil e o agudo desta arte. O estudante que vendeu a imagem de S. Miguel da Capela da Universidade de Coimbra, como se fora sua, a um homem do campo, não andou sutil, porque ainda que fez o contrato no pátio e a entrega na capela, sem testemunhas, e se acolheu com dez mil réis nas unhas, logo se descobriu a maranha e o apanharam, pelos sinais que deu o vilão, e lhe fizeram pagar o capital e mais as custas.

E menos agudo andou o outro que talhando o preço das galinhas a quem as vendia na feira, e levando-o a quem dizia lhas havia de pagar, o pôs em uma igreja onde estava o padre-cura confessando e, chegando-se a ele, lhe pediu por mercê, à puridade, se lhe queria ouvir de confissão aquele homem. E respondendo alto que sim e que esperasse que logo o despacharia, se deu o vendedor por satisfeito, cuidando que o mandava esperar para lhe dar o preço da compra, e teve lugar o ladrão de se acolher com o furto; mas não advertiu que o podia conhecer o confessor, como conheceu, de que resultou sair o ladrão da alhada com mais perda que ganância.

Mais agudo andou outro que, vendo entrar pela ponte da mesma cidade de Coimbra um forasteiro bem vestido, armou a lhe furtar o fato na volta. E armou bem para seu intento, porque o esperou no bocal de um poço, que está na estrada por onde havia de passar, chorando sua desgraça e que lhe caíra, naquele instante, uma cadeia de ouro dentro do poço, e que daria um dobrão a quem lha tirasse. Moveu-se a compaixão ao passageiro, que devia de ser homem de bem, se não é que o picou o interesse, e por isso não presumiu malícia. Gabou-se que sabia nadar como um golfinho e que lhe tiraria a cadeia de mergulho. Despiu-se, sem se despedir do vestido que logo se despediu dele, porque o matalote* da cadeia, tanto que o viu debaixo da água, tomou as de vila-diogo, com todo o fato e cabana* deixando o seu dono como sua mãe o pariu, sem lhe deixar rasto nem pegada por onde o seguisse; nem podia, ainda que quisesse, pelo deixar preso sem cadeia nem grilhão, como pintam as almas do purgatório. Menos cruel andou uma matrona, em Madri, e não menos ardilosa, que mandou fazer duas bolsinhas com fechaduras, ambas iguais e semelhantes na guarnição e pregadura. Meteram, em uma, três mil cruzados de jóias e na outra um tanto de chumbo e pedras que achou na rua. E, escondendo esta na manga, se foi com a outra a um mercador rico que lhe desse dois mil cruzados, a câmbio sobre aquelas jóias. Celebraram o contrato sem reparar ela na quantidade dos réditos, porque não determinava de os pagar; nem ele no capital, porque se assegurava com as jóias. Virou-se contra um escritório, para tirar o dinheiro, e com maior velocidade a senhora harpia trocou as bolsinhas, pondo na mesa a das pedras chumbadas e recolhendo na manga a das jóias. E levando a chave consigo, para que lhe não enxovalhassem as jóias ou atirassem com as pedras, se foi com os dois mil cruzados, onde nunca mais apareceu, nem aparecerá senão no dia do Juízo.

Não andou menos astuta outra senhora, na mesma corte, para se vestir de cortes os mais preciosos que achou na calhe* Major, à custa do mercador que lhos cortou por sua boca sua medida. Alugam-se em Madri amas, assim como em Lisboa escudeiros, para acompanhar. Tomou uma, que tocava de mouca, e chamando-lhe *madre mia*, se foi com ela aonde fez a compra de tudo o melhor que achou, sedas, telas e guarnições, que passaram de quinhentos cruzados, sem reparar em medidas, nem em preços. E quando foi à paga disse: *Que no trahia caudal bastante, porque no pensava que hallaria cosas tan lindas, que ali quedava su madre, y que luego bolvia con todo el dinero: "quede-se aqui madre mia, que yo voy con esta niña que leva la ropa, y buelvo luego en hora buena"*. Responderam ambos, mercador e velha, ignorantes da treta — de que a velha se livrou em duas audiências, provando que era de alquiler* e mouca, e servia a quem lhe pagava. E o mercador pagou as custas sobre o capital que lhe acolheu e não alcançou ainda.

Em Lisboa, certo picão tinha uma mulata, mais amiga que sua — porque era forra — e grande conserveira, trato com que vivia e o sustentava a ele, passeando sem nenhum trabalho, e se algum tinha era com os confessores, quando se desobrigava nas Quaresmas. Tratou, por uma vez, dar de mão ao trato, e para isso falou com um sevilhano, capitão de um navio, se lhe queria comprar uma mulata de grandes partes. E, para que tomasse conhecimento delas, o convidou a jantar, e que o preço dela seria o que sua mercê julgasse em sua consciência. Avisou-a de que tinha um hóspede de importância e que se esmerasse para o dia seguinte, no jantar a que o tinha convidado. Meteu a inocente velas e remos e fez de pessoa com todo o empenho um banquete, que se pudera dar a um imperador; e serviu à mesa como criada, dando-se por autora de todos os guisados e acepipes. Ficou o castelhano satisfeito, tanto que lhe talhou a compra em duzentos cruzados, que logo contou em patacas ao picão, e ficaram de acordo que lha entregaria no dia de sua partida, levando-lha a bordo. E assim o fez, enganando-a segunda vez, porque o sevilhano a queria regalar no seu navio em retorno do banquete. Pôs-se ela de vinte e quatro*, como se fora a bodas, e ficou nos pioses, voltando-se o amigo para terra, dizendo consigo: "Veremos agora se me negam a absolvição os padres-curas." O navio deu à vela. Gritava a triste que era forra! Consolava-a o castelhano: *que luego se le iria aquella pasion, como se viesse en Sevilla, que era tan buena tierra como Lisboa y que iva para ser señora, más que esclava, de una casa muy noble, y rica, etc.*

Estas são as unhas agudas, que fazem a sua sem deixarem coimas*. E destas há milhares que na fazenda de el-rei fazem grandes estragos, com alvitres e conselhos que despontam de agudos e levam a mira em encherem as bolsas, como se viu nos das maçarocas e bagaços, de que não resultou mais que gastos da fazenda real para ministros. E destes há alguns tão destros que provêem todos os ofícios em seus criados, para lhes pagarem serviços próprios com salários alheios: e são os piores; porque com as costas quentes em seus amos, procedem a afoitos nas rapinas. Outras unhas há destas que, por não encontrarem fazenda real, em que empolguem, aproveitam-se da autoridade do rei para dar no povo, com admiráveis traças e habilidades que a arte lhes ensina. E bem de exemplos a este propósito deixamos referidos no Capítulo 4, em que mostramos como os maiores ladrões são os que têm por ofício livrar-nos de ladrões.

CAPÍTULO XXXIV

Dos que furtam com unhas singelas

Melhor dissera rombas ou grosseiras, para as contrapor com as agudas de que até agora falamos; mas tudo vem a ser o mesmo e muito mais ainda; e logo contraporemos estas com as dobradas que se seguirão. E para inteligência de um e outro capítulo, devemos pressupor que assim como há unhas dobradas também as há singelas. Dobradas são as que se aprestam de vários modos e invenções, com tal arte, que nunca lhes escapa a presa. E daqui se infere que as singelas eram as que não têm mais que um modo e caminho por onde furtam; não armam mais que a um lanço, e se erram o tiro ficam sem nada. E acrescento mais, porque singelo quer dizer simples, que furtar ninharias e de modo que vos apanhem, também é ser ladrão de unhas singelas. Furtar cinco ou seis mil cruzados abrindo portas com gazuas, ou arrimando escadas e destelhando as casas para descer por cordas e dar no tesouro, modos são de furtar que sabe qualquer ladrão antes de ser graduado — ou marcado, que o mesmo. Mas levar o tesouro sem gazuas, sem escadas, sem cordas, nem sobressaltos, aqui está o sutil da arte e o não ser aprendiz singelo. Furtar esse tesouro e dar consigo na forca, porque o apanharam com o furto nas mãos ou com as mãos no furto, isso é furtar de ladrõezinhos novatos que não sabem qual é a sua mão direita. Mas furtar esse tesouro, mas que seja de um milhão e outro em cima, e ficar tão enxuto como um inhame e tão escoimado como um noviço cartuxo, sem deixar indício de que lhe peguem, aqui bate a quinta-essência da ladroíce. E o que assim se porta bem se lhe pode passar carta de examinação, com foro e privilégio de mestre graduado nesta ciência. E destes doutores há mais de um milhão que cursam as cátedras e escolas de Mercúrio e Caco. E quem são estes? Perguntastes bem, porque como não trazem insígnias de seus graus nem sinal manifesto de sua profissão, são maus de conhecer. E então melhores mestres quando piores de achar, sendo assim que em achar o mais escondido e em arrecadar o achado são insignes.

Serão estes os que vos saem nas estradas com carapuças de rebuço e espingardas no rosto? Tirai lá que, ainda que lhes chamais salteadores por antonomásias, são formigueiros por profissão e tão singelos que nunca levantam casa de sobrado, nem têm bens de raiz, nem juntam móveis que não caibam debaixo do braço. São como o caracol, que traz a casa consigo, e como o filósofo, que dizia: *Omnia mea mecum porto*. Tudo quanto tenho de meu, trago comigo. E ainda menos, pois o que trazem, tudo vem a ser alheio. Serão os alfaiates que, lançando o giz além das medidas e metendo a tesoura por mais duas dobras do que cortam, tiram a limpo — sujando a consciência — um gibão de corte e cortam um calção de veludo para si e uma anágua para sua mulher? E também são ladrões singelos, porque são caseiros, criados à mão. Não matam nem ferem, quanto tomam cabe* em uma arca que chamam rua. E por isso juram, quando lhes perguntais pelos retalhos que sobejam — ainda que sejam muitos e grandes —, que os botaram na rua. E ficais sem escândalo do que vos levam. Serão os tabeliães e escri-vães, que há sem número nesta corte e em todo o reino, que com uma penada tiram e dão cem mil cruzados a quem querem? Esses, grandes ladrões são, mas singelos, principalmente quando se aplicam a si o que furtam, porque logo se lhes enxerga, como aquele que fez umas casas em Lisboa, junto a S. Paulo, que ainda hoje se chamam da Penada porque, vendo-as el-rei D. Sebastião, disse: "Boa penada deu ali o tabelião!" Demais de que, como põem por escrito tudo, são fáceis de apanhar seus erros de ofício. E se dobram o partido com outro, para se justificarem, ficam à revelia, de quem fará que percam o feito e o por fazer. E lá irá quanto Marta fiou, por se fiarem de quem lhes não deu fiança a lhes guardar segredo no conluio.

Serão os soldados de cavalo que, quando se vêem montados em ginetes que não são de seu gosto, lhes dão tal trato que em quatro dias dão com eles no almargem* e no monturo, para que os provejam de outros? Também são ladrões singelos porque, dando com isso grande dano a sua majestade, ficam com pouco proveito. Outros há neste gênero mais escrupulosos que, por não serem homicidas da fazenda real, lhes atam sedas nos artelhos dos pés ou das mãos, com tal arte que os fazem manquejar, até que os provêem de outros. E o furto está no dano que se dá a el-rei e à milícia, porque se vende o cavalo manco por dois ou três mil réis, para uma atafona ou nora, tendo custado quinze ou vinte. E daí a quatro ou cinco dias vai o soldado transformado em alveitar e diz ao comprador: "Quanto me quereis dar e dar-vos-ei este rocim são em duas horas?" Concertam-se em dez, ou doze tostões, aplicam-lhe um emplastro de erva moura, para dissimular a tesoura que vai por baixo e corta a sedela* que lhe pescou os tostõezinhos, e fica o cavalinho são como um pêro, no mesmo instante; e quem o mancou e desmancou tão quieto na consciência, como maré de rosas. Os infantes, coitadinhos, querem alguns críticos especulativos que sejam de unhas dobradas porque são multiplicados os seus furtos; mas não têm razão, que assaz singelos andam, e se agasalham uma marrã ou um cabrito, mas que seja um carneiro ou uma vaca, quando vão de marcha por esses campos de Jesus Cristo, é porque os acham desgarrados para que os não coma o lobo. E assaz tênue vai tudo e assaz singelo. Andem eles fartos, quero dizer, pagos, e pode ser que tenha tudo emenda. A obrigação que a todos corre já o disse no Capítulo 21, das unhas militares.

CAPÍTULO XXXV

Dos que furtam
com unhas dobradas

Já dissemos que unhas dobradas são as que se armam de vários modos e invenções para furtar, com tal arte, que nunca lhes escapa a presa. Há na dialética um argumento, que chamamos dilema, porque joga com duas proposições, como com pau de dois bicos, que necessariamente vos haveis de espetar em um deles. Tais são os ladrões que chamo de unhas dobradas, porque as aguçam de sorte que, por uma via ou outra, lhes haveis de cair nelas. Com um exemplo ficará isto claro e corrente. Quando sua majestade, que Deus guarde, manda fazer cavalaria para as fronteiras, é certo que há grandíssima variedade nos preços e que nunca se ajustam os avaliadores, umas vezes por alto, outras por baixo, com que fica armado o dilema de que não pode escapar o furto. Quando levantam o ponto, no escudo de el-rei vai dar o tiro; quando abatem, na bolsa dos vendedores descarrega o golpe. E sucede ordinariamente a pesca sem os ministros de el-rei serem sabedores das redes, com verem abertamente os lanços, ainda que pela experiência bem puderam advertir na desproporção dos preços. Furta-se a el-rei, que manda comprar os cavalos, ou furta-se aos vendedores. E a restituição de ambos os furtos, se bem o averiguarmos, vem a ficar às costas dos avaliadores que, ordinariamente, são os alveitares das terras, onde se fazem as resenhas e escolhas dos potros, cavalos e dragões mais aptos para a guerra.

E sucede assim que, se o vendedor é poderoso, intimida os ferradores ou os peita* para que ponham em quarenta o que não vale vinte — e fica defraudada a fazenda real em mais de metade. E se o vendedor não tem ardil, nem poder, para agenciar e seguir esta trilha, avaliam-lhe o que vale trinta em quinze e em dez, levados do zelo do bem comum, a que se encostam, para engolir o escrúpulo. E assim, por uma via ou por outra, ordinariamente se afastam e poucas vezes se ajustam com o legítimo preço, errando o alvo, ora por alto ora por baixo. E é certo que sua majestade, que Deus guarde, não quer nada disto: não quer o primeiro, porque defrauda seus tesouros; não quer o segundo, porque ofende seus vassalos, que também não são contentes de serem enganados em mais de metade do justo preço. Com que fica certíssimo, que é furto manifesto por uma via e por outra.

Nesta água envolta, escorreram às vezes os executores também com os poderes reais, tomando para si os melhores potros, por preços muito baixos. E talvez sucede tomarem um e dois e também três, por dez mil réis e por oito cada um, a título de irem servir com eles às fronteiras; e daí a catorze meses o vendem, bem pensado, por sessenta e por cem mil réis, por ser de boa raça e melhores manhas. Se nisto há furto, perguntem-no a seus confessores e verão o que lhe respondem com Navarro*. Mas má hora que tal perguntem.

Outro modo há mais seguro de furtar com unhas dobradas, e pode ser que mais proveitoso. E é quando dois vão forros e a partir no interesse e sucede na mesma cavalaria, quando dela se fazem resenhas para as pagas, e também acontece o mesmo na infantaria. Tem um capitão oitenta cavalos somente, passa mostra de cento e vinte, porque pediu quarenta emprestados a outro capitão seu amigo, a troco de lhe fazer a barba do mesmo modo, quando fizer a sua resenha. E, assim, embolsam ambos oitenta praças ausentes, que bem esmadas* por meses, fazem soma de mil e duzentos cruzados cada mês. E se durar a tramóia um ano, chega a pilhagem a pouco menos de quinze mil cruzados. E, se usarem dela muitos cabos, teremos de pôr de portas adentro pilhagens e pilhantes piores que os que vêm de Castela saltear os bois e ovelhas. Mas o general das armas (peço a sua excelência licença para o nomear aqui), o conde de S. Lourenço, contraminou já tudo e tem as coisas tão correntes, com notas e contra-divisas, que não pode haver engano. Como também nas inumeráveis praças de infante, que se gualdripavam* com achaques de doentes, e vinham a ser pior que praças mortas, porque tais doentes e tais soldados não os havia no mundo e mandando-os ver à cama e não os achando, descobriu a maranha. E ainda deu alcance à outra pior, em que punham de cama soldados sãos com nomes mudados. Nada escapa à sutileza desta arte de furtar; mas o zelo e destreza do conde-general excedem e vencem todas as artes no serviço de el-rei nosso senhor.

Em Viana de Caminha me ensinou um castelão a furtar com unhas dobradas com mais destreza, porque jogando o pau de dois bicos, trancava ambas as pontas infalivelmente. Concertava-se com os navios que vinham de fora: "E quanto me haveis de dar por cada fardo, ou caixa, e pôr-vos-ei tudo seguro, onde quiserdes?" Admitia, de noite, barcadas de fazendas na fortaleza, que comunica com o mar e com a terra, e dava-lhes passagem segura para as lojas dos mercadores. E feito este primeiro salto, dava ordem ao segundo por via de um alcance, com quem ia forro* e a partir nas ganâncias das presas que lhe inculcava. Dava-lhe ponto e aviso infalível das paragens onde acharia tais e tais fazendas, furtadas aos direitos. E assim era que ficavam no cabo, defraudados os mercadores em duas perdas: uma das grossas peitas que davam ao castelão, e outra do muito mais que eram forçados a dar ao meirinho, para que os deixasse. E nesta segunda bolada tornava o castelão a empolgar a segunda unha; e assim furtava com unhas dobradas, efetivamente, sem errar o tiro de nenhuma.

CAPÍTULO XXXVI

Como há ladrões que têm as unhas na língua

Melhor dissera nos dentes, porque têm duas ordens com que dobram a presa e aferram melhor que a língua, e também porque tudo quanto se furta vem a parar, ou desaparecer, nos dentes. Espada na língua já eu ouvi dizer que a havia, também pudera dizer seta, porque fere ao longe como seta e corta ao perto como espada — e pior, porque muitas vezes de feridas incuráveis, como espada columbrina, e seta ervada —, mas unhas na língua é coisa nova. Ainda mal de que é tão velha e tantas vezes renovada em gente áulica. Vê-los-eis andar no Paço, fazendo mesuras a cada passo e tirando a gorra a légua — chapéu, queria dizer, que já não se usam gorras. Não lhes taxo a cortesia, que é virtude muito própria da corte; mas noto a intenção e palavrinhas com que a acompanham, as quais, examinadas na pedra de toque da experiência, são unhas de aço que não só arranham créditos alheios, mas empolgam para si, que é o principal intento, em tudo o precioso, que cuidam se poderá dar a outros. E para isso não há provimento que não desdenhem, nem despacho que não menoscabem. Até o que é nos outros paga de justiça fazem negociação de aderência, para levarem a água ao seu moinho e fazerem cano das mínguas alheias para as enchentes próprias, de que andam sequiosos. Façamos praça de exemplos e correrá a verdade deste capítulo clara como água.

Olhai-me para aquele capitão, que entra na audiência com um braço menos, porque lho levou na guerra uma bala. Vede dois soldados, que vêm com ele, um com um olho vazado de uma estocada e outro com uma perna quebrada de uma mina, porque para os fazer assinalados sua fortuna os marcou com tais desgraças. E como nos maiores riscos têm sua ventura a valentia, alegam a seu rei o que em seu serviço padeceram, para que os remunere com os despachos que merecem. Um pede a comenda, outro a tença, outro o hábito. Todos merecem muito mais, mas o invejoso — que está de fora e tão de fora que nunca entrou em tais baralhas —, temendo que lhe voe por aquela via o pássaro, a que tem armado a costela, e que se lhe vá da rede a presa que pretende pescar, puxa da espada da língua, porque nunca arrancou outra, para cortar o direito, que vê vão adquirindo e diz do torto: "Olhai o com que vem agora cá o tortelos Polifemo, por um olhinho que perdeu. Deus sabe onde! Pode ser que bebendo em alguma taberna. Quer que lhe dêem mais do que vale toda a sua cara. Ainda lhe ficou outro olho, isso lhe basta! Pois o outro Briareu devia de querer cem braços, bastando-lhe uma mão para empinar — quanto tem furtado com ambas. E por um bracinho que lhe cortaram, quer que lhe talhem uma comenda, que não sonharam seus avós. E o outro que por uma perninha lhe dêem um hábito. Quanto melhor lhes fora a todos três tomarem o hábito de uma religião, para fazerem penitência de quantas maldades obraram para acharem estas manqueiras, de que vêm fazer gadanho para estafarem mercês, que só nós merecemos a el-rei, como se vê ao perto." E por esta solta se deixa este, e outros tais como ele, ir descantando semelhantes letras, até que saem com a sua por escrito, estorvando e tirando os despachos a quem os merece, para os incorporarem em si. E ainda mal que lhes sucede. Testemunha seja um capitão, que eu vi despedir-se de um amigo nesta corte, para se voltar para as fronteiras, com quatro meses de semelhantes requerimentos, e perguntando-lhe o amigo como se ia sem esperar o seu despacho, respondeu palavras dignas de se imprimirem: "Vou-me desta Babilônia para a campanha, porque me é mais fácil e honroso esperar lá as balas do inimigo, com o peito, que aqui, com os ouvidos, as dos ditos e respostas dos ministros e áulicos de sua majestade."

Vedes aqui, amigo leitor, como os que têm as unhas na língua não descansam, até que não enxotam toda sorte de requerentes beneméritos, para lhes ficar o campo franco a suas pretensões, que por esta arte alcançam; e assim furtam e pescam, com os anzóis e unhas da língua, o que não merecem e de justiça se deve dar a quem arriscou a vida e não a quem a traz empapelada. E estes são os ladrões que têm na língua as unhas, com que empolgam no que não é seu, nem lhes é devido. Fácil tinha tudo o remédio — e escrito está — e marcado* com selos de chumbo, que os prêmios de guerra não se apliquem a serviços da paz. Se os sumos pontífices largaram a este reino os dízimos de inumeráveis comendas, que é sangue de Cristo, para os cavaleiros que à custa de seu sangue propagam a fé e defendem a pátria — como se pode permitir que logre estes prêmios, quem nunca defendeu a fé, nem honrou a pátria. Não sei se o diga, que vi já comendas em peitos inimigos de Deus e algozes da pátria. Cala-te língua, não te arrisques: olha que temo chamem muitos a isto murmuração, tomando-o por si, porque tudo o que pica desagrada e o que desagrada é sinal que lhe toca. Toquemos a recolher, e vamo-nos dizer antes sape a um gato.

CAPÍTULO XXXVII

Dos que furtam
com a mão do gato

Ladrões há dos quais podemos dizer que têm mais mãos que o gigante Briareu, porque lhes não escapa conjunção, lugar e tempo. Como se tiveram mil mãos, *à dextris e à sinistris*, não erram lanço. E isto vem a ser furtar com mãos próprias, que não é muito; mas furtar até com as alheias é destreza própria desta arte, que vence na malícia e sutileza de todas as artes. Diz Lactâncio Firmiano que a maior maldade que comete o demônio é a de tomar corpos fantásticos para cometer abominações, porque não pode haver maior malícia que se despir uma criatura do seu próprio ser e vestir-se da natureza alheia, saindo-se de sua esfera para poder mais ofender a Deus. Tais são os homens ladrões que se ajudam de mãos alheias. Saem-se de sua esfera e vão mendigar nas alheias modos e instrumentos com que mais furtam. Não se contentar um ladrão com duas mãos, que lhe deu a natureza, e com cinco dedos, que lhe pôs em cada uma, armadas com muito formosas unhas, e ir buscar mãos alheias e emprestadas, para mais furtar, e poupar as suas para outros lanços — é o sumo da ladroíce. No como se verifica isto está ainda a maior dificuldade, que será fácil de entender a quem olhar para a mão de Judas, quando no ofício das trevas apaga as candeias. Obrigação é que corre por conta dos sacristãos; mas porque não chegam às velas, ou por se não queimarem, valem-se da mão alheia. E, assim, vêm a ser mãos de Judas todas as que ajudam ladrões em seus artifícios.

Ainda se não deixa ver em que cabeça vai dar a pedrada deste discurso. Os senhores assentistas* me perdoem, que eles hão de ser aqui o primeiro alvo deste tiro. Digam-me vossas senhorias (e não estranhem o título, que é cortesia que nos introduziram cá os berlanguches* que logo entrarão, também, nesta reste), se el-rei nosso senhor lhes concede licença para recolherem, comprado no novo, o pão que baste para o provimento das fronteiras — o que podem fazer por si e seus criados —, para que empenham nisso os juízes, ouvidores, carregadores e provedores de todo o reino? E porque estes são escoimados e hão medo de tomar peitas*, à força lhas fazem aceitar, alcançando-lhes licenças de sua majestade para isso. Que é isto? Donde vem tanta liberalidade, em quem trata de sua ganância? Interesse é todo próprio. Mãos de gato armam e com saguates lhes aguçam as unhas, para as presas serem mais copiosas, passando dos limites de cujas crescenças fazem negociações e venda, a seu tempo, com excesso, levando de codilho* a substância aos povos famintos, obrando tudo com as mãos da justiça, que é o de que me queixo. Que a justiça chegue a ser entre nós mão do gato, para que não lhe chamemos mão de Judas, que atiça este incêndio, em quanto os sobreditos têm as suas de reserva, em luvas de âmbar, para agasalharem os lucros que com tantas mãos negociaram.

Demos uma demão aos berlanguches*, já que lha prometemos e eles não querem que lhes faltemos com o prometido. Há perto da nossa barra de Lisboa uns ilhéus, que chamamos Berlengas, e porque passam por eles todos os estrangeiros que vêm do Norte, chamamos a todos berlanguches. Estes, pois, deram em nos virem meter na cabeça que só eles sabem fazer baluartes, atacar petardos, disparar bombas, artificiar máquinas de fogo e engenhos de guerra. Sendo assim que, de tudo quanto obram, não vimos até agora fruto, mais que de imensas patacas e dobrões, que recolhem para mandar à sua terra. Até agora, não vimos bomba que matasse gigante, nem petardo que arrasasse cidade, nem máquina de fogo que abrasasse armada, nem queimasse sequer um navio. Por isso disse muito bem o doutor Tomé Pinheiro da Veiga (que em tudo é discreto), respondendo à petição de um destes engenheiros — que demandava um milhão de mercês pelas barcas de fogo, que arquitetou contra os parlamentários* que nos pejaram a barra do Tejo, no ano de 1650 —, que o queimassem com elas, por nos gastar a nossa fazenda com engenhos que, no cabo, nada obraram. Somos como crianças os portugueses, nesta parte: admiramo-nos do que nunca vimos e estimamos só o que vem de fora e, apalpando, tudo é farelo, porque no fim de contas, só o nosso braço é o que obra tudo e leva ao cabo as empresas.

Aqui me pergunta um curioso pelas unhas do gato. E eu lhe respondo que olhe para os tesouros de el-rei e para as nossas bolsas e verá tudo arranhado com estas invenções dos berlanguches*, piores para nós que mão de gato, pois nos furtam e levam com seus gamanhos o que fora melhor dar-se aos filhos da terra, que o trabalham e o merecem e, no cabo, andam despidos e os berlanguches rasgando cochonilhas e brilhando telas. Basta um tostão para qualquer homem de bem passar um dia. Ora, demos-lhes a eles dois, com que podem beber vinho como bois água. Para que é dar-lhes setenta e quatro mil réis cada mês de ordenado? Desordenada coisa me chamara eu a isto, pois lhes vem a sair a mais de um tostão para cada hora, e mais de dois mil e quatrocentos réis para cada dia e um conto para cada ano. Parece isto conto de velhas e discurso de gigantes encantados. Gigantes de ouro são isto, que se nos vão do reino, conquistados por pigmeus de palha — de que fazem a mão do gato — que de palha borrifada com pólvora vem a ser o fogo com que abrasam mais a nós que a nossos inimigos. E eles o são mais verdadeiros que os castelhanos, porque estes nunca nos deram tal saco, nem entraram cá por tais esfola-gatos*.

E para que não pareça que só em estranhos damos com este discurso, viremos a proa dele para nossas conquistas e acharemos mãos de gato façanhosas de que usam portugueses. Já toquei esta treta, sucintamente, no parágrafo último do Capítulo IX, a outro propósito; mas agora a contarei mais difusa a este intento, em que tem mais artifício. Quer um capitão ou governador tornar para sua casa rico, sem escândalos, nem revoltas; mete-se de gorra com os mais opulentos do seu distrito, vendendo bulas a todos de valias e pedreiras que tem no reino. Mostra cartas supostas, com avisos de despachos, hábitos, comendas e ofícios, que fez dar a seus afilhados. E como todos os que andam fora da pátria têm pretensões nela, cresce-lhes a todos a água na boca ouvindo isto, e vão-se para suas casas discursando o caminho que terão, para terem entrada com tão grande valia, que tantos compadres têm em todos os conselheiros. E logo lhes ocorre a estrada coimbrã das peitas*, porque dádivas quebram penedos, e armam logo um presente, para adoçar o senhor capitão ou governador e o ir dispondo ao favor que pretendem. E já se imaginam dando alcance à garça que tão alto lhes voou sempre. Crescem as visitas, chovem os donativos de uns e de outros. E, quando chega a monção de navios para o reino, chegam os memoriais e acham aos sobreditos senhores fazendo listas para a corte, escrevendo cartas, arrumando negócios de mil pretendentes; e de tudo fazem rede para pescar os donativos, com que naturalmente se despenham.

Chega um e diz: "Senhor, bem sabe vossa senhoria que há vinte anos sirvo a Sua Majestade à minha custa, e que é já o tempo chegado de lograr alguma mercê por isso. E para que eu deva esta também a vossa senhoria, espero que me favoreça por meio de seus validos, a quem protesto ser agradecido." "Tenha mão Vossa Mercê", acode a senhoria, "para que veja como trago a Vossa Mercê na casa dianteira e suas coisas diante dos olhos. Senhor secretário, leia Vossa Mercê lá as cartas que escrevi ontem para Sua Majestade e para o Conselho da Fazenda e Ultramarino". E o secretário, que está de aviso, puxa pelas primeiras duas folhas de papel que acha escritas e, com a destreza que costumam, relata logo de cada uma seu capítulo, que de repente vai compondo, talhado para as pretensões do suplicante, em que o descreve tão valente, leal e bizarro, que nem a mãe que o pariu o conheceria por aquele retrato. Toma-lhe a petição e memoriais sua senhoria, e manda ao secretário que as anexe àquele ponto. E ao sobredito diz que durma descansado, que em boa mão jaz o pandeiro.

E ele mais solícito que nunca, vai-se para casa e manda logo o melhor que acha nela, para não ser ingrato. E por esta maneira, de mil modos, com estas aboízes caçam os mais gordos talhões da terra e metem nas redes os maiores tubarões do alto: papos de almíscar em Macau, bolsinhas de bazares em Malaca, bisalhos de diamantes em Goa, alcatifas de seda em Cochim, barras de ouro em Moçambique, pinhas de prata em Angola, caixas de açúcar no Brasil; e em cada parte de tudo, tanto que enchem navios, que vêm depois dar à costa: *Male parta, male dilabuntur*, a água o deu, a água o leva. E ficam desfeitas, como sal na água, todas as máquinas das pretensões dos inocentes, e eles no limbo da suspensão e no purgatório do arrependimento, porque deram ao gato o que não comeu o rato...

Também para el-rei nosso senhor há mãos de gato, que lhe arranham a fazenda e arrastam a grandeza de suas datas e mercês. E são os exemplos tantos que me não atrevo a contá-los, assim por muitos como por arriscados. Direi um imaginado, que poderia acontecer, e servirá de molde para muitos. Vaga em Coimbra uma cadeira, vem consultada em três opositores. O primeiro é o melhor, o último o somenos. Tem este por si mais amigos na corte, temem falar a sua majestade, porque são conhecidos e sabem que especula muito bem os que são apaixonados, para não admitir suas informações. Buscam uma mão de gato e armam os paus, que venham a cair nela. Espreitam a ocasião em que sua majestade vê as consultas: falam-lhe como acaso: "Senhor, para que se cansa Vossa Majestade em apurar gente que não conhece? Consultas da Universidade são muito apaixonadas, pelos bandos das oposições que muitas vezes põem no primeiro lugar quem havia de vir no último. Aqui anda o lente fulano que tem grande conhecimento de todos os sujeitos e é desinteressado nestas matérias. Informe-se Vossa Majestade dele e verá logo tudo claro como água." "Tendes razão." Toca a campainha, acode o moço fidalgo: "Mandai recado a fulano, que me fale à tarde". "Aqui está na sala", responde o mesmo. "Deus o trouxe, sem dúvida", acodem os conjurados, que de propósito o trouxeram e deixaram no posto bem instruído. Saem-se todos para fora, e entra o louvado. Comunica-lhe Sua Majestade a dúvida, resolve-a ele, fazendo-se de novas no ponto que traz estudado. E afirma que os conhece a todos melhor que a suas mãos, que nunca Deus queira que ele diga a seu rei uma coisa por outra, que nem por seu pai mudará uma cifra contra o que entende. E com estes salmos apeia os melhores do primeiro lugar e levanta o último aos cornos da Lua. E como não presume malícia quem não trata enganos, persuade-se el-rei que aquela é a verdade e, tomando a pena, despacha a consulta e dá a cadeira ao que menos a merece, e faça-lhe bom proveito. E estes são os modos, suave leitor, com que cada dia se tiram sardinhas com a mão do gato.

◻

CAPÍTULO XXXVIII

Dos que furtam com mãos e unhas postiças, de mais e acrescentadas

De um ladrão se conta que tinha uma mão de pau tão bem conservada, que parecia verdadeira — e devia de ser a direita porque, encostando-a à esquerda, por entre as dobras da capa, se punha de joelhos, muito devoto, nas igrejas de concurso junto aos que lhe parecia que poderiam trazer bem providas as algibeiras, e com a outra mão, que lhe ficava livre, lhes dava saco sutilmente. E ainda que os roubados sentiam alguma coisa, olhando para o vizinho de quem se podiam temer e, vendo-o com ambas as mãos levantadas como que louvava a Deus, persuadiam-se que seriam apertões da gente o que sentiam. Assim me declaro nisto que chamo furtar com mãos postiças de mais e acrescentadas. E melhor ainda me declararei com os que ocupam muitos ofícios da República, comendo e devorando a dois carrilhos, como monstros, a substância do reino. Como se lhes não bastara a mão que tomam em uma ocupação, metem pés e mãos no meio alqueire com seu senhor e juntam moios de rapinas, porque dando-lhe o pé tomaram a mão. E já lhes eu perdoara se só uma mão meteu na massa, isto é, se só com um ofício se contentaram; mas manejar três e quatro, com mãos postiças, é quererem agarrar este mundo e mais o outro.

A Santa Madre Igreja Católica Romana, que em tudo acerta, tem mandado, com sua milagrosa providência, que nenhum clérigo coma dois benefícios curados, por amor da assistência que — não sendo Santelmo, nem S. Pedro Gonçalves, que aparece na mesma tempestade em dois navios — é impossível tê-la em duas partes; e não quer que coma e beba o sangue de Cristo sem o merecer pessoalmente. E como há de haver no mundo quem coma e beba o sangue dos pobres e a fazenda de el-rei e substância da República um homem secular, ocupando dois postos e dois ofícios incompatíveis? E porque são mais que muitos, chamo também a isto ladrões que furtam e comem a dois carrilhos. E ainda mal que comem a três e a quatro, como monstros de duas cabeças.

Muitas cabeçadas se dão e toleram em Repúblicas mal governadas; mas que na nossa, tão bem regida e disposta, se sofram estas é para dar os bem entendidos com as cabeças por essas paredes. Ver que faça dois ofícios e três e quatro e sete ocupações, um só homem, que escassamente tem talento para um cargo, é ponto que faz fugir o lume dos olhos. E pouca vista é necessária para ver que não pode estar isto sem grandes ladroíces. E a primeira é que come os ordenados com que se puderam sustentar, satisfazer e ter contentes quatro ou cinco homens de bem, que o merecem. A segunda, e maior de todas, que como é impossível assistir um só sujeito a tantas coisas diferentes, passam-lhe pela malha mil obrigações de justiça, não dando satisfação às partes, trazendo-as arrastadas muitos meses, com gastos imensos fora de sua pátria. E no cabo despacham mil disparates por escrito para serem mais notórios, porque não têm tempo para verem tantas coisas, nem memória para compreenderem as certezas que se lhes praticam. E quando vão a alinhavar as resoluções escapam-se-lhes os pontos e embaraçam-se as linhas que tinham lançado uns e outros, e perde-se o fiado, o comprado e o vendido; e vem a ser mais dificultoso encaminhar um desarranjo destes que começar a demanda de novo. Perdem-se petições, somem-se provisões, faltam os oráculos, respondem sesta por balhesta*, fazem-vos do céu cebola, metem-se no escuro dos segredos com mistérios que não há, e Deus nos dê boas noites. Baldaram-se as peitas*, frustraram-se as intercessões, perderam-se os gastos e a paciência e apelai para o barqueiro que de Deus vos pode vir o remédio, porque se o buscardes na fonte limpa que repreende com sua clareza tantas águas turvas, arriscai-vos a uma enxurrada de ministros, que vos tiram o óleo e mais a crisma.

Finalmente, digo que assim como há heresias verdadeiras que encontram verdades católicas, assim há heresias políticas que encontram as verdades que escrevo. E assim como seria heresia de Calvino e Lutero dizer que é mal feito ordenar a Igreja que nenhum clérigo coma dois benefícios curados, assim é heresia na política do mundo admitir que um homenzinho de nonada ocupe dois ofícios, que requerem duas assistências. É nota de alguns escriturários que nunca Deus proveu dois ofícios juntos em um só sujeito, e para significar a importância disto mandava que ninguém semeasse dois legumes na mesma terra. E, quando ocupava algum servo seu em uma empresa, dava-lhe logo, com ela, os talentos necessários e forças convenientes. E isto não podem fazer os príncipes da terra, que se bem são senhores dos cargos para os darem a quem quiserem, não o são dos talentos, nem os podem dar a quem os não tem, como pode Deus e, por isso, devem ir atentos nos provimentos que fazem, porque até um só e singular requer homem capaz, para ser bem servido.

E para que se veja como coisas vão muitas vezes nesta parte, contarei o que sucedeu, há poucos anos, em uma praça onde foi provido por capitão-mor certo cavalheiro, que presumia de grande soldado. E no primeiro dia, em que tomou posse do seu feliz governo, lhe foram pedir o nome para as rondas daquela noite. Estava ele em boa conversação de amigos e senhores, que o visitavam com o cumprimento por sua boa vinda. Perguntou ao cabo que era o que demandava. "Que me dê Vossa Senhoria o nome, para esta noite, é o que peço", respondeu ele. E o senhor capitão instou muito admirado: "Ainda me não sabem o nome nesta terra?" E muito mais o ficaram os circunstantes do seu enleio. Acudiu o sargento: "Bem sabemos o nome de Vossa Senhoria, o que peço é o nome para a ronda". Aqui areou mais o capitão e, para não se arriscar a responder outro despropósito, disse-o pior, porque o mandou embora sem resolução, e que no dia seguinte tratariam o ponto com mais desafogo. Eis aqui que tais sucedem ser os senhores que ocupam grandes postos; e sendo tais, que farão se os puserem em muitos?

É engano manifesto dizer-se e cuidar-se que não há homens para os cargos e por isso os multiplicam em um ministro. É o nosso reino de Portugal muito fértil de talentos, muitos cabais para tudo. Prova boa sejam todas as ciências e artes, que em Portugal acharam seus autores. A nobreza e fidalguia, autoridade e cristandade, entre nós, andam em seu ponto. Todas as nações do mundo podem andar conosco à soldada nesta parte; mas não aparecem os talentos por três razões: primeira, porque não há quem os busque; segunda, porque há quem os desvie; terceira, porque não são intrometidos, e isso têm de bons. Não há quem os busque, porque não há quem os estime. Há quem os desvie, por se introduzir inútil. Não se oferecem, por não padecerem repulsas. E daqui vem andarem Cipiões, valentes pelos pés das moitas, comendo terra, e Tersites, covardes, pelos tronos, cevando vaidades. Andam Aníbais prudentes, guardando gado, e Nabais estultos, dominando opulências. Andam Heitores leais, arrastados à roda dos muros da pátria que defenderam, e Sinões traidores, embolsando vivas e triunfando em carros. Sejam ouvidos varões, desinteressados, sábios e religiosos, e eles descobrirão as minas onde está o ouro dos talentos mais preciosos. Eles conhecem as talhas de barro que conservam melhores vinhos que jarras de ouro.

CAPÍTULO XXXIX

Dos que furtam
com unhas bentas

Unhas bentas parecerá coisa impossível, porque todas são malditas e peçonhentas, como as dos gatos, que há pouco discursamos. Mas como não há regra sem exceção, desta se tiram algumas. Tais são as da grande besta, de que dizem os naturais grandes virtudes e, contudo, isso também afirmam os mesmos que até essas virtudes são furtadas às conjunções da lua, para que nenhuma unha se possa gabar que escapou da estrela que os astrólogos chamam Mercúrio, ladrão famoso. E entre tantas unhas não há dúvida que há algumas bentas, não porque tirem almas do purgatório com perdões de conta benta; mas porque lançadas as contas, lançando bênçãos e apoiando virtudes e clamando misericórdias e amores de Deus, purgam as bolsas que encontram, melhor que pílulas de escamoneia. A mais de quatro críticos se me vai o pensamento neste passo, não de passagem, mas de propósito e rixa velha a certos servos de Deus, a quem murmuradores chamam por desdém da Apanhia*, levantando-lhes que mandam olhar a gente para o céu, enquanto lhe apanham a terra. Mas isto é praga que só se acha em quem não vale testemunha, conforme a sentença de Luís, rei de França, que só hereges e amancebados falam mal dos tais sujeitos, estes porque os repreendem com sua modéstia e aqueles porque os convencem com sua doutrina. E o certo é que esses mesmos zoilos* que murmuram, quando querem a sua fazenda segura ou o seu dinheiro bem guardado, que nas mãos destes anjos da guarda depositam tudo.

As unhas que usurpam a título de bentas são aquelas que, empolgando piedades, fazem a presa em latrocínios. Explico isto com alguns exemplos, que darão notícia para outros muitos. Seja o primeiro de dois soldados da fortuna que, vendo-se mal vestidos (desgraça ordinária em todos), acordaram valer-se do sagrado, para que o profano os remediasse. Houve às mãos uma hóstia que pediram em certa sacristia para uma missa das almas. Dão consigo e com ela na Rua Nova. Pedem a um mercador, dos que chamam de negócio, lhes mostre a melhor peça de Londres. Encaixam-lhe em uma dobra a hóstia, dissimuladamente; mostram-se descontentes da cor e pede outra. Vistas assim algumas, apelam para a primeira e mandas medir vinte côvados, regateando-lhe primeiro muito bem o preço, como é costume. Mal eram medidos quatro, quando aparece a hóstia a que eles, fingindo lágrimas, se prostraram batendo nos peitos. Fica o mercador sem sangue, temendo lhe imputem de novo o que em Jerusalém tomaram sobre si seus antepassados. Não é necessário declarar os extremos que de parte a parte passaram. Resultou, por fim de contas, que levaram a bom partido a peça toda, sem outro custo que o de jurarem que ninguém saberia do caso sucedido.

Não sei se isto é furtar com unhas bentas? Sê-lo-ão mil esmolas, pelo menos, que cada dia vemos pedir, com capa de piedade e misericórdia, para pobres, para missas e irmandades, as quais vão arder na mesa do jogo ou da gula. Um mulato conheci, que tinha uma opa branca — que comprou na roupa velha por dois tostões —, com a qual, com uma bacia e duas voltas que dava por quatro ruas, todos os dias, pedindo para as missas de Nossa Senhora, juntava o que lhe bastava para passar alegremente a vida. Também este furtava com unhas bentas.

Que direi de infinitos que, a título de pobres, se fazem ricos? Abrem chagas nas pernas e nos braços com cáusticos e ervas; mostram suas dores com brados, que moverão as pedras: "*Mira la plaga, mira la llaga*! Pelas chagas de Cristo nosso redentor, que me dêem uma esmola!" Dizia um destes, na ponte de Coimbra, de outro que tinha uma perna muito chagada: "Voto a tal que tem aquele ladrão uma perna que vale mais de mil cruzados!" E assim é que muitos mil juntam estes piratas. E lá se conta de um aleijado que, morrendo em Salamanca, fez testamento em que deixou a el-rei Filipe I ou II, de Castela, a albarda do juramento em que andava — e acharam-se nela cinco ou seis mil cruzados em ouro. Um fidalgo piedoso lançou pregão, na sua terra, que tal dia dava um vestido novo, por amor de

Deus, a cada pobre. Juntaram-se no seu pátio infinitos e a todos deu vestidos novos, mas obrigou-os a que logo os vestissem e tomou-lhes os velhos e neles achou, bem cozida e escondida por entre os remendos, maior quantidade de dinheiro, vinte vezes o que tinha gasto nos vestidos. Esses tais não há dúvida que são ladrões que, com unhas bentas, esfolam a República, tomando mais do que lhes é necessário e fora melhor distribuí-lo por outros, que por não pedirem padecem.

Também em mulheres há exemplo de unhas bentas notáveis. Inumeráveis são as que professam benzedeiras e têm mais de ciganas que de beatas. Entra em vossa casa uma destas, com o nome de santinha, porque dizem dela que adivinha, faz vir à mão as coisas perdidas e depara casamentos a órfãs e despachos aos mais desesperados pretendentes. Pedis-lhe remédio para vossos desejos; pede-vos uma cadeia de ouro emprestada para seus salmos, quatro anéis de diamantes, meia dúzia de colheres e outros tantos garfos de prata, cinco moedas de três mil e quinhentos, em memória das cinco chagas. Mete tudo em uma panela nova com certas ervas, que diz colheu a meia-noite, véspera de S. João, e enterra-a muito bem coberto detrás do vosso lar, fazendo-vos fechar os olhos, para que não lhe deis quebranto. E a um virar de pensamento, emborca tudo nas mangas do saio, e fica vazia a folha, ou para melhor dizer, cheia de preceitos, que ninguém bula nela, sob pena de se converter tudo em carvões, até passarem nove dias, em honra dos nove meses; e neles se passa para Castela ou França, com a presa nas unhas, que chamo bentas, pois por tais as tivestes quando a poder de bênçãos vos roubaram. Vedes vós isto, piedoso leitor, pois sabei de certo que sucede, cada dia por muitas maneiras, a gente muito de bem e obrigada a não se deixar enganar tão parvoamente.

Mas deixando ninharias vamos ao que importa. Admitimos todos neste reino as décimas para a defesa dele e a todos contentou muito esta contribuição, porque não há coisa mais racionável que assegurar tudo com a décima parte dos rendimentos, que vem a ser pequena parte comparada com o todo. Dizem os eclesiásticos neste passo que são isentos de gabelas* por diplomas pontifícios, e eu não lho nego; mas quisera-lhes perguntar se gostam eles de lograr os lucros que das décimas resultam, que são terem as suas fazendas seguras e as vidas quietas das invasões dos inimigos, que os nossos soldados rebatem, alentados com as décimas. Não podem deixar de responder todos que sim. Pois se assim é, como na verdade é, lembrem-se do ditado e do direito que diz: *Qui sentit commodum, debet sentire et* *onus*. E vem a ser o que diz o nosso provérbio — que quem quiser comer, depene. Que se depene quem gosta de viver sem penas; e estando isto tão posto em boa razão, segue-se logo a conseqüência verdadeira, que devam dar seus consentimentos na contribuição das décimas. E vindo eles nisto, como são obrigados pela razão sobredita, *et scienti, et consentienti non fit Injuria* — digam-me onde encalha o seu escrúpulo? Encalha nos diplomas de que fazem unhas bentas, para surripiar do comum o que afetam para seus cômodos particulares? E não se viu maior sem-razão, que quererem conservar suas queixadas sãs, à custa da barba longa.

E se ainda persistem na sua teima, ou interesse — que assim lhe chamo e não escrúpulo —, respondam-me a este argumento. Se é lícito aos reis católicos tomarem a prata das igrejas, para as conservarem e defenderem em extrema necessidade, porque não lhes será lícito recolherem décimas dos eclesiásticos, para os defenderem no mesmo aperto? Lícito é, não há dúvida, porque esta conseqüência não tem resposta e dela se colhe outra, que repreende de muita cobiça e avareza o que eles querem que seja escrúpulo e excomunhão. E vem a ser rapina verdadeira com que se levantam a maiores fazendo unha da religião para agarrarem o capital e os créditos, sem entrarem nos riscos, que sempre grandes lucros trazem consigo. E vedes aqui as verdadeiras unhas bentas: bentas na opinião de sua cobiça e malditas na de quem melhor a entende. E para que eles entendam que sabemos, também, o respeito que se lhes deve e que não há diplomas que encontrem esta doutrina, direi claramente o que ensinam os teólogos nesta parte, e é que são obrigados os eclesiásticos a concorrerem, igualmente, para os gastos públicos das calçadas, fontes, pontes e muros, porque todos igualmente se servem e aproveitam destas coisas, e há de ser em três circunstâncias: primeira, quando a contribuição dos leigos não basta; segunda, com exame e ordem dos prelados; terceira, sem força na execução. Mas logo se acrescenta que os prelados são obrigados a executá-los, e isso é o que queremos na contribuição das décimas, e melhor fora não se chegar a isso, pois em gente sagrada se devem achar maiores primores.

Não posso deixar aqui de acudir a uma queixa, que anda mal enfarinhada, com ressaibos de unha benta e topa no fisco real, quando, pelo Santo Ofício, recolhe as fazendas dos compreendidos em crime de confiscação. Poderiam alguns zelosos dizer que se gasta tudo no Tribunal que o arrecada e que é tanto o que se confisca que excede seus gastos e que dos sobejos nunca resulta nada para sua majestade, que com grande piedade remete tudo nas consciências de tão fiéis ministros. Matéria é esta muito delicada com ser pesada. E por crédito da inteireza que tão santo tribunal professa, convém que lhe demos satisfação adequada em capítulo particular, que será o seguinte.

CAPÍTULO XL

Responde-se aos que chamam visco ao fisco

Por fábula tenho o que se conta do Saivedra, que dizem meteu neste reino, por enganos de breves falsos, o Tribunal e Fisco da Santa Inquisição, porque não há memória disso nos arquivos do Santo Ofício, nem na Torre do Tombo, onde todas as coisas memoráveis se lançam, nem há outro testemunho mais que dizê-lo o mesmo Saivedra, por corar* com isso outros crimes que o lançaram nas galés. O certo é que o rei católico, D. Fernando, lançou de Castela os judeus, na era de 1482, porque tinham juramento os reis de Espanha, por preceito do Concílio Toledano, de não consentirem hereges em seus reinos. Muitos destes, ou quase todos, deram consigo em Portugal. Admitiu-os el-rei D. João II, por tempo determinado, que se iriam deste reino, sob pena de ficarem seus escravos os que se não fossem. Muitos se foram; e os que se deixaram ficar correram a fortuna de escravos e como tais eram vendidos, até que el-rei D. Manuel os tornou a notificar, com as mesmas e maiores penas, que lhe despejassem todos o reino. Alguns obedeceram, e os mais pediram o santo batismo e com isso aplacaram as penas e ficaram tão mal instruídos que el-rei D. João III, vendo que não só professavam a lei de Moisés publicamente, mas que também a ensinavam até aos cristãos velhos, alcançou do Papa Clemente VII o Tribunal do Santo Ofício, no ano de 1531, e o fez confirmar por Paulo III, no ano de 1536, com breves apostólicos na conformidade em que até hoje dura e durará com o favor divino, por todos os séculos, porque a este Santo Tribunal se deve a inteireza da fé e reformação de costumes, com que este reino floresce em tempos tão calamitosos, que abrasam todo o orbe cristão e com corrupções e heresias.

A maior pena que têm os hereges, além da de morte é a que lhes executa o fisco da confiscação e perda de todos os seus bens. E é muito justa, porque as heresias nascem e cevam-se com a cobiça das riquezas, com as quais se fazem os hereges mais insolentes e pervertem outros; e com lhas tirarem ficam mais enfreados. E só o Sumo Pontífice pode aplicar os bens confiscados a quem lhe parecer mais conveniente, porque é causa meramente eclesiástica. Os bens dos que foram clérigos aplicam-se, por direito, à Igreja, os dos religiosos à sua religião, os dos leigos a seus príncipes, onde os tais bens existem e não onde se condenam. Em Espanha e Portugal pertencem os bens dos leigos aos reis, por particular concessão, e os dos clérigos — mas que tenham benefício — por costume geral, em toda a parte, pertencem ao Fisco secular.

De tudo isto se colhem três conclusões certas: primeira, que os príncipes seculares não podem remitir aos hereges as penas do direito canônico nem do costume eclesiástico, nem ainda das leis que os mesmos príncipes puseram, se foram aprovadas pela Igreja, porque pela aprovação ficam eclesiásticas; segunda, que não podem os inquisidores remitir os bens confiscados, sem consentimento do príncipe, porque lhos concedeu o Papa ao seu fisco; mas o Papa pode, porque é senhor supremo; terceira, que, depois de dada sentença, de tal maneira ficam os bens confiscados sendo próprios do príncipe, pela doação do Papa, que pode deles dispor e dá-los a quem quiser — mas que seja aos mesmos hereges a quem se tomaram, depois de reconciliados —; mas antes de reconduzi-los, não podem, pelas três razões que ficam tocadas, que com as riquezas se cevam e crescem as heresias e os hereges se fazem insolentes e pervertem outros; e também, porque é causa eclesiástica e não têm direito aos bens que lhes não estão ainda sentenciados. Destas três conclusões se colhe uma conseqüência certa: que a confiscação é pena eclesiástica e, como tal, não pode o príncipe secular impedir a execução dela sem licença do Sumo Pontífice, que lha pode dar como senhor supremo da lei que tem domínio alto sobre tudo.

De tudo dito formo agora um argumento, com que acudo à queixa que nos obrigou a fazer este capítulo. Os reis, em Portugal, são senhores dos bens confiscados, depois de sentenciados, de tal maneira que os podem dar até aos mesmos hereges reconciliados. *Ergo à fortiori*, poderão dar administração e domínio dos tais bens absolutamente aos senhores inquisidores, para que os gastem como melhor lhes parecer. E que lhes tenham dado este poder, é notório e se prova do fato e da permissão contínua, sem repugnância nem contradição. E ainda que a massa do Fisco é muito grande, não são menores os gastos da sustentação dos penitentes, das agências de seus pleitos, das fábricas dos edifícios, dos ordenados dos ministros, das máquinas dos cadafalsos e mil outras coisas — que empresas tão grandes trazem consigo —, que é fácil conhecê-las e dificultoso julgá-las, porque o menos que aqui se pondera é o que vemos e o mais o que se nos oculta com o eterno segredo, alma imortal do Santo Ofício. Nem se pode presumir que haja desperdícios onde há tanta exação e pureza de consciência, que apuram o mais delicado de nossa santa fé. Antes se pode ter por milagre o que vemos e experimentamos, que só com a confiscação dos réus se sustente máquina tão grande, tão ilustre e tão poderosa! E dado que passem alguns anos a receita além da despesa, sucedem outros em que a despesa excede os bens confiscados; e a providência econômica iguala as balanças de um ano com os contrapesos do outro.

E vimos a concluir que tudo o que se pode metafisicar de sobejos é pequena remuneração para tão grandes merecimentos. Nem há no mundo interesse com que se possa gratificar o que este Santo Tribunal obra em si, e executa em nós. O que obra em si é uma observância de modéstia e inteireza, que assombra e confunde aos mais reformados talentos, porque o mesmo é entrar um homem eclesiástico ou secular no serviço do Tribunal da Santa Inquisição, que vestir-se logo de uma composição de ações, palavras e costumes, que fazemos pouco, os que os vemos, quando não lhes falamos de joelhos. O que em nós executam, bem se deixa ver na reformação dos vícios, na extinção das heresias e no aumento das virtudes. Seria Portugal uma charneca brava de maldades, seria uma sentina de vícios, seria uma Babilônia de erros, se o Santo Ofício não vigiara as maldades, não castigara os vícios e não extinguira os erros. É Portugal um promontório* comum de todas as nações. Nele entram e saem continuamente todos os hereges do mundo sem que os vícios das nações nos danem, sem que os erros das heresias se nos peguem. Não há reino, nem província na cristandade, que se possa gabar de intacto nesta parte. Só Portugal persevera ileso. A quem se deve tão gloriosa fortuna? Ao Santo Ofício, que tudo atalha, vedando livros, açamando seitas, castigando erros, melhorando tudo. E vendo os reis sereníssimos de Portugal a importância de tão grande serviço, como a Deus e à República fazem tão fiéis ministros, não fizeram muito em lhes largarem todo o Fisco à sua disposição.

E se ainda se não derem por satisfeitos os zelosos na sua queixa, ouçam o que respondeu el-rei Filipe, o Prudente, em Madri, a outra semelhante que envolvia notas com título de excessos no uso do poder: *Dejalos, que más estimo yo tener mis Reynos quietos y catholicos con treinta clerigos, que todos essos interesses y respetos*.

Falou como prudente que era, porque interesses e respeitos temporais não têm comparação com lucros sobrenaturais. Este mesmo rei, passando pela praça de Valhadolid com todo seu acompanhamento e pompa real, encontrou dois inquisidores e, em os vendo, se saiu do coche e com o chapéu na mão os levou nos braços, dizendo: *Assi es bien que honre yo a quien tanto me honra a my y defiende mis Reynos como vos!* Sabia conhecer o que nós não ignoramos. E por isso, afoitamente, concluo que cada um diz da feira, como lhe vai nela. Quero dizer que só gente suspeita poderá grunhir onde desapaixonados cantam a gala e o parabém ao Santo Ofício, com os vivas que merece. E nós descantemos por diante os excessos de outras unhas, pois nas do Fisco não achamos o visco, que só gente satírica pela toada de orelha de Midas lhe apoda.

CAPÍTULO XLI

Dos que furtam
com unhas de fome

Nas gazetas de Picardia se escreve que houve um moço tão inclinado a seu acrescentamento que assentou praça de pajem, com um fidalgo que tinha fama de rico; mas ao segundo dia achou que assentara praça de galgo, porque nem cama, nem vianda se usava naquela casa, e por isso o senhor dela era rico, porque adquiria com unhas de fome o que entesourava. Sucedeu um dia que, indo o novo pajem comprar uma moeda de rábanos, para a ceia de todos, encontrou uma grande procissão de religiosos e clérigos que levavam a enterrar um defunto e detrás da tumba se ia carpando a mulher e lamentando sua desgraça, e ouviu que dizia entre lágrimas e suspiros: "Aonde vos levam, meu malogrado? À casa onde se não come, nem bebe, nem tereis cama, mais que a terra fria?" Em ouvindo isto o rapaz voltou para casa, como um raio, fugindo. Trancou as portas e disse espavorido a seu amo: "Senhor, ponhamo-nos em armas, que nos trazem cá um homem morto!" "Tu deves vir doido", disse o amo, "pois cuidas que a nossa casa é igreja". "Bem sei", disse o moço, "que esta casa não tem igreja mais que o adro que é Vossa Mercê ao meio-dia; e por isso entrei em suspeitas, se viriam cá enterrar aquele finado. E confirmei-me de todo, porque a gente que o traz vem dizendo que o levam à casa onde se não come, nem bebe, nem há cama, mais que a terra fria; e como aqui ninguém come, nem bebe, nem tem cama... Bem digo eu que cá o trazem e que fiz bem de fechar as portas, pois assaz bastam cá os defuntos que cá jazemos, mortos de fome, que é pior que de maleitas".

Com esta história se explica bem que coisa são unhas de fome, que poupando furtam à boca, à saúde e à vida o que lhes é devido. E assim chamamos unhas de fome a uns que tudo escondem e que tudo guardam — sem sabermos para quando —, e é certo que para nunca, porque primeiro lhes apodrece que saia à luz o que reservam e quando vos dão alguma coisa é sempre o pior e o que não presta ou de modo que melhor fora não vos darem nada. São estes como a raposa de Hisopete*, que banqueteou a cegonha com papas estendidas sobre uma laje, para que as não pudesse tomar com o bico. E se me perguntardes onde está aqui o furto — que parece o não há em guardar cada um o que é seu e em poupar até o alheio —, respondo que o caro é barato e o barato é caro. Direis que toa isto a despropósito; mas eu não vi coisa mais certa se a entenderdes como a entendo. E já me não haveis de entender se me não declarar com exemplos. Seja o primeiro do que cada dia vê em provimentos de naus da Índia e de galeões e navios, que manda el-rei nosso senhor ao Brasil, Angola e outras partes. Provêm-se de chacinas podres, bacalhau corrupto, biscoito mascavado, vinho azedo, azeite borra, porque acham tudo isto assim mais barato, na compra, e sai-lhes mais caro no efeito, porque adoecem todos os passageiros, morre a metade, malogra-se a viagem, perde-se tudo, porque foram providos com unhas de fome. E por pouparem o que se furta fizeram com que o barato custasse caro a todos.

Segundo exemplo seja do que sucede nas armadas. Manda-as Sua Majestade prover, para três meses, com liberalidade real. Encolhem os provedores as mãos, para encher as unhas, e dão provimento para três semanas. Eis que na segunda semana já falta a água, e na terceira já não há pão. Tornam-se a recolher, sem obrarem a que iam e, por milagre, chegam cá com vida. Eis aqui que coisa são unhas de fome — que, por matarem a sua, põem em desesperação a alheia. Os provimentos reais, como os de toda a casa bem governada, devem ser como os de Deus, que sempre nos dá remédios superabundantes. Não devem ir as coisas tão guisadas, nem tão cerceadas, que nada sobeje. O que sobeja no prato é o que satisfaz mais que o que se come. Três açoites tem Deus com que castiga o mundo e o primeiro é a fome. Açoitar quer nossa monarquia quem mete em suas forças fome. Nada poupa quem aguarenta* a fartura, porque vos vem a levar o rato o que não quiserdes dar ao gato. Perdem-se imensos tesouros de glória e interesse, nos comércios do mar e nas vitórias da campanha, por falta do provimento liberal e conveniente. Deus nos livre da ganância, que nos ocasiona tão grandes perdas.

Também roubam com unhas de fome os que, por forrarem de gastos, aguarentam* os ordenados, privilégios e favores aos ministros e oficiais de el-rei ou das Repúblicas. Nos marinheiros das naus da Índia temos bom exemplo. Concede-lhes o regimento antigo trinta mil réis de praça, um lugar na nau capaz de sua pessoa e fato, quatro fardos de canela livres e sem taxa, para que, engodados com estes interesses e liberdades, abracem o trabalho que é desmedido. Vem o regimento moderno, aguarenta-lhes tudo, a título de poupar à Fazenda real. E segue-se daí não haver quem queira arriscar a sua vida, por tão pouco, e irem forçados e por isso negligentes em tudo. Nem há para que buscar outra causa de se perderem tantas naus, de poucos anos a esta parte. As naus no mar são como os carros, que caminham carregados por terra: se têm quem os guie e governe, com cuidado e ciência, escapam de atoleiros e barrancos, onde se fazem em pedaços, se os deixam meter neles. Como não hão de dar as naus à costa e em baixos, se os que as guiam e governam vão descontentes e ignorantes? Vão descontentes, porque vão forçados, e vão forçados porque não vão bem remunerados; e daqui vem serem ignorantes, porque ninguém estuda nem toma bem a arte de que não espera maior proveito. E assim nos vem a custar o barato muito caro, porque houve unhas de fome, que fabricaram ruínas onde armaram interesses.

Aqui me vem a curiosidade de perguntar: qual é a razão porque nenhuma nau nem galeão nosso, ou vá de viagem ou de armada, nunca leva boticas nem medicamentos comuns, para as febres da linha, nem para as feridas de uma batalha, nem para o mal-de-luanda*, nem para nada? Uma de duas: ou é ignorância ou escassez. Ignorância não creio que seja, porque não há quem não saiba que se adoece no mar mais, e mais gravemente, que em terra. É logo escassez, por não gastarem dois ou três mil cruzados nos aprestos para a saúde e vida dos passageiros e soldados, sem os quais se perde tudo. Perde-se a gente, que é o mais precioso, morrendo como mosquitos, e alojando-os ao mar aos feixes; e perde-se tudo, porque tudo fica sem quem o defenda das inundações do mar e violências dos inimigos. Muita vantagem nos fazem nesta parte os estrangeiros, em cujos navios vemos boticas e aprestos muitas vezes, para curar doentes e feridos, que valem muitos mil cruzados; e nós escassamente levamos um barbeiro, nem um ovo para uma estopada.

CAPÍTULO XLII

Dos que furtam
com unhas fartas

A raposa, quando salteia um galinheiro, faminta, ceva-se bem nos dois primeiros pares de galinhas que mata. E como se vê farta, degola as demais e vai-lhes lambendo o sangue por acepipe. Isto mesmo sucede aos que furtam com unhas fartas que não param nos roubos, por se verem cheios, antes; então, fazem maior carniçaria no sangue alheio. São como as sanguessugas, que chupam até que rebentam. Andam sempre doentes de hidropisia as unhas destes. Então, têm maior sede de rapinas quando mais fartos delas. E ainda mal que vemos tantos fartos e repimpados à custa alheia — que não contentes —, da mesma fortuna fazem razão de estado para sustentarem faustos supérfluos, engolfando-se mais para isso nas pilhagens, para luzirem desperdiçando, porque só no que desperdiçam acham gosto e honra. Chamara-lhe eu descrédito e amargura de consciência se eles a tiveram.

Olhem para mim todos os ministros de el-rei, que ontem andavam a pé e hoje a cavalo, estejam atentos a duas perguntas que lhes faço e respondam-me a elas se souberem. E se não souberem, eu responderei por eles. Se os ofícios de Vossas Mercês dão de si até poderem andar em um macho, ou em uma faca, quando muito, e suas mulheres em uma cadeira, como andam Vossas Mercês em liteira, e elas em coche? Se a sua mesa se servia muito bem com pratos, saleiro e jarro de louça pintada de Lisboa, como se serve agora com baixelas de prata, salvas de bastiões, confeiteiras de relevo? Não me dirão de onde lhes vieram tantas colgaduras de damasco e tela, tantos bufetes guarnecidos, escritórios marchetados e com pontas de abada* em cima? Deram de fartos em fome canina? Já que lhes não dá do que dirá a gente, não me dirão onde acharam estes tesouros sem irem à Índia ou que arte tiveram para medrarem tanto em tão pouco tempo, para que os desculpemos ao menos com a vizinhança? Já o sei sem que mo digam: houveram-se como a raposa no galinheiro em que entraram. Cevaram-se não só no necessário, senão também no supérfluo. Não se contentam com se verem fartos e cheios como esponjas, querem engordar com acepipes e por isso lançam o pé além da mão e estendem a mão até o Céu e as unhas até o Inferno, e metem tudo a saco, quando o ensacam, e são como o fogo, que a nada diz basta. E se querem saber a causa de suas demasias, leiam com atenção o capítulo que se segue.

CAPÍTULO XLIII

Dos que furtam com unhas mimosas

Assim como há unhas fartas, também as há mimosas, que são suas filhas e por isso piores, por mal disciplinadas porque, para regalarem a seus donos, furtam mais do necessário. Furtar o necessário, quando a necessidade é extrema, dizem os teólogos que não é pecado porque, então, tudo é comum e não há nem meu nem teu, quando se trata da conservação das vidas, que perecem por falta do que hão mister, para se sustentarem; mas furtar o supérfluo, para amimar o corpo e regalar a alma, é caso digno de repreensão e ainda mal que sucede muitas vezes. Como agora: ponhamos exemplos, porque exemplos declaram muito. É certo que a qualquer ministro de el-rei basta o ordenado que tem, com as gages* lícitas do ofício, para passar honestamente, conforme a seu estado. Pois se lhe basta um vestido de baeta, para que o faz de veludo? Se lhe sobeja um gibão de tafetá, para que o faz de tela, quando el-rei o traz de holandilha? Para que rasga holanda, onde basta linho? Para que come galinhas e perdizes e tem viveiro de rolas, se pode passar com vaca e carneiro? Para que despende em doces e conservas o que bastava para casar muitas órfãs, bastando passas e queijo, para assentar o estômago, sem lhe causar as azias que padece pelos muitos guisados que não pode digerir? Para que são tantas mostras do reino e de Canárias, bastando uma de Caparica ou de mais perto? Por verdade afirmo que vi, em casa de um nesta corte, mais de quinze frasqueiras e não era flamengo; e outro que mandava borrifar o ar com água de flor para aliviar a cabeça, que melhor se aliviaria não lhe dando tanta carga de licores.

Muitos mimos são estes e que não podem estar sem empolgar as unhas na fazenda que lhes corre pela mão, e por isso lhes chamo unhas mimosas. *Quien cabras no tiene y cabritos viende, donde le vienen?* Meu irmão, ministro, oficial ou quem quer que sois, se vossa casa, ontem, era de esgrimidor, como a vemos hoje à guisa de príncipe? E até vossa mulher brilha diamantes, rubis e pérolas, sobre estrados broslados? Que cadeiras são estas que vos vemos de brocado, contadores da China, catres de tartaruga, lâminas de Roma, quadros de Turpino, brincos de Veneza, etc.? Eu não sou bruxo, nem adivinho; mas atrevo-me, sem lançar peneira, afirmar que vossas unhas vos granjearam todos esses regalos, para vosso corpo, sem vos lembrarem as tiçoadas com que se hão de recambiar no outro mundo. Porque é certo que vós os não lavrastes, nem os roçastes, nem vos nasceram em casa como pepinos na horta. E mais que certo que ninguém vô-los deu por vossos olhos belos, porque os tendes muito mal encarados. Logo, bem se segue que os furtastes. E vós sabei-lo como — e eu também —, e para que outros os saibam vô-lo direi, porque estou certo o não haveis de confessar, mas que vos dêem tratos.

Entregaram-vos o livro das despesas e receitas reais, inseristes-lhes uma folha portátil no princípio, outra no meio, outra no cabo. Acabou-se a lenda, levantastes as folhas com quanto nelas se continha — que eram partidas de muitos contos —, e ficastes livre das contas e encarregado nos furtos que só no dia de Juízo restituireis porque, ainda que vos vendais em vida, não há em vós substância porque a desperdiçastes, nem vontade porque a não tendes, para vos descarregar de tão grande peso. Por esta e outras artes de não menor porte, que deixo, fazem seu negócio as unhas mimosas. E tudo lhes é necessário, para manterem jogo a seus apetites. E não houvera melhor Flandres, se o bicho da consciência as não roera.

Um licenciado destes, picado do escrúpulo, correu quantos mosteiros há em Lisboa, antigamente, buscando um confessor que o absolvesse. E a razão que dava para ser absolto era que não tinha mais que duzentos mil réis de ordenado e gages*, e que havia mister mais de quinhentos mil para governar sua casa; e que não havia de ser contente el-rei que a sua família perecesse. Respondiam-lhe todos (porque todos estudavam pelos mesmos livros): "É verdade que não quer sua majestade que seus criados morram de fome; mas também é verdade que não quer que o roubem, e se esse ofício não vos abrange, moderai os gastos ou largai-o, que não faltará quem o sirva com o que ele dá de si, sem esses furtos. Sois obrigado a restituir quanto tendes furtado".

Aqui perdia a paciência o suplicante, alegando que era muito que estava comido e bebido e que não havia posses para tanto. "Mal mudarei de estilo", dizia ele, "até agora tomava a el-rei, diminuindo nos pesos e nos preços e nas cifras; daqui por diante, acrescentarei tudo, e sairá das partes cabedal com que satisfaça, já que não há outro remédio. E como as partes são muitas e de mim desconhecidas, tomarei a bula da composição, daqui a cem anos, e ficará tudo concertado". Mas não faltou quem o advertisse que não vale a tal bula a quem furta com os olhos nela e que melhor remediaria tudo aguarentando os mimos e regalos em que dissipava tudo.

CAPÍTULO XLIV

Dos que furtam com unhas desnecessárias

Escusadas são no mundo quantas unhas há que o arranham com ladroíces e, por isso, bem desnecessárias todas. Mas este capítulo não as compreende todas, porque só trata das superfluidades que destroem as Repúblicas, pior que ladrões as bolsas a que dão caça. E bem poderíamos aqui fazer logo invectiva contra os trajes, invenções e costumes de vestidos que se vão introduzindo cada dia de novo, esponjas do nosso dinheiro, que o chupam e levam para as nações estranhas, que como a bugios nos enganam com as suas invenções. Cada dia nos vêm com novas cores e teceduras de lã e seda, que na sua terra custam pouco mais de nada e cá nô-las vendem a peso de ouro. E como o que vem de longe sempre nos parece melhor, e o que nos nasce em casa não agrada, desprezamos os nossos panos e sedas, que sempre se fizeram no reino com melhoria. Insânia marcada e política errada foi sempre antepor o alheio ao próprio, com dispêndio da comodidade. Haverá quarenta anos que Castela lançou uma pragmática, com graves penas, que ninguém vestisse seda se não fosse fidalgo de bastante renda. E atentava nisto ao que hoje se não atenta que não gastassem superfluamente os vassalos, furtando à boca e aos filhos e à República o que punham em luzimentos desnecessários. Queixam-se hoje que não têm para pagar as décimas, com que el-rei lhes defende a vida, e nós vemos que lhes sobeja para gastarem no que lhes não é necessário para a vida. Apodam este tempo com o antigo: chamam ao passado *idade de ouro* e ao presente *século de ferro*; e nós sabemos que quem, então, tinha um anel de ouro, com um par de colheres e garfos de prata, achava que possuía muito. Então, mandava el-rei D. Dinis, o que fez quanto quis, as arrecadas da rainha à cidade de Miranda, quando se murava, dizendo: "Não parem as obras por falta de dinheiro; empenhem-se essas arrecadas, que custaram cinco mil réis, ou vendam-se, e vão os muros por diante, que logo irá mais socorro", Estes eram os tesouros antigos! E hoje não há mecânico que não tenha cadeias de ouro, transelins de pedraria e baixelas de prata. Não tornou o tempo para trás; mas a cobiça é a que vai adiante, pondo em coisas supérfluas e particulares o que houvera de empregar no aumento do bem comum e defesa da pátria.

Esta é a opinião de muitos políticos estadistas, que não sabem adquirir aumentos para o comum sem míngoas dos particulares. A minha opinião é que todos luzam, porque a opulência dos trajes enobrece as nações e causa veneração nos estrangeiros e terror nos adversários. Pelos trajes se regula a nobreza de cada um e naturalmente desprezamos o mal vestido e guardamos respeito ao bem ataviado. E quase que isto é fé, pelo menos assim o diz Santiago na sua *Canônica*, ainda que repreende aos que desprezam os pobres, porque às vezes: *Sub sordido pallio latet sapientia*. O luzimento com moderação é digno de louvor; o supérfluo com prodigalidade é o que tachamos. Dou-lhe que não valha nada esta invectiva. Façamos outra que porventura valerá menos na opinião dos poderosos, que ela há de ferir de meio a meio. É certo que se gasta, neste reino, todos os anos, das rendas reais quase um milhão ou o que se acha na verdade, em salários de oficiais e ministros, que assistem ao governo de justiça e meneio das coisas pertencentes à coroa. E é mais certo que com a metade dos tais ministros — e pode bem ser que com a terça parte deles — se daria melhor expediente a tudo, porque nem sempre muitos alentam mais a empresa, e se ela se pode efetuar com poucos, a multidão só serve de enleio. Se basta um provedor em cada província, para que são cinco ou seis? Se basta um corregedor para vinte léguas de distrito, para que são tantos quantos vemos? Tantos escrivães, meirinhos e alcaides, em cada cidade, em cada vila e aldeia, de que servem, se basta um para escrevinhar e meirinhar este mundo e mais o outro?

Este alvitre se deu ao rei de Castela, não há muitos anos, e não pegou; pode bem ser bom para nós. Se esmarmos bem as rendas reais das províncias e as discutirmos, acharemos que lá ficam todas pelas unhas destes galfarros, despendidas em salários e pitanças. Entremos nas sete Casas desta corte, mas que seja na Alfândega e Casa da Índia, acharemos tantos oficiais e ministros, que não há quem se possa revolver com eles e todos têm ordenados e todos são tão necessários que, menos, pode ser fizessem melhor tudo. Em Lisboa ouvi dizer que bastavam na Câmara três vereadores e que tinha sete, e que fora melhor poupar quatro mil cruzados para as guerras. E acrescentava: "Para que são, na mesa do Paço, oito ou dez desembargadores, se bastam quatro ou cinco? Na casa da Suplicação, para que são vinte ou trinta, bastando meia dúzia? E em todos esses tribunais, para que são tantos conselheiros que se estorvam uns aos outros? Engordam particulares com salários e emagrecem as rendas reais no comum e não há, por isso, melhores expedientes. Muita coisa fantástica se sustenta, mais por uso que por urgência". Estive para dizer a este Licurgo o que disse Apeles ao sapateiro, que lhe emendava o vestido e roupagem de um retrato: *Ne sutor ultra crepidam*. Quem te mete João Topete com bicos de canivete? Que muitas vezes nos metemos a emendar o que não entendemos. E em tribunais maiores, que constam de ancianidade, tem muitas licenças e privilégios a velhice, que há mister* ajudada e alentada, e por isso se permitem mais ministros e maiores ajudas de custo. Deus nos livre de ministros que, antes de lhes chegar o tempo de os aposentarem, vencem salários, sem os merecerem e sem trabalharem.

As guerras de Flandres estiveram muitos anos de quedo, sustentando exércitos grossíssimos, com imensos gastos e soldadas de cabos, que os comiam com uma mão sobre outra, pondo em pés de verdade que tudo era necessário, porque dali viviam. Das galés, que o estreito de Gibraltar nunca viu, e das de Portugal, que não existem, se estão vencendo praças, que pagam as rendas eclesiásticas. E ninguém repara nisto, porque se reparam com esses lucros os que houveram de zelar estas perdas. Chegaram motins* de Flandres um dia a estado que se haviam de concluir com uma batalha, em que meteram os levantados o resto. Entraram em conselhos os castelhanos e saiu por voto de todos que pelejassem porque estavam de melhor e maior partido. Advertiu-os o presidente que ficavam todos sem rendas e sem remédio de vida, se as guerras se acabavam. E retrataram-se todos, mandando dizer aos adversários que guardassem a briga para tempo de menos frio. E praza a Deus não suceda isto mesmo cada dia entre nós, nas ocasiões que se oferecem oportunas, para concluirmos com guerras: porque uma boa lança o cão do moinho, e quando vem a ocasião, deixam-lhe jurar a calva, para que lhes fique nas unhas a guedelha que os sustenta.

CAPÍTULO XLV

Dos que furtam com
unhas domésticas

João Eusébio, escritor insigne e autor eruditíssimo da Companhia de Jesus refere, na sua *Filosofia Natural*, que há no Mundo Novo umas plantas que poderão ser, como cá, melões, cujos frutos são viventes e imitam a espécie de borregos ou cabritos. Estes, enquanto verdes, estão amortecidos e vão crescendo com o suco da planta. Como amadurecem, levantam-se vivos e comem a erva circunvizinha, até que se despedem da vide em que nasceram. E, se os não vigiam, nada lhes pára em toda a horta, tudo abocanham e tudo é pouco, para a fome com que saem da prisão materna e vem a ser o que diz o provérbio: *Criai o corvo e tirar-vos-á o olho*. Tais são as unhas domésticas que, não contentes com o que lhes dais e basta, querem dominar tudo quanto encontram na casa em que as admitistes, e tudo é pouco para a sua cobiça e voracidade.

Criados e escravos a seus senhores, filhos a seus pais, e mulheres a seus maridos — e também aos que o não são —, não há dúvida que furtam muito e por mil maneiras. E que são estas, verdadeiramente, unhas domésticas, porque de portas adentro vivem e fazem suas pilhagens muito a seu salvo: os criados subindo o preço no que seus amos lhes mandam comprar; os filhos desfrutando as propriedades e os celeiros nas ausências de seus pais; e as mulheres escorchando os escritórios com chaves falsas. Dera eu de conselho aos amos, pais e maridos que sejam mais liberais, para que da sua escassez não resultem perdas maiores, que as com que a liberalidade costuma reparar tudo. Mas não são estas as unhas domésticas que a mim me cansam, porque o que estas pescam, pela maior parte na mesma casa fica e em coisas usuais se gasta. As que me tocam no vivo, declararei com uma resposta que dei a um velho astuto, que me fez esta pergunta.

"Folgara saber", dizia o bom velho, mais sagaz que zeloso, "que coisa é um rei dando audiência pública?" Devia de querer que lhe respondesse que era um pai da Pátria, que se expunha a todos para os amparar e remediar, como a filhos, e fazer-me desta resposta alguma invectiva para seu interesse; mas eu furtei-lhe a água ao intento e respondi-lhe: "Um rei dando audiência a seus vassalos, debaixo do seu dossel, é o mártir S. Vicente, nosso padroeiro, posto no Ecúleo, cercado de algozes que o estão desfazendo com pentes de ferro e unhas de aço, porque todas quantas petições lhe apresentam são gravatos e ganchos, que armam a lhe derriçar a substância da coroa, e é coisa certa que nenhum lhe vai levar coisa de seu proveito e que todos lhe vão pedir o que hão mister, alegando serviços como criados e merecimentos como filhos. E que el-rei é pelicano, que com o sangue do peito os há de manter a todos, sem atentarem que padece o rei e o reino maiores necessidades que eles e que se deve acudir primeiro ao comum que ao particular." E atrevo-me a chamar a estas pretensões furtos domésticos, neste tempo em que devêramos vender as capas para comprar espadas — como disse Cristo a seus discípulos — e não despir ao reino até a camisa. O nosso reino é pequeno e assim tem poucas datas*. E é muito fértil de sujeitos de talentos e, por isso, não há nele para todos; mas tem as conquistas do mundo todo, aonde os manda ser senhores do melhor delas, para que venham ricos de merecimentos e glória, com que comprem as honras e melhores postos da pátria. E pretendê-los por outra via será furto doméstico notório e digno de castigo.

Senhores pretendentes, levem daqui este desengano que o rei que Deus nos deu é de cera e é de ferro. É de cera para nós, e é de ferro para si e para nossos inimigos. É de cera para nós, pela brandura e clemência com que nos trata. Nenhum vassalo achou nunca na sua boca má resposta, nem nos seus olhos mau semblante. Exercita, naturalmente, o conselho que Trajano guardou por arte — com que se conservou e fez o melhor imperador — que nunca nenhum vassalo se apartou dele desconsolado nem descontente. É de ferro para si. Bem vemos como se trata. E também o é para nossos inimigos, com valor mais invencível que o aço, e para sustentar o ímpeto adversário necessita que o ajudemos com nossas forças e será muito estólido quem neste tempo tratar de lhe diminuir as suas. O dinheiro é o nervo da guerra e onde este falta arrisca-se a vitória e o prol do bem comum, de que é bem se trate primeiro que do particular, que totalmente se perde quando se não assegura o comum. E para que a nós, e a nada, se não falte, é bem que nós não faltemos da nossa parte, contentando-nos com o que o tempo dá de si e com a esperança certa da prosperidade, que é infalível depois da fortuna áspera, beatificando com excessos o que malogra na adversidade.

E para todos os reis me seja lícito pôr aqui também uma advertência: que não sejam tanto de cera que se deixem imprimir, nem tanto de ferro que não se possam dobrar. Não se deixem imprimir de conselhos peregrinos, não se deixem dobrar a exações rigorosas, porque estas se recompensam com furtos domésticos, lima surda dos bens da coroa; e aqueles têm por alvo lucros particulares, com detrimentos comuns. O ditame e acordo de um rei vale mais que mil alheios. Não reprovo conselhos, antepondo o do rei a todos, porque é menos arriscado a erros. Esta resolução para mim é evidente, não só pela experiência, mas também pela certeza — que nos assegura o comum dos santos e teólogos — que os reis têm dois anjos da guarda, um que os guarda, outro que os ensina. E, por isso, são mais ilustrados que todos os seus conselheiros. Donde, quando as opiniões se baralham, o mais seguro é seguir o discurso do rei, se não for intimado por outrem que rei não seja. E assim pedirão os reis o que lhes é necessário e não tomarão o que lhes é supérfluo. Darão a seus vassalos o que merecem e não o que lhes não é devido e em nenhum haverá ocasião de se recompensar com furtos domésticos.

◻

CAPÍTULO XLVI

Dos que furtam com unhas mentirosas

Pessoas há que têm unhas marcadas com pintas brancas, a que chamam mentiras[3]; mas não são estas as unhas mentirosas, que mais têm de pretas que de cândidas e furtam de mil e quinhentas maneiras, sempre mentindo. Testemunhas sejam os que, com certidões falsas, pedem mercês a Sua Majestade, alegando serviços que nunca fizeram e dando testemunhas que tal não viram. E porque há nisto muitos enganos, não me espanto da exação com que semelhantes papéis se examinam, ainda que seja com moléstia das partes. Outros há que levam as mercês com serviços equívocos, que têm dois rostos como Jano, com um olho para Portugal, com outro para Castela. Jogam com pau de dois bicos: contemporizam com el-rei D. João e fazem obras que lhes podem servir de desculpa com el-rei D. Filipe; cá têm um pé e lá outro — cá o corpo e lá o coração. E, por vida de el-rei meu senhor, que se fora possível ao doutor Pedro Fernandes Monteiro dar de repente em quantos escritórios e algibeiras há nestes reinos, que houvera de achar, em mais de quatro, cartazes castelhanos que prometem títulos e comendas a quem der ordem com que se baralhem as coisas; isto é: que saiam as naus tarde, que não haja galés, que se malogrem armadas e frotas, que se desfaça a bolsa, que não se façam cavalos nem infantes, que não se paguem estes nem dêem cevada àqueles, que não se criem potros, que não se peleje nas ocasiões de urgência, que não se fortifiquem as praças, que se alterem as décimas, que se gaste o dinheiro em coisas supérfluas e fantásticas e, em conclusão, que não se paguem serviços. E quando praticam ou votam estas coisas, o fazem com tais tintas e destrezas que fazem crer sesta por balhesta* aos mais acordados. E tudo lhes perdoara, porque no cabo não me enganam, se no fim não quiseram que lhes paguemos com benefícios claros os malefícios escuros que com seus embustes nos causam.

Outros há que, com serem muito leais, furtam a trecho com unhas mentirosas, porque à força fazem parecer serviço trabalhoso e digno de grande mercê o que pudéramos repreender de grande calaçaria. Sem saírem da corte, nem de suas casas e quintas, empolgam nos prêmios de campanha, levam às barretadas o que se designou para as lançadas; e não se correm de tomarem com mãos lavadas o que só parece bem em mãos que se ensopam no sangue inimigo. Cheios como colméias, ao perto, se estão rindo dos que, por servirem longe, estão vazios. Falta a estes senhores a generosidade que sobejou ao sereníssimo duque D. Theodósio — digníssimo progenitor do nosso invictíssimo rei D. João o IV —, de gloriosa memória, o qual, convidado por el-rei Filipe III, de Castela, quando veio a Portugal, na era de 620, que lhe pedisse mercês, respondeu palavras dignas de cedro e de lâminas de ouro: "Vossos e nossos avós encheram nossa casa de tantas mercês, que não me deixaram lugar para aceitar outras. Em Portugal há muitos fidalgos pobres de mercês e ricos só de merecimentos, em quem vossa majestade pode empregar sua real magnificência." Este grande herói, apurando assim verdades notórias, ensinou harpias domésticas que acabem já de ser sanguessugas de ouro, esponjas de honra, camaleões fingidos e Proteus falsos.

Outros há que, seguindo outra marcha, empolgam, efetivamente, com mentiras* em grandes montes de dinheiro que usurpam a seu rei e a sua pátria. Por tais tenho os que vencem praças mortas, sem aleijões nem merecimentos; os que fingem praças fantásticas, que têm na lista, e nunca existiram no terço; os que embolsam os salários de soldados e oficiais defuntos e ausentes (na Ilha da Madeira, vi dois meninos que, nos braços, venciam praças de capitães); os que dizem que trazem, nas fábricas dos galeões e das fortificações, duzentos obreiros, trazendo só cento e cinqüenta; os que vão para a Índia, a quem el-rei paga três ou quatro criados, para que ostentem autoridade em seu serviço, e vão sem eles, servindo-se dos marinheiros e soldados e assim comem os ordenados dos criados que não levam; os que introduzem ofícios com ordenados, sem ordem de el-rei, e fintam os súditos com qualquer achaque para coisas que não se obram. Todos estes e muitos outros que não relato são milhares de unhas mentirosas.

Mas os maiores de todos, a meu ver, são os que tratam em escravos.

Este ponto de escravaria é o mais arriscado que há em todas as nossas conquistas e, para que todos o entendam, havemos de pressupor que o natural dos homens é que todos sejam livres e só podem ser escravos por dois princípios: primeiro de delito; segundo de nascimento. Por delito são verdadeiros escravos nossos os mouros, que cativamos, porque eles contra justiça fazem seus escravos os cristãos que tomam. E os negros têm entre si leis justas, com que se governam, por virtude das quais comutam em cativeiro o castigo dos crimes que mereciam morte; e também os que tomam em suas guerras aos quais podem tirar a vida. Por nascimento, só podem ser cativos descendentes de escravas, mas não de escravos, pela regra: *Partus sequitur ventrem*. Posta esta doutrina, que é verdadeira, vão portugueses à Guiné, Angola, Cafraria e Moçambique, enchem navios de negros, sem examinarem nada disto. E para estas empresas têm homens ladinos, que chamam pombeiros* e os negros lhes chamam tangomaus*. Estes levam trapos, ferramentas e bugiarias que dão por eles, e os trazem nus e amarrados, sem mais prova de seu cativeiro que a de lhos vender e entregar outro negro, que os caçou por ser mais valente. E sucede muitas vezes fugir um negro da corrente aos portugueses, ir-se aos matos e apanhar o mesmo que o vendeu, e levá-lo a outros mercadores, que lho compram a título de escravo seu por nascimento. Outros os têm em cárceres, como em açougues, para os irem comendo. E estes, para se livrarem da morte injusta, rogam aos portugueses, quando lá chegam, que os comprem e que querem ser seus escravos antes que serem comidos. E ainda que esta compra parece menos escrupulosa, por ser voluntária no padecente, que é senhor da sua liberdade, contudo tem sua raiz na violência, que faz o voluntário extorto. Portugueses houve que, para caçarem escravos com melhor consciência, se vestiram em hábitos de padres da Companhia, dos quais não fogem os negros pela experiência que têm de sua muita caridade e, enganando-os assim, com capa de doutrina e pretexto de religião, os trazem e metem na rede do cativeiro. E em conclusão: todo o trato e compra de negros é matéria escrupulosa, por mil enganos de que usam, assim os que lá os vendem como os que os compram.

Que direi dos chins e japões! Há lei entre nós que não os cativemos*; e contudo vemos em Portugal muitos chins e japões escravos. Também para os Brasis há a mesma lei, e sabemos que não se repara em os cativar. E não sei que diga a estes cativeiros tolerados sem exame. Direi o que ouvi pregar muitas vezes, a varões doutos e de grande virtude e experiência, que a razão porque Portugal esteve cativo sessenta anos em poder de Castela, injustamente padecendo extorsões e tiranias, piores que as que se usam com escravos, foi porque, injustamente, portugueses cativam nações inocentes. Justo juízo de Deus, que sejam saqueados com unhas mentirosas os que com as mesmas roubam tanto.

CAPÍTULO XLVII

Dos que furtam com unhas verdadeiras

Se elas são unhas, verdadeiras unhas devem ser; e, assim, não haverá unha que não seja unha verdadeira e todas pertencerão a este capítulo. Nego-vos essa conseqüência: porque uma coisa é ser verdadeira unha, outra coisa é ser unha verdadeira. Verdadeira unha é qualquer unha; mas unha verdadeira é só a que trata verdade, e destas só trata este capítulo. E parece muito que haja unhas que falando verdade furtem, porque onde há furto há engano que a verdade não permite; mas essa é a fineza desta arte, que até falando verdade vos engana e estafa. Vem um pretendente à corte, com dois ou três negócios de suma importância, porque quer lhe dêem uma comenda por serviços de seus avós, e pelos de seu pai quer lhe dêem uma tença grossa para sua mãe, que está viúva, e quer, por contrapeso sobre tudo isto, que lhe dê sua majestade, para duas irmãs, dois lugares em um mosteiro. Toma este tal o pulso às vias por onde há de requerer, informa-se das valias dos ministros, corre-os todos com memoriais. Um lhe diz que traz sua mercê requerimentos para três anos e fala a verdade; mas que forrará tempo se souber contentar os ministros — e fala verdade. Outro lhe diz que, se não vem armado de paciência e provido de dinheiro para gastar, que se pode tornar por onde veio, porque nada há de efetuar — e fala verdade. Mas que ele sabe um cano oculto, por onde se alcançam as coisas — e fala verdade. E "se Vossa Mercê me peitar*, logo lhe abrirei caminho por onde navegue vento em popa" — e fala verdade. Outro lhe diz: "Senhor, isto de memoriais é tempo perdido, porque ninguém os vê" — e fala verdade. "Trate Vossa Mercê de coisas que leve o gato e melhor que tudo de gatos que levem moeda, e fará negócio, porque os sinos de Santo Antão por dar dão e assim o diz o evangelho: *Date et dabitur vobis"* — e fala verdade.

A mulher de fulano pode muito com seu marido, e este com tal ministro, e este com tal prelado, e este com fulano, e fulano com sicrano, que tem grandes entradas e saídas. E assim tece uma cadeia, que nem com vintém de ouro poderá contentar a tantos o pobre requerente. E passa assim, na verdade, que bate todas essas moitas, de casa em casa, sem lhe bastar quanto dinheiro se bate na Casa da Moeda. Contarei um caso que me veio às mãos, há poucos dias, e apóia tudo isto belamente. Veio um pretendente da Beira requerer um ofício, se não era benefício. Trouxe duzentos mil réis, que julgou lhe bastavam para seus gastos. Despendeu-os em peitas. Errou as poldras* a todos, como bisonho, e achou-se em branco* e sem branca na bolsa, mas rico de notícias para armar melhor os paus em outra ocasião. Para achar esta com bom sucesso, tornou à pátria, falou com duas irmãs que tinha, desta maneira: "Irmãs e senhoras minhas, haveis de saber que venho da corte, tão cortado que lá me fica tudo e só esperanças trago de alcançar alguma coisa. Se vós quiserdes que vendamos o meu patrimônio e as vossas legítimas e que façamos de tudo até mil cruzados, tenho por certo hão de obrar mais que os duzentos mil réis que se me foram por entre os dedos. Aqui não há senão fechar os olhos e lançar o resto e morrer com capuz ou jantar com charamelas". Vieram as irmãs em tudo. Deu consigo em Lisboa, com os mil cruzados à destra, e lançou-os em um cano de água clara, que lhe tirou a limpo sua pretensão com este pressuposto: "Se Vossa Mercê me alcançar um ofício ou benefício, que renda duzentos mil réis, dar-lhe-ei trezentos para umas meias, sem que haja outra coisa de permeio". Ajustaram suas promessas de parte a parte, com as cautelas costumadas de assinados de dívidas e empréstimos. Tudo foi uma pura verdade, e todos ficaram ricos empregando unhas verdadeiras: um nas datas de el-rei e outro nas do pretendente, que foi brindar o jantar de suas irmãs com charamelas.

Nos advogados e julgadores há também excelentes unhas e todas verdadeiras, porque não se pode presumir que minta gente douta e que professa justiça e razão. O que me admira é que tomem dois advogados uma demanda entre mãos e entre dentes — um para a defender e outro para a impugnar, este pelo autor, e aquele pelo réu — e que ambos afirmem a ambas as partes que têm justiça. Como pode ser, se contrariam e um diz que sim e outro que não? Necessariamente um deles há de mentir, porque a verdade consiste em indivisível, como diz o filósofo. Com tudo isso, ambos falam verdade, porque cada um diz à sua parte que tem justiça, isto é, que terá sentença por si, se quiserem os julgadores — e fala verdade. Dada a sentença contra a parte mais fraca, como ordinariamente acontece, queixa-se que lhe roubaram a justiça; melhor dissera que lhe roubaram as peitas, pois de nada lhe serviram. Respondem os juízes que deram a sentença assim como a julgaram — e falam verdade. Diz o advogado da parte vencida que não andou diligente de pés nem de mãos o requerente — e fala verdade. E todos, falando verdade, se encheram de alvíssaras, donativos e espórtulas — e estas são as unhas verdadeiras.

Outras há mais verdadeiras que todas, e são as dos que agenciam e defendem causas reais. Deve el-rei quinze mil cruzados a uma parte por uma via, e deve, por outra, a mesma parte cinco mil a sua majestade. Citam-se e demandam-se, por seus procuradores, em juízo competente e sai logo sentença, que pague a parte os cinco mil cruzados a Sua Majestade. Replica que se paguem os cinco mil dos quinze, que lhe deve a coroa, e que lhe dêem os dez que restam ou pelo menos a metade. Tornam a sentenciar que pague os cinco, como está mandado, e que demande de novo a coroa pelos quinze, que diz lhe deve e, senão, que o executem até lhe venderem a camisa, se não tiver por onde pague; e que el-rei há mister o que se lhe deve — e assim é, na verdade. E também é verdade que quebra a corda pelo mais fraco. E segue-se deste lanço e de outros semelhantes, que não conto, abrirem-se uma e mil portas francas, por onde entram unhas verdadeiras na Fazenda real recompensando-se para remirem sua vexação. E quando não encontram cabedal da coroa em que se empreguem, descarregam-se no foro da consciência com outros credores a quem devem — e dizem-se uns aos outros: "Senhor, vós deveis a el-rei quinze mil cruzados, de que ele não sabe parte, e por isso nunca vos há de demandar por eles". "El-rei deve-me a mim outros quinze, como muito bem sabeis. Eu devo-vos a vós outros tantos; tomai-me por paga os que me deve sua majestade e assim ficareis desobrigado a lhe restituir o que lhe deveis e todos ficaremos em paz". E assim passa na verdade, de que sucede isto cada dia com grandíssimo detrimento da Fazenda real, onde seus ministros, negando saídas para pagar, abrem entradas a estas unhas para a destruir.

CAPÍTULO XLVIII

Dos que furtam com unhas vagarosas

A máxima desta arte é que todo o ladrão seja diligente e apressado, para que o não apanhem com o furto na mão. Com tudo isso, há unhas que em serem vagarosas têm a máxima de seu proveito. São como o fogo lento que, por isso, menos se sente e melhor se ateia. Qual é a razão por que arribam naus da Índia tantas vezes? Por que partem tarde? Por que as aviam devagar? Porque, enquanto se aprestam, têm unhas vagarosas em que empolgar. Mas deixando o mar, onde posso temer alguma tempestade, saltemos em terra e seja à vela e com vigia, porque também acharemos pegos sem fundo nesta matéria, em que podemos temer alguma tormenta, porque não são bons de vadear. Deus me guie e me defenda.

Que coisas são as demoras de um ministro que não despacha? São despertadores contínuos de que lhe deis alguma coisa e logo vos despachará. E porque o tal é pessoa grave e que se peja de aceitar à escâncara donativos, remete-vos ao seu oficial, quando aperteis muito com ele; e o oficial traz-vos arrastado um mês e dois meses, e às vezes seis, com escusa ordinária, que não acha os papéis porque são muitos os de seu amo, e que os tem corrido mil vezes com diligência extraordinária, que os encomendeis a Santo Antônio. E a verdade é que os tem na algibeira e de reserva, esperando que acabeis já de lhe dar alguma coisa. Alumiou-vos Santo Antônio com a candeínha que lhe oferecestes. Dais um diamante de vinte e quatro quilates ao sobredito e dá-vos logo os papéis pespontados de vinte e quatro alfinetes, como vós quereis, e o menos que vos roubou, com seus vagares, foi o diamante, porque sendo obrigado a despachar-vos, no primeiro dia, vos deteve tantos meses com gastos excessivos fora da vossa casa, onde também perdestes muito com tão dilatada ausência. Em Itália, há costume e lei que sustente a justiça os presos enquanto estiverem na cadeia. E é bom remédio, para que lhes apressem as causas. Em Portugal ainda a justiça não abriu os olhos nisto. Prendem milhares de homens, por dá cá aquela palha, se acertam de ser miseráveis, como ordinariamente são quase todos, na prisão perecem sem cama e sem mantimento, porque a Misericórdia não abrange a tantas obrigações da justiça que as podem temperar todas só com lhe apressar as causas. Se houvera lei que pagassem os ministros as demoras culpáveis, pode ser que eles e os seus oficiais andassem mais diligentes.

Ministros há incorruptos e que fazem sua obrigação nesta parte; e até nestas fazem seu ofício unhas vagarosas. Explico este ponto com um caso notável. Importava a uma parte que se detivesse o seu feito, um ano, nas mãos de Radamento, em cuja casa nunca nenhum feito dormiu duas noites. Armou-lhe, por conselho de um rábula esperto, com outro feito que comprou na confeitaria. Muito grande, pesava mais de uma arroba, e atou sobre ele o seu, que era pequeno, e deu com eles, como se fora um só, em casa do julgador, o qual, em vendo a máquina, esmoreceu e mandou-a pôr de reserva para as férias com um letreiro em cima que assim o declarava. A outra parte requeria, fortemente, que não tinha o feito que ver e que em um quarto de hora o podia despachar. Agastava-se o desembargador com tanta importunação e ameaçava o requerente que o mandaria meter no Limoeiro, se mais lhe falava no feito, que era de qualidade que havia mister mais de um mês de estudo e que por isso o tinha guardado para as férias. Chegaram estas daí a um ano, viu o feito, descobriu-se a maranha do parto suposto, e alcançou o grande mal que tinha feito à parte com as detenças que pudera evitar, se desatara o envoltório.

O que neste passo estranho mais que tudo é sofrerem-se, neste reino, letrados procuradores os quais se gabam que farão dilatar uma demanda vinte anos, se lhes pagarem. O prêmio que tais letras mereciam era o de duas letras *L* e *F* impressas nas costas, e não lhe esperarem mais para o que elas significam.

De Campo Maior veio um fidalgo requerer serviços a esta corte. Aconselhou-se com um religioso letrado sobre o modo que havia de seguir e comunicou-lhe tudo. Perguntou-lhe o servo de Deus que cabedal trazia para os gastos. Respondeu que um cavalo e dois homens de serviço e oitenta mil réis, que fez de um olival que vendeu. "Traz Vossa Mercê provimento para oitenta dias, quando muito", lhe disse o religioso, "visto trazer tantas bocas consigo, e só para entabular suas pretensões há mister mais de trezentos dias. E se o não sabe di-lo-ei: Há vossa mercê de fazer uma petição, que há de gastar mais de oito dias, aconselhando-se com letrados. Segue-se logo esperar dia de audiência geral e ter entrada, e nisto há de gastar outros oito, se não forem quinze. Sua Majestade, no mesmo dia em que lhe dão as petições, logo lhes manda dar expediente; mas não saem na lista senão dali a seis ou sete dias, que Vossa Mercê há de gastar espreitando na sala dos Tudescos, para ver aonde o remetem. Acha que ao Conselho da Fazenda. Corre logo os secretários e seus oficiais, e gasta dez ou doze dias, perguntando-lhes pelos seus papéis, até que aparecem, onde menos o cuidava. Busca valias para os conselheiros e gasta outros tantos em alcançar as entradas com eles. E no cabo, dão-lhe por despacho que requeira no Conselho de Guerra. E é o mesmo que gastar outra quarentena, até haver o primeiro despacho, que é: 'Justifiques'. E em justificar suas certidões gasta muitos dias e não poucos reais. Toma o justificado e tornam a rebatê-lo com: 'Vista ao Procurador da Coroa' ou da Fazenda, que ordinariamente responde contra os pretendentes, porque esse é o seu ofício. E com este despacho, mau ou bom, tornam os papéis à mesa daí a muitos dias. E gastam-se logo mais que muitos na fábrica da consulta, porque se passam às vezes semanas sem haver Conselho de Guerra".

"Feita a consulta, a *Dios que te la depare buena*, sobe a Sua Majestade, ou para melhor dizer, a outros secretários, os quais a detêm lá quanto tempo querem, e o ordinário é dois e três meses. E se passa de seis, é necessário reformar outra vez tudo, e é o mesmo que tornar a começar do princípio. E isto sucede sem culpa, muitas vezes, porque estão lá outros papéis diante, que por irem primeiro têm direito para o tempo e, por serem muitos, o gastam todo. Desceu, por fim de contas, a consulta despachada, com parte do que Vossa Mercê pedia, ou com tudo. É vista no Conselho de Guerra com os vagares costumados e daí a tempos remetem a execução dela à Mesa da Fazenda, onde se movem novas dúvidas; e a bom livrar quando o alvará sai feito daí a um mês, para ir assinar por Sua Majestade, negociou Vossa Mercê muito bem. Torna assinado daí a dois meses, lança-se nos registros e deles vai correr as sete estações de chancelarias, mercês, direitos novos e velhos, ou meias natas, etc. E tendo dito a Vossa Mercê o que passa, ou há de passar, e ainda lhe não disse tudo; mas, se o quiser saber mais de raiz, fale com pessoas que há nesta corte de três, de cinco e de oito anos de requerimentos, e elas lhe dirão o como isto pica." A resposta que o fidalgo deu ao religioso foi que se ficasse embora, que se tornava para Campo Maior.

Alguns requerentes há, tão pouco considerados, que atribuem estes vagares à pessoa do rei, como se os reis tiveram corpo reproduzido e de bronze que pudesse assistir a todos os negócios, em todas as partes e a todas as horas. Os mais penitentes religiosos têm seu dia de sueto, cada semana, e suas horas de descanso, entre dia, para que se não rompa o arco se estiver sempre entesado com a corda do rigor. E de el-rei nosso senhor sabemos que não dorme entre dia nem joga, nem gasta o tempo em coisas supérfluas. E se algum entretenimento tem, é muito lícito e só lhe dá as horas que furta do descanso que lhe era devido; e o mais todo o gasto no expediente das guerras e em compor as tormentas de negócios inumeráveis, sem admitir regalos, nem ostentações de festas, que o divirtam. Cada um quer que se lhe assista ao seu negócio, como se outro não houvera; e daqui nascem as queixas, que por isso são muito desarrazoadas.

Da vila de Góis veio a esta corte certo homem de bem, com uma apelação em caso-crime. E no primeiro dia em que lhe deu princípio, passando pelo Terreiro do Paço, viu uma mó de homens. Chegou-se a eles e perguntou-lhes se estavam falando sobre o seu pleito. Responderam-lhe que o não conheciam, nem sabiam que pleito era o seu. "Pois em Góis", acudiu ele, "não se fala noutra coisa." Assim passa que cada um cuida que só nele e no seu negócio se deve falar. Senhores requerentes levem daqui averiguado este ponto, para saberem de quem se hão de queixar: que os negócios são muitos e que na mão de Sua Majestade não fazem detença. Vejam lás onde encalha a carreta e untem-lhe as rodas, se querem que ande. E com isso serão apressadas unhas vagarosas e ainda com isso duvido se serão diligentes, porque pode acontecer o que Deus não queira, ou não permita, que haja secretário ou oficial ou conselheiro que não despache cada dia mais que sete ou oito papéis, acrescentando-lhe cada dia quinze ou vinte, de novo. E se isto assim for, já não me espanto dos montes de papeladas que vejo por essas oficinas, nem das queixas que ouço por essas ruas. Trabalhem os oficiais e ministros, que bons ordenados comem, e não dêem com o seu descanso trabalho a tanta gente. De um me contaram que, tendo seiscentos mil réis de ordenado, quatrocentos para si e duzentos para oficiais, nunca teve mais que um, a quem dava cinqüenta mil réis. E mamava os cento e cinqüenta para si e, por isso, não se dava expediente a nada.

М

CAPÍTULO XLIX

Dos que furtam com unhas apressadas

Para inteligência deste capítulo contarei a história que aconteceu a um fidalgo português com certa dama do Paço, na corte de Madri. Foi ele, como iam todos, requerer seus despachos, e levou para eles e para seu luzimento quatro mil cruzados em boa moeda. Gastou um ano requerendo, sem efetuar nada. Olhou para a bolsa e achou que tinha gastado mais de mil cruzados. Lançou suas contas: "Se isto assim vai, lá irá quanto Marta fiou e ficarei sem o que espero e sem o que tenho. Bom remédio, busquemos unhas apressadas, já que não me ajudam unhas vagarosas". Informou-se que dama havia no paço mais bem vista de Suas Majestades e, como as de Castela são de poucas cerimônias, facilmente falou com ela e disse-lhe, claramente, que tinha três mil cruzados de seu e que daria dois a sua senhoria, se lhe fizesse despachar logo uma comenda por grandes serviços que oferecia. *Dé acá sus papeles señor mi,* lhe disse a dama, *y buelvase a ver conmigo daqui a quatro dias y traiga los dos mil en oro, porque el oro me alegra, quando estoy triste.* Contou as horas o bom fidalgo até o termo peremptório, e voltou pontualmente com os dois mil em dobrões e achou a dama com o despacho nas mãos, sem lhe faltar uma cifra; e pondo-lhe nelas o prometido, recebeu o que não houvera alcançado por outra via. E estas são as unhas apressadas de que falo, e destas há muitas.

Outro português, soldado da Índia, na mesma corte gastou anos, alegando inumeráveis serviços, para o despacharem com um pedaço de pão honrado para a velhice. Vendo que se lhe goravam suas pretensões pelas vias ordinárias, tratou de se ajudar de unhas apressadas, que é o último remédio, ou, para melhor dizer, o primeiro, em quem trata de remir sua vexação. E achou-as com pouco dispêndio do seu cabedal — que era já bem limitado — no pincel do melhor pintor de Madri. Mandou-se retratar, muito ao vivo, quase morto, com quantas feridas tinha recebido no serviço de el-rei, que passavam de vinte, todas penetrantes e em todas elas as armas ofensivas com que os inimigos o feriram que, por serem diversas, faziam com o sangue um espetáculo horrendo no retrato. Na cabeça tinha uma alabarda, no rosto dois piques e nos braços quatro flechas que lhos atravessavam. Sobre a mão esquerda um alfange que lha decepava. E de uma parte de outra dois bacamartes e um mosquete, vomitando fogo e mandando balas aos pares, que lhe rompiam o peito. Uma perna de todo quebrada com uma roqueira, e dez ou doze punhais e espadas pelo corpo todo, que o faziam um crivo. Com esta pintura e seus papéis se apresentou diante de el-rei Filipe, em audiência pública; e desenrolando-a lhe disse em alta voz: "Senhor, eu sou o que mostra este retrato. Nestes papéis autênticos trago provas de como recebi todas estas feridas, no serviço da coroa de Portugal na Índia. E a melhor prova de tudo trago escrita em meu corpo, que Vossa Majestade pode mandar ver, e achará que em tudo falo verdade. Seja Vossa Majestade servido de me mandar despachar, como pedem estes serviços e merecimentos". Enterneceu-se o rei, pasmaram os circunstantes, e saiu logo dali despachado o pretendente com uma comenda grande, a que pôs embargos a inveja e lhe fez comutar em outra pequena; porque não era fidalgo ou porque não encheu as unhas apressadas, que tudo alcançam ou tudo estorvam.

Acabo este capítulo com um exemplo da nossa corte de Lisboa, que anda nas histórias de Portugal. Na porta da Casa da Suplicação está uma argola em que um rei nosso mandou enforcar um desembargador, porque aceitou uma bolsa de dobrões que uma velha lhe ofereceu para lhe favorecer e apressar certa causa de importância, que lhe movia uma parte rija. Foi o rei em pessoa à Relação para averiguar da peita, que tirou a limpo por excelente modo, e não se saiu dali sem o deixar colgado. Louvo a repreensão, não aprovo o rigor. Antes sou de opinião que não devem ser enforcados homens portugueses; e porque não tenha alguém esta conclusão por inútil, seja-me lícito prová-la aqui com o apóstrofo seguinte.

Em Roma havia lei que nenhum romano fosse açoitado, porque se tinham todos por muito nobres ou porque a infâmia acanha os espíritos bélicos, que os romanos queriam nos seus sempre rigorosos. Portugueses são a gente mais nobre do mundo, por seu valor e por seus ilustres feitos e heróicas empresas e, quando mereçam morte por delitos, tem Portugal conquistas, onde os pode mandar por toda a vida, que é um gênero de morte mais penoso que o da forca, porque esta se acaba em uma hora e aquela dura muitos anos, com trabalhos piores de sofrer que a mesma morte. Costumavam os nossos reis antigos mandar os condenados à morte que lhes fossem descobrir terras e, se morriam na empresa, empregavam bem a vida e, se escapavam, era com proveito da pátria. Quando vejo enforcar mancebos valentes por quase nada, tenho grande lástima, porque me parece que fora melhor mandá-los à Índia ou à África. Custa muito um homem a criar e é muito fácil emendar-se de um erro. Se Deus castigara logo quantos o ofendem mortalmente, já não houvera gente no mundo. E há desembargadores que dão sentenças de morte, por sustentar capricho. E se na sua mão estivera, despovoariam o reino.

Vi um padre da Companhia de Jesus propor uns embargos, para livrar um pobrete da forca. Falava com um destes ministros, que era o relator na escada da Relação, e alegava-lhe que o réu não pecara mortalmente no homicídio, porquanto fora *motus primo primus* e em sua justa defesa, e que tinha sua mercê naquela razão de que pegar para favorecer a misericórdia. Perguntou-lhe o desembargador, muito sábio, se era teólogo. Respondeu o padre, muito modesto, que sim. "Pois é teólogo", disse o desembargador já picado, "e alega-me que pode um homem matar outro sem pecar mortalmente?" O padre lhe instou muito sereno: "Vossa Mercê vai agora matar um homem, porque vai sentenciar este à morte, e cuida que vai fazer um ato de virtude. E o algoz que o há de enforcar não tem necessidade de se confessar disso. Um bêbado, um doido e um colérico matam vinte homens, e não pecam. Logo, bem digo eu, que pode um homem matar outro sem pecar." Não soube o senhor doutor responder a isto, com toda a sua garnacha, e deu as costas e levou avante a sua opinião, sem querer amainar da sua teima. Eis aqui como morrem muitos ao desamparo, entregues ao cutelo destes sábios, porque não têm quem acuda por eles nem cabedal para lhes modificar a pena, que é a sua espada e às vezes unha. Nem me digam zelosos que convém castigar-se tudo com rigor, para que haja emenda, porque lhes direi que o seu zelo, quanto mais se refina, é como o do outro, de quem disse o poeta. *Dat veniam corvis, vexat censura columbas*. E ainda mal que tantos exemplos vemos em que se cumpre ao pé da letra, o que disse o outro: *Quidquid delirant grai, plectuntur archivi*. E vem a ser o que nós chamamos *Justiça de Guimarães*. Não nego que há crimes que se devem castigar com morte a fogo e ferro, quais são os de *laesae magestatis divinae et humanae*. E em tais casos é bem que mostrem os reis, com o último suplício, o poder que Deus lhes deu até sobre os sacerdotes. E porque a praxe desta doutrina pareceu em algum tempo escandalosa, no que toca aos sacerdotes, é bem que a declaremos; e quem a quiser entender bem, leia o capítulo que se segue.

CAPÍTULO L

Mostra-se qual é a jurisdição que os reis têm sobre os sacerdotes

É o sacerdócio isento da jurisdição dos leigos por direito divino e humano. E com isto está que há muitos casos em que os eclesiásticos ficam sujeitos às leis civis, como os seculares, e para melhor inteligência desta verdade havemos de pressupor que este mundo é como o corpo humano, que não se pode governar sem cabeça. E até os brutos — diz S. Jerônimo, Epist. 4: *Ductores sequuntur suos. In apibus principes sunt; grues unum sequuntur ordine literato.* Os grous seguem um que os guia, as abelhas têm uma que as governa, e todos os animais reconhecem domínio em outros. Os homens, levados deste ditame da natureza, que é lei muito forçosa, para não serem mais estólidos que os brutos, fizeram reis e escolheram magistrados a quem se submeteram, para serem regidos. Deus, no princípio, criou o homem livre e tão livre que a nenhum concedeu domínio sobre outro. E até Adão, cabeça de todos, por ser o primeiro, só de animais, aves e peixes o fez senhor. Mas a todos, juntos em comunidades, deu poder para se governarem com as leis da natureza. E, nesta conformidade, todos juntos, como senhores cada um de sua liberdade, bem a podiam sujeitar a um só, que escolhessem para serem melhor governados com o cuidado de um sem se cansarem outros. E a este escolhido pela comunidade dá Deus o poder, porque o deu à comunidade e, transferindo-o esta em um, de Deus fica sendo. E neste sentido se verificam as Escrituras, que dizem que Deus faz os reis e lhes dá o poder. E se alguém cuidar que só de Deus, e não do povo, recebem os reis o poder, advirta que esse é o erro com que se perdeu a Inglaterra e abriu a porta às heresias, com que se fez papa o rei, admitindo que recebia os poderes imediatamente de Deus, como os Sumos Pontífices. Nem vale aqui o argumento de Saul, escolhido por Deus para rei, porque o poder e a aclamação do povo o recebeu, e Deus não fez mais que escolhê-lo e apresentar-lho como digno da coroa. E advirtam também os povos que, por fazerem o rei e lhe darem o poder, não lhes fica livre o revogar-lho, nem limitar-lho, porque a lei da verdadeira justiça ensina que os pactos legítimos se devem guardar e que as doações absolutas valiosas não se podem revogar.

Desta potestade livre e legítima dos povos para fazerem rei nasce poderem ser muitos os reis assim como as nações o são, e não ser necessário que seja um só para toda a cristandade, ainda que seja uma em sua cabeça espiritual. E também se colhe que o Papa não é senhor temporal de tudo, porque Cristo só o poder espiritual lhe deu e o temporal só os povos lho podiam dar, e consta que não lho deram. Postas assim estas duas potestades, secular e eclesiástica, derivadas de seus princípios, como temos dito, para chegarmos ao nosso ponto de qual é o poder que os reis têm sobre os sacerdotes, é necessário averiguarmos as potestades que há no sacerdócio, para assim conhecermos por onde pode o rei entrar na jurisdição eclesiástica.

Há no sacerdócio duas potestades, uma que se chama *das Ordens* e outra *da Jurisdição*. A *das Ordens*, de Cristo a recebem e só para o culto divino e administração dos sacramentos — e esta, claro está, que não têm lugar nela os reis. A *da Jurisdição* se distingue em duas: uma para o foro interno e outra para o externo. A do foro interno, também é notório que não pode pertencer aos reis. A externa tem outras duas: uma é espiritual e outra é temporal, e são distintas como o céu e a terra, porque uma é terrena e outra celestial. A espiritual de Cristo procede, que a comunicou só aos sacerdotes e nunca houve rei temporal católico que presumisse tal potestade. A temporal há dúvida de donde e como procede, se de Cristo, se dos homens. E ainda se divide em duas: uma que domina os bens dos eclesiásticos e outra que se estende às pessoas dos mesmos. E sobre estas duas é a nossa questão — se as têm os reis de alguma maneira sobre os sacerdotes e eclesiásticos.

Que fossem os eclesiásticos isentos do foro secular por Cristo imediatamente, é questão controversa; que o direito canônico e os Sumos Pontífices os eximam — é certo. E daqui bem podemos dizer que Cristo os exime, porque os Papas os eximem com o poder que receberam de Cristo. E daqui se colhe conclusão certíssima que não poderão nunca ser privados deste privilégio sem consentimento do Sumo Pontífice, que o concedeu assim porque legitimamente o podia conceder, como também porque os imperadores e príncipes católicos o admitiram. E desta mesma isenção se colhe que podem ser sujeitos aos reis e magistrados seculares nos casos que permitirem os Sumos Pontífices que os eximiram, porque a isenção não lhes vem das Ordens, como se vê nos clérigos casados, que não gozam o privilégio do foro eclesiástico, porque os papas lho tiraram.

E procedendo neste sentido, digo que há muitas razões e ocasiões que habilitam os reis para procederem contra os eclesiásticos. As principais são: costume, concórdia, privilégio, justa defensão. Costume, porque este, tolerado pelos papas, tem força de lei. E assim vemos os clérigos sujeitos às leis civis, que olham pelo bem comum, como as que taxam os preços das coisas, as que irritam contratos, as que proíbem armas, etc. Concórdia, porque quando consentem o eclesiástico e o secular em uma coisa, a nenhuma se faz injúria, e esta deve ser a razão por que em França são julgados os eclesiásticos, assim como os leigos, no juízo secular em causas cíveis e crimes, e neste reino podem ser autores, ainda que não possam ser réus. Privilégio, porque, se o Papa o conceder nos casos que pode é valioso, como se vê nos feudos, cujas causas se demandam sempre no juízo secular e nos bens da coroa, quando se dão a clérigo com tal obrigação. Moeda falsa e crime *laesae majestatis* têm, em alguns reinos, o mesmo privilégio. Justa defensão, porque *Vi vim repellere licet*. E para defender um rei sua pessoa e a seus vassalos inocentes, pode proceder contra a violência dos eclesiásticos. E esta é a razão por que vimos neste reino muitos eclesiásticos — assim clérigos, como religiosos e também bispos —, presos e confiscados por conspirarem contra o pessoal real e bem comum de todo o reino. E no tal caso, por todos os princípios de necessidade, costume, concordata, privilégio e justa defensão, tudo foi lícito e bem obrado, ainda que do outro princípio não constasse mais que do da justa defensão. E assaz moderado e modesto andou el-rei nosso senhor em não fazer mais que retê-los presos, para assim reprimir sua audácia e força.

Tudo o que tenho dito neste capítulo é a doutrina mais verdadeira que há nestas matérias, e se alguém admitir outra contrária a esta arriscar-se-á a cair nos precipícios em que se despenharam muitos hereges. E baste isto para desenganarmos a piedade supersticiosa de alguns escrupulosos pouco sábios que, tomando as coisas à carga cerrada, apelidam em suas consciências zelos fantásticos, com que se inquietam sem fundamento. E vamos por diante com as unhas de que nos divertimos.

CAPÍTULO LI

Dos que furtam
com unhas insensíveis*

Dos áspides escrevem os naturais que mordem e matam com tanta suavidade que não se sente; e por isso Cleópatra escolheu esta morte, enfadada da vida pelo repúdio de Marco Antônio. Tais são as unhas insensíveis. Tiram a vida aos reinos mais robustos e esgotam a alma aos tesouros mais opulentos com tanta suavidade que não se sente o dano senão quando está tudo morto. Estas são as unhas dos estadistas, alvitristas, áspides do inferno que persuadem aos reis, com razões suaves e sofísticas, que lancem fintas, que ponham tributos, que peçam donativos aos povos, sem mais necessidade que a de sua cobiça. Digo que são suaves as razões que dão, porque não há coisa mais suave que o recolher dinheiro, e digo que são sofísticas, porque as vestem de aparências do zelo do bem comum — e na realidade são cutelos que degolam as Repúblicas. Declaro isto com um discurso, ou conseqüência, que vi fazer ao diabo; caso é que me passou pela mão haverá vinte anos. Navegamos de Lisboa para a Ilha da Madeira quando, de repente, entrou o demônio no corpo de um marinheiro natural de Setúbal, grande palreiro. Dez ou doze homens muito valentes não bastavam para segurá-lo, até que acudiu um sacerdote religioso que com os exorcismos o subjugou.

Muitas perguntas lhe fizeram. A todas deu respostas, tão ladino, que bem mostravam saírem de entendimento maior que da rusticidade de um marinheiro. E que fosse espírito mau mostrou-o bem nas faltas ocultas que descobriu a um soldado meio castelhano, que com demasiada fanfarrice o atruou* chamando-lhe *perro*, apóstata e outros nomes afrontosos, que até o diabo os não sofre. E por isso lhe revidou, pondo-lhe em público coisas não menos afrontosas que ele tinha obrado em secreto, de que corrido por não ouvir mais se retirou. Um dos circunstantes (devia de ser sebastianista) desejoso de saber se era vivo el-rei D. Sebastião, tudo era apertar com o padre exorcista que lho perguntasse. Mas o padre lhe respondeu, humilde, que seu ofício era apertar seriamente com o espírito maligno que deixasse aquele homem, e não fazer perguntas escusadas. O diabo, que nada lhe cai no chão, acudiu a tudo e pode ser o faria divertir os exorcismos, e disse estas palavras formais: "Se vós tendes rei, para que quereis outro rei? Sabeis qual é o verdadeiro rei? É o dinheiro, porque ao dinheiro obedece tudo, porque quem o dá é senhor, e quem o toma é ladrão. O rei, que faz mercês, corrobora seus vassalos; o que lhes toma o dinheiro, debilita seus Estados e abre caminho para perder tudo. Sabeis como é isto? É como as fintas, com que agora andam para defender o reino. E erram o meio da melhor defensão, que seria espalhar dinheiro pelos pobres, para terem todos que defender e vigor com que servir." Mais arengas enfiou a esta; tudo deixo, porque o dito basta para o intento.

Bem sei que o diabo é pai da mentira e também sei que o obriga Deus muitas vezes a falar verdades, para advertir homens que não merecem melhores mensageiros, como se viu na Pitonisa de Saul e na que jurou S. Paulo. E a experiência nos tem mostrado a certeza com que falou este espírito, pois vimos que os tributos e fintas de Castela, de que até o diabo se queixava então, vieram a ser a única causa de sua total ruína. Suave e insensivelmente foi desfrutando todo o pingue de seus reinos e, por isso, os acha agora tão debilitados que não se podem sustentar a si nem resistir a seus contrários. Se tiver de reserva os vinte ou trinta milhões que gastou nas superfluidades do Galinheiro, ou se os deixara estar nas mãos de seus vassalos, outro galo lhe cantara e não os achara todos galinhas, quando lhe servia serem leões, título e nomeada de que se prezam.

Conforme a isto, não foi pequeno índice de perpetuidade a resolução generosa com que el-rei D. João o IV, nosso senhor — que Deus guarde e prospere —, mandou levantar todos os tributos que Castela nos tinha posto, tanto que tomou posse pacífica destes seu reino de Portugal.

Nem se condenam com isto as décimas que pôs para a defensão de sua monarquia, porque é tributo que Deus aprova e a lei divina pede a todos os fiéis, para a conservação e aumento da igreja católica, tais são os dízimos de todos os frutos temporais. O que se estranha, e deve repreender e castigar em exação tão justa, é o rigor e desaforo com que alguns ministros vexam as partes e, executando-as por pouco mais de nada, até nos gibões que trazem vestidos as pobres mulheres, e até nas enxadas com que ganham seu sustento os pobres maridos, e até na pobre manta com que se cobrem, porque não acham outra coisa. E destas violências fazem serviço para serem despachados com maiores ofícios, devendo ser castigados severamente, porque no mesmo tempo dissimularam com décimas de ricos e poderosos, tais que a única de qualquer deles faria quantia maior que a de todos os pobres que esfolaram. E porque se não dá fé disto, chamo também a isto unhas insensíveis, assim porque o não adverte quem o deveria emendar, como porque o não sente quem se deixa ficar com a contribuição que, por abranger a todos, o não desobriga na consciência, porque logra o bem que da contribuição dos outros resulta, sem sentir o gravame.

Outro exemplo há melhor que todos de unhas insensíveis, nas armadas que se aprestam e saem por essa barra fora. Todo o tempo que se detêm no rio — que ordinariamente é muito —, e é um perpétuo cano, por onde deságua e desova todo o provimento à formiga*, por tantas mãos dobradas quantos são os soldados, oficiais e passageiros, que continuamente estão a mandar para terra — pelos filhos, parentes e amigos que os visitam todos os dias —, os lenços e sacos de biscoitos, que ao pé do Paço de el-rei se está vendendo, as chacinas e frascos de vinho, azeite, vinagre, meadas de murrão, cartuchos de pólvora. E se algum nota algum lanço destes, respondem rindo: "Rica é a ordem; isto não é nada". É verdade que nada é um lenço de biscoito e quase nada um saco dele; mas tantos mil vêm a ser muito. Bom fora porem-se guardas quando saem, assim como se põe quando vêm aos navios de carga, pois mais vai a sua majestade em assegurar sua fazenda que a alheia; e não sejam como um que vendeu por seis mil réis uma amarra de el-rei que tinha custado setenta mil, que assim guardam eles o que lhes mandam vigiar.

CAPÍTULO LII

Dos que furtam com unhas que não se sentem ao perto e arranham muito ao longe

Quem bem considerar a monstruosa fábrica do Galinheiro de Madri — que no capítulo antecedente picamos —, ao qual depois chamaram Bom Retiro, para lhe emendarem o primeiro nome, que merecia, achará nele um espelho claro deste capítulo, porque é certo se gastaram nele mais de vinte milhões que, com pedidos, fintas e tributos, foram roubando aos poucos, que então o não sentiam, porque lhes iam dando os xaques aos poucos e à formiga*. Até que veio o tempo a dar volta, convertendo-lhe a bela paz em feroz guerra, para a qual acharam menos os milhões que tinham devorado o Galinheiro como milho; e, se os tiveram de reserva, não lhes cantaram tantos galos contrários no poleiro. É coisa muito ordinária não se sentirem danos ordinários que parecem leves, senão quando de pancada chega depois deles à ruína, como na casa que se vai calando pouco a pouco com a goteira. Na vila de Montemor-o-Novo conheci um Juiz de Fora, bom letrado, que deu em um modo de furtar, qual estou certo não achou em Bártolo nem Acúrsio. De toda a carne que se comia em sua casa apartava os ossos e os tornava ao açougue, mandando de potência absoluta, como juiz que era, que lhe dessem outra tanta carne por eles, alegando que não comprava ossos, nem era cão para os comer. O marchante os foi ajuntando e, no cabo do triênio, tinha uma meda deles, que pesava muitas arrobas. Deu-lhe com eles na residência, alegando a perda que lhe dera na sua fazenda, ainda que a não sentira ao perto, por ser aos poucos, que vinha a ser muito considerável ao longe, tomando-a por junto. Achou-lhe o sindicante razão e fez-lhe justiça, mandando que o juiz pagasse logo o preço de outra tanta carne, como pesavam os ossos, e deu-lhe um boléu na bolsa muito bastante e outro no crédito que perdeu, em forma que nunca mais entrou no serviço de el-rei, até que morreu em Évora viúvo. Ambos, juiz e marchante, se arranharam no fim das contas asperamente, ainda que o não sentiram no princípio; mas foi com diferença que o marchante achou cura para as suas entranhas e o juiz não achou remédio e piorou do mal até morrer.

Nas armadas e frotas desta coroa sucedem casos notáveis de grandíssimas perdas, por furtarem ou pouparem ninharias. Parece que não vai nada em prover de vasilhas, para os soldados tomarem suas rações de água e mantimentos, e segue-se daí que, por não terem em que guardem a água, quando se reparte, hão de bebê-la ou vertê-la a desoras. Comem depois o toucinho salgado e mal assado em espeto, que fazem dos arcos das pipas, e ficam estalando à sede. No biscoito há também mil erros, por falta de indústria ou sobeja malícia. A cama é que a acham pelas tábuas ou calabres do navio e como a vida humana depende de todos estes abrigos, e eles são tais, adoecem todos e morrem aos centos, e sente-se, no fim da jornada, o mal grande que se urdiu no princípio com faltas leves e fáceis de remediar na primeira fonte. Sepulta e sorve o mar o que, com uma bochecha de água, se pudera salvar.

Nos exércitos e campanhas se experimenta o mesmo, que por falta de corda, ou de bala, ou de pólvora se perdem vitórias, e por não meterem mais cevada nas garupas ou mais mantimentos na bagagem, se recolhem sem concluírem a empresa, que era de mais ganho e proveito que o que se poupa na reserva. Lá chorou o outro, que por poupar um cravo de uma ferradura perdeu uma gloriosa vitória, e foi assim que, por falta do cravo, caiu a ferradura, e por falta desta mancou o cavalo e faltou o capitão que ia nele em seu ofício, e faltou logo o governo, e perdeu-se tudo. Em uma viagem que fiz por esses mares foi tal a injúria no provimento que, por não comprarem pipas novas, fizeram aguada em umas que tinham servido de chacinas e salmouras. E a graça é que alegam ser melhor a água de pipas velhas; e era tal a destas, que fora melhor beber a do mar. Seguiu-se desta bolada tão judiciosa que esteve toda a gente do navio arriscada a morrer de sede, se Deus nos não levara em breves dias a parte onde tivemos água e refrescos, com que emendamos erros de unhas que, não se sentindo ao perto, arranham muito ao longe.

Tomara aqui todos os reis e príncipes do mundo, para lhes dar este aviso de suma importância: que façam muito caso do que parece pouco, quando é repetido, porque de muitos grãos se faz um grande monte. Parece que não é nada um desabrimento hoje e outro amanhã; parece ninharia negar uma mercê a este, que a pede por serviços, e uma esmola àquele, que a pede por necessidade, e vem-se a conglobar de muitas repulsas um motim de desconsolados, que se acham menos na ocasião do préstimo. E o pior de tudo é que estes corrompem outros e os danam com suas queixas. E vai muito em correr linguagem de "bom príncipe temos", ou dizer-se — mas que seja por entre os dentes — que falta à sua obrigação. A obrigação do príncipe é lutar com este gigante que é o impossível de trazer a todos contentes. E para isso há de ser Proteu e Achelos, que se transforme em leão e em cordeiro, que se vista umas vezes das propriedades de fogo e outras das de água. Sossega-se este mundo bem com uma política a que os prudentes chamam *sagacidade*; e por esta toca de vício chamara-lhe eu antes advertência, que tem mais de virtude. Advirta nos princípios o fim que poderão ter, e pouca vista é necessária para conhecer que de má semente, ainda que seja pequena, não pode nascer bom fruto, e que uma pequena faísca desprezada pode causar grandes incêndios. E assim sucede que o que não se sente ao perto dana muito ao longe.

◨

CAPÍTULO LIII

Dos que furtam
com unhas visíveis

Rara é a unha, ou nenhuma, que não procure fazer-se invisível para que não a apanhem com o furto nas mãos e a agarrem melhor do que ela agarrou a presa. Mas há algumas que, por mais invisíveis que se façam, sempre se manifestam em seus efeitos, tanto que, por mais luvas de saídas e escusas que lhes calceis, não pode o juízo aquietar-se e está sempre latindo e gritando *Latet anguis in herba*. Aqui há harpias. Entrei hoje em casa de um homem, que conheci ontem pajem safado de um ministro opulento. Vejo-lhe colgaduras e quadros, escritórios e cadeiras, bugios às janelas e papagaios em gaiolas de marfim, espelhos de cristal na sala, relógios de madrepérola e outras alfaias, que as não tem tais o rei da China — e fico pasmado, sem saber quem me diga a isto! E digo cá comigo: *Quien cabras no tiene y cabritos viende, donde le viene?* Este homem não foi à Índia nem achou tesouro, porque se o achara el-rei havia de levar, pelo menos, a metade dele. Isto é tesouro encantado, e se quereis que vô-lo descante direi o que dizem todos: que este homem é um grandíssimo ladrão, perdoe-me sua ausência, e isso está assaz provado e manifesto nestes efeitos; nem é mister mais devassa.

Em minha casa estou eu trancado, porque quem não se tranca, no dia de hoje, não vive seguro. E estou tirando devassas que tais as soubera tirar a justiça de el-rei, que deve andar dormindo, pois não dá fé do que olhos fechados e trancados vêem. Vejo que anda a cavalo com dois lacaios aquele ministro, que não tem de ordenado mais que oitenta mil réis; sei que anda em coche o outro, e sua mulher em andas, sem terem de ordenado nem de renda mais que, quando muito, até duzentos mil réis. Eles não trazem navios no mar, nem têm bens patrimoniais na terra, nem os pavões de Juno em casa, que lhes ponham ovos de ouro! Pois que é isto? São unhas visíveis e bem se mostram em estes efeitos e em outros, que calo, de tafularias*, amizades, etc.

Um molde de como isto se obra visivelmente porei aqui, que eu vi há poucos dias na Casa da Índia. Despachava-se a fazenda de um passageiro e vieram a juízo três ou quatro escritórios bem enfardelados, com seus couros e lonas, porque o mereciam, e debaixo destas capas, para virem mais bem acondicionados, traziam vários godrins* muito bons que os estofavam e eram de preço. Há um regimento naquele despacho que fiquem as capas dos fardos que se abrem para os oficiais que assistem a estas vistorias. Abriram os escritórios até a última gaveta, e dados por livres lançaram mãos dos godrins chamando-lhes capas e com eles se ficaram que bem valiam vinte mil réis. Levantando mil falsos testemunhos ao regimento que na verdade só as capas de coiro e lona lhes concede, e não o mais que vem registado como fazenda.

Em Vila Viçosa conheci um criado da grande e real casa de Bragança que gastava os dias e as noites em contínuas queixas de não lhe mandar pagar o sereníssimo senhor duque D. Theodósio seus ordenados. E chegaram a tanto as queixas que se foi valer do confessor para que pusesse a sua excelência em escrúpulo aquele ponto, com todas as razões de sua justiça. Assim o fez o reverendo padre confessor, e o duque prudentíssimo, com o ânimo real e grandioso de que Deus o dotou, lhe respondeu: "Não sei se sabeis vós que esse fidalgo entrou no serviço desta casa sem trazer de seu mais que uma capa de baeta e hoje anda em coche, e sua mulher e filhos vestem galas e comem tão bem como os que se sustentam da nossa mesa. Perguntai-lhe vós se lhe faltou, depois que nos serve, algum dia alguma coisa? E dizei-lhe que assaz mercê lhe fazemos em não mandar ao nosso desembargo que lhe tome contas e examine as superfluidades de sua casa e de seu trato, porque, se puxarmos por isso, é de temer que alcancemos dele queixas mais graves que as que dá de nós". Admirável exemplo! Eis como se fazem visíveis as unhas em seus efeitos, por mais que se escondam.

Mais claramente se fizeram em Évora as unhas invisíveis de certos ladrões que há mais de vinte e cinco anos deram de noite no Mosteiro de Santa Clara, em cuja portaria, dentro do claustro, tinha depositado um maltês dez ou doze mil cruzados em dinheiro. Abriram as portas sutilmente, arrancando as fechaduras com trados*, para não fazerem estrondo. Também levaram farelos para menearem a moeda sem chocalhada. Deram nos caixões de pecúnia, encheram alcofas e sacos, sua boca, sua medida, até mais não quererem ou não poderem levar para suas casas, onde começaram a lograr os frutos de sua diligência, mas tão incautos que, sendo trabalhadores de enxada, já não iam puxar por ela no serviço das vinhas, como costumavam. Nem fora isto bastante para os descobrir a grande diligência, com que a justiça por todas as partes batia as moitas. Até que, em uma sexta-feira, notou um argueireiro*, na praça do peixe, que um destes comprava solho, para jantar a tostão o arrátel, costumando a passar com sardinhas. Deu sopro ao Juiz de Fora, que lhe deu em casa de repente e, com poucos furões, descobriu a caça e achou a mina, donde saíam os gastos que o fizeram manifesto, com prova bastante para o pôr no potro, onde chorou seu pecado e cantou os cúmplices, cujas cabeças vimos sobre as portas da cidade, fazendo suas unhas ainda mais manifestas.

◻

CAPÍTULO LIV

Dos que furtam com unhas invisíveis

Tela praevisa minus nocents, diz o provérbio de S. Jerônimo. Ver o mal antes que chegue é bem grande para escapar dele; mas o raio, que não se vã, à bala, que não se enxerga, senão quando vos sentis ferido, são males irremediáveis, e tais são as unhas invisíveis em suas rapinas. E passa assim, na verdade, que não damos fé delas, senão quando sentimos seus danos. Raro é o ladrão, se não é de estrada, que não trate de esconder as unhas e fazer-se invisível quando furta. E por esta via podem pertencer a este capítulo quase todos; mas eu trato aqui dos que, vendendo gato por lebre, fazem o assalto ainda mais invisível, pondo-vos à vista o arpéu com que vos esfolam, sem dardes fé dele.

Abroquelem-se os mecânicos, que começa esta bateria por eles. Vende-vos um sapateiro um par de obra por boa e legítima, e com tal lhe talha o preço que vós desembolsais muito contente e ele agarra pouco escrupuloso. Daí a dois dias rebentam as costuras, porque o cânhamo do fio era podre ou singelo, devendo ser são e dobrado. Vistes as entressolas, que eram de pedaços, devendo ser inteiras, e os contrafortes de badana*, que deveram ser de cordovão ou vaqueta. E tudo fez invisível e destreza do trinchete e quanto vos deu de perda tanto vos furtou em Deus e em sua consciência. Vende-vos um alfaiate o vestido feito ou faz-vos o que lhe mandastes talhar: mete lã por algodão nos acolchoados, trapos por holanda nos entreforros, linhas nos pespontos que queríeis de retrós, pontos de légua nas costuras — e paga-se como se tudo fora direito como uma linha. E tem para si que nada fica a dever, porque de nada destes fé senão quando se foi gastando a obra e apareceram estes furtos no vosso negro, a quem destes o vestido, porque não dizia com vossa pessoa. Um fidalgo da primeira nobreza, que todos conhecemos neste reino, mandou fazer umas calças altas, no tempo que se usavam, e deu para os entreforros dois côvados de baeta muito fina, e o senhor mestre que as talhou e pespontou, tomando a baeta para si pôs-lhe, em seu lugar, um sambenito*, por se forrar dos custos, que lhe tinha feito. Feitas as calças, sem nenhuma suspeita do que levavam dentro, achou o fidalgo que pesavam muito e que o apoquentavam mais que muito. Mandou-as abrir para ver se tinham chumbo ou fogo dentro e achou o sambenito de mais e a sua baeta menos. Não conto o mais que sucedeu porque isto basta para se ver que há nos alfaiates unhas invisíveis.

Os cerieiros*, que espalmam cera preta debaixo da branca; os confeiteiros, que cobrem açúcar mascavado e borras com duas mãos de fino; os pasteleiros, que picam um gato em meia dúzia de covilhetes; os estalajadeiros, que batizam o vinho e dão vianda de cabra por carneiro; o tosador, que, sem pôr tesoura na peça de vinte-dozen, vos leva um vintém por cada côvado; o ferrador, que encrava a besta e também de noite a acutila, para ter que curar e de comer, os boticários, que mexem azeite da candeia no emplastro, que pede óleo de minhocas na receita; o cordoeiro, que vende por nova do trinque* a amarra, que teceu de duas velhas que desmanchou; o sombreireiro, que trabalhou lã grossa e podre, debaixo de uma pasta fina, para vender o chapéu como se fora de castor; o serralheiro, que amassou ferro tal, onde havia de forjar aço de prova; o ourives, que descontou a peso de ouro o azougue, com que ligou o douramento, e a peso de prata a liga e cobre, que misturou na peça — e todos quantos eles são (que seria muito corrê-los todos) têm estas tretas e outras mil, com que escondem as unhas, que invisivelmente nos roubam.

Mas dirá alguém que tudo isto são ninharias, que não tiram honra nem desmandam casamento. Seja assim. Vamos avante: *Paulo maiora canamus*. Levantemos de ponto e venha a juízo gente mais granada; e os que provêem as armadas e frotas de el-rei nosso senhor, sejam os primeiros. Não têm conto as pipas de vinhos e azeites, que neles arrumam para provimento e droga. Tudo vai fechado, cravado a batoque, e se no fim da jornada se acha o vinho vinagre e o azeite borra, a linha tem a culpa nas influências com que corrompe tudo, e o ladrão a desculpa na mão com que gualdripou* o que vai de mais a mais entre vinho e zurrapa, azeite e borra. E fica o salto, que foi invisível em Lisboa, manifesto além da Linha, como Santelmo que se faz invisível em tempo sereno e na tempestade aparece.

Os ladrões noturnos são ainda mais invisíveis, como aquele que mudou um trancelim da cabeça de seu dono para outra, a que não pertencia. Era ele de diamante e de muitos mil cruzados de preço, que tinha no ouro, pedras e feitio. E foi o caso que, quando el-rei Filipe III de Castela veio a este reino, lançou o duque de Aveiro esta gala, com que brilhou mais que todos. Encheu os olhos de uma ave de rapina, que se fez noturna, para lhe dar caça mais segura. Esperou que o duque se recolhesse do Paço Real alta noite, investiu-o no coche pela popa, abrindo com ferro, da banda de fora, entrada bastante para ter boa saída o chapéu e peça, que voou pelos ares com seu segundo dono, que ainda não se sabe se o engoliu a terra ou se o levaram os ventos, porque se fez logo tão invisível como clandestino.

Pela trilha deste se desempenham muitos, a que chamam neste reino capeadores. Esperam que anoiteça. Fazem-se invisíveis por esses cantos das ruas de melhor passagem. Espada e broquel com pistola são os seus fiadores e, em passando coisa que lhes arme, desarmam de repente com uma tempestade de espadeiradas e ameaços de morte. E, se lhes resistem, aplaca logo tudo a pistola posta nos peitos. E com largar a capa e a bolsa rime* sua vexação o passageiro, sem conhecer o autor da presente perda ou do ganho da vida, que diz lhe dá de barato, quando tão caro lhe custa a torná-la para a sua casa ilesa. Nas Crônicas de Portugal se conta que houve um rei em Lisboa, antigamente, tão solícito de atalhar furtos que até os invisíveis dava caça. Deram-lhe aviso os seus espias que se furtava muito, na Casa da Índia e na Alfândega, e que de noite se abriam as portas e levavam fardos de toda a droga, com tanta afoiteza que os mariolas da Ribeira eram os portadores alugados. Disfarçou-se o bom rei à guisa destes e entre eles passou uma noite e outra, até que chegou a infausta para todos. Deixou-se ir ao chamado dos oficiais, que os levaram todos à Alfândega e o seu maior cuidado foi dar tesouradas nas capas de todos sem ser sentido. Fez-se tudo como os pilotos da facção mandaram, pagaram seu trabalho aos mariolas e recolheu-se o rei com boa ordenança. E em amanhecendo mandou vir perante si todas as Justiças, ministros e oficiais de seu serviço, com os mesmos vestidos com que tinham rondado aquela noite e "não façais, com pena de morte". E como os mandados dos reis inteiros são leis invioláveis, assim vieram todos. Foi-lhes vendo as capas e pôs de reserva todas as que achou feridas, para pôr a seus donos de dependura. E assim passou o negócio que, com tesouradas invisíveis, assegurou tesouros que unhas invisíveis lhe roubaram.

Nunca faltam aos reis traças e modos para evitar danos, mas que pareçam irreparáveis por invisíveis. Tais foram os que padeceram a Alfândega de Lisboa, muitos anos, nos direitos reais, com um ministro que tirava folhas dos livros do recibo, tão sutilmente que ficava invisível a falta; mas viram-se logo as sobras dos restos das contas no largo, que invidava o resto na casa do jogo e, se soubera fazer invisível o lucro dos direitos, como fez invisível o salto com que os roubava, ainda estariam invisíveis as unhas que o levaram à forca. Por sinal que endoideceu sua mulher, e ainda não se sabe se foi de prazer por perder o marido, se de pesar por lhe confiscarem a fazenda. Por tudo seria.

CAPÍTULO LV

Dos que furtam com unhas ocultas

Parecerá a alguém este capítulo semelhante ao passado das unhas invisíveis; mas ele é muito diferente, porque as unhas o são também muito entre si, como logo mostrarão os exemplos. E a razão também o mostra, porque as invisíveis são as que de nenhuma maneira se podem conhecer no flagrante e as ocultas bem se podem alcançar logo se fizermos diligência. Sucedeu o caso, e eu o vi em uma feira de três que se fazem todos os anos em Vila Viçosa, haverá dezessete anos. Vinha ali muito açafrão de Castela e não tão caro como hoje vale. No primeiro dia, não havia achá-lo por menos de dois mil réis, e isto em muitas tendas; no segundo dia, só um vendedor se achou dele e dava-o liberalmente a mil e quinhentos réis. Deu isto que cuidar, porque não havendo mais que um mercador de uma droga, a razão pedia que lhe levantasse o preço; mas a sem-razão que ele usava o ensinou a o abater, para se expedir mais depressa e pôr-se em cobro com os ganhos. Quais ganhos? Chamara-lhe eu antes perdas, pois comprou tanta fazenda a dois mil réis e a vendeu toda a mil e quinhentos. Assim passa, mas aí vale a unha oculta, que misturou com o açafrão puro outro tanto peso de flor de cardo, tinta de amarelo, fêveras de vaca, areia miúda, nervos desfeitos. E multiplicando assim a massa, cresceu a droga outro tanto ou mais. E ainda que lhe abateu a quarta parte do preço primeiro, dobrando a quantidade, ficou interessando no segundo outra quarta parte, que vinha a ser muito em tão grande quantia. E ainda que as partes se acharam no primeiro jantar defraudadas não foi com tanta pressa que a não pusessem maior as unhas ocultas em se porem em cobro antes de as fazerem manifestas.

Um segredo natural há nesta matéria de unhas ocultas, que sucede cada dia, de que só aos confessores se dá parte e por isso os senhores ficam defraudados nesta parte. Logo me declararei: ninguém cuide que tacho os confessores de descuidados em mandarem restituir; pode ser que se governem neste caso pelos conselhos de Sanches. É coisa certa que o pão, quando se recolhe das eiras para os celeiros, que vem seco e estílico do maior sol que nelas padece, e outrossim é certíssimo que os celeiros, pela maior parte, são úmidos e daqui vem que o pão, penetrado da umidade incha em seu tanto, de maneira que está averiguado que cada dez moios lançam um de crescenças. Entrega el-rei por essas Lezírias mil moios de pão a seus almoxarifes, no verão, e quando lho pede, no inverno, é mais que certo que fazem a restituição dos mil moios e que lhes ficam cem nos celeiros, pela regra infalível das crescenças que temos dito. O almoxarife, que é bom cristão, acha-se enleado: por uma parte o pica a consciência, vendo em sua casa bens que não herdou; e, por outra parte, também se lhe sossega, porque ninguém o demanda por eles e vê que el-rei está satisfeito. Vai à confissão da Quaresma e diz: "Acuso-me que comi cinqüenta moios de trigo, que não semeei, nem herdei, nem comprei. E também declaro que os não furtei, porque me nasceram em casa dentro de uma tulha, assim como me podia nascer um alqueire de verrugas nestas mãos. E destrinçado o caso, fica a coisa oculta e em opinião." E quem a quiser ver decidida, veja o doutor que já toquei, que eu não professo aqui ensinar casos de consciência, ainda que sei que a praxe deste está resoluta nos celeiros do estado de Bragança, onde se pedem as crescenças aos almoxarifes.

Mais ocultas têm as unhas outro exemplo, que tem feito variar no expediente dele muitos teólogos. Dei a vender uma pipa de vinagre e a regateira* foi tão ardilosa que a foi cevando com água pelo batoque, ao compasso que a ia aquartilhando pela torneira. E aqui está escondido outro segredo natural que aquela água botada aos poucos se vai convertendo em vinagre, e às vezes mais forte; porque se destempera. E nesta parte é como o cão danado, que irritado se azeda mais. E vem a fazer a senhora vendedeira de uma pipa três ou quatro e fica-se com o resto, que é mais outro tanto em dobro, e limpa o escrúpulo com lhe chamar fruto de sua indústria.

Aqui podem entrar os tafuis*, que jogam com dados falsos e cartas marcadas, cujas unhas ocultas com tais disfarces se manifestam e fazem sua presa com mãos continuadas em ganhos para quem vai senhor do jogo e sabedor da maranha. E nisto não há opinião que os escuse de furto mais aleivoso que o do ladrão que salteia nas estradas. Também é oculta a treta de quem põe mal com el-rei, a poder de mexericos, o capitão que vem de além-mar muito rico, para que não lhe dê audiência e o traga desfavorecido, até que solícito busca caminho para se congraçar com seu senhor. E como o de boas informações é o melhor, trata de buscar quem lhe desfaça as más e apóie seu crédito. E não falta logo quem lhe diga: "Senhor, valei-vos de fulano, que tem boas entradas e poderá dar melhor saída à vossa pretensão". E pode ser que vem este mandado pelo mesmo que o pôs em desgraça, para o trazer a estes apertos de o buscar com os donativos costumados, que às vezes passam de vinte caixas de açúcar, porque em mais se estima a graça de um príncipe. E tanto que se alcança este intento das caixas, peças ou bisalhos*, segue-se o segundo de desfazer a maranha, e aboná-lo até o pôr em pés de verdade, restituído a seu primeiro ser e valimento.

CAPÍTULO LVI

Dos que furtam com unhas toleradas

Terrível ponto e arriscado é o que se nos oferece para deslindar*, neste capítulo, porque parece que ofende a justiça e bom governo dizermos que há unhas que furtam e se toleram. Males há necessários — como diz o provérbio —, e que se toleram nas Repúblicas, para evitar maiores males. Tal é o de mulheres públicas, comediantes e volatins*, que se sofrem para divertir as más inclinações e evitar outros vícios maiores. Mas o furtar sempre é tão mau que não se pode tolerar para desmentir vício maior, pela regra que diz: *Non sunt facienda mala, ut veniant bona*. Donde o tolerar ladrões nunca é bom, porque havê-los é mau e consenti-los pior. E outra regra diz que tanta pena merece o consentidor como o ladrão. Nem se pode dizer que a justiça os consente nem que os reis os dissimulam, porque a razão não os permite. Pois que unhas toleradas são estas, que aqui se nos entremetem, para serem descuidadas? Para serem emendadas folgara eu de as propor, e declará-las-ei com um par de exemplos, tão notórios e correntes que, por serem tais, ninguém repara neles. Seja o primeiro de longe e o segundo de perto; este de Portugal e aquele de Itália.

Em Itália está Roma, cabeça do mundo, que pelo ser nos deve dar documentos de Justiça e santidade e por isso não estranhará tacharmos o que se desviar desta regra. Lá há uns oficiais que chamam banqueiros e estes têm, por todo o mundo onde se acha obediência romana, seus correspondentes, que intitulam do mesmo nome. E assim uns como outros agenciam dispensações, graças e indulgências e expediente de igrejas e benefícios, que vêm por Breves e Letras

Apostólicas dos Sumos Pontífices, para partes que não podem lá ir negociá-las. E por tal arte meneiam as coisas que não lhas trazem senão a peso de dinheiro e vem a ser, neste reino, um rio de prata, para que não lhe chamemos ouro, que está correndo, continuamente, para a Cúria Sacra, por Letras de bispados, igrejas e benefícios e mil outras graças, tudo por tão excessivos preços que vem a fazer mais de um milhão todos os anos; sendo assim que nas Bulas de tudo se diz que dão tudo de graça: *Gratia sub amulo piscatoris*. E assim é, na verdade, que S. Pedro pescador nada logra de tão copiosa pesca. Os pescadores que engordam com estes lanços bem se sabe quais são e, porque são os que não convêm, se livrou França deles com dar por cada Bula dez cruzados, para o pergaminho dela e chumbo do selo, sem avaliar o muito ou pouco que se concede, porque isso todas as Bulas dizem que vem de graça.

Castela se suspeita que tem a culpa do que Portugal padece nesta parte, porque alargou a mão para seus intentos, ou porque a tinha então mais cheia que hoje, com as enchentes de ouro e prata que lhe vinham do Mundo Novo. E como Portugal lhe era sujeito, e sempre foi liberal e grandioso, foi seguindo suas pisadas e, vendo-se picado e oprimido com tal carga e com o pé italiano sobre o pescoço, tudo tolera, a título de piedade, como se não fora impiedade defraudar-se a si, para encher as unhas de milhafres banqueiros, cuja fé não assegura a verdade das Letras, que praza a Deus não sejam falsas. Doutores houve já que, considerando o muito ouro que dispensações só dos matrimônios levaram deste reino, resolveram que podia el-rei nosso senhor fazer lei que anulasse todo o contrato de matrimônio entre parentes. Mas mais fácil era mandar, com pena de confiscação de todos os bens, que ninguém passe lá dinheiro para tais graças, pois concedem que vem de graça; e atalhar-se-ia assim de pancada tudo, pois não há razão que nos tolha fazermos o que faz França quando mais cristianíssima.

Que venha um coletor a este reino, por três anos, a governar-nos as almas, e que puxe tanto pelos corpos que ponha em Roma perto de um milhão quando nada para si e seus oficiais, é coisa que não entendo, e por isso não lhe sei dar remédio. E se o entendo, não me atrevo a receitar-lhe a mezinha, porque não me levantem que sinto mal do eclesiástico. E a verdade é que sinto na alma ver chagas incuráveis em quem tem por ofício curar as nossas. Chamo-lhe *incuráveis* não porque não tenham remédio, mas porque são toleradas de tanto tempo que de velhas não têm cura e por isso ninguém se cura já delas. Aqui se me põe uma instância. Tal qual é, eu a destroçarei. Dizem os que de nada se doem: como pode um só coletor, com três monsenhores varões de letras e virtude, recolher tanta pecúnia, se eles só tratam do espírito? Respondo que há neste reino mais de dez mil frades e mais de quinze mil freiras e mais de trinta mil clérigos e mais de cinqüenta mil embaraços de consciência em leigos. E todos movem demandas de lana-caprina*, porque o frade quer comer na mesa travessa, a freira quer janela sem grade e grade sem escuta, o clérigo quer viver à lei do leigo e o leigo quer ordens sem cabeça em que lhas ponham, e descasar-se de duas ou três que o demandam; *Et sic de reliquis*. E todos, para saírem com a sua, entram com "monsieur" Auditor e com "monsieur" Albornoz* e com "monsieur" Catrapus. Uns dão ouro, outros prata e outros pedras que se não acham na rua, porque de frasqueiras, capoeiras, canastras, costais, etc., já se não faz caso por serem drogas de mais volume que lume. E com estas pedradas dão a batalha e alcançam a vitória e alimpam o bico, pondo em pés de verdade que Roma não se move por peitas, e assim é porque tudo são graças. Não sei se me tenho declarado; mas sei que tudo se tolera, porque corre tudo por canos inescrutáveis e que fora bom haver um Breve de contramina, que anulasse tudo o que, por mais minas, se agenciasse.

    E tornando ao primeiro ponto dos banqueiros, remato esta teima com um caso que me passou pelas mãos há poucos dias. Com três tratei uma dispensação ou absolvição importante: um pediu duzentos mil réis, outro cem mil, o terceiro foi mais moderado e disse que, por menos de oitenta, era impossível impetrar-se. Não havia nos penitentes cabedal para tanto; falou-se a pessoa que tinha inteligência na Cúria Romana e, proposto o negócio, respondeu que era de qualidade que se expedia na Cúria sem gastos de um ceitil e se ofereceu para mandar vir o Breve de amor em graça. E assim foi, que de graça veio. Contei por graça isto ao matalote* dos duzentos mil réis, respondeu murchando os beiços: "São lanços que não tiram seus direitos aos homens de negócios." E melhor dissera lançadas de mouro esquerdo, que merece gente que, com sua infernal cobiça, infama a sinceridade da Igreja Católica, a qual de nenhuma maneira sofre simonias, como atualmente o tem mostrado a santidade de Inocêncio X, depondo, enforcando e queimando muitos por falsificarem Letras.

    Até aqui unhas toleradas, neste reino, no qual também há outras suas próprias que tolera, e todas tomara cortadas. Arma um fronteiro uma facção por seu capricho, entra por Castela com dois ou três mil portugueses, gasta na carruagem, munições e bastimentos da cavalaria e infantaria oito a dez mil cruzados. Sucede-lhe mal a empresa e, ainda que lhe suceda bem, perde em armas, cavalos e infantes mais de outro tanto, e recolhe-se dizendo: "Bela maré levamos, se não se virara o barco". E dado que nada perca e que traga uma grande presa, está bem esmada* e malbaratada. Lança ao quinto de el-rei ao mais rebentar duzentas cabeças de toda a sorte, que não bastam para recuperar mais de duzentos mosquetes e outras tantas pistolas, que desapareceram, piques que se quebraram e gastaram em assar borregos, capacetes de que fizeram panelas para cozer ovelhas com nabos, e outras mil coisas que não se contam, com que, lançadas as contas, sempre as perdas excedem os ganhos. Além de que na giravolta se destroça o fiado, desconta o vendido e perde o comprado, quando o inimigo torna a tomar vingança e dão nos nossos lavradores, que o não agravaram, deixando-os sem bois nem gados para cultivar as terras. Tornam lá os nossos a satisfazer esta perda e é outro engano, porque com o que trazem não se recuperam os lavradores; tudo é dos soldados, que o malogram, e dos atravessadores, que o dissipam. E assim se vão encadeando perdas sobre perdas, que unhas toleradas vão causando sem remédio, porque não se deu ainda no segredo desta esponja. Olham para o aplauso da valentia, e as medras* dos que se empenham nelas lançam um véu pelos olhos de bizarria, a todos, e outro de lisonja sobre a ruína da Fazenda real, que paga as custas. E os lavradores choram o de que se ficam rindo os pilhantes, que nesta água envolta são os que mais pescam.

E que direi das inumeráveis unhas que se toleram na grande cidade de Lisboa? Envergonha-la-emos com cidades muito maiores que há na China, nas quais há tão grande vigilância, nisto de unhas de gente vadia, que de nenhuma maneira escapa pessoa viva de que se não saiba quem é, o que trata e de que vive, para evitar roubos e outras desordens, de que são autores os ociosos e vagabundos em grandes Repúblicas. E na nossa há destes tanta tolerância que andam as ruas cheias, sem haver quem lhes pergunte se se sabem benzer, nem quem se benza deles, porque deles nascem os roubos noturnos, raptos clandestinos, homicídios cotidianos. Neles achareis testemunhas para vencer qualquer pleito, e quem vos faça uma escritura falsa e uma provisão, que até el-rei — que a não assinou — a tenha por verdadeira. Tudo se tolera, porque não há quem vigie. Sou de parecer que, assim como há Meirinho-mor para resguardo do paço real, haja segundo Meirinho-mor para guarda de toda a corte, nesta parte dos vadios e gente ociosa, e que prenda todo o homem que não conhecer, sem lhe formar outra culpa. Se provar no Limoeiro que é homem de bem, será solto; e se for da vida airada, vá para as Conquistas, onde terá campo largo para espraiar suas habilidades — e ficaremos livres desta praga, que tanto à nossa custa se tolera.

CAPÍTULO LVII

Dos que furtam com unhas alugadas

Toleradas são também estas unhas, pois se alugam; mas são piores nas correrias que fazem, como mulas de alquiler*. Os doutores teólogos têm para si que não há maior maldade que a que se ajuda de forças alheias, quando as próprias não lhe bastam para executar sua paixão. E está em boa razão, porque sai da esfera e limite daquilo que pode. E obrar uma pessoa mais do que pode, para o mal, é grandíssima maldade; assim como obrar mais do que pode, para o bem, é grandíssima virtude. Não pode um ladrão arrombar a porta de um mercador, à meia-noite, que remédio para lhe pescar um par de peças, sem estrondo nem dificuldades? Aluga um trado* e com ele, como com linha surda, faz um buraco, quanto caiba uma mão. Mete um gancho agudo, tão comprido quanto baste para chegar às peças, que esmou* de olho ao meio-dia; fisga-lhe uma ponta e, como camisa de cobra, as revira e escoa todas pela talisca*. Mas não são estas as unhas alugadas que fazem os maiores danos na República. Outras há, de que Deus nos livre, mais noviças. Estas são as serventias de quantos oficiais de justiça há no mundo. Corrê-los todos é impossível. Direi, somente, de varas e escrivaninhas, o que vemos e choramos e não remediamos, porque não ferem seus danos, a quem pudera dar-lhes o remédio. Que coisa é a vara de um meirinho, ou de um alcaide, no dia de hoje? Se Aristóteles fora vivo, com todo o seu saber não a havia de definir ao certo; mas eu me atrevo a declará-la como a de Moisés.

A vara de Moisés, na sua mão, vara era; mas fora da sua mão era serpente. Tal é qualquer vara destas, de que falamos: na mão de seu dono vara é, se é bom ministro; mas fora da sua mão é serpente infernal. E, se anda alugada, é todo o diabo do inferno, porque um diabo não tem poder para se transformar em tantos monstros como uma vara de serventia alugada se transforma. E eles mesmos o confessam, que não pode tal ser, para pagarem ao órfão ou à viúva, cuja é, e ficarem com ganho que os sustente a todos à custa das perdas de muitos. Olhai para a vara de um aguazil daninho; parece-vos vaqueta de arcabuz e ela é espingarda de dois canos, porque vai por esses campos de Jesus Cristo a melhor marrã que encontra e o melhor carneiro aponta neles, e quando volta para casa acha-os estirados na sua loja, sem gastar pólvora nem dar estouros. Também é cana de pescar fora da água. Vai à ribeira, lança o anzol na melhor pescada e no melhor congro ou sável e, sem sedela* que puxe, dá com eles no seu prato. Também é besta de pelouro que mata galinhas aos pares e pombas às dúzias; perdizes, nenhuma lhe escapa se as acha nos açougues, porque no ar erra a pontaria. Também é cadela de fila e quando a açula a uma vitela, mas que seja a uma vaca, berrando a leva aonde quer. Também é côvado e vara de medir, e quanto mais comprida tanto melhor. Assim como é, entra em casa do mercador, e mede como quer pano e seda. Também é garavato* de colher fruta e, sem se abalar por hortas nem pomares, colhe e recolhe canastras cheias. E vedes aqui, irmão leitor, a vara de condão com que nos embalavam antigamente, que fazia ouro de pedras e pão de palhas e da água vinho. E esta ainda faz mais, porque faz e desfaz quanto quer quem a alugou.

O mesmo e muito mais pudera aqui dizer das escrivaninhas alquiladas*; mas não quero nada com penas mal aparadas, não acerte de lhes vir à pêlo este nosso tratado, que nô-lo depenem ou jarretem com alguma sentença grega ou desalmada. Só direi que são alguns, ou quase todos, tão fracos oficiais que é grande valentia saber-lhes ler o que escrevem. Eu sei um que o fizeram vir de Évora a esta corte, para que lesse o que tinha escrito em um feito, que não era pequeno, e não se achava em toda a Lisboa quem em tal escritura atinasse com bóia*, como se fora a de el-rei Baltasar. E com estes gregotins* alimpam as bolsas às partes e sujam quantas demandas há no reino, escrevendo sesta por balhesta* e alhos por bugalhos. E já lho eu perdoara, se não sucedera muitas vezes tirarem dos feitos as sentenças por tal estilo que não se dão a execução, porque não há entendê-las. Muito há que reformar nas oficinas e cartórios destes senhores, como em todos quantos ofícios andam no reino arrendados.

CAPÍTULO LVIII

Dos que furtam com unhas amorosas

Quem dizia, no Capítulo 39, que não há unhas bentas, porque todas são malditas e sujeitas a mil excomunhões quando furtam, também dirá, agora, que não há unhas amorosas, porque todas arranham; mas ser-nos-á fácil desenganá-lo com quantas unhas há de damas que estafam a seus amantes. E tais são também as unhas de todos os validos, mimosos e apniguados dos grandes. Dão-lhes francas entradas em seu seio, sem verem que abrem com isso saídas enormes a seus tesouros. Ouça-me o mundo todo uma filosofia certa: é certo que animais de diferentes espécies não se amansam, cães com gatos, águias com perdizes, espadartes com baleias, nunca sustentaram bom comércio e se algum dia houve bruto que se sujeitasse a outro de diferente espécie, foi não porque a natureza o inclinasse a isso, mas por alguma conveniência útil para a conservação da vida. Há, entre os homens, estados tão diversos que se distinguem entre si mais que as espécies dos brutos. Um fidalgo cuida que se distingue de um escudeiro mais que um leão de um bugio, e um escudeiro presume que se diferença de um mecânico mais que um touro de um cabrito. E que será um duque ou um rei, comparado com qualquer desses? Será o que é um elefante com um cordeiro. Donde se infere que, quando há união de amor entre tais sujeitos, não é porque a natureza os incline a isso; é a conveniência do interesse. E como esta vai adiante sempre, sempre vai fazendo seu ofício, aproveitando-se do amor para suas conveniências.

Entra aqui outra circunstância, que dá grande apoio a este discurso, e é que o maior ama ao menor como coisa sua; e o menor olha para o maior como para coisa que o domina. E isto de ser dominado nunca causa bom sabor e, por isso, vicia o amor, que não sofre disparidades. Donde se colhe, evidente e infalivelmente, que pode haver amor verdadeiro do superior para o inferior, e que não é certo havê-lo do inferior para o superior, porque leva sempre a mira no que daí lhe há de vir. E essa é a pedra de toque em que aguça as unhas, que chamo amorosas, porque com achaque de benevolência e amor, que seu amo lhe mostra, mete a mão no que a privança lhe franqueia, com tanta segurança como se tudo fora seu, pela regra que diz: *Amicorum omnia sunt communia*. O grande nunca sofre igual, quanto mais superior, e por isso não se humana senão com o inferior. E este, porque tem iguais com quem faça sociedade, não necessita do bafo dos grandes, mais que para engordar, e é quanto lhe permite o careio que lhe dão. E usam dele os validos com insolência, porque o acicate que os move estriba mais em medras* próprias que em serviços que pretendam fazer aos seus Mecenas. Reciprocam-se o amor do grande e o interesse do pequeno: o amor abre a porta, o interesse estende as unhas. E como "na arca aberta o justo peca", empolga sem limite e, como "o amor é cego" não enxerga o dano. E se acerta dar fé dele — porque às vezes é tão grande que às apalpadelas se sente —, também o dissimula, e assim se vêm a refundir na afeição todos os danos que padece e granjeiam título de amadas e amorosas as unhas que lhos causam.

Não se condena com isto terem seus validos os grandes, porque nem os Sumos Pontífices se podem governar bem sem nepotes*, a quem de todo se entregam para descansarem neles o peso de seus negócios e segredos. E os príncipes seculares necessitam muito mais deste auxílio, porque as coisas profanas não se domesticam tanto como as sagradas. O que se tacha é a demasia e desaforo de alguns validos. Dos maus há duas castas: uns que escondem as medras e outros que as assoalham. Estes duram pouco, porque a inveja os derruba, armando-lhes precipícios, como a D. Álvaro de Luna, e sua própria fortuna e insolência os jarreta, como o Belisário. Aqueles mais duram e é enquanto se sustêm em seus limites; mas por mais que se dissimulem com trajes humildes e alfaias pobres, logo seus aumentos os manifestam, porque são como o fogo, que se descobre pelo fumo e abrasa mais quando mais se oculta. Se nós virmos um destes comprar quintas como conde, receitar dotes como duque, e jogar trinta e quarenta mil cruzados como príncipe, e soubermos que entrou na privança sem umas luvas, como havemos de crer que cortou as unhas? Cresceram-lhe, sem dúvida, com o favor, como planta que, regada, medra. Grande louvor merecem, nesta parte, todos os ministros que assistem a el-rei nosso senhor, porque vemos que tudo o que possuem, com não ser muito, é mais para o servirem que para o lograrem. Nem se pode dizer de sua majestade, que Deus guarde, que tem validos mais que dois, que se chamam Verdade e Merecimento. Como podem e devem os príncipes ter validos, para se servirem e ajudarem de suas indústrias e talentos, já o dissemos no Capítulo 30, ao título dos Conselheiros, parágrafo I.

CAPÍTULO LIX

Dos que furtam com unhas corteses

Não sei se é certa uma murmuração ou praga, que corre em todas as cortes do mundo, que "mais se ganha no paço às barretadas que na campanha às lançadas". Se ela é certa, é grande roubo que se faz à razão e justiça, que está pedindo e mandando que se dêem as coisas e façam as mercês a quem mais trabalha e padece. Privilégio é de chocarreiros, que ganhem seu pão com lisonjas; mas a honra guarda outro foro que, sendo muito cortês, não pretende nem espera prêmio por sua cortesia, porque lhe é natural. E pelos atos naturais, dizem os teólogos que nada se merece nem desmerece. E daqui vem que o que se leva por esta via vem a ser furto.

Homens há — e conheço alguns — a quem propriamente podemos chamar estafadores. Andam no Terreiro do Paço, no Rossio e por essas ruas de Lisboa, e como são ladinos e versados conhecem já de face a todos. E tanto que vem algum de novo, ou que parece estrangeiro, chegam-se a ele rasgando cortesias, envoltas com louvores de "Vossa Mercê me parece um príncipe, a cuja sombra se prostra hoje minha pobreza; sou um homem nobre e forasteiro, sustento aqui pleitos para remediar filhas órfãs, que trouxe comigo para vigiar sua limpeza — semanas se passam em que não entra pão em nossa casa". E, pondo a mão na cruz da espada, jura que não traz camisa, e por esta toada diz mil coisas que traz estudadas como oração de cego, até que remata com a petição a que foi armando todas suas arengas, com o chapéu na mão, o pé atrás e o joelho quase no chão. O pobre novato, que é às vezes mais pobre que ele, movido por uma parte da compaixão e por outra picado das cortesias, abre a bolsa e, pedindo perdões, dá-lhe a pataca, ou ao menos o tostão, que o suplicante vai brindar logo na primeira taberna. E sabida a coisa, nem filhas nem demanda teve, e sempre foi estafador cortesão, que é o mesmo que ladrão cortês.

Tem um oficial de vara ou escrivaninha, no seu regimento, dois ou três vinténs, que se lhe taxam por esta ou por aquela diligência. Acha nos aranzéis de sua cobiça que é pouco. Teme pedir mais com medo do castigo, que não falta quando sua majestade sabe as desordens. Pergunta o requerente bisonho o que deve. Responde-lhe: "De graça desejara servir a Vossa Mercê, mas vive um homem alcançado e sustenta casa com este ofício, dê Vossa Mercê o que quiser." E se o requerente insta que lhe diga ao certo o que deve, porque não traz ordem para dar mais, nem é bem que dê menos, torna a responder que em maiores coisas o deseja servir, que se não quiser dar nada que o pode fazer e que tão seu cativo ficará assim como de antes. Bem se vê que isto é estafa, pois nunca o viu em sua vida senão aquela vez e, para lhe aguçar a liberalidade, mostra-lhe um livro muito grande e o muito que nele se rabiscou, etc. Pasma o suplicante, lança-lhe um par de patacas mexicanas, onde só devia dois vinténs. Recolhe-as o senhor escriba, de prata fariseu, e despacha-o com "aqui me tem Vossa Mercê a seu serviço, tão certo como obrigado". E se estes mancebinhos puserem no fim de seus despachos os preços deles, como são obrigados, saberão as partes o que devem e não haverá enganos; mas quando o salário é pouco, não o escrevem para ter lugar a treta, e se é muito, galhardamente o explicam. Seja suspenso todo o que o calar e eis o remédio.

Isto são ninharias, em comparação de outras presas que a cortesia agarra sem muitas cerimônias, como na Índia, em Cochim e outras praças semelhantes de maior comércio. Quer um capitão-mor oitenta ou cem mil cruzados de boa entrada, pede-os emprestados a bom pagar na saída com esta arte, que o desobriga para o futuro e não dá moléstia ao presente. Haverá em Cochim e seu distrito mais de cinqüenta mil mercadores, entre cristãos e banianes de bom trato. Manda-os visitar pelos corretores, com mil cortesias, de como é chegado para os servir e que lhes faz a saber como vem pobre; e que trata de armar um empregozinho para a China, e que, por não ser molesto a Suas Mercês — quando vem para os ajudar a todos —, não quer de cada um mais que dois ou três xerafins emprestados, em boa cortesia, e que com a mesma os pagará pontualmente até certo tempo. Nenhum repara em emprestar tão pouco, e muito menos em o cobrar a seu tempo, porque hão mister ao senhor capitão para muito.

E assim se fica com tudo o que vem a passar muitas vezes de cem mil cruzados em leve cortesia. E que muito que suceda isto na Índia, acolá tão longe, quando vemos cá mais perto, dentro em Portugal, casos semelhantes! Um prelado grave, ou para melhor dizer gravíssimo, conheci neste reino, que com achaque de uma jornada à corte de Madri pediu emprestado, por boa cortesia, a cada pároco da sua diocese, dois cruzados com que veio a fazer monte de mais de quatro mil. E quando veio à paga, com a mesma cortesia, nenhum lhos aceitou, como os banianes da Índia. Por esta arte anda a política do mundo cheia de mil tretas, de sorte que, por mal ou por bem, não há escapar de roubos.

CAPÍTULO LX

Dos que furtam com unhas políticas

Anda o mundo atroado com políticas, de que fazem aplauso os estadistas. A uma chamam sagrada, a outra profana, e ambas querem que tenham imensos preceitos, com que instruem ou destroem os governos do mundo, segundo seus pilotos os aplicam. E é certo que toda a máquina dos preceitos, assim de uma como da outra, se encerram em dois: os da sagrada são "amar a Deus, sobre todas as coisas, e ao próximo como a ti mesmo"; os da profana são "o bom para mim e o mau para ti". Mas é engano crasso, a que repugna Minerva, cuidar que há política sagrada: isso chama-se lei de Deus, que com nada contemporiza, nada afeta nem dissimula, lavra direito e sem torcicolos contra os axiomas da política. Pelo que isto que chamamos política só no profano se acha; e esta só é a que tem as unhas de que fala este capítulo e, para sabermos que tais elas são, é necessário averiguarmos bem de raiz que coisa é política. E aposto que, se o perguntarmos a mais de vinte dos que se prezam de políticos, que nenhum a saiba definir pelas regras de Aristóteles, assim como ela merece.

Todos falam na política, muitos compõem livros dela e no cabo nenhum a viu, nem sabe de que cor é. E atrevo-me a afirmar isto assim porque, com eu ter pouco conhecimento dela, sei que é uma má peça e que a estimam e aplaudem como se fora boa, o que não fariam bons entendimentos se a conheceram de pais e avós, tais que quem lhos souber mal poderá ter por bom o fruto que nasceu de tão más plantas. E para que não nos detenhamos em coisas trilhadas, é de saber que no ano em que Herodes matou os inocentes, deu um catarro tão grande no diabo que o fez vomitar peçonha e desta se gerou um monstro, assim como nascem ratos *e materia putridi*, ao qual chamaram os críticos "Razão de Estado", e esta Senhora saiu tão presumida que tratou de casar, e seu pai a desposou com um mancebo robusto e de más manhas, que havia por nome "Amor-Próprio", filho bastardo da primeira desobediência. De ambos nasceu uma filha a que chamaram Dona Política. Dotaram-na de sagacidade hereditária e modéstia postiça. Criou-se nas cortes de grandes príncipes, embrulhou-os a todos, teve por anos a Maquiavel, Pelágio, Calvino, Lutero e outros doutores desta qualidade, com cuja doutrina se fizeram tão viciosa que dela nasceram todas as seitas e heresias que hoje abrasam o mundo. E eis aqui quem é a senhora Dona Política.

E para a termos por tal, basta vermos a variedade com que falam dela seus próprios cronistas que, se bem advertimos, cada qual a pinta de maneira que estamos vendo que leva toda a água a seu moinho. Se for letrado, todas as regras da política vão dar em que se favoreçam as letras, que tudo o mais é aire*. Se professa armas, o autor lá arruma tudo para Marte e Belona e deixa tudo o mais à *porta inferi*. E se é fidalgo tudo apóia para a nobreza e que tudo o mais é vulgo inútil, de que se não deve fazer conta. E é a primeira máxima de toda a Política do mundo que todos seus preceitos se encerram em dois, como temos dito, o bom para mim e o mau para vós. E posta neste primeiro princípio, entra logo sua mãe Razão de Estado, ensinando-lhe que por tudo corte, sagrado e profano, para alcançar este fim; e que não repare em outras doutrinas, nem em preceitos, mas que sejam do outro mundo, porque só do cômodo deste deve tratar e de seu aumento e da ruína alheia, porque não há grandeza que avulte à vista de outra grandeza.

"Mínguas de outros são meus acrescentamentos. Sou obrigado a me conservar ileso e não estou seguro tendo junto de mim quem me faça sombra e, para nos livrarmos deste soçobro, demos-lhe carga, tiremos-lhe a substância." E para isso estende as unhas, que chamam políticas, armadas com guerra, ervadas com ira e peçonha de inveja que lhe ministrou a cobiça; e nada deixa em pé que não escale e meta a saco.

"Este reino é meu e esta província é o menos de que se trata." Os impérios mais dilatados e opulentos são pequeno prato para estas unhas, e o direito com que os agarram escreve o outro com poucas letras, sem ser Bártolo, na boca de uma bombarda, e vem a ser: *Viva quem vence*. E vence quem mais pode, e quem mais pode tenha tudo por seu, porque tudo se lhe rende. E fica a Política cantando a gala do triunfo, e sua mãe Razão de Estado rindo-se de tudo, como grande senhora, e seu pai Amor-Próprio logrando próis e percalços*, e seu avô o Diabo recolhendo ganâncias, embolsando a todos na caldeira de Pero Botelho*, porque fizeram do céu cebola e deste mundo paraíso de deleites, sendo na verdade labirinto de desassossegos e inferno de misérias em que vem dar tudo o que nele há, porque tudo é corruptível.

Este é o ponto em que a Política errou o norte totalmente, porque tratou só do temporal sem pôr a mira no eterno, aonde se vai por outra esteira que tem por roteiro dar o seu a seu dono e a glória a Deus, que nos criou para o buscarmos e servirmos com outra lei muito diferente da que ensina a Política do mundo. E lá virá o dia do desengano, em que se acharão com as mãos vazias os que hoje as enchem da substância alheia.

Testemunhas sejam o famoso Belisário, terror de vândalos, assolação de persas, estragador de milhões, que dos mais altos cornos da lua o pôs sua fortuna, sem olhos, em uma estrada, à sombra de uma choupana, pedindo esmola aos passageiros: *Date obolum Belisario*; e o grande Tamerlão, cujo exército enxugava rios quando matava a sede, tão poderoso que trazia reis ajoujados como cães, debaixo da sua mesa, roendo ossos, o qual à hora da morte mandou mostrar a seus soldados a mortalha, com um pregão e desengano que, de tanto que adquiriu, só aquele lençol levava para o outro mundo.

☐

CAPÍTULO LXI

Dos que furtam com unhas confidentes

Que tenha a minha mão confiança comigo, para me servir e coçar, lisonja é que bem se permite; mas que a tenham as minhas unhas, para me darem uma coça que me esfole a pele, não se sofre, pois tais são os que os reis aplicam como mãos próprias a seu real serviço, e eles, esquecidos da confiança que a majestade real faz deles, estendem as unhas para aplicarem a si o que lhes mandam ter em reserva para o bem comum, e de muitos particulares que esfolam. Há neste reino tesoureiros, depositários e almoxarifes sem conto. Todos arrecadam em seus depósitos, que chamam arcas, grandes cópias de dinheiro, um de el-rei, outro de órfãos e muito de outras muitas partes. E sendo obrigados a tê-lo a ponto, para toda a hora que lho pedirem, aproveitando-se da confiança que se faz deles, metem o dito dinheiro em seus tratos de compras e vendas, com que vêm a ganhar, no cabo do ano, muitos mil cruzados. E se lho pedem no tempo em que anda a pecúnia nos boléus da fortuna, com riscos de se ir o ruço atrás das canastras, fingem ausências e que tem a arca três chaves, que daí a quinze dias virá da Feira das Virtudes Bento* Quadrado, que levou uma; que aí está o dinheiro cheio de bolor na arca — e passam-se quinze meses e não há dar-lhe alcance. E por fim de contas vem a residência e alcança os sobreditos em muitos contos. E estes são os confidentes da nossa República que, fazendo-se proprietários do alheio, alienam o que não é seu e dão através com os tesouros alheios.

Nas fronteiras sucedem casos admiráveis nesta parte. Está um destes (pouco digo em um, podendo dizer mais de cento, mas um exemplo declara mil) à mira, espreitando quando voltam as nossas facções de Castela com grandes presas de bois, cavalgaduras, porcos, carneiros e outros gados, e como os soldados vêm famintos de dinheiro mais que de alimárias, que não pode guardar nem sustentar, e o sobredito se vê senhor dos depósitos dos pagamentos, que foi atrasando para não lhe faltar moeda nesta ocasião, atravessa tudo, resgatando-o por pouco mais de nada, sem haver quem lhe vá à mão, porque todos dependem dele e o afagam para o terem da sua mão e daí a quatro dias, e também logo ao pé da obra, vende a oito e a dez mil réis a lavradores e marchantes os bois, que comprou a quinze tostões, quando muito — e o mesmo cômputo se faz no mais. E vem a ser o mais rico homem do reino, sem meter no trato vintém que ganhasse, nem herdasse de seus avós. Melhor fora venderem-se os tais gados aos nossos lavradores pelos preços dos soldados, para se refazerem de semelhantes presas que os inimigos nos levaram, e não ficarem exaustos de criações os que sustentam a República e cheios os que a destroem com as unhas, que chamo confidentes. Cortem-se estas unhas e se não houver puxavante* que as entre, porque a confidência as faz impenetráveis, tirem-lhe o cabedal e ponha-se onde haja vergonha e honra, que se peje de comprar para vender.

Na cidade de Lisboa conheci um barbeiro, o qual, enfadado do pouco que lhe rendia a sua arte, se deu a sangrar bolsas e fazer a barba aos mais opulentos escritórios. E para o fazer a seu salvo, e com crédito de sua pessoa, foi-se metendo de gorra com seus fregueses, dando-lhes alvitres de que se fazia corretor. Ao princípio começou com penhores, pedindo dinheiro emprestado, para tais e tais empregos que se lhe ofereciam rendosos, e que partiriam os ganhos dentro de breves dias. E com a pontualidade foi ganhando terra para acrescentar as partidas, com o lucro que dava aos credores os foi cevando e metendo na baralha e cobrando crédito, até que os obrigou a invidarem o resto. Já se não curavam de fianças nem penhores para com ele. E vendo assim o campo seguro deu de repente em todos, abonando um lanço que fingiu se lhe abria de grandíssimo interesse e que convinha meter nele todo o cabedal, para ficarem todos ricos. Nenhum reparou em largar quanto dinheiro tinha, e tal houve que lhe entregou cinco mil cruzados, outros a dois, a três e a quatro, sem saberem uns dos outros. Deu com tudo em um navio estrangeiro, que estava a pique, e deu à vela pela barra fora. E o mancebinho nunca mais apareceu nem novas dele nem rastro do dinheiro, por mais Paulinas* que se tiraram. E estas são as verdadeiras unhas confidentes. E não são menos daninhas as confiadas, de que já digo casos memoráveis.

CAPÍTULO LXII

Dos que furtam com unhas confiadas

Para que não pareça este capítulo o mesmo que o passado, contarei uma história que declara bem o muito que se distinguem. Sucedeu em Lisboa que, fazendo uma confraria, em certa igreja, a festa do seu orago*, muito solene, ajuntou para isso muita prata de castiçais, lâmpadas, piveteiros e caçoilas, que pediu, por empréstimo, a outras igrejas, mosteiros e irmandades. E como o tesouro era de muitos, tinham direito todos para virem buscar e levar as suas peças. Entre os que vieram, acabada a festa, foi um ladrão cadimo, com dois maraus, que alugou na Ribeira por dois vinténs cada um, e duas canastras, mais grandes que pequenas. E entrando muito confiado, como se fora mordomo-mor de toda a festa, pôs a capa e o chapéu sobre um caixão, assegurando primeiro a ausência dos que lhe podiam pôr embargos. Abaixou, diante de Deus e de todo o mundo, as melhores duas lâmpadas, e tirando dos altares os castiçais que bastaram para encher as canastras, pôs tudo às costas dos mariolas e, sacudindo as mãos, tomou a capa e guiou a dança e escapou sua arte, dando com a prata onde nunca mais apareceu, ficando mil almas que estavam na igreja persuadidas que aquele homem era o legítimo dono como manifestava a confiança com que fez o salto, que não foi em vão.

E isto é o que chamo unhas confiadas, sem serem confidentes. E destas há muitas, a cada passo, e no serviço de el-rei não faltam; mas falta-me a mim coragem para mostrar, aqui, o que recolhem, como se fora seu, com tanta confiança como se o cavaram e o roçaram ou o herdaram dos senhores seus avós. E assim digo que não me meto com averiguações, de que, apesar da verdade, posso sair desmentido. Só aos afoitos fizera eu uma pergunta em segredo (chamo-lhe assim por não especificar cargos, de onde se possam coligir pessoas com quem não quero pleitos), perguntamos a estes com que autoridade, ou para que fazem tornar atrás os pagamentos da milícia, que sua majestade despacha? Ou com que ordem os repartem ultra* do que rezam as ordens verdadeiras? Nada respondem. Metem-se no escuro das razões de Estado e é coisa clara que acrescentam seu estado, e ainda mal que vemos acrescentados os que, para bem, houveram de ser diminuídos. Estes são os que, com grande afoiteza e confiança, metem a saco a República, cujos sacos vazam para encher taleigos, que já medem aos alqueires. E isso é o menos; o mais é o volume imenso de outras drogas de que enchem sobrados, que hão mister espeques para sustentar o peso, sem temor da forca, que fora melhor fabricar-se desses pontões. Aponto só o dano, não trato de quem leva o proveito, porque a confiança com que nele apóiam suas unhas as faz impunes. Mas deixando pontos ininteligíveis, passemos a outra coisa.

Aí não pode haver maior confiança que a de um cabo a quem dão cem mil réis para um pagamento de seus soldados, e em vez de o fazer logo para lhes matar a fome que os traz mortos, vai-se à casa da tafularia*, põe o dinheiro na tábua do jogo, como se fora seu, ou lhe viera de casa de seu avô torto e, sem nenhum direito que para ele tenha, o lança a quatro mãos e o perde com ambas, sem lhe ficar nelas mais que o taleigo vazio e o focinho cheio de paixão, com que satisfaz às partes, de sorte que nenhum soldado ousa aparecer diante dele, e é estremada traça para não lhe puxarem pela dívida.

Mais confiados que estes são outros que há, na Casa da Índia e nas Alfândegas, que não sei como se chamam seus oficiais, nem o quero saber, por não ser obrigado a nomeá-los pelos seus nomes. Estes têm por obrigação ver todos os fardos e examinar todas as fazendas que vêm de fora, para orçar ao justo os direitos que se hão de pagar a sua majestade. E eles, por quatro patacas, examinam as coisas tão superficialmente que deixam passar por estimação de anil o pacote que vem cheio de bazares e contam por cascavéis o barril que vem recheado de corais e alambres. Que fardos de telas finas e brocados de três altos corram praças de bocaxim* e calhamaço, não o crerá senão quem o viu. Balas de meias de seda fazem figura de resmas de papel. E é fácil deslumbrar os olhos de todos os Argos, a quem está encomendada a vigia disto, com um par de peças resplandescentes de vidros de Veneza e cristais de Gênova. E para que não se diga que não viram tudo mandou abrir costais que já vêm marcados e preparados para o efeito, os quais trazem na primeira superfície o que vale menos, mas o âmago é do mais precioso. Já se viu caixão e cartoa que trazia, na boca, chocalhos e, no fundo, peças de ouro e prata. E se algum ministro fiel requer que se examine tudo, respondem que não seja desconfiado, e com duas gracetas passam desgraças que não conto. Declaro sobre tudo isto que já esta moeda não corre, como em tempo de Castela, porque está seu dono em casa que a vigia e faz a todos que não sejam tão confiados como o Carvalho.

Não sei se ponha aqui uma confiança admirável, que não podia crer até que a vi. Bem é que saiba sua majestade tudo, para que o emende com seu real zelo, e para isso digo. E é que todas as dívidas que el-rei nosso senhor manda pagar, ou esmolas que manda fazer por via da fazenda, acham todos os despachos correntes até o tesouro, onde topam com ordem secreta que a todos diz que satisfará quando tiver dinheiro. E consta por outras vias que o tem aos montes, para outros préstimos; mas para isto de dívidas e esmolas não há tirar-lhe um real das unhas. E ocasionam com isto a se cuidar que a tal ordem baixou de cima. E é ponto que nem um turco o presumirá de sua majestade, mas é confiança de ministros, que devem presumir que o não virá a saber sua majestade, que deve sentir muitos lanços que tem mais de aleivosia, que de zelo. Com as palavras vos dizem que sim, e com as obras que não. Doutrina é que Cristo repreendeu muitas vezes, severamente, aos fariseus, e assim se deve estranhar entre cristãos. E eu não acabo de dar no alvo a que tira esta confiança quando tira aos pobres o que seu dono lhes manda dar. Dizerem que é zelo da Fazenda real que não querem se desperdice, ainda peca mais de confiada esta resposta, que não deve o criado ter mais amor à fazenda que seu senhor, além de que seria estólida confiança tomar sobre si os encargos de tantas restituições, de que o senhor fica livre só com mandar que se paguem. E, em conclusão, levem todos daqui esta verdade que não empobrece o que se dá por esmola nem faz falta o que se paga por dívida. Vejam lá: não enriqueçam estas demoras a outrem e este é o tope em que vem esbarrar todo o discurso que se pode formar nesta matéria, e nem isto é bem que se creia de gente honrada.

Neste capítulo entram de molde mulheres que há em Lisboa, as quais vivem de despir meninos, assim como os acima ditos de despir pobres. Tanto que se acham alguma criança na rua, sem que olhe para ela, fazem-lhe quatro afagos como se foram suas amas, levam-na nos braços, recolhem-se na primeira loja e, a título de lhe darem o peito ou pensarem, lhe despem toda a roupa em tão boa hora, que lhe deixam a camisa. Se acerta alguém de as ver, dão tudo por bem feito, julgando-as por domésticas, como mostra a lhaneza e confiança com que lhe metem a papa na boca. E, feita a presa, fazem-se na volta do saragaço a buscar outra, e tirai lá carta de excomunhão para vô-la restituírem no dia do Juízo.

Uma mulher houve tão confiada nesta corte que, contentando-lhe uma cruz de ouro e pedraria, que estava por ornato de uma festa, no altar de certa igreja, esperou que seus donos se ausentassem e, posta no meio da igreja, porque não podia chegar perto com o concurso, levantou a voz dizendo: "Alcancem-me cá aquela cruz, e venha de mão em mão, por me fazerem mercê". Todos julgaram que seria sua, pois com tanta confiança a demandava. E de mão em mão veio, até chegar às da harpia, que deu ao pé com ela, sem ajuda de Simão Cirineu, porque lhe custou menos a achar que a Santa Helena. Também há muitos que furtam, confiados em que Deus perdoa tudo; mas já Santo Agostinho os desenganou a todos, que não se perdoa o pecado sem se restituir o mal levado. E neste mundo ou no outro hão de pagar pela bolsa ou pela pele.

CAPÍTULO LXIII

Dos que furtam com unhas proveitosas

Graças a Deus que foi servido de nos deparar umas unhas boas entre tantas ruins. Mas dirá alguém que nenhumas há que não sejam proveitosas para seu dono, no que agarram. Não falo dessas, que assaz danosas são até a seu senhor, pois muitas vezes dão com ele na forca. Trato das que são proveitosas para ambas as partes, sem risco de danos — e explicá-las-ei logo com um exemplo. No Crato, vila bem conhecida neste reino, pelo seu grande priorado de Malta, houve um cavalo, não há muitos anos, cujas unhas eram de tal qualidade que todos os cravos que nelas entravam, depois de saírem tortos com a ferradura, serviam de anzóis a seu dono, com que pescava infinito dinheiro, porque fazia deles anéis, que postos em qualquer dedo da mão, eram remédio presentíssimo* para gota artética. Toda a virtude lhe vinha das unhas do ginete. E assim não será coisa nova acharem-se unhas proveitosas para ambas as partes. Tiravam de si dinheiro os que levavam os cravos para remediarem a outrem — e remediavam-se todos.

Tais serão os que no governo de um reino e no meneio das suas fábricas e empresas tirarem de uma parte para remediarem outra — e será o mesmo que acudir a tudo. Desfalece a Índia com acidentes mortais, piores que de gota coral e artética, que mal será acudir-lhe o Brasil com alguma substância que a alente, ainda que seja por modo de empréstimo. Nem correrá nisso o ditado que "não é bom descobrir um santo para cobrir outros", pois tudo respeita e, serve o mesmo corpo debaixo de uma coroa. Padece o Brasil de falta de mantimentos. Não vejo razão que tolha acudirem-lhe as alfândegas do reino e de outras Conquistas, suprindo-lhe os gastos e socorros até que se melhore. O mesmo digo de Angola, Mina de S. Jorge, Moçambique e outras praças. Bom se pararia o corpo humano se a mão esquerda não ajudasse a direita e a direita a esquerda e um pé ao outro. A República é corpo místico* e as suas colônias e conquistas membros dela e assim se devem ajudar, reservando e reparando as suas fortunas e conveniências. Superstição é — e não axioma político de Estado — negarem-se auxílios os que vivem juntos na mesma comunidade. E aqui corre, certíssimo, o provérbio que "uma mão lava a outra". Um rei empresta ao outro e tira de seu cabedal socorros com que ajuda o vizinho. Quanto mais o deve fazer um rei a si mesmo e a seus vassalos, que são partes integrantes da sua coroa. A contribuição das décimas neste reino é muito grande, pois chega a milhão e meio. É verdade que as dão os povos para as fronteiras e é o mesmo que para se defenderem dos inimigos, que nos infestam por mais de cem léguas de terra, que correm do Algarve até Trás-os-Montes. E o outro lado, que fica descoberto por outro tanto distrito de mar, parece que o não consideraram e que há mister muitos maiores gastos de armadas e munições que guarneçam as costas. É que as forças reais acodem a mil socorros de além-mar, onde estão outros tantos portugueses como há no reino — pouco menos — pedindo continuamente auxílios e que não é bem lhos neguemos. Não vêem olhos cegos o que se gasta em embaixadas e conveniências de pazes com outras nações que, ainda que não nos ajudem, é bem que as componhamos, para que não nos descomponham. Em que apertos nos veríamos se França e Catalunha não divertissem o castelhano, no tempo em que estávamos menos apercebidos? Estas correspondências não se alcançam sem gastos, estes de nós hão de sair, como do couro as correias. Que mal é logo que se tomem estas décimas, com unhas tão proveitosas, quando versos que os outros cabedais não bastam para seus meneios próprios?

Não posso deixar de picar aqui em um escrúpulo de alguns zelotes*, que têm para si que se faz tesouro e que é já tão grande que há mister espeques E a graça é que grunhem sobre isso. Prouvera a Deus que é assim fora e que arruinassem já com o peso as casas que o recolhem — que devem ser encantadas, pois as não vemos, mas para me consolar quero crer que assim é e assim o fio da grandíssima providência de el-rei nosso senhor, que sabe muito bem que foi costume célebre dos mais acordados reis terem erários públicos para as guerras repentinas, e nós não estamos fora de as termos maiores que as que vemos. E, para uma ocasião de honra, costumavam os prudentes reservar cabedal que lhes tire o pé do lodo, ainda que tirem da boca dos filhos o dinheiro que entesouram. Tudo vem a ser unhas proveitosas.

Neste passo se enviam a mim os que têm pensões de juros e tenças na Alfândega, na Casa da Índia ou nas sete casas, almoxarifados, etc., e me fazem o mesmo argumento dizendo: "Se é bom e lícito tirar de uma parte para remediar outra, como há de haver no mundo que não se nos paguem da Casa da Índia as tenças e os juros aos que os temos na Alfândega, quando nesta faltam os rendimentos para satisfazer a todos?" Aos mesmos pergunto quando têm duas herdades, uma dízima a Deus sem nenhuma pensão, e outra carregada de foros ou juros: "Se esta ficou estéril um ano, sem os poder pagar, porque os não satisfazem da outra, que deu muitos frutos?" Respondem que a outra é livre. Pois também a Casa da Índia, no nosso caso, está livre dos encargos da Alfândega. Acudo a outra instância, que donas costumam pôr, e é que, do mesmo modo que a herdade que este ano não pagou foros nem juros, porque não deu frutos, fica desobrigada a pagar os encargos do tal ano, no ano seguinte, ainda que dê frutos em dobro, assim a Alfândega fica desobrigada para sempre do ano que não teve rendimentos, ainda que em outro tenha grande cópia deles. Maior dúvida pode fazer quando el-rei toma todos os rendimentos deste ano, para acudir a alguma necessidade urgente (chamam a isto tomar os quartéis) se será obrigado a refazer esta tomadia no ano seguinte, quando a Alfândega estiver mais pingue e ele mais desafogado? Responde-se a isto que as unhas proveitosas são muito privilegiadas, quando empregam no bem comum as presas que fazem em bens próprios, ainda que obrigados a outras partes da mesma comunidade. E nisto se distingue o domínio alto dos reis do domínio particular dos vassalos, que estes são obrigados a refazer o que gastaram de partes em usos próprios e os reis não, no caso que o gastam em bem de todos. Assim o ensinam os doutores teólogos e isto basta.

CAPÍTULO LXIV

Dos que furtam com unhas de prata

Em Sevilha, cabeça da Andaluzia e promontório máximo de todos os comércios de Espanha, entrou o diabo no corpo de um castelhano — e devia ser muito licenciado ou, pelo menos, grande bacharel, porque com todos argumentava e de tudo dava razão — e entre as coisas notáveis que se deixou dizer foi uma a mais admirável de todas: que já ele teria posto de ré a fé de Cristo, embrulhado o gênero humano, e se teria feito senhor do mundo absoluto, se Deus lhe não proibira três coisas: a primeira, bulir na Sagrada Escritura; segunda, falsificar cartórios; terceira, dar dinheiro. Com a primeira dizia que desfaria nossa santa fé, pervertendo e mudando, nas impressões e em todos seus volumes, os sentidos da Escritura Sagrada. Com a segunda, que confundiria os homens variando-lhes as provas de suas demandas e falsificando-lhes as sentenças. Com a terceira, que levaria o mundo todo atrás de si, dando-lhe dinheiro, prata e ouro, que ele sabe muito bem onde está. E não há dúvida que discursou a propósito e que falou verdade, com ser pai da mentira, porque se Deus, com sua admirável justiça, o não aferrolhara de maneira que nenhuma destas três coisas pode executar, já teria concluído com o gênero humano e com o mundo universo, que Deus por sua infinita misericórdia assim conserva. Só a última coisa de dar dinheiro que lhe concedera, com ser a menos nociva, ela só bastara para se fazer o demônio senhor do mundo. Porque isto que aqui chamamos unhas de prata são as mais poderosas garras que há para arrastar e levar tudo atrás de si. Não podendo Alexandre Magno render uma cidade, por inexpugnável e inacessível, perguntou se poderia lá chegar, ou subir, uma azêmola carregada de dinheiro. Tanto que esta bateu à porta, logo se lhe abriu — e deu entrada a todo o exército de Alexandre, que com tais unhas empolgou nela.

Famoso invento foi o do dinheiro, pois com ele se alcança tudo, e não há coisa que se lhe não renda. Do mais incorrupto juiz alcança sentença, da mais arisca dama tira favores, no mais invencível gigante obra ruínas, do mais numeroso exército alcança vitória, nos mais inexpugnáveis muros rompe brechas; arromba portas de diamantes melhor que petardos, arrasa torres, quebra homenagens — tudo se lhe sujeita, nada lhe resiste! As fábulas antigas dizem que Plutão inventou o dinheiro e que foi, também, inventor da sepultura e deus do inferno. Nem podiam deixar de dar tais nomeadas a quem se soube fazer senhor do dinheiro que tudo rende, como a sepultura e morte, que tudo violenta, como o inferno.

Os lídios foram os primeiros que fizeram moeda de ouro. Jano foi o primeiro que formou moedas de cobre, e porque foi o inventor das coroas, pontes e navios, lhe esculpiram tudo isto nas suas moedas, porque o dinheiro dá passagem, como ponte, para as maiores coroas, e navega, vento em popa, aos mais dilatados impérios. Hermodice, mulher de Midas, rei dos frígios, foi a primeira que bateu moeda de prata. E estas são as unhas de prata que propõem este capítulo, que do dinheiro fazem garras para pilharem mais dinheiro, como o pescador que, com um caramujo que lança no anzol, apanha grandes barbos. Pescadores há de anzol e pescadores há de redes; até os que pescam com redes usam de isca e cevadouros, com que engodam o peixe. E os pescadores de que aqui tratamos não têm melhor engodo que o do dinheiro. Se souberem usar bem dele, pescarão quanto quiserem e enredarão o mundo todo.

Bem usou do dinheiro um mercador, em África, para pescar cinqüenta mil cruzados, que lhe iam pela água abaixo. Arribou, com tempestade, a um porto de Marrocos; tomaram-lhe os mouros a nau por perdida em lei de contrabando; tratou de a recuperar por justiça; mas não achou quem lha fizesse, porque é droga que não se dá bem naqueles países. Tinha ainda de seu quatro ou cinco mil cruzados, que escapou em jóias e boa moeda; falou com o rei, ofereceu-lhe três mil por uma leve mercê que lhe pediu, e ele lhe concedeu facilmente que dessem um passeio, ambos a cavalo, pelas ruas e praças da sua corte, falando sós, amigavelmente. Feita a mercê, dado o passeio e pagos os três mil cruzados, tudo foi o mesmo; mas muito diferente o que se seguiu, porque conceberam todos os mouros opinião que aquele homem era grande pessoa e muito privado e valido do seu rei.

Todos o visitaram logo por tal, mandavam-lhe presentes e donativos de grande porte, imaginando que por aquela via abriam porta a suas pretensões. E eles abriram-na para a restauração do mercador que, assim, se ia refazendo, em tanto que até os juízes que tinham condenado a nau lha absolveram. E assim pescou com unhas de prata de três mil cruzados, que soube dar, mais de cinqüenta mil que iam perdidos. E por esta arte pescam muitos ladrões, no dia de hoje, até o que não é seu, com grande destreza.

    Aportou à Ilha da Madeira uma nau de carga, saltaram em terra os passageiros a fazer veniagas, e entre eles um clérigo que eu vi (grande pirata havia de ser, pelo tear que armou para fazer seu negócio melhor que todos). Visitou o bispo, no primeiro lugar, e a quantos pobres achou no pátio fez esmola de tostão e às mulheres de manto a pataca. E enquanto falou com o bispo, saíram estas campainhas pela cidade, dando uma alvorada do clérigo, que bastava para o canonizarem em Roma. Uns lhe chamavam o clérigo santo, outros o abade rico, outros o peruleiro*. Em tanto cresceu a cobiça nos mercadores da terra que se picaram a fazer negócio com ele. Este servo de Deus, depois de dar obediência e beijar a mão ao bispo, lhe pediu fosse servido de lhe mandar dizer duas mil missas e que daria avantajada esmola por elas, para que Deus lhe desse bom sucesso em um emprego de mais de cem mil cruzados, com que navegava. A segunda visita que fez, depois do bispo, foi aos presos da cadeia, dando a cada um seu tostão de esmola e quando daqui foi dar a volta à cidade já a achou disposta para lhe darem ao fiado tudo quanto a sua boca pedia. Embarcou quanto quis e que logo mandava vir dois barris de patacas para dar plenária satisfação a tudo. Até os padres da Companhia mamou trinta cruzados, a título de empréstimo, para levar a bordo os empregos que via e que havia de dar uma peça boa para a sacristia. Armava o mendicante a dar à vela, no dia em que tinha prometido o pagamento das patacas, e sem dúvida saíra com a presa da grossa pilhagem que tinha feito, com dez ou doze mil réis que despendeu à custa alheia, se o bispo não pressentira a tramóia por indícios que teve, e se não se picara o tempo em forma que obrigou a nau a dilatar a jornada. Não conto o que daqui por diante se seguiu porque o dito basta em forma de que entendamos que há unhas de prata que, com dispêndios pequenos, avançam grandes lucros. O ponto está na têmpera e na disposição dos meios para assegurar os lanços. E vem a ser isto um jogo de ganha-perde, perde para ganhar, como os que jogam com cartas e dados falsos, que no princípio se deixam perder lanços de menos invite, para engodar o competidor e enterreirar uma mão com que lhe varram todo o cabedal.

Vejo alguns mandar presentes e donativos a quem lhes não pertence, e sei que são de condição que nem a sua mãe darão uma vez de vinho quanto mais frasqueiras, com que cantarão os anjos a quem nunca trataram! Dão cargas de fruta, tabuleiros de doces, jóias de preço, sacos de dinheiro — e fico atordoado examinando donde lhe vem a Pedro falar galego. Irmão, se tu nunca entraste em barco nem meteste pé em meio alqueire com este homem, como te despendes com ele? Isto tem mistério e buscada a raiz é ganância grande, que solicita com dispêndios leves. Adoça a passagem para haver o que pretende: despachos de ofícios, comendas, igrejas, títulos, etc., para os quais até a própria consciência o acha inábil; mas como dádivas quebram penedos, acha que por este caminho torcerá a justiça. E vem a ser um gênero de latrocínio de má casta, porque às vezes cheira a simonia e é hidropisia da ambição. Acabo este capítulo com outras unhas de prata, muito mais corteses que estas.

Na corte de Madri se achou um tratante* da Índia com grande quantidade de esmeraldas lavradas, sem lhes achar gasto nem saída para se desfazer delas. Pôs duas escolhidas em um par de arrecadas e fez delas presente à rainha D. Margarida, que as estimou muito, porque tudo o dado de graça leva consigo agrado e graça natural, e como as rainhas são o espelho de todas as senhoras de seu reino, em estas vendo a estima que a majestade fazia das esmeraldas, cresceu nelas a estimação e logo o desejo que o mercador estava esperando para as levantar de preço. E se tivera um milhão delas todas as gastara, talhando-lhes o valor que em nenhum tempo viram. É irmão gêmeo deste sucesso outro semelhante, que outro mercador fabricou na mesma corte, para dar expediente a vinte peças de pano fino, que não tinha gastado por razão da cor. Ofereceu a el-rei um vestido dele, muito bem guarnecido e obrado ao costume, pedindo-lhe por mercê fosse servido trazê-lo sequer oito dias. E não eram bem quatro andados quando já o mercador não tinha na loja de todo o pano nem um só retalho e se mil peças tivera tantas gastara. E estas são as verdadeiras unhas de prata que, com pouca perda dela, empolgam grandes ganâncias, tirando por arte a substância do vulgo ignorante, que se leva de vãs aparências.

CAPÍTULO LXV

Dos que furtam com unhas de não sei como lhe chamam

Os retóricos dão nomes às coisas, tirando-lhes de suas propriedades e derivações. E assim o temos nós dado a todas as unhas desta Arte. E indo já no fim dela se me oferecem algumas tais que não sei que nome lhes ponha, porque se lhes olho para os efeitos, acho-as néscias; se para a derivação, acho-as sem princípios nem fim útil. E chamar-lhes párvoas é descortesia; chamar-lhes sem princípio nem fim é fazê-las eternas, contra o que pretendemos, que é extingui-las. Ora, em fim a Deus e à ventura, chamo-lhes tolas, e saia o que sair. E passa assim na verdade, que bem consideradas achará nelas até um cego quatro tolices, marcadas: primeira, furtar só por fazer mal ao próximo, sem utilidade própria; segunda, furtar o que hão-de restituir; terceira, furtar para outrem; quarta, furtar o que lhes hão-de demandar, e fazer pagar, em que lhe pese.

Quanto à primeira, furtar só para fazer mal ao próximo, sem nenhuma utilidade para si, não há dúvida que é tolice grande, como o que bota no mar, ou entrega aos piratas a fazenda alheia, ou põe em fogo a seara do seu vizinho, só por se vingar de uma paixão que teve contra ele. E, se o tal é cristão, cresce nele a tolice, pela obrigação que sabe lhe acresce de refazer o dano que deu. Donde se segue que a si fez todo o mal e não ao próximo, pois é obrigado a lho recompensar por inteiro. E há homens nesta parte tão cegos que, por darem um desgosto a seu inimigo, não reparam no que por isso sobre si tomam. Houve um rei antigamente neste mundo que, sabendo de dois vassalos seus que eram grandes inimigos entre si, mandou chamar ao mais apaixonado e disse-lhe: "Quero-vos fazer uma mercê e há de ser a que vós me pedirdes, com advertência que a hei de fazer dobrada a fulano, de quem sei sois grande inimigo!" Beijou a mão ao rei pelo favor e pediu logo por mercê que lhe mandasse arrancar um olho, porque assim seria obrigado a arrancar o outro, para que ficasse cego, ainda que ele ficasse torto, e bem cego estava, quando procurava dano alheio sem proveito próprio.

Quanto à segunda, furtar o que hão de restituir — melhor dissera o que não hão de restituir, porque raro é o ladrão que restitua —, falamos da obrigação que lhes corre, se é que são cristãos e tratam de se salvar. E bem devem saber o que dizem os doutores, que não se perdoa o pecado a quem podendo não restitui o mal levado. Todos dizem, quando se confessam, que hão de restituir, como tiverem por onde. Pois nosso irmão, se vós o haveis de restituir, para que o furtastes? Respondem que sabe melhor o furtado que o comprado, e não ponderam que o amargor da restituição é maior que a doçura do furto e, por isso, dissemos que é grande tolice furtar o que se há de restituir.

Furtaram três oficiais mancomunados nove mil cruzados à Fazenda de sua majestade, repartiram-nos entre si e navegaram com o cabedal — um para a Índia, outro para Angola, e para o Brasil outro. E, depois de chatinarem* valentemente, tomou-os por lá a hora da morte. Tratou cada um, por sua parte, de se pôr bem com Deus, pelos sacramentos da penitência — que é o último valhacoito* dos pecadores — e, chegando ao sétimo mandamento, picavam a consciência de cada um os três mil cruzados que lhe couberam, e declaravam — como tinham de obrigação — que o furto ao todo fora de nove mil, repartidos, igualmente, por três companheiros e achavam-se todos — com cabedais, que tinham adquirido, bastantes para restituir tudo. Dizia o confessor da Índia ao seu penitente que era obrigado restituir os nove mil cruzados por inteiro, visto não lhe constar se seus companheiros tinham dado satisfação à sua parte. Os confessores de Angola e do Brasil diziam o mesmo aos seus moribundos, que se achavam novos, na nova obrigação que se lhes impunha, e argumentavam: "Se eu não logrei mais que três mil, como hei de restituir nove mil?" Mas a resposta estava à mão e clara: "Porque fostes causa do dano por inteiro, com a ajuda que destes a vossos companheiros; consta-vos do furto e não vos consta da restituição e assim sois obrigado a vos descarregar do que é certo e não vos pode valer a descarga que é incerta". Eis outra tolice maior: furtar o que se há de restituir dobrado e tresdobrado, conforme o número dos companheiros que entraram ao escote*. Alguns, neste ponto, fazem-se mancos por não remar.

Dizem que não têm posses para restituir e que não são obrigados, senão quando os favorecer fortuna mais pingue, que primeiro está a obrigação de se sustentarem a si e a sua casa para que não pereçam. E nós vemos que poderão aguarentar* mil superfluidades e estreitar os gastos e pouparem, para dar o seu a seu dono. Lá se avenham. Só lhes lembro que hão de viver mais no outro mundo que neste e que tudo cá lhes há de ficar, testemunhando ser justa sua condenação.

Quanto à terceira tolice, furtar para outrem, digo que é maior que a primeira e segunda, porque não há dúvida que é insânia muito grande empenhar-se um homem pelo que não há de lograr. Os reis devem pagar a quem os serve e pagam-lhe com ordenados e mercês. Chega o tempo de cobrarem, passam-lhe os reis portarias e alvarás com que se descarregam. Vão com estes papéis os credores aos vereadores e tesoureiros, para que entreguem o que neles se contém, e fecha-se à banda* como ouriços-cacheiros em que não há mais que espinhos de respostas picantes, bem devem saber que a retenção do que se deve é verdadeiro furto. E tomara perguntar-lhes para quem furtam isto que não pagam? Não faltará quem cuide que para si, e se não for para si, será para o rei, que já se desobrigou com mandar que se pague, e assim vêm a ser ladrões, que furtam para outrem e é o que chamamos grande tolice; e a graça é que se ficam rindo com estas retenções como se foram chistes e habilidades em que nem a Caetano, nem Cova-Rubias têm por si. E eu sei que as marcam os mesmos por muito grande ignorância.

Por maior tive a de certos cavalheiros, em Santarém, que meteram na cabeça a um mancebo vagabundo que se fingisse filho de um homem nobre e rico para o herdar. Foi o caso que este homem teve um filho único, que lhe fugiu de nove anos, e havia mais de vinte que não sabia dele. Apareceu, neste tempo naquela vila, um pobretão que representava a mesma idade. Amigos ou inimigos do homem de bem o ensaiaram como havia de dizer que era seu filho e lhe ensinaram histórias e circunstâncias, para se dar a conhecer, e que os alegasse por testemunhas. O pai suposto negava-o de filho fortemente e dava por razão que não se lhe alvoroçara o sangue quando o viu. O mancebo demandava-o diante do juiz ordinariamente, para alimentos em vida, enquanto o não herdava por morte. As histórias que contava e testemunhas que dava contestaram de maneira que deu o juiz sentença pelo mancebo e condenou o velho a lhe dar alimentos, declarando-o por seu filho. Caso raro e nunca visto nem imaginado! Que no mesmo dia apareceu em Santarém o filho verdadeiro, que todos conheceram logo, e o velho dizia: "Este sim, que se me alvoroçou o sangue quando o vi." O outro desapareceu logo e eu perguntava aos embaixadores se advertiam que era furto os alimentos que faziam dar com seu testemunho a quem os não merecia. E que negociavam para outrem e não para si o fruto da demanda, que iniquamente venciam. Não deviam ignorá-lo, ainda que se mostravam nisso grandes ignorantes e tolos.

Alguns cuidam que têm desculpa, quando furtam para darem remédio a seus filhos; mas creiam que não escapam da mesma nota, porque seus filhos não os hão de tirar do inferno quando lá forem pelo que para eles mal e sujamente adquiriram. Em certo lugar deste reino tinha um alfaiate três filhas sem dote para lhes dar estado. Acordou de as casar com três obreiros e, para ajuntar remédio para todos, deu consigo e com eles no Algarve, fingindo-se conde vomitado das ondas, que escapara com aqueles criados de um naufrágio. Tinha presença e lábia para persuadir tudo, que vinha de Índias e perdera mais de meio milhão em barras de ouro e pinhas de prata que até as panelas da sua cozinha eram do mesmo, e que se via como Jó posto de lodo. E, com estas e outras imposturas, persuadia as câmaras e cabidos, nobreza e povos por onde passava, que o ajudassem contra sua fortuna. Todos se compadeciam e, para os mover mais, mostrava em pergaminhos sua grande prosápia e os famosos cargos que servira. O menos que lhe davam, até nos lugares pequenos e humildes, eram os dez e os vinte cruzados que, nas vilas grandes e cidades ricas, passava sempre o donativo de vinte mil réis e às vezes de quarenta. E depois de correrem assim o reino quase todo pela costa, achou-se o senhor conde de ciganos no fim da jornada com mais de três mil cruzados granjeados por esta arte, com que armou três dotes para as três filhas, como se foram três condessas, e ele ficou tão alfaiate como dantes, sem lograr de tantos furtos mais que o pesar de os ver mal logrados nas unhas de seus genros que, se bem o ajudaram, mal lho agradeceram. E não diz mais a história.

Quanto à quarta, furtar o que vos hão de demandar e fazer pagar, em que vos pese, é a melhor de todas, como se viu no que sucedeu ao Carvalho na semana em que componho este capítulo. Era guarda da Alfândega de Lisboa e guardava as fazendas alheias muito bem porque as punha em sua casa como se foram suas. Foi demandado por isso, e porque não deu boa razão de si às partes o puseram por portas repartido; pretendeu levantar cabeça à custa alheia e levantaram-na dos ombros à sua custa. Setecentos casos pudera contar para apoio desta tolice. Livro-me com um deste particular e de todo este capítulo. Em Angola tinha el-rei nosso senhor, não há muitos anos, um ministro (tomara-lhe muitos semelhantes) que empregava os direitos reais em escravos que mandava ao Brasil, com direção que se vendessem e fizessem do procedido caixas de açúcar para o reino e assim se aumentasse a Fazenda de sua majestade três vezes ao galarim; mas o ministro que respondia no Brasil fazia seu negócio melhor que os alheios. Chegava uma partida de trinta ou quarenta negros, achava serem mortos dois na viagem, lançava no livro doze defuntos e tomava dez para si ressuscitados. Eram os que restavam mancebos e bem dispostos; mandava vir do seu engenho dez ou doze que tinha, velhos ou estropiados, punha-os no número de el-rei e tirava outros tantos para si moços e de bom recibo. E vendida a partida assim como sucedia, fazia o emprego da resulta dos açúcares tanto a seu modo que sempre as perdas eram reais e os ganhos próprios. Havia olheiros zelosos que viam isto, mas andavam tão intimidados que nem boquejar se atreviam, até que o tempo, descobridor de maiores segredos, trazia tudo à luz e, para escurecer esta, tinha o sobredito na corte outros oficiais, a quem respondia com os ganhos e, por isso, o defendiam e conservavam, fazendo-se as barbas com sabonetes de açúcar, apesar de que ficava tida por mentira e talvez como tal castigada. Mas como a verdade traz consigo a luz — por mais que a eclipsem, sempre se manifesta — e, provada esta, que será bom que se faça ao tal ministro? Deixo isso a seu dono, que tem de casa a justiça e lhe fará pagar pela fazenda e corpo o novo e o velho, para que não seja tão tolo que cuide poderá cobrir o céu com uma joeira, e que não saiba o que já fica dito por boca de um arganaz* no Capítulo 24, que quem a galinha d'el-rei come magra, gorda a paga.

CAPÍTULO LXVI

Dos que furtam
com unhas ridículas

Furtar para rir é muito mau modo de zombar, porque ordinariamente se converte o riso em pranto, como aconteceu, em Coimbra, a uma corja de estudantes, por sinal que eram graves e bem-nascidos. Deram no galinheiro de Santa Cruz por galhofa, depois de cantarem os galos, e fizeram tal descante nas galinhas, perus e gansos, sem compasso, que meteram tudo a saco, sem deixarem mais de dois ou três galos vestidos de luto, arrastando capuzes de baeta, como viúvos. Queixou-se o Procurador do convento à justiça, tirou-se devassa e como tinham contado em banquetes o que depenaram, foi fácil apanhá-los a todos, e choraram as penas que mereciam e se lhes perdoaram por misericórdia, respeitando sua autoridade e nobreza. Mais ardilosos se portaram outros tais na mesma praça. Souberam que vinha do célebre Lorvão, por ocasião de Natal, uma valente consoada para o bispo. Seis mulheres a traziam em outros tantos tabuleiros, fraca tropa, ainda que copiosa, para tão alentados combatentes, que lhes cortaram o passo antes de chegarem à cidade e, aliviando-as da carga, as fizeram voltar de vazio, enchendo-se de doces para a festa e carregando-se de amargozes* para a Quaresma ainda que saíram em paz desta batalha porque no deram com a língua nos dentes, contentando-se com darem a seu salvo com os dentes na consoada. Chegou a Semana Santa, mordeu-os a consciência, como costuma. Fizeram petição ao bispo que os perdoasse, sem se assinarem nela. Pôs-lhes por despacho: "Apareçam os suplicantes e perdoar-lhes-emos". E foi o mesmo que lhes deixar a restituição às costas a cada um por inteiro, se todos juntos a não satisfizeram, e assim ganharam maior pena que o riso que lograram.

Em Vila Viçosa conheci um fidalgo, há mais de vinte anos, no serviço da real casa de Bragança, o qual tomou por matéria de riso calçar todo o ano, sem pagar nenhum par de obra aos sapateiros, que vieram a dar-lhe na trilha, levantando-se às maiores com palavra, que correu entre todos, que nenhum se fiasse dele nem lhe desse calçado sem lho pagar primeiro. Vendo-se o fidalgo posto em cerco e que ninguém lhe queria dar sapatos, sem o dinheiro na mão, mandou o moço que pedisse um só sapato à prova e que, se lhe contentasse, mandaria buscar o outro com o dinheiro de ambos. "Isso sim", disse o oficial, "um sapato levará você, mas dois não os verá seu amo, sem me pôr nesta banca o dinheiro". Como o fidalgo teve um nas unhas, mandou o pajem a outro sapateiro com o mesmo recado e do mesmo modo fiou um sapato dele, persuadindo-se que mandaria buscar o outro com o dinheiro ou lho restituiria não lhe servindo. Vendo-se assim com dois, calçou-os e foi-se ao paço rir sobre a história; e os oficiais ficaram braminando a nova zombaria, sobre que se fizeram boas décimas e sonetos.

Também para bons despachos têm boa presa estas unhas, porque uma graceta e dois chistes movem talvez um ministro e também um rei enfadado, mais que discursos sérios. O sério do governo veza e cansa a natureza, que aceita e estima o desafogo que traz consigo alegria e riso. E quero sabe mover a este, com boa têmpera e em boa conjunção, faz bom negócio. Tal o fez uma dona, em Madri, com o conde de Olivares e com o rei, para seus despachos, por conselho de um experimentado que lhe notou a petição nesta forma, em três:

QUARTETOS

> *Soy Doña Ana Gavilanes,*
> *La de los hojos hundidos,*
> *Mujer fuy de tres maridos*
> *Y todos tres capitanes.*
>
> *Murieron en la milicia,*
> *Sirviendo a su majestad,*
> *Quedé yo de poca edad,*
> *Y de muy poca codicia.*
>
> *Bebo tinto y como assado,*

Por achaques de dolencia,
Suplico a vuestra excelencia
Me perdone este pecado.

Deu a mulher a petição ao conde-duque, sem saber o que levava nela. Festejou-a ele como merecia e levou-a a el-rei, que riu infinito. E mandou que a despachasse com mais do que pedia. Cortes há em que medram* mais bufões, com suas graças, que homens sisudos com grandes serviços.

Acabo este capítulo e todo o tratado com um gasto notável que se fez em Lisboa, para mim digno de lágrimas e para a prudência do mundo muito ridículo, e é que há nesta corte uma casa que chamam Colégio dos Catecúmenos, o qual fundaram os reis de Portugal e o dotaram com sua grande piedade de bastante renda para nele se agasalharem e sustentarem todos os infiéis, assim mouros como judeus ou gentios, que vieram de qualquer parte do mundo pedir o santo batismo, até serem industriados nos mistérios da fé e aprenderem todas as orações da Santa Doutrina. E é certo que passam anos sem haver neste colégio um só catecúmeno, o qual tem o seu reitor e oficiais como se houvera nele um grande meneio de sujeitos. E é certíssimo, outrossim, que o reitor tem sessenta mil réis de renda e que não paga casas, sem fazer mais que dar-se a S. Pedro quando lhe vem algum catecúmeno e chorar que não tem que lhe dar a comer nem cama em que durma. O escrivão desta fábrica tem setenta mil réis de ordenado e casas de vinte e quatro mil, sem tomar a pena na mão em todo o ano mais que para passar as quitações dos recibos do seu estipêndio. E o médico tem doze mil réis, sem tomar o pulso mais que ao dinheiro, quando o recebe; e o barbeiro tem quatro mil réis sem fazer mais que uma sangria na bolsa de el-rei quando os arrecada. E estas são as verdadeiras unhas ridículas e a graça melhor de todas é que o trabalho de todas estas máquinas, que consiste em catequizar e batizar os neófitos, fica tudo às costas dos padres da Companhia de S. Roque, sem terem por isso próis nem percalços* mais que os do muito que merecem para com Deus, que lho pagará no outro mundo.

São, porém, muito dignas de lágrimas as unhas que a estas se seguem porque, em havendo catecúmenos, são tudo petições a sua majestade que lhes mande dar esmola para os sustentar e, se não, que pereçam! Valha-me Jesus Cristo, não fora melhor andar o principal diante do acessório! O principal aqui é a educação e ensino dos catecúmenos e o acessório são os ministros que os servem. Pois como há de haver no mundo que o carro vá adiante dos bois! Que os servos tenham tudo o necessário de sobejo e os servidores não tenham um bazaruco* se lho não derem de esmola! Sou de parecer que *frangat nucleum, qui vult nucem*. Quem quiser comer, depene, porque não se pescam trutas a bragas enxutas. Quero dizer que se extingam os tais ofícios, sem ficar mais que um administrador eclesiástico com quarenta mil réis, que é bastante porção ajudada com sua missa livre e casas de graça que tem no mesmo Colégio. E o mais, que passa de cento e cinqüenta mil réis, que o logre seu legítimo dono, que são os catecúmenos. E quando for necessário médico ou barbeiro, pague-se da mesma porção por aquela só vez, que vem a ser nada, porque passam anos sem serem necessários tais ministros. Quanto mais que bem podem passar sem fazerem a barba tantas vezes. E eu a tenho feita, bastantemente, a quantos ladrões há neste reino; e se algum me escapou, perdoe-me porque não foi minha intenção deixá-lo sem crisma; mas de ver como ardem as barbas de seus vizinhos, poderá aprender, para botar as suas de molho. Restava agora cortar as unhas a todos e tenho para isso três tesouras excelentes de aço fino: a primeira se chama *Vigia*, a segunda *Milícia*, a terceira *Degredo*. Direi de cada uma duas palavras, e a todas as unhas três desenganos. E daremos fim a esta obra.

CAPÍTULO LXVII

Tesoura primeira para cortar unhas chama-se *Vigia*

Baldado seria o trabalho que tomei em descobrir tantos males da nossa República se os deixasse sem remédio, e o melhor que há para achaques de unhas, não há dúvida, que é uma boa tesoura que as corte. E porque são muitas as que aqui se nos oferecem, ofereço três tesouras que, me parece, bastarão para as cortar todas. Digo pois que a primeira tesoura se chama Vigia, porque é grande remédio para escapar de ladrões vigiá-los bem. Ladrão vigiado é conhecido e, em se vendo descoberto, encolhe as unhas. Esta vigia corre por conta dos reis, que devem mandar às suas justiças que não durmam. Muito dormem as justiças de Lisboa e à sua imitação as de todo o reino. Já não há uma vara que ronde de noite, nem quem cace um milhafre e por isso as unhas andam tão soltas. E porque os reis são a quem mais neste mundo se furta, porque têm mais de seu ou porque não se resguardam por isso tanto como os que têm menos, seja-me lícito dar aqui uma palavra a el-rei nosso senhor.

Senhor, eu ofereci esta obra a Vossa Majestade para ver nela os canos por onde se desbarata sua Fazenda e a de seus vassalos. Faça-me Vossa Majestade mercê de a ver com ambos os olhos, porque se os não tiver ambos abertos, nem a capa lhe escapará nos ombros. Mais de mil olhos tinha Argos, segundo contam os poetas, e nem isso bastou para Mercúrio lhe não furtar uma peça que trazia neles, porque os fechou todos. Dois olhos tem Vossa Majestade, como duas estrelas, e se tivera dois mil, cada um como o sol, todos teriam bem que ver e que vigiar em seu império, tão grande na extensão que se mede com a do mundo e tão alto e soberano na grandeza que se levanta até o céu. Das mãos dos reis disse Nasão que são muito compridas, porque abarcam seus reinos quando bem os governam. Mais compridas considero as de vossa majestade, porque chegam do Ocidente onde vive, ao Oriente, Norte e Sul, onde reina e é temido. Tais lhe tomara a vossa majestade os olhos, e tais os tem, quando em todas as partes do mundo, que domina, põe bons olheiros. E, para estes serem melhores, desejavam muitos prudentes que os ilustrasse vossa majestade com os títulos e prerrogativas que fazem os homens mais ilustres, e ficaria vossa majestade com isso mais ilustrado e o seu império mais bem visto e tudo mais venerado, mais amado e temido.

Este lustre dos olhos e olheiros de vossa majestade, não sei se o diga, porque temo dizê-lo sem fruto, mas sim direi, porque me assegura que não será debalde, por ser muito fácil e de muito proveito e nenhum custo. Ponha vossa majestade quatro vice-reis da sua mão nas quatro partes do mundo. Grandeza a que não chegou Alexandre, nem monarca algum do Universo, porque nenhum teve nem tem nas quatro partes do orbe tanto como vossa majestade possui. Na Ásia, vice-rei temos e pudéramos ter nela três: o de Goa, que governe a Pérsia, Arábia, Etiópia, praias de Cambaia e o Mogor, com a parte da Índia, que corre até Moçambique. Outro em Ceilão, do cabo de Comorim para dentro, que governe o reino de Jafanapatão, Ilha de Manar, costa da Pescaria e Coromandel, com inumeráveis ilhas adjacentes e reinos circunvizinhos. Outro em Malaca, ou Macau, para Bengala, Pegu, Arracão, Molucas, Japão, China, Cochinchina, etc. E todos para muitos outros reinos e impérios, que não cabem neste rascunho, será mais fácil vê-los no Mapa que pintá-los aqui. Na África podemos ter outro vice-rei em Angola; na América, outro no Brasil; e outro em Europa, no reino do Algarve. Para grandes ofícios buscam-se grandes sujeitos e uma e outra grandeza os obriga a darem boa conta de si e do que se lhes entrega. Pasmam as nações quando vêem que o monarca de Espanha tem quatro ou cinco vice-reis; dois ou três na América e outros tantos na Europa. Mas na África e Ásia não lhe é possível, porque não tem nestas duas partes domínio capaz de tão grande governo. Se Vossa Majestade o tem em todas as quatro partes, capacíssimo para ser o maior monarca de todos. E por isso assombrará, que se leva muito destas nomeadas. E a cortesia que se deve a estes títulos mete veneração, terror e obediência, até aos corações mais rebeldes.

Sempre ouvi dizer que o medo guarda a vinha e os homens tanto têm de temidos quanto de venerados. Venerados se fazem os homens a quem vossa majestade entrega o cuidado de seus impérios, com os títulos e poderes que lhes comunica e, quando estes são maiores, então são eles mais temidos e, sendo temidos e respeitados, guardam e vigiam melhor a fazenda de vossa majestade. Estes são os olhos com que vossa majestade vencerá os Argos e vencerá aos linces. Onde há muitos sempre há furtos, porque os ladrões são em toda a parte mais que muitos. E como as coisas por muitas lhes vêm à mão, as unhas não lhes perdoam; mas onde há bons olheiros não se furta tanto. Seja esta a primeira tesoura que agüentará muitos furtos, ainda que não diminua muitos os ladrões, porque há os que o são por natureza: *Naturam expellunt furcae*. Mas para extinguir estes ou moderá-los de todo, é de grande importância a segunda tesoura, que se chama *Milícia*, de que já digo grandes préstimos.

CAPÍTULO LXVIII

Tesoura segunda chamada *Milícia*

O Bocalino, nas suas cortes do Parnaso, ou Parábolas de Apolo, diz que se amotinaram as Repúblicas do mundo contra Júpiter, por não lhes dar instrumentos com que pudessem limpar facilmente a terra e o mar de ladrões, e que levaram por seus procuradores esta queixa a Apolo, para que lha resolvesse e remediasse. Acham-no dando audiência geral no Monte Pindo; recebe-os benigno e propuseram-lhe e sua embaixada desta maneira: "Senhor, como hás de haver no mundo que estejam os hortelões de condição melhor que nós, no governo das suas hortas e quintas? Deu-lhes Deus instrumentos para as mondarem, deu-lhes a enxada para arrancarem as urtigas e abrolhos, deu-lhes a foice para cortarem os silvados e todas as malezas*, e às Repúblicas nenhum instrumentos deu acomodado, nem sequer um ancinho para as podermos mondar e limpar de tantos ladrões que nos destroem e de tantos males que nos causam sem remédio".

Indignou-se Apolo, chamando-lhes bárbaros! Pois não viam a maior providência que Deus tem das Repúblicas que das hortas, porque se às hortas deu a enxada e a foice, para as mondarem, às Repúblicas deu o pífaro, o tambor e a trombeta, para as limparem. "Tocai caixas, alistai todos esses de que vos queixais, ponde-lhes um pique às costas, mandai-os à guerra. Lá amansarão ou acabarão servindo a seu rei e pátria e ficará a vossa República livre dessa praga. E vedes aí a melhor foice que há e a melhor enxada, para mondar e cultivar as Repúblicas do mundo". — Disse Apolo e disse bem.

O mesmo digo aos procuradores e governadores da nossa República, que se queixam de haver nela tantos ladrões que não os podem extinguir. Toquem caixa, toquem pífaro e trombeta; alistem-nos todos para os exércitos das fronteiras, para as armadas das conquistas; empreguem suas unhas e garras em nossos inimigos e ficarão livres de suas invasões nossas fazendas. Esta é a melhor tesoura que há para cortar todas as unhas. Não sei se notam os críticos o que tenho notado, de dez ou doze anos a esta parte, que tantos há que andamos em guerra viva com nossos inimigos, assim por mar como por terra. Noto que, antes disto, não nos podíamos ver livres de ladrões por essas estradas de todo o reino, nem podíamos dar passo, sem que nos salteassem pelas charnecas. Não se fazia feira em que não fizessem mil assaltos, nem havia justiça que bastasse para nos livrar desta praga, a qual cessou de todo com as guerras. E já não vemos, no interior do reino, ladrões em quadrilhas como andavam dantes, e é porque lhes demos que fazer nas fronteiras. Lá se cevam nas pilhagens do inimigo, com que nos deixam.

Nem me digam que quem más manhas há, tarde ou nunca as perderá, e que ainda fazem das suas; e, agora melhor, porque andam armados e, a título de servirem el-rei, se fazem isentos e indomáveis, porque a isto se responde que não haverá tal se andarem bem disciplinados. São as regras da milícia muito ajustadas com o bem público e se os cabos (que sempre são homens escolhidos) as fizerem guardar, como têm de obrigação, também os soldados fazem a sua de andarem compostos, ou por medo, ou por primor. Não sei que tem o andarem os homens alistados e com superiores contínuos sobre suas ações — que lhes tomam cada hora conta delas, para lhes darem o galardão, bom ou mau, segundo o merecem — que nenhum se atreve a lançar o pé além da mão, antes lhes serve assim o prêmio como o castigo de contínuos estímulos, para serem bons e tratarem da honra e aumentos louváveis, que por armas se alcançam.

Esta é a segunda tesoura que ofereço, para cortar de todo as unhas aos ladrões que nos inquietam. E se esta ainda não bastar para limpar de todo a nossa República e reino — porque há nele muitos incapazes da milícia, quais são ciganos e outros que se parecem com eles nas obras e se livram da guerra por vários princípios que se deixam conhecer e não aponto —, temos outra tesoura muito eficaz para os extinguir no reino, sem que escapem, assim haja quem a meneie. Esta se chama Degredo, do qual se contam e escrevem grandes excelências. E eu direi só as que fazem para o nosso intento no capítulo que se segue e neste não digo mais da *Milícia*, porque tudo o que dela se pode disputar fica apontado nos capítulos 20, 21 e 22 das unhas militares.

CAPÍTULO LXIX

Tesoura terceira chamada *Degredo*

Duas coisas há que facilitarão muito os ladrões a furtar: uma é o que sobeja neles e a outra o que falta em nós. E parece que havia de ser às avessas, porque na verdade o que falta neles e sobeja em nós é o que os move a serem ladrões, para proverem as suas faltas com os nossos sobejos. Contudo, isso não é assim, senão que sobeja neles cobiça para nos roubarem e falta em nós justiça para os emendarmos. Bem está, assim é; mas tomara saber donde vem sobejar neles a cobiça e faltar em nós a justiça? Eu o direi, a quem estiver atento à história ou parábola que se segue.

Duas donas principais e senhoras, muito conhecidas nesta corte, vieram às guedelhas sobre pouco mais de nada e fizeram uma briga muito arriscada no Terreiro do Paço. Uma se chamava Dona Justiça e a outra Dona Cobiça. A senhora Dona Cobiça, não sei se por mais moça se por menos sofrida, deu uma punhada em um olho à Justiça, tão grande que lho lançou fora e, dando-a por morta, tratou de se pôr em cobro. Acolheu-se para o Paço, que lhe ficava perto, mas logo lhe disseram seus amigos (que lá não lhe faltam) que visse onde se metia, que não lhe havia de valer o couto, porque qualquer das pessoas reais que a encontrasse a havia de mandar pôr na forca, assim por ser homicida e ladra como por ser Cobiça, que não se permite no Paço. Deu consigo no Corpo Santo, cuidando de achar guarida na companhia geral da Bolsa; mas logo a avisaram que se arriscava a fazerem estanque* dela para o Brasil, além de que poderia cair nas unhas dos parlamentários* ou holandeses, se para lá fosse, que lhe dariam mau trato, como dão a tudo. Deu consigo na Rua Nova, para se esconder por essas lojas dos mercadores, que todas são escuras e sem janelas, para não vermos o que nos vendem. Mas temendo que a vendessem por baeta, dessa que compram a seis vinténs para a encaixarem a seis tostões, passou de corrida para a Rua dos Ourives, e não fez aí muita detença, porque viu que mal se podia encobrir onde tudo se põe à porta. "Acolhamo-nos a sagrado", disse ela por último remédio; mas em nenhuma igreja a quiseram recolher, por ser vedado nos Sagrados Cânones aos eclesiásticos todo o trato de cobiça.

Tratou de se homiziar* em algum mosteiro, mas todos lhe fecharam as portas; os religiosos, porque não lhes inquietasse as comunidades com ambições; e as freiras, porque não podia professar entre elas, por ser casada com um mulato que se chama Interesse. Por fim de contas se recolheu no castelo, onde aturou pouco, porque se não dá lá mesa nem cama aos hóspedes, e fez por isso tais revoltas que a degredaram para as fronteiras, onde, não podendo aturar o pão de munição, porque é muito mimosa, deu em ladra com tanto desaforo, que roubava a olhos vistos até os pagamentos dos soldados e destruía a Fazenda de el-rei por mil modos, que não se podem contar; e temendo que a enforcassem os generais por isso — porque é ponto que se não deve perdoar — passou-se para Castela, castigando-se a si mesma com degredo voluntário. E, porque fugiu sem passaporte, não se atreveu a voltar, e lá se fez natural, com tanta audácia e excesso que, em breve tempo, assolou toda a Espanha com tributos, para engordar, porque ia muito magra deste reino.

Enxergaram-se, em Castela, os danos da Cobiça, não só nos vassalos destruídos, com as fazendas quintadas e fintas que lhes pôs até no fumo, que se vai por esses ares, mas também na cabeça do rei, tirando-lhe dela coroas e quebrando-lhe cetros à sua vista. Para se repararem de tão grandes danos, deram com a causa deles no Mundo Novo, onde fez tal estrago que, só na ilha de Cuba, que tem quinhentas léguas de comprido e duzentas de largo, matou mais de doze milhões de índios para se encher de ouro. O que fez no Peru, México e Flórida não é para se referir. Dos braços das mães tirava as crianças e, feitas em quartos, às dava a cães, com que andava à caça. Queimava vivos os caciques mais opulentos, esfolava reis, degolava imperadores, para mais a seu salvo devorar serras de prata e montes de ouro, que mandava a Espanha, para fazer guerra a toda a Europa, África e Ásia.

Revolto assim o mundo todo e posto em riscos de se perder com esta fera, tratou-se do remédio, e resolveu-se com maduro conselho que só a Justiça direita lho podia dar, mas esta estava torta com um olho menos que lhe tirou a Cobiça. Puseram-lhe um olho de prata, para a fazerem direita, e daí lhe veio trazer sempre a prata nos olhos e o olho na prata com que ficou mais torta. Só no céu se achava, neste tempo, Justiça direita. Tem-se pedido a Deus por muitas vias que a mande à terra, e espera-se que venha cedo. E há disso já grandes prenúncios; e quando ela vier e degredar a Cobiça para o inferno, ficará tudo quieto.

Não sei se me tenho declarado. Quero dizer que a Cobiça é mãe de todos os ladrões e que a Justiça se lhe acanha quando não é direita. Haja quem castigue tudo com o último degredo e ficaremos livres de tão más pestes. E esta será a melhor tesoura que corte todas as unhas de tantas harpias, como por todas as partes nos cercam. Dirá alguém que a melhor tesoura de todas é a forca. Não a tenho por tal, porque aqui tratamos de emendar e não de extinguir o mundo, além de que não haverá forcas que bastem para tão grande pendura. Por mais capaz de tanta gente tenho o degredo. Comam-se lá, embora, uns aos outros, isso mesmo lhes servirá de castigo e ficaremos livres deles, até que se melhorem que é o que se pretende. E os que se melhorarem, tornem a nos ajudar com seu exemplo. As razões que me movem para não admitir que se dêem facilmente castigos de morte ficam apontadas no Capítulo 49, das unhas apressadas, do meio por diante, parágrafo *Em Roma havia*...

CAPÍTULO LXX

Desengano geral a todas as unhas

Mais unhas há, mas as que temos visto neste tratado bastam para as conhecermos todas e para entendermos quão perniciosas e desarrazoadas são. *Ab unguibus leo*, diz o provérbio, pelas unhas se conhece o leão, e pelas mesmas se conhece o ladrão. Conhecidos assim bem todos os ladrões, suas unhas e artes, boas três tesouras vos dei, para lhas cortardes todas. E se essas não bastarem, por poucas para tantas unhas, ou não vos contentarem por ásperas, porque nem toda a aspereza serve para medicamento, tenho três desenganos eficacíssimos para as emendar suavemente, que é o melhor modo que há de correção. Assim é, e é impossível não repudiar a vontade o que o entendimento lhe mostra nocivo. Peço a todos os que virem este tratado que leiam com atenção estes três pontos.

Desengano primeiro

A cobiça de riquezas é como o fogo, que nunca diz basta. Quanto mais pasto damos ao fogo tanto mais se acende e mais fome mostra de mais pasto, acrescentando-a com aquilo que a pudera fartar e extinguir. Tal é a cobiça e fome que os homens têm de riquezas, *Crescit amor nummi, quantum ipsa pecunia crescit*. Disse lá o outro que cresce a cobiça ao compasso das riquezas aumentando a fome delas com a posse, que só a poderá satisfazer. E é o primeiro desengano que damos a todas as unhas que furtam para fartar sua cobiça e fome que têm de riquezas. Desenganem-se que trabalham debalde, porque maior a hão de ter quando mais se encherem e maiores montes ajuntarem, porque é hidropisia que, quanto mais bebe, tanto maior sede tem.

Esquadrinhando eu a causa deste apetite insaciável, acho que não procede de fome, mas que nasce de fastio, causa do enjôo — que a todas as coisas do mundo é natural causá-lo —, pela corrupção que tem de casa. E daí vem que, enfastiados do que possuímos, suspiramos por mais, cuidando que no que de novo vier acharemos alguma satisfação. E não é assim, quando lá vou, porque tudo é do mesmo lote e em nada há a satisfação que buscamos. E por isso digo que se desenganem todas as unhas, que cansam e trabalham debalde, andando à caça do que nunca lhes há de satisfazer a sede que as pica. Ora demos-lhe que não seja assim o que assim é, que não achastes fastio em nada, mas que lograstes muita doçura em tudo quanto vossas unhas adquiriam e que a vosso belo prazer com muito agrado fostes gostando de tudo e saboreando-vos em cada coisa; dê-me licença para discorrermos por todas e vereis mais claro ainda o desengano.

Desengano segundo

Venham aqui todos os ladrões do mundo. Tenha cada um tantas mãos como o Briareu Centímano e em cada mão outras tantas unhas. Não fique unha que aqui não venha a este exame. Pesquem, cacem, empolguem e pilhem tudo quanto quiserem, ouro, prata, pérolas, jóias da pedraria mais preciosa, ofícios, benefícios, comendas, morgadios, títulos, honras, grandezas até não mais, e vamos por ordem discutindo tudo. Nascestes neste mundo nu (que assim nascem todos), abristes os olhos e vistes que com as riquezas medram os poderosos; desejastes logo ser um deles e tratastes de juntar as riquezas com que os poderosos incham. Esperai: não furteis para as haverdes; eu vô-las dou todas porque só tratamos aqui, por ora, fazer a experiência que vou discursando, para cairdes no desengano, que trato de vos intimar. E se as tendes já porque as adquiristes, servindo, chatinando* e roubando, que tudo vem a ser o mesmo, dizei-me, agora, se vos falta mais alguma coisa. Depois de vos verdes com grande cabedal, que é o que pretendeis? "Pretendo", responde, muito sisudo, "uma gineta de capitão-mor, para ter que mandar e ser temido e respeitado de todos e merecer, servindo a sua majestade, que me faça maiores mercês." Se o não haveis mais que por uma gineta, dou-vos um bastão e dou-vos que servistes já com gineta e bastão, até vos enfadardes. E praza a Deus não vos enfadeis mais cedo do que convém. Ao depois dessa capitania e generalato, tomara saber o que vos segue para apetecer. "Segue-se uma comenda famosa, para ter renda que gastar e com que viver na corte, livre dos perigos da guerra e das baixas da chatinaria*." Se o não haveis por mais, dou-vos duas comendas e que sejam embora as mais grossas do Mestrado de Cristo, e faço-vos fidalgo nos livros de el-rei, para que, com honra e proveito, fiqueis mais satisfeito. Ao depois de tanta comenda e fidalguia tomara saber que é o que resta a Vossa Mercê. "Um título de conde, para maior crédito meu e lustre de minha geração." "Título de conde? Com pouco se contenta Vossa Mercê, senhor comendador; eu lho dou logo de marquês e diga-me, por vida sua, senhor marquês, diga-me Vossa Senhoria ou Vossa Excelência. (que já se não contentam com senhoria), ao depois deste título, que é o que se lhe segue? "Segue-se passar uma velhice muito descansada e lustrosa." Embora seja assim, ainda que lho pudera negar, porque neste mundo não há velhice descansada, nem lustrosa: *Senectus ipsa est morbus*. A mesma velhice em si é doença cheia de mil desalinhos. Essa velhice há-de ter o fim. E ao depois dela, tomara saber que é o que se segue a Vossa Excelência, meu senhor marquês? "Seguir-se-me-á uma morte muito bem assombrada, porque farei um testamento cheio de mandas para meus parentes e que me façam umas exéquias, em que se gastem duzentos mil réis e dois trintários de missas pela minha alma: *et requiescat in pace* que representei meu dito." Bem está; mas ainda não tem dito tudo Vossa Excelência. De maneira, meu senhor, que deixa quinhentos cruzados para exéquias e trinta tostões para missas! Pois eu tomara-lhe antes os quinhentos em missas e os trinta em exéquias. E as mandas que deixa a seus parentes, quem lhe disse que não seriam demandas? E a morte bem assombrada que se promete, quem lhe passou carta de seguro para ela? Não sabe que os velhos, quase todos, morrem tontos e que toda a morte no mundo sempre foi muito feia e mal assombrada? Mas dou-lhe que a teve assim como a pinta, muito formosa, contra o que nos mostram seus retratos, e dou-lhe que lhe fizeram seus parentes as exéquias, ainda mais majestosas. Ao depois de tudo isso, que é o que se lhe segue? Que é o que resta? Não me responde? Encolhe os ombros? Diz que não sabe? Pois este ponto, e este ao depois, tomara eu que o trouxera estudado, desde o primeiro despacho da gineta* e desde o primeiro dia em que entrou nu neste mundo, para prova de que assim havia de sair dele, sem levar nada de quanto ajuntou na vida; e se o não sabe, porque nunca cuidou nisso, eu lho direi, esteja-me atento.

Ao depois da morte e das exéquias, segue-se ir para baixo ou para cima: voar para o céu ou descer para o inferno. Quem serviu o mundo e se carregou do alheio, esse peso mesmo o leva para o profundo. Quem fugiu do mundo e desprezou tudo isso, fica ligeiro para voar ao Céu. E este é o ponto mais essencial e a máxima do nosso ser, que devemos trazer sempre diante dos olhos, para desengano de que tudo dispara em nada. E desse nada resulta um muito, que são eternas penas, as quais, cambiadas com o gosto que lograstes ou comprastes, necessariamente vos haveis de achar enganado em muito mais de metade do justo preço. E para que não duvideis disto, ouvi a S. Paulo: *Raptores regnum del non possidebunt*. Que a ladrões não se deve glória, senão penas. Mas direis o que já disse um grande de Castela em Madri: *Esto del infierno parece-me patranha; y lo del limbo ninheria; que lo del purgatorio no ay duda que es invención de clerigos y frayles, para sacar dinero por missas*. Não sei como não disse também que não havia glória, nem Céu! Mas temeu que lho mostrassem com o dedo até os cegos, e não diria mais um orate*, nem Maquiavel nem Mafoma*. E já que vos pondes em termos tão alcantilados, que vem a ser que não há mais que este mundo, estendei os olhos por todo ele e achareis que tudo é corruptível. Considerai os que maiores bens e glórias lograram, Salomões, Alexandres, Cresos, Midas, Césares, Pompeus. Nem deles nem de suas riquezas e mandos achareis rasto mais que alguns rascunhos de memórias confusas que foram, que acabaram, que disseram seu dito no teatro deste mundo. E se sois tão ateu que nada disto vos move para crer que há outro mundo melhor e que se não deve fazer caso deste, confesso que este desengano para cristãos o dava, que o devem crer; mas para ateus será o desengano ultimo, que se segue.

Desengano terceiro

Suponho que não falo com animais brutos, mas com homens racionais, que se entendem; mas que sejam ateus, que não crêem que há Deus, nem outra vida. Tratando só desta: dou-vos que vos fez vossa fortuna, assim como vós quisestes, nobre, são, valente, gentil-homem, ou que adquiristes por vossas artes e indústria tudo quanto o mundo ama e estima e em que põe sua glória. Tudo vem a ser riquezas, honras e gostos, e nada mais há neste mundo, nem ele tem mais que lhe possais roubar. Senhor estais de tudo: dizei-me agora quais são as vossas riquezas? São tesouros de ouro, prata, jóias, peças, enxovais, propriedades, rendas, etc. Se dais ou gastais isto, como mundano, sois pródigo; se o guardais como escasso, sois avarento, e ambas as coisas são vício. E se tendes entendimento, como supomos, sois obrigado a crer que em vícios não pode haver glória nem descanso. Assim o alcançaram e escreveram até os maiores idólatras do mundo. Pelo meio da prodigalidade e avareza corre a liberalidade, que despende e guarda com a moderação devida e, por isso, é virtude. E, porque o é, não atina com ela quem serve o mundo, que traz apregoada guerra com as virtudes. E vedes aqui como nas riquezas não pode haver para vós a bem-aventurança que vós fingis.

Quais são as vossas honras? São títulos que vos fazem respeitado, aparatos de criados e vestidos que vos fazem venerado. São ofícios que vos dão poder para sopear e ficar superior a todos. E se bem considerardes tudo, nada disto tendes de vós; tudo vos vem dos outros, que vô-lo podem tirar com vos negar uma cortesia. Bem fraca é a honra que depende de uma barretada, de pouca estima deve ser o título que se perde com um delito; os aparatos que se desfazem com uma ausência e as superioridades que se malogram com uma desobediência dos súditos. E tudo o que chamais honra vem a ser um vidro, que com a leviandade de uma mulher se quebra e com o desconcerto de qualquer de vossa família se tolda, como o espelho com um bafo. E se bem apertardes a honra, buscando-a em vós mesmo, não a haveis de achar, porque toda é de quem a dá e se vô-la negar ficais sem ela. E até a que chamais de sangue não consiste no vosso, senão em vossos antepassados e em seus brasões, que vêm a ser pergaminhos velhos roídos de ratos, folhagens e fingimentos mal averiguados. E vedes aí como não pode haver bem-aventurança em honras, porque a bem-aventurança verdadeira deve ser estável e as honras são mais mudáveis que as grimpas*.

Os deleites nesta vida nos cinco sentidos se cifram todos: e os da vista, com ser dos sentidos o mais nobre, são de qualidade que a noite os rouba. E nisso que vemos de dia, ainda que nos alegre, vemos que há mais defeitos para aborrecer que perfeições para estimar, e até nas mesmas perfeições vemos que não são de dura, que se murcham como rosas, que se extinguem como luzes e que fogem como auroras. E vem a ser tudo um cristal de furta-cores, que a um virar de olhos desaparece tudo. Os gostos do ouvido são músicas e lisonjas: lisonjas que mentem e enganam; músicas que se compõem de vozes; as vozes do ar, o ar sujeito aos ventos, porque tudo nesta vida vem a disparar em vento. Os do cheiro nascem de fumos e vapores, que em si mesmos se exalam e extenuam, até se consumirem. Que coisa mais corruptível que o fumo, que coisa menos durável que o vapor tênue? Os do gosto são doçuras e sabores de manjares e licores. Se os tomais com demasia, matam-vos; se vos abstendes deles, já os não lograis; e, se os usais com moderação, continuados enfastiam, dilatados causam fome e deixados são como se não fossem. Para desengano que, por todas as vias, não se acha gosto nos mesmos gostos desta vida. Os do tato, que consistem na brandura, no careio e afago com que a sensualidade lisonjeia a natureza, quem os logra confessa que são momentâneos; e ainda que sucessivos, de tal maneira se alternam que são mais as dores que as suavidades, que de seu trato, quando é imoderado, resultam. E em conclusão: todos os deleites dos sentidos rendem vassalagem ao sono, que os sepulta. O sono, imagem da morte, é senhor de todos os gostos, para os ter cativos e sepultados, e quem a tal senhor se sujeita bem certo é que nada tem de bem-aventurança, nem de dita.

Isto é o que se passa nesta Babilônia do mundo, onde tudo são confusões e labirintos. Destes saco ao mundo, para viverdes nele abastado e satisfeito, e em nada achastes a satisfação plenária que buscáveis. Seguistes suas leis, que vos ensinaram a pretender, buscar e estimar o que ele estima, e achastes em tudo vaidades sem firmeza, amargores sem doçura, inferno sem bem-aventurança. Que resta logo? Cuidarmos que toda a glória é como esta e que não há outra será engano, que até ao lume natural repugna, porque a grandeza, constância e formosura do céu nos testemunha e assegura que há outra coisa melhor que isto que cá vemos e que há bem-aventurança sólida e verdadeira. A esta não é possível que se vá pelo caminho que segue o mundo, pois vemos que nos leva ao contrário. Outra lei e regra há de haver, necessariamente, que nos guie com verdade e leve ao descanso firme e que nos ponha na glória que não padece eclipses. Esta é a lei divina, que se reduz a dois preceitos, que são amar a Deus sobre todas as coisas, e ao próximo como a ti mesmo. Quem ama a Deus, não trata do mundo, porque lhe é oposto; quem ama ao próximo, não o ofende. Dar a cada um o que é seu é um ponto em que tudo se cifra: a Deus a glória e ao próximo o que lhe pertence. E quem chegar a esta felicidade logrará a maior bem-aventurança, ainda nesta vida, e livrar-se-á dos infernos deste mundo, que infernos vêm a ser todas suas coisas, nas penas, moléstias e tribulações que causam, até quando se gozam. E, por isso, com muita propriedade e razão, lhes chamou Cristo espinhos. Quem quiser viver sem estes, viva sem o alheio, trate só do que lhe pertence e converter-se-lhe-á esta vida em glória e achará no mundo o paraíso. E bem se prova, porque se o não há em quem segue as leis do mundo, havê-lo-á, necessariamente em quem seguir a lei contrária, que é a de Cristo, a qual se resolve naquela sentença sua: *Reddite ergo, quae sunt Caesaris Caesari, et quae sunt Dei Deo*. Que demos a cada um o que é seu: a Deus a honra e ao próximo o que lhe convém. Donde se segue que quem não tomar o alheio será bem-aventurado.

Conclusão e remate do desengano verdadeiro

Teve um religioso santo uma visão, em que lhe apareceu uma matrona muito formosa, com uma tocha acesa em uma mão e uma quarta de água na outra. Perguntou-lhe o servo de Deus quem era. Respondeu: "Sou a lei de Cristo." "E que têm que ver com a lei de Cristo esses dois elementos, fogo e água, que trazeis nas mãos?" "Com este fogo trato de abrasar o céu até o desfazer; e com esta água quero apagar o inferno até o aniquilar. Depois de não haver céu que espere, nem inferno que tema, ainda hei de guardar a lei de Cristo, porque só com a guardar acho que terei glória e ficarei livre de penas." Assim passa que até neste mundo tem glória e descanso e se livra de penas e aflições quem guarda a lei de Cristo, que dá o seu a seu dono, e quem o nega, quem o defrauda, quem o rouba, não achará o que busca, se é que busca descanso; mas achará aflição de espírito, cansaço de corpo, tormento para a alma e viverá no inferno.

Que fazes, homem, à vista de verdades tão claras? Abre os olhos, vê em que te ocupas, trata do eterno e celestial, deixa o temporal e terreno, porque te afirmo, o que é certo, que um milhão de arrobas de glórias temporais não faz meia onça de bem-aventurança eterna. Esta custa muito pouco a haver, porque se alcança vivendo no descanso da lei de Cristo, e aquelas custam muito a achar, porque se buscam com o suor; e trabalhos, que consigo trazem as leis do mundo. Deixa de ser ladrão e terás o que há mister, porque terás a Deus, que para Si te criou e não para servires o mundo falso e enganador, que não tem que te dar mais que dores, disfarçadas com aparências de mimos. Suas glórias são relâmpagos que, se por uma parte luzem, por outra disparam raios. Suas luzes são de candeia, que com um sopro se apagam. Seus afagos são raposas de Sansão astutas, que no cabo levam fogo que abrasa. Sua formosura é a dos pomos de Pentápole, por fora dourados e por dentro corrupção e fumo, em que põem seu termo todas as coisas do mundo, que não têm outro fim.

E eu ponho aqui remate a este tratado, que intitulei *Arte de Furtar*, porque descobre todas as traças dos ladrões, para vos acautelar delas. Aqui vos ponho patente este espelho, que chamo de enganos, para que nele vejais os vossos e vos emendeis, conhecendo sua deformidade. Este é o teatro das verdades; se as conhecerdes e seguirdes representareis melhor figura no deste mundo. Mostrador é de horas minguadas, para que, fugindo-as, acheis uma boa, em que vos salveis. Também é gazua geral que, se bem se ocupou até aqui em abrir, melhor saberá fechar; chave é que fecha e abre; se usardes bem dela, fechareis para não perder e abrireis para ganhar. Verdadeiramente é chave mestra, que vos ensinará a verdadeira arte com que se abrem os tesouros do céu, os quais lograreis quando menos usurpardes os da terra. Enquanto estudais esta *Arte*, vos fico compondo outra mais liberal, que se intitula: *Arte de adquirir glória verdadeira*.

Glossário

Abada: peça sobressalente usada para aumentar o tampo da mesa.

Açamar: silenciar, reprimir.

Acicate: incentivo.

À formiga: "aos poucos".

Aguarentar: corta o supérfluo, poupa.

Aire: coisa vã.

Albornoz: monsieur Albornoz foi um arcebispo de Toledo que se tornou célebre ao ser nomeado pelo papa para comandar um exército que submeteu diversas províncias da Itália.

Aleirosia: dolo, traição.

Almadrava: colchão, esteira. No livro significa também pescaria que se fazia com redes de malha fina. Em espanhol, *almatroque* é uma rede de pescar.

Almargem: terreno onde pasta o gado.

Alquiler: aluguel.

Amargozes: amarguras.

Anata: renda do primeiro ano de um benefício.

Apanhia: provavelmente um termo inventado pelo autor para fazer uma ferina ligação entre "apanhar" e "companhia".

Arganaz: rato grande, o contrário de "murganho", rato pequeno.

Argueireiro: pessoa que se ocupava de coisas sem importância.

Assentista: fornecedor de provisões para as tropas; oficial encarregado da compra e distribuição de gêneros.

Atruar: termo antigo que significava "tratar por tu", "tutear".

Avençar: pactuar, fazer acordo. Derivação de "avença" — pacto, acordo, ajuste —, que, por sua vez é derivado de "avir" — acontecer, advir, convir, ajustar.

Azeiro: armadilha submarina usada na pesca.

Badana: forro, pano usado, farrapo, trapo. O verbo "badanar" quer dizer oscilar ao vento como um farrapo.

Balhesta: "respondem sesta por balhesta, fazem-vos do céu cebola" é o mesmo que responder confundindo propositadamente as coisas e as palavras, para enganar o interlocutor.

Balestilha: instrumento que servia para medir alturas.

Banda: "fecham-se à banda como ouriços-cacheiros" significa ficar firme na defensiva.

Bar: medida de peso usada no Oriente, equivalente a 15 ou 20 arrobas.

Bazaruco: moeda de valor ínfimo, de cobre, usada na Índia.

Belhão: moeda própria para trocos de pequenas quantias.

Beliz: arguto, aquele que tem visão aguda.

Bens castrenses: bens adquiridos por intermédio do serviço militar.

Bento Quadrado: nome pejorativo para indicar um comparsa de ladrões que agia sempre por trás, sem aparecer.

Berlanguche: designação pejorativa do estrangeiro do Norte.

Bisalho: saco, pequena bolsa.

Bocaxim: pano grosseiro usado para forrar.

Bóia: para reforço em frases negativas: "não ver bóia", "não atinar com bóia". Equivale ao de hoje "não ver nada".

Boquear: abrir a boca, respirando com dificuldade, agonizar.

Branco: "achou-se em branco e sem branca" — o mesmo que ficar sem dinheiro.

Brixote: palavra pejorativa para estrangeiro.

Cabana: neste caso, cabana é uma variante de "gabão", que significa *capote*.

Cabe: termo de um jogo com bola. "Dar cabes" significava tomar distância, ganhar espaço. No texto utiliza-se em sentido figurado, com o significado de montar um estratagema para evitar o cumprimento de um dever. Usava-se "cabe" também para indicar proximidade, vizinhança: "na cabe de um rio".

Caco: no mito de Hércules, Caco era um salteador que guardava em uma gruta os tesouros que roubava.

Cadimo: hábil, adestrado, experimentado.

Calhe: rua estreita, ruela.

Carnaz: parte interna da pele. Lado avesso (sem pêlo) das peles animais e dos couros.

Cativar: no sentido de tornar cativo.

Cerieiros: fabricante ou vendedor de cera.

Chamiço: graveto, lenha leve e de fácil combustão.

Chatim: negociante pouco honesto.

Chacina: na acepção de carne de animal salgada para provisão.

Chatinar: negociar.

Chatinaria: negociata.

Cipião: "sonhos de Cipião" é uma alusão à obra de Cícero, *Somnium Scipionis*. Significa no texto projeto grandioso, sem viabilidade.

Cobrar: no texto tem o sentido de receber, reaver, recuperar.

Codilho: a expressão "levar de codilho" significava ganhar de forma inesperada, contra a expectativa dos parceiros de um jogo.

Coima: multa imposta a proprietário de gado que pastava em propriedade alheia.

Corar crimes: encobrir, encontrar pretextos para esconder os crimes.

Data: dom, dádiva: "data d'el-rei", "data de Deus".

Delírio: a palavra é usada em seu sentido etimológico latino de *delirare*: sair da linha reta, desviar-se do caminho.

Desbalijar ou desbalizar: roubar.

Deslindar: limitar, delimitar, separar, demarcar contornos.

Embuço: dissimulação.

Escocioneira: planta da família das Compostas.

Escote: partilha.

Esfola-gato: argumento falso, sofisma, trapaça na interpretação das leis ou regras.

Esmadas: avaliadas.

Esmou: estimou.

Estanque ou estanco: monopólio, atividade reservada à fazenda real.

Estipêndio: salário, soldo.

Faianca: coisa grosseira, mercadoria de qualidade inferior.

Fancaria: trabalho grosseiro, feito às pressas.

Faraute: mestre, guia, o que ensina o caminho.

Forro: usado na expressão "ir forro no jogo", significava jogar para ganhar, jogar na certa.

Frisões: cavalos possantes, oriundos da Frísia.

Gabela: taxa, imposto, depósito pago por alguém que recorria de uma sentença. Na França, era assim que se chamava o imposto sobre o sal.

Gaião: bandido célebre na Península Ibérica.

Gages: penhor, gratificação.

Garavato: vara que sustenta um receptáculo para colher frutas sem deixá-las cair o chão. Deriva de *gravare,* que significa carregar, sustentar.

Gêmeas: "pôr em gêmeas" era uma pitoresca expressão para designar o movimento dos cavalos ao empinarem.

Gerifalte: ave de rapina parecida com o falcão.

Gineta: antiga vara e insígnia de capitão. Por extensão, "despacho da gineta" designa o exercício do comando.

Godrins: tecidos acolchoados e de boa qualidade, provenientes da Índia.

Gregotins: garranchos.

Grimpa: mecanismo posto no alto das casas ou das torres para mostrar a direção dos ventos.

Gualdripavam: furtavam.

Hisopete: variação de Esopo, autor de fábulas antigas. Por extensão, os fabulistas da Idade Média, imitadores de Esopo, eram chamados de "hisopetes".

Homiziar: esconder à ação da justiça.

Idiota: na acepção de iletrado, analfabeto. Não tinha originalmente o sentido atual de pateta.

Imperito: inábil, ignorante.

Invite: convite.

Írrito: que não teve efeito, vão.

Lana-caprina: expressão latina para lã de cabra, que significa coisas sem valor.

Lei cansada: o mesmo que lei antiga. Expressão usada para referências ao Antigo Testamento. "Mercador da lei cansada" queria dizer mercador judeu.

Madraço: indolente, mandrião.

Mal-de-luanda: escorbuto.

Maleza: maldade, erva daninha.

Mafoma: Maomé.

Marau: carregador de aluguel.

Maranha: astúcia, esperteza.

Marcar: quando punidos pela justiça, os ladrões eram marcados na testa e nas costas.

Matalote: marinheiro; por extensão, companheiro de viagem.

Medrar: enriquecer, lucrar.

Medras: aumentos, acréscimos, lucros.

Mentiras: pintas brancas nas unhas, as quais, segundo a crença popular, de pessoas mentirosas.

Mister: na Idade Média, em Portugal, distinguiam-se os *misteres* (colonos, servos da gleba) dos servos *casatos* (caseiros). Na época em que o livro foi escrito, porém, "mister" já designava genericamente qualquer trabalhador pobre.

Motim: aglomerado, grupo de pessoas. No século XVIII, a palavra ainda era usada sem o sentido atual de revolta.

Místico: forma deturpada de misto, misturado.

Navarro: Padre Martim de Azpicuela Navarro, autor do célebre *Manual de confessores e penitentes*.

Nepote: originalmente significava "sobrinho". Usado no texto com o sentido de confidente e conselheiro.

Orago: santo a quem é dedicado um templo, capela ou povoação; padroeiro.

Orate: alucinado, louco. "Casa de orates" significa hospício.

Padar: paladar. "A seu padar" significa "a seu gosto".

Palmeirim: alusão ao enredo intrincado do romance de cavalaria *Palmeirim de Inglaterra*, de Francisco de Morais.

Parlamentários: os ingleses do tempo do Protetorado de Cromwel, quando do Parlamento emanava o poder.

Pastel: erva usada em tinturaria.

Paulina: excomunhão contra quem não quisesse revelar roubos.

Peitar: subornar com dádivas.

Peita: dádiva com o fim de subornar.

Pero Botelho: o diabo.

Peruleiro: na Espanha, designava os que voltavam do Peru, supostamente ricos, graças aos metais preciosos das minas de Potosi.

Poldra: caminho de pedras salteadas, espalhadas sobre água rasa ou atoleiros. "Errar as poldras" ou "errar alpondras", o mesmo que errar o pulo, caindo na lama.

Polvorosa: "pôr em polvorosa" significava originalmente fugir de forma precipitada.

Pombeiro: negociante ambulante, comprador de escravos.

Praxe: "pôr em praxe" significava exemplificar ou pôr em prática.

Precalços: proveitos, gratificações, emolumentos. Modificado para *percalços*, ganhou novo sentido no português de hoje.

Presentíssimo: de efeito imediato, coisa muito forte e evidente.

Propugnáculo: sustentáculo, baluarte.

Promontório: no sentido de empório, entreposto comercial.

Puxavante: impulso para diante.

Regateira: mulher que vendia hortaliças e alimentos. Derivado de "regatar", que significava vender coisas pequenas.

Révera: no texto significa pequeno donativo ou presente. Também era usado como confirmação de cláusula contratual. "Idade de révera" representava a entrada na maioridade.

Rime: trata-se do presente do verbo *remir*, com o sentido de redimir.

Saguate: adiantamento, presente.

Sambenito: hábito de baeta amarela e verde, em forma de saco de enfiar pela cabeça, que se vestia nos condenados, nos autos-de-fé.

Sedela: seda com que se prendia o anzol à linha.

Sevandijas: larvas ou gafanhotos.

Sol-Posto: apelido de um famoso bandido da época.

Tafuis: pessoas que viviam do jogo. O verbo *tafuar* significa jogar habitualmente.

Tafularia: jogatina.

Talisca: fenda.

Tangomau: na África, esse termo indicava o comerciante que comprava escravos dos chefes locais para revendê-los aos europeus. As expressões "dar um tangomão", "tangolomão", "tango mango" e "trangolo mango" ficaram associadas, na língua portuguesa, a ocorrências nefastas.

Tanho: assento pequeno e baixo.

Tapuia: denominação geral de indígena.

Tiçoados: pancadas com tição.

Trados: instrumentos com que se fazem furos no solo para sondagens.

Traginar: provavelmente um espanholismo oriundo de *trajinar*, que significa levar mercadorias de um lugar para o outro.

Tratante: comerciante, em especial atacadista. Não tinha, originalmente, sentido pejorativo.

Trinque: "novo do trinque" quer dizer novíssimo.

Unhas insensíveis: no sentido de unhas que não se percebe, que não se sente.

Ultra: "repartem ultra do que rezam as ordens", isto é, repartem mais do que deviam.

Valhacoito: lugar seguro, refúgio.

Vinte e quatro: "pôr-se de vinte e quatro" — vestir-se com a melhor roupa.

Volatim: jogador de péla. Também é usado para indicar um mensageiro rápido.

Zelote: pessoa que demonstra falso zelo. A terminação *ote* é depreciativa e irônica.

Zoilo: crítico acerbo, geralmente invejoso.

Sumário

Introdução 11
Dedicatória ao Rei D. João IV 29
Ao sereníssimo senhor D. Theodosio, Príncipe de Portugal 33
Protestação do autor - A quem ler este tratado 37

ARTE DE FURTAR

I - Como para furtar há arte, que é ciência verdadeira 43
II - Como a arte de furtar é muito nobre 47
III - Da antiguidade e professores desta arte 51
IV - Como os maiores ladrões são os que têm por ofício
    livrar-nos de outros ladrões 55
V - Dos que são ladrões, sem deixarem que outros o
    sejam 61
VI - Como não escapa de ladrão quem se paga por sua
    mão 65
VII - Como tomando pouco se rouba mais que tomando
    muito 69
VIII - Como se furta às partes, fazendo-lhes mercês,
    e vendendo-lhes misericórdias 73
IX - Como se furta a título de benefício 77
X - Como se podem furtar a el-rei vinte mil cruzados a título
    de o servir 81

XI - Como se podem furtar a el-rei vinte mil cruzados e
    demandá-lo por outros tantos 85
XII - Dos ladrões que, furtando muito, nada ficam a dever
    na sua opinião 89
XIII - Dos que furtam muito, acrescentando a quem roubam
    mais do que lhe furtam 91
XIV - Dos que furtam com unhas reais 95
XV - Em que se mostra como pode um rei ter unhas 99
XVI - Em que se mostram as unhas reais de Castela e
    como nunca as houve em Portugal 103
XVII - Em que se resolve que as unhas de Castela são
    as mais farpantes por injustiças 133
XVIII - Dos ladrões que furtam com unhas pacíficas 139
XIX - Prossegue-se a mesma matéria e mostra-se que
    tal deve ser a paz, para que unhas pacíficas nos
    não danifiquem 143
XX - Dos ladrões que furtam com unhas militares 147
XXI - Mostra-se até onde chegam unhas militares e
    como se deve fazer a guerra 151
XXII - Prossegue-se a mesma matéria do capítulo
    antecedente 157
XXIII - Dos que furtam com unhas temidas 161
XXIV - Dos que furtam com unhas tímidas 167
XXV - Dos que furtam com unhas disfarçadas 169
XXVI - Dos que furtam com unhas maliciosas 173
XXVII - Dos que furtam com unhas mais maliciosas 177
XXVIII - Dos que furtam com unhas descuidadas 181
XXIX - Dos que furtam com unhas irremediáveis 185
XXX - Que tais devem ser os conselheiros e conselhos
    para que unhas irremediáveis nos não danifiquem 191
XXXI - Dos que furtam com unhas sábias 203
XXXII - Dos que furtam com unhas ignorantes 207
XXXIII - Dos que furtam com unhas agudas 211
XXXIV- Dos que furtam com unhas singelas 215
XXXV - Dos que furtam com unhas dobradas 219
XXXVI - Como há ladrões que têm as unhas na língua 223

XXXVII - Dos que furtam com a mão do gato 227
XXXVIII - Dos que furtam com mãos e unhas postiças,
    de mais e acrescentadas 233
XXXIX - Dos que furtam com unhas bentas 237
XL - Responde-se aos que chamam visco ao fisco 243
XLI - Dos que furtam com unhas de fome 247
XLII - Dos que furtam com unhas fartas 251
XLIII - Dos que furtam com unhas mimosas 253
XLIV - Dos que furtam com unhas desnecessárias 257
XLV - Dos que furtam com unhas domésticas 261
XLVI - Dos que furtam com unhas mentirosas 265
XLVII - Dos que furtam com unhas verdadeiras 269
XLVIII - Dos que furtam com unhas vagarosas 273
XLIX - Dos que furtam com unhas apressadas 279
L - Mostra-se qual é a jurisdição que os reis têm sobre os
    sacerdotes 283
LI - Dos que furtam com unhas insensíveis 287
LII - Dos que furtam com unhas que não se sentem ao perto
    e arranham muito ao longe 291
LIII - Dos que furtam com unhas visíveis 295
LIV - Dos que furtam com unhas invisíveis 299
LV - Dos que furtam com unhas ocultas 303
LVI - Dos que furtam com unhas toleradas 307
LVII - Dos que furtam com unhas alugadas 313
LVIII - Dos que furtam com unhas amorosas 317
LIX - Dos que furtam com unhas corteses 321
LX - Dos que furtam com unhas políticas 325
LXI - Dos que furtam com unhas confidentes 329
LXII - Dos que furtam com unhas confiadas 333
LXIII - Dos que furtam com unhas proveitosas 337
LXIV - Dos que furtam com unhas de prata 341
LXV - Dos que furtam com unhas de não sei como lhe
    chamam 345
LXVI - Dos que furtam com unhas ridículas 351
LXVII - Tesoura primeira para cortar unhas chama-se *Vigia* 355
LXVIII - Tesoura segunda chamada *Milícia* 359

LXIX - Tesoura terceira chamada *Degredo* 363
LXX - Desengano geral a todas as unhas 367
Conclusão e remate do desengano verdadeiro 375

Glossário 377

O objetivo, a filosofia e a missão da Editora Martin Claret

O principal objetivo da Martin Claret é contribuir para a difusão da educação e da cultura, por meio da democratização do livro, usando os canais de comercialização habituais, além de criar novos.

A filosofia de trabalho da Martin Claret consiste em produzir livros de qualidade a um preço acessível, para que possam ser apreciados pelo maior número possível de leitores.

A missão da Martin Claret é conscientizar e motivar as pessoas a desenvolver e utilizar o seu pleno potencial espiritual, mental, emocional e social.

O livro muda as pessoas. Revolucione-se: leia mais para ser mais!

MARTIN CLARET

Relação dos Volumes Publicados

1. **Dom Casmurro**
   Machado de Assis
2. **O Príncipe**
   Maquiavel
3. **Mensagem**
   Fernando Pessoa
4. **O Lobo do Mar**
   Jack London
5. **A Arte da Prudência**
   Baltasar Gracián
6. **Iracema / Cinco Minutos**
   José de Alencar
7. **Inocência**
   Visconde de Taunay
8. **A Mulher de 30 Anos**
   Honoré de Balzac
9. **A Moreninha**
   Joaquim Manuel de Macedo
10. **A Escrava Isaura**
    Bernardo Guimarães
11. **As Viagens - "Il Milione"**
    Marco Polo
12. **O Retrato de Dorian Gray**
    Oscar Wilde
13. **A Volta ao Mundo em 80 Dias**
    Júlio Verne
14. **A Carne**
    Júlio Ribeiro
15. **Amor de Perdição**
    Camilo Castelo Branco
16. **Sonetos**
    Luís de Camões
17. **O Guarani**
    José de Alencar
18. **Memórias Póstumas de Brás Cubas**
    Machado de Assis
19. **Lira dos Vinte Anos**
    Álvares de Azevedo
20. **Apologia de Sócrates / Banquete**
    Platão
21. **A Metamorfose/Um Artista da Fome/Carta a Meu Pai**
    Franz Kafka
22. **Assim Falou Zaratustra**
    Friedrich Nietzsche
23. **Triste Fim de Policarpo Quaresma**
    Lima Barreto
24. **A Ilustre Casa de Ramires**
    Eça de Queirós
25. **Memórias de um Sargento de Milícias**
    Manuel Antônio de Almeida
26. **Robinson Crusoé**
    Daniel Defoe
27. **Espumas Flutuantes**
    Castro Alves
28. **O Ateneu**
    Raul Pompeia
29. **O Noviço / O Juiz de Paz da Roça / Quem Casa Quer Casa**
    Martins Pena
30. **A Relíquia**
    Eça de Queirós
31. **O Jogador**
    Dostoiévski
32. **Histórias Extraordinárias**
    Edgar Allan Poe
33. **Os Lusíadas**
    Luís de Camões
34. **As Aventuras de Tom Sawyer**
    Mark Twain
35. **Bola de Sebo e Outros Contos**
    Guy de Maupassant
36. **A República**
    Platão
37. **Elogio da Loucura**
    Erasmo de Rotterdam
38. **Caninos Brancos**
    Jack London
39. **Hamlet**
    William Shakespeare
40. **A Utopia**
    Thomas More
41. **O Processo**
    Franz Kafka
42. **O Médico e o Monstro**
    Robert Louis Stevenson
43. **Ecce Homo**
    Friedrich Nietzsche
44. **O Manifesto do Partido Comunista**
    Marx e Engels
45. **Discurso do Método / Regras para a Direção do Espírito**
    René Descartes
46. **Do Contrato Social**
    Jean-Jacques Rousseau
47. **A Luta pelo Direito**
    Rudolf von Ihering
48. **Dos Delitos e das Penas**
    Cesare Beccaria
49. **A Ética Protestante e o Espírito do Capitalismo**
    Max Weber
50. **O Anticristo**
    Friedrich Nietzsche
51. **Os Sofrimentos do Jovem Werther**
    Goethe
52. **As Flores do Mal**
    Charles Baudelaire
53. **Ética a Nicômaco**
    Aristóteles
54. **A Arte da Guerra**
    Sun Tzu
55. **Imitação de Cristo**
    Tomás de Kempis
56. **Cândido ou o Otimismo**
    Voltaire
57. **Rei Lear**
    William Shakespeare
58. **Frankenstein**
    Mary Shelley
59. **Quincas Borba**
    Machado de Assis
60. **Fedro**
    Platão
61. **Política**
    Aristóteles
62. **A Viuvinha / Encarnação**
    José de Alencar
63. **As Regras do Método Sociológico**
    Émile Durkheim
64. **O Cão dos Baskervilles**
    Sir Arthur Conan Doyle
65. **Contos Escolhidos**
    Machado de Assis
66. **Da Morte / Metafísica do Amor / Do Sofrimento do Mundo**
    Arthur Schopenhauer
67. **As Minas do Rei Salomão**
    Henry Rider Haggard
68. **Manuscritos Econômico-Filosóficos**
    Karl Marx
69. **Um Estudo em Vermelho**
    Sir Arthur Conan Doyle
70. **Meditações**
    Marco Aurélio
71. **A Vida das Abelhas**
    Maurice Materlinck
72. **O Cortiço**
    Aluísio Azevedo
73. **Senhora**
    José de Alencar
74. **Brás, Bexiga e Barra Funda / Laranja da China**
    Antônio de Alcântara Machado
75. **Eugênia Grandet**
    Honoré de Balzac
76. **Contos Gauchescos**
    João Simões Lopes Neto
77. **Esaú e Jacó**
    Machado de Assis
78. **O Desespero Humano**
    Sören Kierkegaard
79. **Dos Deveres**
    Cícero
80. **Ciência e Política**
    Max Weber
81. **Satíricon**
    Petrônio
82. **Eu e Outras Poesias**
    Augusto dos Anjos
83. **Farsa de Inês Pereira / Auto da Barca do Inferno / Auto da Alma**
    Gil Vicente
84. **A Desobediência Civil e Outros Escritos**
    Henry David Toreau
85. **Para Além do Bem e do Mal**
    Friedrich Nietzsche
86. **A Ilha do Tesouro**
    R. Louis Stevenson
87. **Marília de Dirceu**
    Tomás A. Gonzaga
88. **As Aventuras de Pinóquio**
    Carlo Collodi
89. **Segundo Tratado Sobre o Governo**
    John Locke
90. **Amor de Salvação**
    Camilo Castelo Branco
91. **Broquéis/Faróis/ Últimos Sonetos**
    Cruz e Souza
92. **I-Juca-Pirama / Os Timbiras / Outros Poemas**
    Gonçalves Dias
93. **Romeu e Julieta**
    William Shakespeare
94. **A Capital Federal**
    Arthur Azevedo
95. **Diário de Um Sedutor**
    Sören Kierkegaard
96. **Carta de Pero Vaz de Caminha a El-Rei Sobre o Achamento do Brasil**
97. **Casa de Pensão**
    Aluísio Azevedo
98. **Macbeth**
    William Shakespeare

99. **Édipo Rei/Antígona**
    Sófocles
100. **Luciola**
    José de Alencar
101. **As Aventuras de Sherlock Holmes**
    Sir Arthur Conan Doyle
102. **Bom-Crioulo**
    Adolfo Caminha
103. **Helena**
    Machado de Assis
104. **Poemas Satíricos**
    Gregório de Matos
105. **Escritos Políticos / A Arte da Guerra**
    Maquiavel
106. **Ubirajara**
    José de Alencar
107. **Diva**
    José de Alencar
108. **Eurico, o Presbítero**
    Alexandre Herculano
109. **Os Melhores Contos**
    Lima Barreto
110. **A Luneta Mágica**
    Joaquim Manuel de Macedo
111. **Fundamentação da Metafísica dos Costumes e Outros Escritos**
    Immanuel Kant
112. **O Príncipe e o Mendigo**
    Mark Twain
113. **O Domínio de Si Mesmo Pela Auto-Sugestão Consciente**
    Émile Coué
114. **O Mulato**
    Aluísio Azevedo
115. **Sonetos**
    Florbela Espanca
116. **Uma Estadia no Inferno / Poemas / Carta do Vidente**
    Arthur Rimbaud
117. **Várias Histórias**
    Machado de Assis
118. **Fédon**
    Platão
119. **Poesias**
    Olavo Bilac
120. **A Conduta para a Vida**
    Ralph Waldo Emerson
121. **O Livro Vermelho**
    Mao Tsé-Tung
122. **Oração aos Moços**
    Rui Barbosa
123. **Otelo, o Mouro de Veneza**
    William Shakespeare
124. **Ensaios**
    Ralph Waldo Emerson
125. **De Profundis / Balada do Cárcere de Reading**
    Oscar Wilde
126. **Crítica da Razão Prática**
    Immanuel Kant
127. **A Arte de Amar**
    Ovídio Naso
128. **O Tartufo ou O Impostor**
    Molière
129. **Metamorfoses**
    Ovídio Naso
130. **A Gaia Ciência**
    Friedrich Nietzsche
131. **O Doente Imaginário**
    Molière
132. **Uma Lágrima de Mulher**
    Aluísio Azevedo
133. **O Último Adeus de Sherlock Holmes**
    Sir Arthur Conan Doyle
134. **Canudos - Diário de Uma Expedição**
    Euclides da Cunha
135. **A Doutrina de Buda**
    Siddharta Gautama
136. **Tao Te Ching**
    Lao-Tsé
137. **Da Monarquia / Vida Nova**
    Dante Alighieri
138. **A Brasileira de Prazins**
    Camilo Castelo Branco
139. **O Velho da Horta/Quem Tem Farelos?/Auto da Índia**
    Gil Vicente
140. **O Seminarista**
    Bernardo Guimarães
141. **O Alienista / Casa Velha**
    Machado de Assis
142. **Sonetos**
    Manuel du Bocage
143. **O Mandarim**
    Eça de Queirós
144. **Noite na Taverna / Macário**
    Álvares de Azevedo
145. **Viagens na Minha Terra**
    Almeida Garrett
146. **Sermões Escolhidos**
    Padre Antonio Vieira
147. **Os Escravos**
    Castro Alves
148. **O Demônio Familiar**
    José de Alencar
149. **A Mandrágora / Belfagor, o Arquidiabo**
    Maquiavel
150. **O Homem**
    Aluísio Azevedo
151. **Arte Poética**
    Aristóteles
152. **A Megera Domada**
    William Shakespeare
153. **Alceste/Electra/Hipólito**
    Eurípedes
154. **O Sermão da Montanha**
    Huberto Rohden
155. **O Cabeleira**
    Franklin Távora
156. **Rubáiyát**
    Omar Khayyám
157. **Luzia-Homem**
    Domingos Olímpio
158. **A Cidade e as Serras**
    Eça de Queirós
159. **A Retirada da Laguna**
    Visconde de Taunay
160. **A Viagem ao Centro da Terra**
    Júlio Verne
161. **Caramuru**
    Frei Santa Rita Durão
162. **Clara dos Anjos**
    Lima Barreto
163. **Memorial de Aires**
    Machado de Assis
164. **Bhagavad Gita**
    Krishna
165. **O Profeta**
    Khalil Gibran
166. **Aforismos**
    Hipócrates
167. **Kama Sutra**
    Vatsyayana
168. **Histórias de Mowgli**
    Rudyard Kipling
169. **De Alma para Alma**
    Huberto Rohden
170. **Orações**
    Cícero
171. **Sabedoria das Parábolas**
    Huberto Rohden
172. **Salomé**
    Oscar Wilde
173. **Do Cidadão**
    Thomas Hobbes
174. **Porque Sofremos**
    Huberto Rohden
175. **Einstein: o Enigma do Universo**
    Huberto Rohden
176. **A Mensagem Viva do Cristo**
    Huberto Rohden
177. **Mahatma Gandhi**
    Huberto Rohden
178. **A Cidade do Sol**
    Tommaso Campanella
179. **Setas para o Infinito**
    Huberto Rohden
180. **A Voz do Silêncio**
    Helena Blavatsky
181. **Frei Luís de Sousa**
    Almeida Garrett
182. **Fábulas**
    Esopo
183. **Cântico de Natal/ Os Carrilhões**
    Charles Dickens
184. **Contos**
    Eça de Queirós
185. **O Pai Goriot**
    Honoré de Balzac
186. **Noites Brancas e Outras Histórias**
    Dostoiévski
187. **Minha Formação**
    Joaquim Nabuco
188. **Pragmatismo**
    William James
189. **Discursos Forenses**
    Enrico Ferri
190. **Medeia**
    Eurípedes
191. **Discursos de Acusação**
    Enrico Ferri
192. **A Ideologia Alemã**
    Marx & Engels
193. **Prometeu Acorrentado**
    Ésquilo
194. **Iaiá Garcia**
    Machado de Assis
195. **Discursos no Instituto dos Advogados Brasileiros / Discurso no Colégio Anchieta**
    Rui Barbosa
196. **Édipo em Colono**
    Sófocles
197. **A Arte de Curar pelo Espírito**
    Joel S. Goldsmith
198. **Jesus, o Filho do Homem**
    Khalil Gibran
199. **Discurso sobre a Origem e os Fundamentos da Desigualdade entre os Homens**
    Jean-Jacques Rousseau
200. **Fábulas**
    La Fontaine
201. **O Sonho de uma Noite de Verão**
    William Shakespeare

202. **Maquiavel, o Poder**
 José Nivaldo Junior

203. **Ressurreição**
 Machado de Assis

204. **O Caminho da Felicidade**
 Huberto Rohden

205. **A Velhice do Padre Eterno**
 Guerra Junqueiro

206. **O Sertanejo**
 José de Alencar

207. **Gitanjali**
 Rabindranath Tagore

208. **Senso Comum**
 Thomas Paine

209. **Canaã**
 Graça Aranha

210. **O Caminho Infinito**
 Joel S. Goldsmith

211. **Pensamentos**
 Epicuro

212. **A Letra Escarlate**
 Nathaniel Hawthorne

213. **Autobiografia**
 Benjamin Franklin

214. **Memórias de Sherlock Holmes**
 Sir Arthur Conan Doyle

215. **O Dever do Advogado / Posse de Direitos Pessoais**
 Rui Barbosa

216. **O Tronco do Ipê**
 José de Alencar

217. **O Amante de Lady Chatterley**
 D. H. Lawrence

218. **Contos Amazônicos**
 Inglês de Souza

219. **A Tempestade**
 William Shakespeare

220. **Ondas**
 Euclides da Cunha

221. **Educação do Homem Integral**
 Huberto Rohden

222. **Novos Rumos para a Educação**
 Huberto Rohden

223. **Mulherzinhas**
 Louise May Alcott

224. **A Mão e a Luva**
 Machado de Assis

225. **A Morte de Ivan Ilicht / Senhores e Servos**
 Leon Tolstói

226. **Álcoois e Outros Poemas**
 Apollinaire

227. **Pais e Filhos**
 Ivan Turguêniev

228. **Alice no País das Maravilhas**
 Lewis Carroll

229. **À Margem da História**
 Euclides da Cunha

230. **Viagem ao Brasil**
 Hans Staden

231. **O Quinto Evangelho**
 Tomé

232. **Lorde Jim**
 Joseph Conrad

233. **Cartas Chilenas**
 Tomás Antônio Gonzaga

234. **Odes Modernas**
 Anntero de Quental

235. **Do Cativeiro Babilônico da Igreja**
 Martinho Lutero

236. **O Coração das Trevas**
 Joseph Conrad

237. **Thais**
 Anatole France

238. **Andrômaca / Fedra**
 Racine

239. **As Catilinárias**
 Cícero

240. **Recordações da Casa dos Mortos**
 Dostoiévski

241. **O Mercador de Veneza**
 William Shakespeare

242. **A Filha do Capitão / A Dama de Espadas**
 Aleksandr Púchkin

243. **Orgulho e Preconceito**
 Jane Austen

244. **A Volta do Parafuso**
 Henry James

245. **O Gaúcho**
 José de Alencar

246. **Tristão e Isolda**
 Lenda Medieval Celta de Amor

247. **Poemas Completos de Alberto Caeiro**
 Fernando Pessoa

248. **Maiakóvski**
 Vida e Poesia

249. **Sonetos**
 William Shakespeare

250. **Poesia de Ricardo Reis**
 Fernando Pessoa

251. **Papéis Avulsos**
 Machado de Assis

252. **Contos Fluminenses**
 Machado de Assis

253. **O Bobo**
 Alexandre Herculano

254. **A Oração da Coroa**
 Demóstenes

255. **O Castelo**
 Franz Kafka

256. **O Trovejar do Silêncio**
 Joel S. Goldsmith

257. **Alice na Casa dos Espelhos**
 Lewis Carrol

258. **Miséria da Filosofia**
 Karl Marx

259. **Júlio César**
 William Shakespeare

260. **Antônio e Cleópatra**
 William Shakespeare

261. **Filosofia da Arte**
 Huberto Rohden

262. **A Alma Encantadora das Ruas**
 João do Rio

263. **A Normalista**
 Adolfo Caminha

264. **Pollyanna**
 Eleanor H. Porter

265. **As Pupilas do Senhor Reitor**
 Júlio Diniz

266. **As Primaveras**
 Casimiro de Abreu

267. **Fundamentos do Direito**
 Léon Duguit

268. **Discursos de Metafísica**
 G. W. Leibniz

269. **Sociologia e Filosofiia**
 Émile Durkheim

270. **Cancioneiro**
 Fernando Pessoa

271. **A Dama das Camélias**
 Alexandre Dumas (filho)

272. **O Divórcio / As Bases da Fé / e outros textos**
 Rui Barbosa

273. **Pollyanna Moça**
 Eleanor H. Porter

274. **O 18 Brumário de Luís Bonaparte**
 Karl Marx

275. **Teatro de Machado de Assis**
 Antologia

276. **Cartas Persas**
 Montesquieu

277. **Em Comunhão com Deus**
 Huberto Rohden

278. **Razão e Sensibilidade**
 Jane Austen

279. **Crônicas Selecionadas**
 Machado de Assis

280. **Histórias da Meia-Noite**
 Machado de Assis

281. **Cyrano de Bergerac**
 Edmond Rostand

282. **O Maravilhoso Mágico de Oz**
 L. Frank Baum

283. **Trocando Olhares**
 Florbela Espanca

284. **O Pensamento Filosófico da Antiguidade**
 Huberto Rohden

285. **Filosofia Contemporânea**
 Huberto Rohden

286. **O Espírito da Filosofia Oriental**
 Huberto Rohden

287. **A Pele do Lobo / O Badejo / O Dote**
 Artur Azevedo

288. **Os Bruzundangas**
 Lima Barreto

289. **A Pata da Gazela**
 José de Alencar

290. **O Vale do Terror**
 Sir Arthur Conan Doyle

291. **O Signo dos Quatro**
 Sir Arthur Conan Doyle

292. **As Máscaras do Destino**
 Florbela Espanca

293. **A Confissão de Lúcio**
 Mário de Sá-Carneiro

294. **Falenas**
 Machado de Assis

295. **O Uraguai / A Declamação Trágica**
 Basílio da Gama

296. **Crisálidas**
 Machado de Assis

297. **Americanas**
 Machado de Assis

298. **A Carteira de Meu Tio**
 Joaquim Manuel de Macedo

299. **Catecismo da Filosofia**
 Huberto Rohden

300. **Apologia de Sócrates**
 Platão (Edição bilingue)

301. **Rumo à Consciência Cósmica**
 Huberto Rohden

302. **Cosmoterapia**
 Huberto Rohden

303. **Bodas de Sangue**
 Federico García Lorca

304. **Discurso da Servidão Voluntária**
 Étienne de La Boétie

305. **Categorias**
 Aristóteles

306. **Manon Lescaut**
 Abade Prévost

307. **Teogonia / Trabalho e Dias**
 Hesíodo

308. **As Vítimas-Algozes**
 Joaquim Manuel de Macedo

309. **Persuasão**
 Jane Austen

310. **Agostinho** - *Huberto Rohden*

311. **Roteiro Cósmico**
 Huberto Rohden

312. **A Queda dum Anjo**
 Camilo Castelo Branco

313. **O Cristo Cósmico e os Essênios** - *Huberto Rohden*

314. **Metafísica do Cristianismo**
 Huberto Rohden

315. **Rei Édipo** - *Sófocles*

316. **Livro dos Provérbios**
 Salomão

317. **Histórias de Horror**
 Howard Phillips Lovecraft

318. **O Ladrão de Casaca**
 Maurice Leblanc

319. **Til**
 José de Alencar

SÉRIE OURO
(Livros com mais de 400 p.)

1. **Leviatã**
 Thomas Hobbes

2. **A Cidade Antiga**
 Fustel de Coulanges

3. **Crítica da Razão Pura**
 Immanuel Kant

4. **Confissões**
 Santo Agostinho

5. **Os Sertões**
 Euclides da Cunha

6. **Dicionário Filosófico**
 Voltaire

7. **A Divina Comédia**
 Dante Alighieri

8. **Ética Demonstrada à Maneira dos Geômetras**
 Baruch de Spinoza

9. **Do Espírito das Leis**
 Montesquieu

10. **O Primo Basílio**
 Eça de Queirós

11. **O Crime do Padre Amaro**
 Eça de Queirós

12. **Crime e Castigo**
 Dostoiévski

13. **Fausto**
 Goethe

14. **O Suicídio**
 Emile Durkheim

15. **Odisseia**
 Homero

16. **Paraíso Perdido**
 John Milton

17. **Drácula**
 Bram Stoker

18. **Ilíada**
 Homero

19. **As Aventuras de Huckleberry Finn**
 Mark Twain

20. **Paulo – O 13º Apóstolo**
 Ernest Renan

21. **Eneida**
 Virgílio

22. **Pensamentos**
 Blaise Pascal

23. **A Origem das Espécies**
 Charles Darwin

24. **Vida de Jesus**
 Ernest Renan

25. **Moby Dick**
 Herman Melville

26. **Os Irmãos Karamazovi**
 Dostoiévski

27. **O Morro dos Ventos Uivantes**
 Emily Brontë

28. **Vinte Mil Léguas Submarinas**
 Júlio Verne

29. **Madame Bovary**
 Gustave Flaubert

30. **O Vermelho e o Negro**
 Stendhal

31. **Os Trabalhadores do Mar**
 Victor Hugo

32. **A Vida dos Doze Césares**
 Suetônio

33. **O Moço Loiro**
 Joaquim Manuel de Macedo

34. **O Idiota**
 Dostoiévski

35. **Paulo de Tarso**
 Huberto Rohden

36. **O Peregrino**
 John Bunyan

37. **As Profecias**
 Nostradamus

38. **Novo Testamento**
 Huberto Rohden

39. **O Corcunda de Notre Dame**
 Victor Hugo

40. **Arte de Furtar**
 Anônimo do século XVII

41. **Germinal**
 Émile Zola

42. **Folhas de Relva**
 Walt Whitman

43. **Ben-Hur — Uma História dos Tempos de Cristo**
 Lew Wallace

44. **Os Maias**
 Eça de Queirós

45. **O Livro da Mitologia**
 Thomas Bulfinch

46. **Os Três Mosqueteiros**
 Alexandre Dumas

47. **Poesia de Álvaro de Campos**
 Fernando Pessoa

48. **Jesus Nazareno**
 Huberto Rohden

49. **Grandes Esperanças**
 Charles Dickens

50. **A Educação Sentimental**
 Gustave Flaubert

51. **O Conde de Monte Cristo (Volume I)**
 Alexandre Dumas

52. **O Conde de Monte Cristo (Volume II)**
 Alexandre Dumas

53. **Os Miseráveis (Volume I)**
 Victor Hugo

54. **Os Miseráveis (Volume II)**
 Victor Hugo

55. **Dom Quixote de La Mancha (Volume I)**
 Miguel de Cervantes

56. **Dom Quixote de La Mancha (Volume II)**
 Miguel de Cervantes

57. **As Confissões**
 Jean-Jacques Rousseau

58. **Contos Escolhidos**
 Artur Azevedo

59. **As Aventuras de Robin Hood**
 Howard Pyle

60. **Mansfield Park**
 Jane Austen